W0396167

Für

Shane Black, Richard Donner, Joel Silver & Tony Scott

„This is the nineties. You don’t just go around punching people. You have to say something cool first.“

– Joe Hallenbeck, The Last Boy Scout

1

Los Angeles, Dezember, 1994

Jon Bon Jovi singt *„Baby please come home for Christmas“* und Cosmo ist bei seinem fünften Bier. Laut Barkeeper, einem makellos gepflegten Schönling mit Glitzer-Knopf im rechten Ohr, der – Überraschung – eigentlich Schauspieler ist, wie er vorhin ungefragt erzählt hat, stammt das Gesöff aus einer der „besten *Microbreweries* des Staates“.

Cosmo würde ihm gerne sagen, wo er sich seine *Microbreweries* hinstecken kann, aber leider gibt es im *Wild Horses,* einer angesagten Szene-Tränke voller hipper junger Menschen und Touristen auf dem Ocean Boulevard in Santa Monica, kein *normales* Bier. Also hält er die Klappe. Außerdem, auch wenn er das nicht zugeben würde, schmeckt das Zeug gar nicht mal übel.

Mach dir nichts vor, Cosmo, bald gibst du auch Rasierwasser dein Gütesiegel.

Der Alkohol tanzt durch seine Blutbahnen wie ein Haufen

Teufelsanbeter um einen Altar mit einer nackten Jungfrau. Er hätte sich besser auch etwas zu Essen bestellt. Jetzt ist es zu spät.

Er leert die Flasche und bemerkt den fragenden Blick des Barkeepers. Noch eins?

Cosmo sieht zum Ende des Tresens hinüber. Hardy Bollinger knutscht seit einer geschlagenen Stunde mit einem Mädchen, das seine Tochter sein könnte. Tatsächlich hat Hardy zwei Töchter, die nur unwesentlich jünger sind als die Brünette mit dem üppigen Vorbau, der er die Zunge so tief in den Hals schiebt, dass er ihre Mandeln berühren müsste. Ihr Name ist Elisabeth Winston und sie ist erst im April einundzwanzig Jahre alt geworden. Außerdem besucht sie Hardys Drehbuchkurs an der USC.

In Hollywood kursiert ein alter Witz, der den niedrigen Status der Autoren illustrieren soll: *Das Starlet war so dumm, dass sie statt mit dem Regisseur mit dem Drehbuchautor geschlafen hat.*

Bollinger, der, bevor er Lehrer an der USC wurde, selbst erfolglos versucht hat, als Drehbuchautor Fuß zu fassen, straft den Witz in gewisser Weise Lügen. Denn die knackige Elisabeth ist nicht die erste Studentin, die seinem Charme erlegen und mit ihm in die Kiste gehüpft ist. Allerdings soll sie die erste sein, die dabei auf Video festgehalten wird, damit Hardys Frau, für die Cosmo arbeitet, vor dem Scheidungsrichter handfeste Beweise hat.

Elisabeth flüstert Hardy etwas ins Ohr und beißt ihm dann mit strahlend weißen Zähnen ins Ohrläppchen. So wie Hardys Augen leuchten, hat Cosmo eine Ahnung, was sie ihm gesagt hat.

Elisabeth greift nach der Hand ihres Lehrers und zieht ihn hinter sich her.

Cosmos Blick folgt ihnen auf dem Weg Richtung Toiletten. Er hat vermutet, dass sie am Ende des Abends in irgendeinem Motel landen würden. Sein bisheriger Plan hat vorgesehen, die beiden dabei zu filmen, wie sie gemeinsam in einem Zimmer verschwinden. Mit etwas Glück sogar, sie durch einen Spalt in den Gardinen beim Vögeln zu filmen.

Vielleicht kommt er aber schon hier und jetzt zu seinen

Aufnahmen. Und Hardys Frau zu ihrem unwiderlegbaren Beweis für die außerehelichen Aktivitäten ihres Ehemanns.

Cosmo legte einen Zwanziger auf den Tresen. „Stimmt so."

Der Barkeeper hebt missbilligend die Augenbrauen und deutet zur Getränkekarte an der Wand.

Cosmo schüttelt schnaufend den Kopf und legt noch einen Zehner dazu. Kleine Brauerei, große Preise.

Er rutscht vom Barhocker. Die hohen Umdrehungen zeigen ihre Wirkung. Mit fünf Flaschen Bud wäre ihm das nicht passiert. Für einen kurzen Moment gerät Cosmo ins Schwanken. Er hält sich am Tresen fest und bemerkt das dreckige Grinsen des Barkeepers.

Cosmo zeigt ihm den Finger.

Dann folgt er Hardy und Elisabeth.

2

Als Cosmo die Tür zur Herrentoilette aufdrückt, kann er den Lehrer und seine Schülerin hören. Leidenschaftliches Schnaufen, das Rascheln der Klamotten, an denen ihre Hände zerren.

Drei Pissoirs und drei Kabinen. Die mittlere ist verschlossen. Dahinter keucht Hardy: „Ich wollte dich vom ersten Moment an, als ich dich gesehen habe."

Cosmo betritt den weiß gekachelten Raum mit den goldgerahmten Spiegeln. Die Tür schwingt hinter ihm viel zu laut zurück ins Schloss. Shit. Aber Hardy und Elisabeth lassen sich nicht stören. Vielleicht haben sie die Tür nicht gehört, vielleicht ist es ihnen in ihrer Geilheit auch egal. Cosmo ist beides recht.

Eine Gürtelschnalle klappert, ein Reißverschluss wird nach unten gezogen.

„Ich will dich in mir spüren, Hardy."

„Du machst mich so scharf."

Cosmo hätte beinahe laut gelacht.

Reiß dich zusammen, Mann, so eine Gelegenheit kriegst du so schnell nicht wieder.

Die linke Kabine ist geschlossen, aber nicht besetzt, wie das grüne Fenster unter der Klinke verrät. Cosmo entscheidet sich für die rechte, deren Tür halb offensteht.

Er zieht den Reißverschluss seiner Bomberjacke nach unten und holt den Camcorder heraus. Schaltet ihn an und klappt den kleinen Monitor aus. Er tritt in die offene Kabine und zieht die Tür hinter sich zu, ohne sie ins Schloss fallen zu lassen.

Nebenan stöhnt Elisabeth lauter. „Steck ihn rein! Bitte steck ihn rein!"

Jesus, denkt Cosmo grinsend.

Der Toilettendeckel fehlt, also steigt er auf die Klobrille. Besser, als wenn der Klodeckel unter ihm durchbricht.

Er steht breitbeinig auf der Toilette und stützt sich mit der Linken an der Wand ab, die Kamera in der Rechten. Ein kurzer Blick nach unten verrät ihm, dass der letzte Besucher seine Bremsspur in der Schüssel nicht weggemacht hat.

Na prächtig. Aber niemand hat je behauptet, Privatdetektiv sei ein glamouröser Job.

Nebenan vermischt sich das Stöhnen mit dem rhythmischen Aufeinanderklatschen nackter Haut.

Cosmo drückt mit dem Daumen die Aufnahmetaste des Camcorders. Er streckt den rechten Arm aus und richtet die Kamera über die Trennwand der Kabine.

Er hat den Monitor so gedreht, dass er seine Aufnahmen sehen kann. Elisabeth ist über die Kloschüssel gebeugt, ihre Hände auf dem Wasserkasten abgestützt. Das kurze Kleid ist nach oben geschoben, ihr String über die Arschbacken gezerrt. Hardy steht hinter ihr, seine Hände auf ihren Hüften.

Das sind Aufnahmen, wie sie die Pornofilmer drüben im San Fernando Valley nicht besser hinkriegen würden.

Selbst wenn jetzt jemand seine Dreharbeiten unterbrechen würde, hätte Cosmo genug Material, damit der Scheidungsanwalt von Hardys Frau für seine Mandantin die besten Konditionen aushandeln kann.

„Sag's mir, Baby. Sag mir, dass ich der beste Lover bin, den du je hattest."

„Oh, Hardy", stöhnt Elisabeth und klingt dabei genauso albern wie Jenna Jameson in einem ihrer Begattungs-Epen. „Du bist der beste Lover, den ich je hatte."

Das ist zu viel.

Cosmo kann nicht anders.

Er muss lachen.

Und rutscht mit dem rechten Fuß von der Klobrille.

Stechender Schmerz schießt durch seinen Knöchel.

Er verliert das Gleichgewicht und kippt nach hinten. Prallt mit dem Rücken gegen die rechte Toilettenwand und findet sich einen Moment später auf dem Boden wieder.

Der Camcorder schlittert über die Fliesen.

Der Schmerz im Steißbein ist nicht so fies wie der in seinem Knöchel, aber fies genug, dass Cosmo ein lautes „Fuck!" ausstößt.

Nebenan findet die Leidenschaft ein abruptes Ende.

Wo ist der Camcorder? Verdammt. Er ist unter der Trennwand durchgerutscht. Direkt in die Kabine von Hardy und Elisabeth.

Im selben Moment, in dem Cosmo ihn dort entdeckt, greift Hardys Hand danach.

Cosmo richtet sich mit einem weiteren „Fuck!" auf.

Lässt ein drittes folgen, als er den rechten Fuß auf den Boden setzt und seine Nervenzellen wieder ein paar saftige Schmerzsignale ans Gehirn senden.

Die Tür wird aufgerissen und Hardy starrt ihn wütend an. „Dreckiger Spanner!"

Seine Rechte krallt sich in Cosmos Jacke. Reißt ihn aus der Kabine und schleudert ihn gegen die Waschbecken.

Hardy ist einen Kopf kleiner als Cosmo und nicht mal halb so kräftig gebaut, aber, das muss Cosmo ihm lassen, ein Schisser ist er nicht. Er lässt den Camcorder, den er in der Rechten hält, zu Boden fallen und holt mit der geballten Faust aus.

Wütend ist er, aber zum Glück kein geübter Schläger.

Cosmo zieht den Kopf zur Seite, Hardys Faust trifft den Spiegel. Risse erscheinen im Glas und Hardy heult vor Schmerz.

Cosmo stößt ihn mit beiden Händen von sich. Er taumelt zurück und tritt Elisabeth, die hinter ihm noch damit beschäftigt ist, ihre Möpse zurück in den Ausschnitt ihres Kleids zu packen, auf den Fuß. Sie stößt einen Schmerzensschrei aus.

Cosmo bückt sich nach dem Camcorder. Er hat das Ding erst letzte Woche gekauft. Hoffentlich hat es den Sturz überlebt.

Als er hochkommt, ist Hardys wutverzerrtes Gesicht wieder vor ihm und seine Hand versucht, Cosmo die Kamera zu entreißen. „Wer hat dich angeheuert? Meine Frau?"

Da hat er aber schnell geschaltet.

Cosmo stößt Hardy ein zweites Mal von sich. „Ihr Auffassungsvermögen ist beeindruckend. Aber jetzt halten Sie Abstand. Ich möchte Ihnen nicht wehtun."

Hardy starrt ihn schnaufend an. Das volle, grau melierte Haar hängt ihm ins Gesicht.

Die kleine Elisabeth sieht fragend von Cosmo zu Hardy. „Hat er uns gefilmt?"

Okay, sie dagegen ist weniger schnell.

„Nehmen Sie's wie ein Mann." Cosmo will zur Tür, aber die Gewissheit, bei der Trennung von seiner Frau finanziell nackt gemacht zu werden, beflügelt Hardys Wut und Verzweiflung. Er greift wieder an. Ein dämlicher, unkontrollierter Schwinger. Leider ist Cosmo diesmal nicht schnell genug.

Hardys Faust hämmert gegen seine Schläfe.

Grelle Lichter explodieren vor seinen Augen, aber er kann trotzdem sehen, dass Hardy erneut ausholt.

Cosmos Rechte, die den Camcorder hält, beschreibt einen Bogen. Der Camcorder und Hardys Gesicht machen Bekanntschaft. Plastikteile fliegen durch die Luft.

Elisabeth schreit.

Hardy wird gegen die geschlossene Tür der linken Kabine geschleudert. Das Schloss gibt unter der Wucht des Aufpralls nach. Holz splittert. Die Tür fliegt krachend auf. Hardy verschwindet mit lautem Poltern im Innern der Kabine.

Cosmo starrt auf den Camcorder in seiner Hand. Was der

Aufprall auf den Fliesen nicht geschafft hat, wurde von seinem Schwinger vollbracht. Das Gehäuse ist gebrochen. Vierhundert Dollar den Bach runter. Glanzleistung, Herr Privatdetektiv.

Elisabeth schreit wieder. Lauter und schriller als zuvor.

Würde mir zu meinem Glück noch fehlen, dass das Arschloch sich beim Sturz das Genick gebrochen hat, denkt Cosmo. Er schiebt Elisabeth zur Seite.

Glück gehabt. Hardy lebt.

Er ist auf der geschlossenen Kloschüssel gelandet und starrt mit blutender Nase auf den jungen Mann, der neben ihm zwischen Schüssel und Wand am Boden eingequetscht sitzt, die langen Beine vor sich ausgestreckt.

Scheinbar hat Hardy ihn erkannt.

Cosmo tut das auch.

Nicht überraschend, denn man hätte den Kopf schon seit Monaten im Sand vergraben haben müssen, um dieser Visage zu entkommen.

Andrew Light ist einfach überall zu sehen gewesen.

Nicht nur im Fernsehen bei seinen Auftritten als festes Mitglied von *Saturday Night Live,* sondern auch in den Talkshows von Jay Leno und David Letterman. Auf den Covern von *Premiere* und *Entertainment Weekly*. Auf den großen Billboards entlang der Boulevards. Auf den Plakaten, die Haltestellen, Busse, U-Bahn-Stationen und Einkaufszentren schmücken und Andrews erste große Hauptrolle in einem Kinofilm beworben haben.

Andrew Light, das rotzfreche Comedy-Großmaul, das mit seinen Stand-up-Programmen ganze Stadien füllte, bis der Filmproduzent Jack Silverman auf die Idee kam, dass sich Andrew, bewaffnet mit einer Knarre und einem guten Drehbuch voller One-Liner, auch auf der Kinoleinwand gut machen würde.

Er hat recht behalten. *Hollow Point* war der Blockbuster Nr. 1 dieser Kino-Saison gewesen.

Dumm nur, dass Andrews erster Kassenhit auch sein letzter sein wird. Am Boden eines Scheißhauses hockend, den Kopf im Nacken, mit offenen Augen, die gebrochen an die Decke starren, und mit der Nadel, die noch in einer Ader seiner Armbeuge steckt, wird er weder die Fortsetzung zu *Hollow Point* noch irgendeinen anderen Film drehen.

Andrew Light, die weiße Antwort auf Eddie Murphy, wie ein Kritiker ihn getauft hat, ist tot. Sein Stern verglüht, bevor er richtig zu strahlen beginnen konnte.

Los Angeles. Stadt der Engel.

Manche Dinge ändern sich eben nie, denkt Cosmo.

Und hinter ihm kotzt Elisabeth Winston ins Waschbecken.

3

„Damit sind wir am Ende der heutigen Sendung. Morgen berichten wir unter anderem von unserem Besuch am Set des neuen Kevin-Costner-Films *Waterworld* in Hawaii. Mein Name ist Tia Kalani."

„Ich bin Spencer Tripman. Und das ist *Inside Hollywood*."

Tia lächelt noch einen Moment in die Kamera, dann, als die Aufnahmelichter erlöschen, schiebt sie die Blätter mit ihren Notizen zusammen und steht ruckartig auf. „Was soll das, Spencer?"

„Was denn?"

„Stell dich nicht dumm."

„Du bist einfach nicht schnell genug."

„Und du bist ein Arschloch."

„Jetzt komm. Kein Grund, ausfallend zu werden. Es war ja keine Absicht."

Tia schnauft. Sie muss hier weg, bevor sie Spencer Dinge an den Kopf wirft, die sie später bereut. Nicht, weil Spencer sie nicht verdient hätte, sondern weil sie weiß, dass ein Wutausbruch sie nur als dünnhäutige *Bitch* dastehen lassen würde. Dabei ist Spencer derjenige, der seit Wochen gegen sie intrigiert. *Und das ist Inside Hollywood* am Ende allein zu sagen, statt mit ihr gemeinsam, so wie es das Skript der Sendung vorsieht, ist nur eine von vielen, miesen kleinen Nummern, mit denen er versucht, sich in den Vordergrund zu spielen. Natürlich weiß das auch ihr Producer, und er ist grundsätzlich auf Tias Seite, aber Spencers Vater sitzt im Vorstand des Senders. Damit steht Tia auf verlorenem Posten.

Sie hat nur eine Chance. Sie muss weg. Weg von *Inside Hollywood*. Sie braucht eine eigene Sendung. Die Chancen dafür stehen eigentlich nicht schlecht. Alle wissen, dass sie mehr als nur ein hübsches Gesicht ist, und in Umfragen steht sie an der Spitze der beliebtesten Moderatorinnen des Senders. Das Konzept für eine eigene Sendung hat sie bereits in der Schublade. Fehlt nur noch der richtige Zeitpunkt, um die Verantwortlichen zu überzeugen.

Sie durchquert das Studio, steigt in ihren ausgelatschten, bequemen Sneakers, die man hinter dem Pult während ihrer Moderation nicht sieht, über ein paar Kabel und geht den Flur hinab ins Großraumbüro, dass sie sich mit Spencer und den Redakteuren teilt.

Sie hört Spencer hinter sich in die andere Richtung gehen. Sie weiß, wohin. Jeder weiß es. Auf die Toilette, um sich eine schnelle Line zu ziehen. Er lässt wirklich kein Klischee des verzogenen Sprösslings einer Hollywood-Dynastie aus.

„Der Penner hat's wieder getan, stimmt's?“, sagt Jimima, deren Schreibtisch neben dem von Tia steht. Sie bearbeitet die Tastatur ihres Computers mit dem Einfinger-Suchsystem, was für Tia immer so aussieht, als wolle Jimima sich an jemandem rächen.

Als Tia nickt, schüttelt Jimima den Kopf. „Dem Typ sollte mal jemand richtig in die Eier treten. Ich würde mich freiwillig anbieten.“

Die Vorstellung lässt Tia lächeln. Sie nimmt ihre Lederjacke, die über dem Drehstuhl hängt, und zieht sie an. Greift nach der gepackten Sporttasche neben ihrem Schreibtisch.

„Ich bewundere ja deine Disziplin“, sagt Jimima, während sie einen halbgegessenen Burrito aus ihrer Schublade fischt und reinbeißt.

„Wenn ich nicht vor der Kamera stehen würde, wäre mir ein Burrito jetzt auch lieber."

„Ah, fuck off", erwidert Jimima kauend. „Du bist von deinem Äußeren besessen und würdest auch hinter der Kamera nur Gemüsesticks futtern."

Tia lacht. „Ich liebe dich auch."

Jimima winkt ab. „Geh deinen Knackarsch trainieren. Aber wenn du dir irgendwann die Titten aufpolstern lässt, sind wir geschiedene Leute."

„Wir sehen uns morgen."

Tia ist auf halbem Weg zur Tür, als Steve, einer der Redakteure, aufgeregt ruft: „Leute. Das müsst ihr euch ansehen."

Steve und zwei Redakteurinnen stehen vor einem Fernsehgerät auf der anderen Seite des Büros. Jimima drückt bereits ihre drallen Pfunde aus dem Drehstuhl.

Tia macht kehrt und sie gehen gemeinsam rüber zu den Kollegen.

Auf dem Bildschirm laufen Nachrichten. Die KABC Chanel 7 News mit Marc Brown im Studio: „–wir schalten jetzt live zu unserem *Eye Witness News* Team am Ocean Boulevard in Santa Monica."

Das Bild wechselt zu einer Reporterin namens Lisette Wolf, die sich mit ihrem Mikrofon vor einer Bar positioniert hat. Tia kennt das *Wild Horses,* sie war bereits selbst zweimal dort.

„Vor einer Stunde wurde der siebenundzwanzigjährige Schauspieler und Komiker Andrew Light auf der Herrentoilette dieser Bar in Santa Monica tot aufgefunden. Über die genauen Umstände ist noch nichts bekannt. Die Polizei möchte sich zum jetzigen Zeitpunkt nicht äußern und bittet, auf Spekulationen zu verzichten."

„Spekulationen", sagt Steve spöttisch, die Arme vor seinem fliederfarbenen Polohemd verschränkt.

Andrew Lights Drogenprobleme sind kein Geheimnis. Mehrere Verhaftungen, eine sogar während der Dreharbeiten zu *Hollow Point,* und ein gut dokumentiertes, exzessives Partyleben.

„Die sterben wie die Fliegen", sagt Jimima kopfschüttelnd. Sie spielt auf River Phoenix an, der erst im Oktober letzten Jahres vor Johnny Depps *Viper Room* auf dem Bürgersteig zusammengebrochen und an einer Überdosis gestorben ist.

Tias Interview mit Andrew Light liegt gerade mal zwei Wochen zurück. Er war charmant, freundlich – und stand definitiv unter dem Einfluss von Drogen. Steve und Jimima haben recht. Die Todesursache ist jetzt schon klar. Überdosis. Eine alte Hollywood-Tradition, die beinahe jedes Jahr verlässlich fortgesetzt wird.

„Da haben wir unsere Topstory für morgen", sagt Steve und wendet sich ab.

Im Büro klingelt ein Telefon. Tia braucht einen Moment, bevor sie realisiert, dass es ihres ist. Sie kehrt zum Schreibtisch zurück und nimmt ab. „Kalani."

„Die werden sagen, es war eine Überdosis. Aber das ist Bullshit. Die haben ihn ermordet."

„Was?"

„Andy. Die haben Andy ermordet."

„Sprechen Sie von Andrew Light?"

„Von wem sonst? Ich dachte, Sie sehen nicht nur gut aus, sondern hätten auch was in der Birne."

Tia seufzt. Die Spinner und Wichtigtuer werden mit ihren Anrufen immer schneller. „Und Sie sind?"

„Spielt keine Rolle. Aber ich sag's gerne noch mal: Andy wurde ermordet. Und ich kann es beweisen."

„Warum erzählen Sie das mir und nicht der Polizei?"

„Weil ich Sie scharf finde–"

„Okay, Arschloch. Ich lege jetzt auf."

„Sorry, das sollte ein Kompliment sein. Ich dachte, dass Ihnen die Wahrheit ein bisschen Kleingeld wert ist."

Dass es *darauf* hinauslaufen würde, hat Tia sich gedacht. „Wir bezahlen nicht für Informationen. Goodbye."

„Augenblick noch. Haben Sie die Durchwahl zu Ihrem Co-Moderator? Wie heißt der Schnösel? Tripman?"

Sie spürt einen Stich.

Vergiss es, Tia. Der Typ ist ein Spinner. Du kennst die Sorte.

Ja, aber was, wenn nicht? Und er tatsächlich Spencer anruft?

Leg auf, denkt sie. Leg einfach auf.

Sie sieht Jimima zurückkommen.

„Wenn Sie kein Interesse haben–"

Im schlimmsten Fall ist es Zeitverschwendung. „Okay. Wie soll das ablaufen?"

Zu ihrer Überraschung klingt seine Stimme nicht besonders triumphal. „Wir treffen uns. Ich erzähle Ihnen alles, was Sie wissen müssen. Und Sie bezahlen mich."

„Eins nach dem anderen. Ich muss erst hören, was Sie haben, um zu wissen, was es wert ist."

„Ich bin nicht irgendein Spinner, klar? Andy war mein Freund. Ich muss Schluss machen. Ich melde mich morgen wegen einem Treffpunkt."

Klick.

Tia spürt ein Kribbeln ihre Wirbelsäule hinaufsteigen. Ihr Herz schlägt schneller.

Andy wurde ermordet. Und ich kann es beweisen.

Sie blickt aus dem Fenster, wo ihr vom Billboard am gegenüberliegenden Gebäude ein lächelnder Weihnachtsmann mit einer Colaflasche zuprostet.

Sie hört Jimimas Stuhl stöhnen, als die sich wieder darauf fallen lässt.

„Alles klar?"

Tia dreht sich um. „Alles bestens."

Jimima runzelt die Stirn, deutet mit einem Nicken auf Tias Telefon. „Wer war das?"

Sie will es nicht, aber sie kann nicht anders. Ein Lächeln breitet sich auf ihrem Gesicht aus. „Mit etwas Glück mein Ticket, um Spencer loszuwerden."

4

William Bowers ist dreizehn Jahre alt.

Und er rennt um sein Leben.

Schweiß glitzert auf seiner tiefbraunen Haut.

Die Fenster der Häuser der Straße in Inglewood sind beleuchtet, aber William macht gar nicht erst den Versuch, zu einer der vergitterten Haustüren zu gelangen.

Er schreit nicht einmal um Hilfe.

Nichts kann ihn retten, außer zu rennen.

Die Mitte der Straße hinab.

Kein Auto hinter ihm, keins, das ihm entgegenkommt.

Wovor läuft er weg?

Was ist der Grund für die Todesangst, die in seinen weitaufgerissenen Augen flackert?

Der Mann, der ihn verfolgt.

Andrew Light trägt dieselben Klamotten wie zum Zeitpunkt seines Todes. Jeans, ein Designerhemd, Air Jordan 8 Sneakers, handsigniert von Michael Jordan persönlich.

Die Finger seiner rechten Hand halten eine Spritze umklammert, die er, das ist klar, nicht in seine Venen, sondern in William Bowers Körper stoßen will.

In eines seiner Augen, um genau zu sein.

William ist mittelgroß und neigt zu Übergewicht. Er ist ein guter Schüler und er liebt Romane von Stephen King. Sport ist nicht seine Stärke. Aber selbst, wenn sie es wäre, würde Andrew Light ihn einholen.

William spürt seinen heißen Atem in seinem Nacken.

Er sieht über die Schulter.

Andrew lacht ein hässliches Lachen.

Als William wieder nach vorn sieht, steht da ein Auto, das jemand mitten auf der Straße geparkt hat.

William will ausweichen, aber er rutscht aus.

Schlägt mit dem Kopf auf die gelb markierte Bordsteinkante. Bleibt benommen liegen.

Andrews Hand gräbt sich in sein krauses Haar.

Das Gesicht des Komikers ist eine Fratze.

Die Nadelspitze blitzt in seiner erhobenen Hand.

Er wird sie William ins Auge rammen.

Dann fällt ein Schuss.

Andrew wird in einem feinen Nebel aus spritzendem Blut nach hinten gestoßen.

Cosmo steigt aus dem Streifenwagen. Er spürt noch den Rückstoß der Waffe in seiner erhobenen Hand.

Geht auf William und Andrew zu.

Das Auto, dem William ausweichen wollte, ist fort.

Vielleicht war es nie da.

William hat Cosmo den Rücken zugewandt. Zu seinen Füßen breitet sich unter dem Körper von Andrew Light eine Blutlache aus.

Cosmo ist erleichtert.

Unendlich erleichtert.

Er hat den Jungen gerettet.

Im letzten Moment.

„Du musst keine Angst mehr haben, William“, sagt Cosmo. „Es ist vorbei.“

William Bowers dreht den Kopf.

Sein linkes Auge, in das Andrew seine Spritze rammen wollte, fehlt. Stattdessen klafft dort ein schwarzes Loch. William betastet seinen Hinterkopf und zeigt Cosmo eine blutverschmierte Hand. „Du hast mich erschossen."

Cosmo starrt den Jungen an.

N-nein … Ich habe dich gerettet.

„Mörder!", sagt William.

Tränen rinnen heiß über Cosmos Wangen.

Nein …

Er hört ein hämisches Lachen.

Wirbelt herum.

Da steht Andrew.

Und rammt ihm die Nadelspitze ins Auge.

Cosmo erwacht mit einem Schrei.

Vor ihm auf dem Fernseher rennt James Stewart als George Bailey lachend durch das verschneite Bedford Falls und wünscht seinen Mitbürgern frohe Weihnachten.

Cosmo stöhnt.

Sein Herz rast.

Er beugt sich vor und nimmt mit zitternden Händen einen Schluck aus der halb vollen Bierdose.

Er hat William Bowers Stimme zu dessen Lebzeiten nie gehört, trotzdem ist sie jetzt in seinem Kopf, so wie sie in seinem Traum war.

Du hast mich erschossen.

Mörder.

Jimmy Stewarts George Baily hat sein Zuhause erreicht und fällt seiner Frau Donna Reed und seinen Kindern in die Arme.

Mit einem Schrei wirft Cosmo das Bier nach ihnen.

Er verfehlt den Fernseher und trifft die Wand. Bier spritzt auf die Tapete. Die Dose prallt ab und landet am Boden. Cosmo lässt sich kraftlos zurück aufs Sofa sacken, während Jimmy Stewart und seine Familie mit den Einwohnern von Bedford Falls „Auld Lang Syne" singen.

5

Deborah Bollingers Gesicht ist starr.

Ihre einzige Reaktion auf das Video, das auf Cosmos Fernseher läuft, ist ein hasserfülltes Funkeln in den erstaunlich blauen Augen.

„Sag's mir, Baby. Sag mir, dass ich der beste Lover bin, den du je hattest."

„Oh, Hardy. Du bist der beste Lover, den ich je hatte."

Die Aufnahme von Hardys und Elisabeths Toiletten-Nummer schwenkt ruckartig an die Decke, gefolgt von einem lauten Poltern, als Cosmo von der Klobrille rutscht und zu Boden stürzt. Die Aufnahme stoppt durch die Erschütterung, als der Camcorder auf die Fliesen knallt.

Letzte Nacht, nachdem die Polizei seine Aussage aufgenommen hatte, ist Cosmo zu einer Strip-Mall auf dem Wilshire Boulevard gefahren, in der Nguyen Long einen kleinen Elektroshop betreibt. Nguyens Eltern sind mit Ende des Vietnamkriegs nach Los Angeles gekommen und haben sich, wie so viele ihrer Landsleute, mit Fleiß und Disziplin einen Platz in der Welt der Amerikaner erkämpft. Nguyen hat den Laden seines Vaters erst letztes Jahr übernommen, als dieser an den Folgen von Agent Orange verstarb. Dem alten Nguyen wurde nachgesagt, dass er aus einem Toaster und einem Kühlschrank eine fliegende Untertasse bauen konnte. Nguyen Jr. steht seinem alten Herrn in nichts nach. Trotzdem konnte er Cosmos Kamera nicht retten.

„Was hast du damit gemacht, Cosmo?", fragte er mit traurigem Blick auf das zertrümmerte Gehäuse. „Jemandem die Fresse poliert?

Er deutete Cosmos Blick richtig und schüttelte den Kopf. „Du meine Güte."

Nguyen überspielte Cosmo das Band auf eine VHS-Kassette und gab ihm ein paar Dollar für die Teile der Kamera, die er noch für die Reparaturen anderer Geräte verwenden konnte.

Jetzt drückt Cosmo die Reste seiner Kippe auf einer leeren Bierdose aus und steht auf. Er stoppt das Band und wartet, bis sein Videorekorder die Kassette ausspuckt.

Hardys Frau rührt sich immer noch nicht. Sie sitzt mit geradem Rücken, starrem Blick und im Schoß gefalteten Händen im Sessel.

Er schiebt die Kassette in eine durchsichtige Plastikhülle und legt sie vor ihr auf den Tisch.

Ihre Augen schimmern feucht. Faszinierende Augen in einem faszinierenden Gesicht, auch mit den Falten, die mit zweiundfünfzig unweigerlich Einzug gehalten haben. Deborah Bollinger ist eine attraktive, würdevolle Frau und dazu gehört auch, dass sie sich ganz offensichtlich der Schönheits-Chirurgie verweigert hat. Nicht unbedingt selbstverständlich in dieser Stadt.

„Es tut mir leid", sagt Cosmo.

Sie schluckt. „Tut es nicht. Aber das ist okay." Sie schiebt die Kassette in ihre Handtasche. Dann schreibt sie einen Scheck über die Summe aus, die sie Cosmo noch schuldet. Der faltet ihn zusammen und schiebt ihn in seine Jeans.

„Was werden Sie jetzt tun, Mrs. Bollinger?"

„Es dem Scheißkerl heimzahlen."

Er gibt sich Mühe, den Blick zu verbergen, mit dem er ihren Körper in dem engen, geblümten Kleid mustert. Ihre Brüste wölben sich rund und fest im Ausschnitt und er fragt sich, ob sie nicht vielleicht doch ein bisschen Würde gegen Silikon eingetauscht hat. Wenn ja, macht sie das nicht weniger faszinierend.

„Ich könnte uns dabei filmen", sagt er. „Schätze, das würde dem guten Hardy eine Herzattacke bescheren."

Ein Lächeln kräuselt ihre vollen Lippen. „Wie selbstlos, Mister Ancona." Einen Moment lang könnte man glauben, dass sie seinen uncharmanten Vorschlag ernsthaft in Erwägung zieht, aber dann richtet sie sich auf. „Sie sollten nicht so viel trinken"

Sie lässt ihren Blick durch das kleine Apartment gleiten. Die Küchenzeile voll mit schmutzigem Geschirr. Leere Pizza- und Fast-Food-Kartons neben dem Mülleimer. Der überquellende Aschenbecher auf dem Couchtisch. Die über Stuhllehnen geworfenen Jeans und T-Shirts, die vergeblich darauf warten, gewaschen zu werden. „Und ein bisschen auf Ihren Lebenswandel achten."

„Meine Putzfrau ist auf den Bahamas."

Sie lächelt so müde wie sein Witz. „Vielen Dank für Ihre Hilfe, Mister Ancona."

Er blickt auf den Ehering mit dem großen glitzernden Stein an den manikürten Fingern ihrer ausgestreckten Hand. Dann schüttelt er sie zum Abschied. „Viel Glück, Mrs. Bollinger."

„Ihnen auch."

Er bringt sie zur Tür und sieht ihr und ihrem drallen Hintern nach, wie die beiden auf hochhackigen Schuhen zur Treppe gehen. Dann lehnt er sich an das Geländer der Galerie, von dem die Farbe abblättert, und blickt runter in den u-förmigen Innenhof des Apartment-Komplexes. Der kleine Pool ist leer, angeblich wegen einer defekten Pumpe, die schon vor Wochen hätte ausgetauscht werden sollen.

Cosmo entdeckt Danny, den Hausmeister, der im Eingangsbereich einen Tannenbaum aufgestellt hat und ihn jetzt mit ein paar roten Kugeln schmückt.

Danny hört das Klappern von Deborahs Absätzen und lächelt freundlich, als sie an ihm vorbei geht.

Cosmo grinst, als Dannys Augen auf ihrem sanft schwingenden Hinterteil verharren, bis sie durch das Tor raus auf die Straße verschwunden ist.

Danny hebt das graugestoppelte Kinn, als hätte er gespürt, dass Cosmo ihn beobachtet. Ihre Blicke treffen sich.

„Dein Besuch?“, fragt Danny unschuldig.

„Eine Klientin.“

„Ich habe ihr nicht auf den Hintern geglotzt.“

„Natürlich nicht.“

„Wie gefällt dir der Baum?“

„Bisschen krumm, aber sonst passt es.“

Danny beäugt den Baum kritisch. „Der ist nicht krumm. Du hast einen Knick in der Pupille.“ Er schaut wieder hoch zu Cosmo. „Hast du schon deine Weihnachtsgeschenke?“

Die Frage versetzt Cosmo einen Stich. Er braucht nur *ein* Weihnachtsgeschenk und das hat er bereits vor Wochen gekauft. Das *Teenage Mutant Ninja Turtles* Set mit allen vier Turtles, Meister Splinter und dem Hauptquartier der Turtles in der Kanalisation. Der Karton liegt in Geschenkpapier verpackt in seinem Schlafzimmerschrank.

„Ja. Und du?“

Danny winkt ab. „Gibt niemanden mehr, dem ich was schenken könnte. Außer dir vielleicht.“

Dannys Telefon klingelt durch seine offene Apartmenttür. Danny verdreht die Augen. „Der nächste Mieter, der sich über irgendwas beschweren will. Bis später.“

Cosmo kehrt auf seine Couch zurück. Er schaltet den Fernseher an. Eine Nachrichtensendung. Zehn Tote bei einem Flugzeugabsturz in North Carolina. Der Präsident verurteilt den Einmarsch der Russen in Tschetschenien. Aber *die* Nachricht des Tages ist eindeutig der Tod von Andrew Light.

Egal auf welchem Kanal, überall ergehen sich Moderatoren und Kommentatoren in Spekulationen über den Tod des jungen Stars. Die meisten wissen, was die Untersuchung des Gerichtsmediziners ergeben wird, und machen keinen Hehl daraus.

Eine attraktive Frau mit mandelförmigen Augen, markanten

Wangenknochen und seidigem, dunklen Haar wirbt für ihre „Sondersendung“ um acht, welche die kurze, aber ereignisreiche Karriere von Andrew Light beleuchten wird.

Cosmo schaltet den Fernseher wieder aus.

Er öffnet den Kühlschrank.

Das letzte Bier hat er vergangene Nacht getrunken. Auch sonst wohnen nicht viele Mieter in seinem Kühlschrank. Er könnte zum *Ralphs* Supermarkt laufen, der nur zwei Blocks entfernt ist.

Oder er könnte zu Rowdy fahren.

Ihm erzählen, was vergangene Nacht so alles passiert ist.

Und ein Bierchen trinken.

Oder zwei.

Vielleicht auch drei.

6

Die Kneipe heißt *Rowdy's*.

Tia hofft, dass der Name nicht Programm ist. Die Gegend zwischen Melrose Avenue und Beverly Boulevard ist nicht unbedingt schlecht, aber als Frau fühlt man sich allein auf dunklen Straßen grundsätzlich unsicher. Auch mit Pfefferspray in der Handtasche.

Adam versucht schon länger, sie zu einem Waffenschein zu überreden, aber der Gedanke, mit einer geladenen Knarre durch die Gegend zu laufen, erscheint Tia lächerlich. Und gefährlich. Es gibt zu viele Leute, die von ihren eigenen Pistolen getötet werden. Sie möchte nicht dazugehören.

Zu ihrer Erleichterung stellt sie fest, dass *Rowdy's* Teil einer Strip-Mall ist und sie ihren roten 911er direkt vor der Tür parken kann. Das einzige andere Fahrzeug ist ein Toyota Hilux Pick-up, der schon bessere Tage gesehen hat.

Sie steigt aus. Auf der Straße erklingen Sirenen, und kurz darauf erscheint ein Streifenwagen mit blinkenden Lichtern. Der Fahrer drosselt das Tempo. Einen Moment lang sieht es so aus, als würden die Polizisten auf den Parkplatz der Strip-Mall abbiegen. Dann jedoch röhrt der Motor auf und der Wagen rast weiter.

Tia lässt ihren Blick über die Fassade der Kneipe gleiten. Schmucklos bis auf ein paar Schmierereien und die geschwungene Neonschrift über der massiven Holztür.

Und eine getrocknete Lache Kotze direkt davor.

Der Gestank steigt ihr in die Nase. Sie muss würgen und atmet hastig nur noch durch den Mund.

Vielleicht war das hier doch keine so gute Idee.

Na, komm schon. Es ist ein steiniger Weg zum Ruhm.

Sie macht einen großen Schritt über die Kotze hinweg und stößt die Tür auf.

Zigarettenrauch schlägt ihr entgegen.

Der Geruch von abgestandenem Bier.

Die Tür fällt hinter ihr wieder ins Schloss.

Tiefhängende Lampen und gedämpftes Licht. Zur Rechten eine Reihe schlichter Tische und Stühle. Zur Linken eine massive Bar, auf der die Lichter eines traurigen Plastikweihnachtsbaums funkeln.

An einem der Tische zwei tätowierte Kampflesben mit Kurzhaarschnitten und weißen Unterhemden. Tia ist daran gewöhnt, von Männern mit Blicken ausgezogen zu werden. Von Frauen, das ist neu. Aber nicht anders. Die Augen der Lesben gleiten über ihre hochhackigen Pumps, die langen Beine in engen Jeans, ihre Brüste, die sich unter der offenen, schwarzen Lederjacke gegen das enge Top drücken.

Wahrscheinlich nicht das richtige Outfit, um sich mit einem zwielichtigen Ex-Cop in einer miesen Spelunke zu treffen. Aber jetzt ist es zu spät.

Hinter der Bar bewegt sich ein massiger Schatten in Tias Richtung, bis sein kahlrasierter Quadratschädel von einer der Lampen angestrahlt wird.

„'n Abend."

„Jemand hat vor Ihre Tür gekotzt."

Der Quadratschädel schüttelt den Kopf. Er sieht zu den Lesben hinüber. „Das muss euer Freund Vince gewesen sein."

„Sie heißt Vincenza", sagt eine der Lesben. „Krieg das endlich mal in deine rasierte Birne, Rowdy."

„Ich geb mir Mühe, ehrlich, Rosita, aber solange Vincenza aussieht wie Vincent mit Rock, wird's für mich nicht leichter."

Rosita und ihre Freundin schütteln den Kopf, als sei Rowdy ein hoffnungsloser Fall und wahrscheinlich ist er das auch.

„Ich möchte Ihnen nicht sagen, was Sie zu tun haben, aber vielleicht machen Sie die Kotze besser weg, bevor jemand reintritt."

„Eins nach dem anderen. Was trinken Sie?"

Tia bestellt ein Wasser und lässt den Blick durch die dunkle Kneipe gleiten.

Am Ende des Tresens sitzt ein dürrer Kerl Anfang sechzig in einem schmutzigen Overall mit der Aufschrift *Diego's Auto Shop* und knibbelt mit ebenso schmutzigen Fingern das Etikett von einer Flasche Bud.

„Ich suche Cosmo Ancona. Mir wurde gesagt, ich könnte ihn hier finden."

Rowdy deutet mit einem Daumen über die breiten Schultern. „Pinkeln."

Tia rutscht auf einen Barhocker. Trinkt von dem Wasser, dass Rowdy vor ihr auf den Tresen gestellt hat. Falls der Laden eine Klimaanlage hat, funktioniert sie nicht. Schweiß läuft ihren Rücken hinab. Sie möchte die Lederjacke aber nicht ausziehen, weil sie die Blicke der Lesben immer noch auf sich spürt.

Im Hintergrund wird eine Tür geöffnet.

Tia wendet den Kopf.

Ein breitschultriger Typ bringt die kurze Strecke zwischen Toilette und Tresen auf unsicheren Beinen hinter sich. „Noch ein Bud, Rowdy."

„Das ist er", sagt der Barmann zu Tia.

Sie geht mit ihrem Wasser an dem Mann im Overall vorbei zu Cosmo Ancona, der sie durch seinen strähnigen Pony mustert.

„Mister Ancona, mein Name ist Tia Kalani."

„Ich habe Sie im Fernsehen gesehen", sagt er, als er ihre Hand schüttelt.

Es gefällt Tia, wenn man sie erkennt. Das geschieht inzwischen immer häufiger. In Restaurants. Beim Einkaufen. Auf der Straße. Die meisten Menschen sprechen sie nicht an, aber Tia spürt an ihren Blicken, dass sie wissen, wer sie ist. Nicht schlecht für eine Göre aus einem Kaff in Kaua'i.

„Ich auch." Der Mann im Overall richtet einen ölverschmierten Finger auf Tia. „*Big Naturals 5* oder *6*, richtig?"

Du meine Güte, denkt Tia, ich hätte genauso gut nackt hier hereinspazieren können.

„Nehmen Sie's ihm nicht übel", sagt Cosmo. „Robertos Frau hat ihn verlassen, die Kinder sind aus dem Haus und Pornos sind alles, was ihm geblieben ist."

Roberto zeigt Cosmo einen Mittelfinger.

„Sondersendung um acht oder so was", sagt Cosmo. „Über den toten Filmfuzzi. Ich habe die Werbung gesehen."

Sie nickt. „Ich moderiere *Inside Hollywood*."

„Wie haben Sie mich gefunden?"

„Der Hausmeister in Ihrem Apartmenthaus hat mir gesagt, dass ich gute Chancen hätte, Sie hier anzutreffen."

„Und woher wussten Sie, wo ich wohne?"

„Telefonbuch."

„Okay. Lassen wir den Bullshit. Sie sind hier, weil Sie wissen, dass ich Andrew Light tot auf dem Scheißhaus gefunden habe. Woher?"

„Eine gute Journalistin hat ihre Quellen."

Cosmo trinkt von seinem Bier. Danach ist die Flasche zur Hälfte leer. Er rülpst. „Tschuldigung."

„Ja, ich weiß, dass Sie Light gefunden haben. Ich weiß auch, dass Sie bei der Polizei waren und jetzt als Privatdetektiv arbeiten. Und ich möchte mit Ihnen über Andrew Light reden."

„Gibt nichts, was Sie nicht schon von Ihrer Quelle bei der Polizei wüssten."

„Vielleicht habe ich mich falsch ausgedrückt. Ich möchte Sie engagieren, Mister Ancona."

„Wieso? Geht Ihr Freund fremd?"

Er sagt Freund, nicht Mann. Tia hat gemerkt, wie sein Blick beim Händeschütteln ihre Finger gestreift hat. Sie trägt weder Ehe- noch Verlobungsring. Der Typ ist vielleicht betrunken, aber immerhin noch aufmerksam. Wenigstens das spricht für ihn.

„Ich möchte Sie engagieren, um den Tod von Andrew Light zu untersuchen."

„Er hatte eine Riesenspritze im Arm. Was glauben Sie, woran er gestorben ist?"

„Ich habe Grund zu der Annahme, dass Andrew Light ermordet wurde."

Er lacht. „Ja, das würde Ihnen gefallen. Mal eine andere Story, als immer die mit der Überdosis. Nichts für ungut, aber Sie verschwenden meine Zeit. Ich hab ein Bier oder fünf zu trinken." Er widmet sich wieder dem Rest in seiner Flasche.

Tia hasst es, abgekanzelt zu werden. „Vielleicht hören Sie sich erst mal an, was ich zu sagen habe."

Seine blutunterlaufenen Augen mustern sie. Das spöttische Schnaufen, das er folgen lässt, bringt Tia auf die Palme. Vielleicht hat er recht. Vielleicht ist das hier Zeitverschwendung. Ist ja nicht so, als wäre dieser besoffene Kerl der einzige Privatdetektiv in Los Angeles.

„Okay", sagt er. „Ich höre mir an, was Sie zu sagen haben. Vielleicht ist es ja unterhaltsam."

Rowdy bringt Cosmo eine neue Flasche Bud. Er bemerkt Tias verärgertes Gesicht und grinst. „Hat man Ihnen nicht gesagt, dass Cosmo ein Arschloch ist?"

„Ist er", bestätigt Roberto von seinem Platz.

Tia wird bewusst, dass alle hier drin interessiert mithören. „Können wir uns nach hinten setzen?"

„Jetzt machen Sie es aber geheimnisvoll."

Sie ignoriert seinen unverhohlenen Spott und geht an einen

Tisch in der hintersten Ecke des Ladens. Sie hört Cosmo gegen einen Stuhl stoßen und leise fluchen, als er ihr folgt.

Tia setzt sich und schlägt die Beine übereinander. Cosmo lässt sich schnaufend auf den anderen Stuhl sacken. Er ist noch betrunkener, als Tia dachte.

„Dann schießen Sie mal los", sagt er, nimmt den nächsten Schluck Bier und beginnt, auf den Hinterbeinen des Stuhls vor- und zurückzuwippen.

„Gestern Abend, ungefähr zwei Stunden, nachdem Sie Andrew Light gefunden haben, bekam ich einen Anruf. Von einem Mann, der behauptet, ein Freund von Andrew Light gewesen zu sein."

Seine Wipperei mit dem Stuhl irritiert sie. „Können Sie bitte damit aufhören? Sie kippen noch um."

„Ja, Mom", sagt er mit einem spöttischen Grinsen und wippt weiter. „Und dieser Anrufer behauptet, Light wäre ermordet worden?"

„Genau."

„Beweise?"

„Keine. Aber ich soll ihn treffen. Hören Sie, ich habe ja zunächst auch gedacht, er wäre einer der üblichen Spinner–"

„Haben Sie die Polizei informiert?"

„Die hätten doch genauso reagiert wie Sie."

„Eben."

Tia hat genug. Sie richtet sich auf. „Okay, ich muss hier nicht betteln. Wollen Sie für mich arbeiten oder nicht?"

„Nein."

Sie wirft sich herum. Was für eine Zeitverschwendung. Sie hätte mit Adam Essen gehen können, statt sich mit dieser traurigen Gestalt zu treffen. Am Tresen drückt sie Rowdy einen Zwanziger in die Hand. „Ich zahle sein Bier."

Rowdys Finger krallen sich um den Schein. „Können Sie ihn nach Hause fahren?"

„Was? Warum sollte ich?"

Sie hört ein Krachen. Dreht sich um und sieht Cosmo, der mit dem Stuhl nach hinten gekippt ist und sich leise fluchend am Tisch wieder hochzieht.

„Darum", sagt Rowdy.

Sie zögert, aber in Rowdys Gesicht sieht sie echte Sorge um Cosmo Ancona, und irgendwie findet sie das rührend. Sie seufzt. „Meinetwegen."

„Danke. Hey, Cosmo, die Lady fährt dich nach Hause."

„Ich kann selber fahren", sagt Cosmo, als er sich neben Tia gegen den Tresen fallen lässt.

Rowdy wedelt mit Cosmos Autoschlüssel. „Nicht ohne den."

„Du bist ein Arschloch, Rowdy."

Rowdy blickt achselzuckend zu Tia. „Das ist der Dank, dass man sich Sorgen macht."

„Außerdem will ich noch gar nicht gehen", sagt Cosmo.

„Aber ich will zumachen. Zieh Leine."

„Wo wohnen Sie?", fragt Tia.

„Calumet Avenue. Echo Park."

„Dann kommen Sie."

Cosmo überholt sie und stößt die Tür auf. Allerdings nicht, um sie ihr aufzuhalten, wie sie zunächst glaubt. Dass der Typ kein Gentleman ist, hätte ihr klar sein müssen. Dann fällt ihr die Kotze ein.

„Achtung! Jemand hat–"

„Ah Fuck." Er hebt seinen zerschlissenen Sneaker aus dem Erbrochenen.

„Das glaube ich jetzt nicht!" Tia macht zum zweiten Mal an diesem Abend einen großen Schritt über die Lache hinweg. Die Tür fällt hinter ihr ins Schloss und Rowdys Gelächter verstummt.

„Regen Sie sich ab." Cosmo hüpft auf einem Bein herum, während er versucht, den Turnschuh vom Fuß zu ziehen, ohne dabei das Gleichgewicht zu verlieren. Irgendwie gelingt es ihm. Er betrachtet etwas ratlos die mit Kotze verschmierte Sohle.

Tia verdreht die Augen. „Warten Sie, ich habe eine Tüte im Wagen–"

Cosmo wirft den Schuh im hohen Bogen auf Rowdys Flachdach.

Sie sieht ihn ungläubig an.

Er zuckt mit den Schultern. „Was?“

Kopfschüttelnd entriegelt sie den Porsche.

7

Tia nimmt den Beverly Boulevard Richtung 101.

Cosmos Bierfahne erfüllt das Innere des Porsches und sie dreht die Lüftung eine Stufe höher. Aus den Augenwinkeln bemerkt sie, wie er eine knittrige Packung Zigaretten aus der Brusttasche seines Jeanshemdes fummelt.

„Was machen Sie da?"

Er wendet sich ihr zu, die Kippe baumelt bereits zwischen seinen Lippen. „Wonach sieht's denn aus?

„Hier drin steht Rauchen unter Todesstrafe."

„Wozu gibt's dann einen Aschenbecher?"

„Der war drin. Fehler bei der Bestellung."

Cosmo schiebt die Kippen mit einem Schnaufen zurück in seine Brusttasche. „Sie müssen gut verdienen, wenn Sie sich so einen Schlitten leisten können."

Sie könnte ihm sagen, dass der Wagen ein Geschenk von Adam ist, aber was geht ihn das an? Nichts.

Eine Weile fahren sie schweigend. Draußen fliegen die Lichter und Billboards des Boulevards vorbei.

„Wie wird man Moderatorin?", fragte er plötzlich.

„Gibt viele Wege. Ich habe Journalismus studiert."

„Aber Klatsch und Tratsch über Prominente ist jetzt nicht unbedingt Journalismus, oder?“

Sie spürt wieder Wut in sich aufsteigen. „Was verstehen Sie denn davon? Haben Sie meine Sendung je gesehen?“

„Nein. Ich versuche nur, Konversation zu betreiben.“

„Lassen Sie’s einfach.“

Tut er aber nicht. „Andrew Light ist an einer Überdosis gestorben. Ende der Durchsage.“

„Und was, wenn nicht?“

Er zuckt mit den Achseln. „Dann eben nicht. Wen juckt das?“

„Das habe ich Ihnen bereits gesagt.“

„Ihr anonymer Anrufer, ja. Aber noch mal: Warum gehen Sie nicht zur Polizei? Wenn wider Erwarten was dran sein sollte, werden die es herausfinden.“

„Der Mann will aber nur mit *mir* reden.“

„Natürlich. Weil Sie eine *Top-Investigativ-Journalistin* sind.“

„Ihr Freund in der Kneipe hat recht, Sie sind ein Arschloch.“

Tia schaltet runter, biegt rechts ab und nimmt die Auffahrt zur 101. Der Porsche schnurrt durch die Kurve. Cosmo klammert sich mit einer Hand am Türgriff fest.

Als sie auf dem Freeway sind, sieht Tia zu ihm rüber. Sein Gesicht hat einen grünlichen Schimmer und das liegt nicht nur am Licht des Armaturenbretts. „Ist Ihnen nicht gut?“

„Halten Sie an!“

„Auf dem Freeway?“

„Halten Sie an oder ich kotze Ihnen in die Karre.“

Sie tritt in die Bremsen und zieht den Wagen ruckartig nach rechts auf den Standstreifen.

Cosmo löst den Sicherheitsgurt, stößt die Tür auf.

Tia wendet den Blick ab, als er sich aus dem Wagen auf den Asphalt erbricht.

Sie lehnt ihren Kopf gegen die Nackenstütze und schließt die Augen. Was kommt als Nächstes?

Blaulicht flackert. Eine Sirene heult auf.

Tia schaut in den Rückspiegel.

Ein Streifenwagen hat hinter ihr gehalten und zwei Uniformierte steigen aus, Hände auf den Dienstwaffen.

Einfach unglaublich, denkt sie. Unglaublich. Sie lässt ihr Fenster nach unten gleiten und legt die Hände gut sichtbar aufs Lenkrad.

Cosmo hängt noch immer im Freien, als die beiden Polizisten den Porsche erreichen. Der mit dem Schnauzer beugt sich zu Tias Fenster hinunter. „Das war aber ein ziemlich riskantes Manöver."

„Ich weiß, Officer. Tut mir leid."

„Haben Sie getrunken?"

„Ich nicht, aber mein Beifahrer."

Schnauzer sieht an ihr vorbei zu Cosmo, der vom Kotzen zum Würgen übergegangen ist. Der Polizist lächelt und Tia hört seine Rechte auf das Wagendach klopfen. „Verstehe. Wäre mir auch nicht recht, wenn jemand in dieses Baby kotzt."

Schnauzers Partnerin, eine athletisch gebaute Afroamerikanerin, ist neben Cosmo in die Knie gegangen. „He Kumpel, alles in Ordnung?"

„Natürlich, deswegen kotze ich ja", hört Tia Cosmo erwidern, bevor er sich zurück in den Sitz fallen lässt.

Das amüsierte Lächeln der Polizistin erstirbt, als sie in sein Gesicht blickt.

„Cosmo?"

„Oh. Hi, Jen."

Die Polizistin wendet sich an Tia. „Wo haben Sie den Penner denn aufgegabelt?"

Tia weiß, dass Cosmo Polizist war, und nachdem, was sie bislang von ihm kennengelernt hat, wundert sie sich nicht über die Reaktion der Polizistin, die ihn ganz offensichtlich kennt. Trotzdem ignoriert sie die Frage und schenkt stattdessen Schnauzer ein Lächeln: „Tut mir leid wegen der abrupten Bremsung, Officer. Ich weiß, das war gefährlich. Aber Sie wissen ja jetzt, warum. Kann ich trotzdem weiterfahren?"

Schnauzers Augen streifen den Ausschnitt ihres Tops und sie

beugt sich noch ein Stück vor, um seine Aussicht zu verbessern. „Ich denke, da spricht nichts dagegen", sagt Schnauzer. „Oder, Jen?"

Die Polizistin ignoriert ihren Kollegen. Ihr eisiger Blick ruht immer noch auf Cosmo. „Ich verstehe bis heute nicht, warum du nicht im Knast sitzt."

Cosmo schenkt ihr ein schiefes Grinsen. „Da haben sie schon genug Arschlöcher."

Die Polizistin legt die Hand auf ihren Schlagstock. „Er hat mich gerade Arschloch genannt, oder Preston?"

„Jen, hör auf, er ist es nicht wert."

Die Polizistin reißt die Tür auf Cosmos Seite auf. „Aussteigen."

Cosmo schüttelt den Kopf. „Hab keine Lust, noch mal in Kotze zu treten."

„Aussteigen, hab ich gesagt." Ihre Finger krallen sich in den Ärmel seines Jeanshemds.

Jesus, denkt Tia. Was ist denn hier los?

„Bitte. Er hat Sie doch überhaupt nicht beschimpft."

„Halten Sie sich da raus." Die Polizistin zieht ihren Schlagstock und drückt das abgerundete Ende gegen Cosmos Brust. „Zum letzten Mal: aussteigen!"

Tia wendet sich an Schnauzer. „Ich weiß nicht, was Ihre Kollegin für ein Problem hat, aber Sie sollten was tun."

Schnauzer seufzt und blickt über das Wagendach zu seiner Partnerin hinüber. „Jen. Bitte. Lass gut sein."

„Du bist ein Drecksack, Cosmo", sagt sie.

„Kann sein. Aber wenn du das Ding nicht wegnimmst, schieb ich's dir dahin, wo die Sonne nicht scheint."

„Er hat mich bedroht, Preston."

„Verdammt noch mal, Jen! Schluss jetzt."

Sie presst die Spitze des Schlagstocks noch einen Moment gegen Cosmos Brust, dann nimmt sie ihn zurück. Sie schüttelt angewidert den Kopf. „Zum Glück bin ich nicht wie du."

„Stimmt, du hast Möpse, ich nicht."

Die Polizistin schlägt die Autotür krachend zu und wendet sich abrupt ab. Tia sieht sie im Rückspiegel zurück zum Streifenwagen stapfen.

Schnauzer beugt sich wieder zu Tias Fenster runter und blickt an ihr vorbei zu Cosmo. „Sie hat recht. Sie hätten dich in den Knast stecken sollen."

„Und du hast deine Eier zu Hause vergessen. Aber das ist ja nichts Neues."

„Fick dich, Cosmo."

„Fick dich selbst, Preston."

Tia rollt mit den Augen. „Ich würde Ihrer intellektuellen Diskussion ja gern noch eine Weile zuhören, aber ich bin müde und möchte nach Hause."

Schnauzer klopft wieder mit der Hand auf das Wagendach. „Gute Fahrt. Und falls Sie an der Müllkippe vorbeikommen, können Sie den Abfall da loswerden."

Tia gibt Gas, setzt den Blinker, blickt in den Seitenspiegel und zieht dann zurück auf den Freeway. Der Streifenwagen und die beiden Beamten bleiben zurück.

Tia fährt mit zusammengepressten Lippen. Ihr Herz rast.

Schließlich sagt sie zu Cosmo, der mit ausdrucksloser Miene geradeaus blickt: „Was war *das* denn gerade?"

„Bringen Sie mich einfach nach Hause."

Nichts lieber als das, denkt sie, nichts lieber als das.

8

Der Porsche stoppt vor seinem Apartmenthaus.

Cosmo stößt die Tür auf und stemmt sich schwerfällig aus dem Sitz. „Danke."

Er steigt aus, ohne die Fernsehtussi noch einmal anzusehen. Er spürt, dass sie ihm nachsieht. Zum Glück hält sie die Klappe. Dann hört er, wie sie den Porsche auf der Calumet Avenue wendet und der Wagen leiser wird, als er Richtung West Egdeware verschwindet.

Ich verstehe bis heute nicht, warum du nicht im Knast sitzt.

Das war Glück, Jen, nichts weiter.

Der Weihnachtsbaum, den Danny aufgestellt hat, trägt jetzt auch eine Lichterkette, deren Lampen ihr warmes Licht auf die schmutzigen Fliesen des leeren Pools werfen. Hinter dem Fenster von Dannys Apartment flackert das Licht eines Fernsehers. Danny wird seit seiner Rückkehr aus Vietnam von Alpträumen geplagt und sein Mittel gegen die Schlaflosigkeit sind Vietnam-Kriegsfilme, über deren „Hollywood-Bullshit" er sich dann tagsüber aufregen kann.

Du bist ein Drecksack, Cosmo.

Das würde ich nie bestreiten, Jen.

Cosmo kämpft sich mit schweren Gliedern die Treppe hoch

in den zweiten Stock. Sein Schädel ist wie in Watte gepackt. Er humpelt auf einem Turnschuh die Galerie entlang bis zu seiner Tür. Holt den Schlüssel heraus und öffnet. Der Muff seiner Bude schlägt ihm entgegen.

Sein erster Impuls ist der Gang zum Kühlschrank, dann fällt ihm ein, dass er kein Bier mehr hat.

Er schleppt sich durch das dunkle Zimmer zum Couchtisch. Seine Finger finden die Fernbedienung.

Die Glotze erwacht zum Leben und wirft ihr fahles Licht in den Raum.

„Hola, *pendejo*."

Cosmo zuckt zusammen. Er fährt schwerfällig herum und verliert dabei fast das Gleichgewicht.

Jemand sitzt auf seiner Couch.

Dann verlöschen die Lichter.

Nicht die in seinem Apartment.

Die waren ja nie an.

Nein, die in seinem Kopf.

9

Er kommt wieder zu sich, als sie den Kofferraum öffnen. In seinem Schädel läuft ein Metallica-Konzert. Seine Sicht ist verschwommen, so als hätte ihm jemand Zellophanfolie um die Augen gewickelt.

Starke, schwielige Hände zerren ihn ins Freie.

Er hat Schwierigkeiten, aufrecht zu stehen, aber sie halten ihn fest.

Eine Hand reißt seinen Kopf in den Nacken.

Flüssigkeit plätschert in sein Gesicht und in seinen offenen Mund.

Tequila.

Er schließt den Mund, aber schmutzige Finger schieben sich zwischen seine Lippen und drücken ihn wieder auf. Er will zubeißen, aber die Finger sind stärker.

Der Tequila fließt in seinen Mund. Er versucht, nicht zu schlucken, aber es gelingt ihm nicht. Der Tequila brennt sich seinen Weg durch seine Kehle, in seinen Magen, in seine Blutbahnen.

Er muss husten und würgen.

Sie lassen ihn los.

Er fällt auf die Knie.

Ein Tritt in die Rippen. Der Schmerz ist brutal. Die Luft bleibt ihm weg. Er kippt zur Seite und dann rollt er einen steilen Hang hinab. Er spürt Gras, ein paar Glasscherben, sein Körper zerdrückt etwas, das sich anfühlt wie eine Getränkedose, dann ist der Hang zu Ende und er bleibt auf dem Rücken liegen.

Das laute, monotone Brummen der Fahrzeuge auf dem Freeway.

Er hört die Typen den Hang herabkommen.

Die Hände zerren ihn zurück auf die Beine.

Er kneift die Augen zusammen, öffnet sie wieder.

Seine Sicht bleibt verschwommen.

Er versucht sich loszureißen.

Vergeblich. Keine Kraft.

Sie lassen ihn los.

Er steht auf wackeligen Beinen.

Am Rand einer weiteren Böschung.

Unter ihm der Freeway.

Scheinwerfer. Dutzende Scheinwerfer.

„Hasta la vista, Baby."

Ein Tritt in die Wirbelsäule.

Cosmo fliegt.

Überschlägt sich.

Immer und immer wieder.

Er schlägt auf. Hart. Asphalt.

Sein Körper rollt.

Bremsen kreischen. Reifen quietschen. Hupen hupen.

Ihm wird schlagartig klar: *Sie haben mich auf den Freeway gestoßen.*

Steh auf, Mann! Steh auf!

Leichter gesagt als getan.

Alles dreht sich. So als stünde er auf einer dieser rotierenden Plattformen, die man auf Kinderspielplätzen findet.

Jeden Moment wird es einen Knall geben. Metall, das seinen Körper trifft. Seine Knochen bricht. Seine Eingeweide platzen lässt.

Endlich steht er.

Die Welt hört aber nicht auf sich zu drehen.

Wo ist die Böschung? Der Mittelstreifen?

Das brüllend laute Horn eines Trucks fährt durch jede Faser seines Körpers.

Für einen kurzen Moment sieht Cosmo wieder klar.

Der monströse Kühlergrill eines Kennworth Semi Trucks.

Das Maul eines Monsters.

Hydraulische Bremsen, die schreien wie verlorene Seelen.

Grelle Scheinwerfer, die vor seinen Augen größer werden, als wären sie Sonnen aus einem anderen Sternensystem.

Er reißt einen Arm hoch.

Und wieder erlöschen die Lichter.

Erlösung.

10

Er hasst hiken.

Durch die Pampa zu marschieren und sich dabei einen auf die ach so schöne Landschaft runterzuholen - nicht sein Ding. Wenn er schöne Landschaft will, setzt er sich an einen Pool und genießt die sonnengebräunten, von Körperlotion glänzenden, saftigen Hügel und Kurven, die im Wasser, auf Luftmatratzen und in Liegestühlen zu finden sind.

Aber heute hat er keine Wahl.

Der verdammte Mexikaner.

Schweiß perlt von seiner Stirn und rinnt sein Rückgrat hinab. Verschwindet zwischen seinen Arschbacken.

Irgendwo zu seiner Rechten raschelt es zwischen Steinen und Gestrüpp. Raschelt es oder *rasselt* es? Er muss an das *Achten-Sie-auf-Klapperschlangen*-Schild denken, das am Anfang des Trails an einem Metallpfosten in den Boden gerammt worden war, und sein Herzschlag, von der Anstrengung sowieso schon im dritten Gang, schaltet gleich noch höher. Er macht einen Bogen nach links und späht aus zusammengekniffenen Augen nach rechts, kann aber keine Schlange erkennen. Was nicht heißt, dass keine da ist. Bloß schnell weiter.

Der verdammte Mexikaner.

Der Pfad wird steiler und macht eine Kurve nach rechts. Er bleibt kurz stehen, um Luft zu holen, dann bringt er die letzten Meter bis zur Hügelkuppe hinter sich.

„Tolle Aussicht, oder?", fragt Rivera.

Er bleibt stehen, die Arme in die Hüften gestemmt, und schnappt vornübergebeugt nach Luft. Ich scheiße auf die Aussicht, denkt er.

Rivera sitzt auf einem Felsen, die Arme auf die Oberschenkel gestützt, eine Flasche Evian in der Hand. Der Kerl sieht nicht so aus, als sei er auf dem Weg hier rauf ins Schwitzen geraten. Im Gegenteil. Jedes Haar seiner dichten schwarzen Matte ist am richtigen Platz. Da ist nicht mal Staub auf seinen Schuhen. Wie macht er das?

Rivera wirft ihm die Wasserflasche zu. Er fängt sie ungelenk auf. Schraubt den Deckel ab und nimmt ein paar gierige Schlucke.

Rivera und seine beiden Männer beobachten ihn. Während Rivera direkt aus einer Rolle als alternder Playboy einer mexikanischen Seifenoper getreten sein könnte, machen seine Begleiter Guillermo und Xavier keinen Hehl aus ihrer Herkunft. Bestickte Hemden, Jeans, spitze Cowboystiefel, weiße Stetsons. Guillermo, der Ältere, trägt eine 45er Automatik mit Perlmuttgriff in einem Schnellziehholster unter der Lederjacke, und der Schönling Xavier hat sicher auch irgendwo eine Knarre am Körper.

Er schraubt den Deckel zurück auf die Wasserflasche und hält sie Rivera hin. Der winkt mit amüsiertem Lächeln ab. „Können Sie behalten. Für den Rückweg."

Er schiebt sich die Ray Ban aus dem Gesicht in die Haare. „Okay. Weswegen musste ich hier raufklettern?"

„Haben Sie Mancini gefunden?"

„Nein. Aber wir sind dran."

Das Problem ist nur, und das weiß Rivera genauso gut wie er, dass die Ratte wie vom Erdboden verschluckt ist. Er muss geahnt haben, dass sie Andy auf die Schliche gekommen sind. „Wenn er zu den Bullen wollte, wäre er nicht abgetaucht. Der hat die

Hosen voll. Und ich bin mir nicht sicher, wie viel Andy ihm erzählt hat."

„Darauf werde ich mich nicht verlassen", sagt Rivera. „Der Junge ist ein Loch, das es zu stopfen gilt. Bevorzugt mit einer Kugel. Oder einer Klinge an der Kehle. Das ist mir gleich. Hauptsache, tot. Das ist in unser aller Interesse."

In meinem Interesse ist es, nicht ins Gefängnis zu kommen, denkt er. Er mustert Rivera. Der wird eher im Kugelhagel eines Rivalen sterben, als je in einen mexikanischen Knast zu wandern. Menschenleben bedeuten Rivera und seinesgleichen wenig, das wusste er, als er sich mit den Mexikanern eingelassen hat. Diese Typen tränken hinter der Grenze regelrecht den Boden mit dem Blut ihrer Landsleute.

Doch Skrupel sind jetzt fehl am Platz. Dafür ist das Geschäft zu groß. Sogar groß genug, um Andy zu opfern. Aber was heißt opfern? Seinen Platz auf dem Untersuchungstisch des Gerichtsmediziners hat der Dreckskerl sich selbst zuzuschreiben.

Rivera steht auf und zupft sein Jackett zurecht. Er zieht eine verspiegelte Sonnenbrille aus der Brusttasche und setzt sie auf. „Ich muss zurück nach Tijuana, aber Guillermo und Xavier bleiben in der Stadt. Sie stehen zu Ihrer Verfügung."

Rivera traut uns nicht zu, dass wir die Sache allein hinkriegen, denkt er. Deswegen lässt er seine Kettenhunde hier. Ist vielleicht besser so. Lass die Drecksarbeit von den Typen erledigen, die kein Problem damit haben.

„Wir haben gehört, heute Abend steht eine Party an", sagt Xavier.

Er seufzt. Natürlich. Jeder liebt den Hollywood-Glamour, erst recht diese Typen. Die halten sich alle für Tony Montana aus *Scarface*. Dicke Wummen, Goldklunker und dünne, weiße Gringo-Girls, darauf stehen sie.

„Kein Problem."

Xavier grinst und boxt Guillermo auf die Schulter. „Siehst du, *tio*, ich komme doch noch dazu, eine Hollywood-*puta* zu vögeln."

„Halt die Klappe", sagt Guillermo und schenkt Rivera einen

Blick, der offensichtlich soviel heißen soll wie: *Keine Sorge. Ich habe ihn im Griff.*

Rivera bedeutet den beiden mit einem Kopfnicken, dass es Zeit ist, zu gehen. Wenig später sind die drei Mexikaner um eine Wegbiegung nach Süden verschwunden.

Er lässt sich auf den Felsen sacken, auf dem Rivera gesessen hat. Die Sonne brennt heiß vom Himmel. Richtung Westen kann man bis zum Pazifik sehen. Zugegeben, die Aussicht ist wirklich nicht übel. Er nimmt noch einen Schluck aus der Wasserflasche, die Rivera ihm gegeben hat, dann richtet er sich auf. Schiebt die Ray Ban aus den Haaren zurück vor die Augen.

Jetzt muss er den ganzen beschissenen Weg bis zum Parkplatz zurücklatschen. Er denkt an das Schild mit der Warnung vor Klapperschlangen.

Gottverdammt.

Er hasst hiken.

11

Die Türen der Notaufnahme gleiten auseinander.

Tia tritt ein und lässt die grelle Morgensonne hinter sich.

So früh am Tag geht es hier ruhig zu. Keine wehklagenden Patienten im Wartebereich. Nicht ein einziger. Aus versteckten Boxen ertönt Aretha Franklins *„Oh Christmas Tree"*.

Tia durchquert den Eingangsbereich und geht zum Empfang, hinter dem eine dralle Latina mit hochgesteckten Haaren und dunklen Augenringen sitzt. Flecken, die aussehen wie getrocknetes Blut auf ihrer grünen Schwesternkluft. Eine Überlebende der Nachtschicht.

„Guten Morgen. Ich suche einen Cosmo Ancona."

„Letztes Zimmer links. Immer dem Alkoholgeruch nach."

Cosmo hebt den Kopf, als Tia ins Zimmer tritt.

Ein paar mit rötlichem Desinfektionsmittel bepinselte Schrammen im Gesicht. Der rechte Unterarm mit einem Verband umwickelt. Noch mehr Schrammen und Schürfwunden auf den Knien, die aus dem hellgrünen Krankenhaushemdchen hervorragen. Blaue Flecken auf den Schienbeinen. Ein Infusionsbeutel am linken Arm.

Er lächelt schief. „Hey, Hollywood."

„Sie sehen aus, als hätte Sie ein Truck überrollt."

„Zum Glück hatte der Typ gute Bremsen."

Erst jetzt bemerkt Tia den zweiten Mann, der neben der Tür an der Wand lehnt. Mittelgroß, in einem billigen Anzug. Ein pockennarbiges Gesicht mit dünnem, schwarzen Schnurrbart und ebenso schwarzem Haar, hier und da von ein paar grauen Strähnen durchzogen.

„Das ist ein Freund von mir."

Der Pockennarbige streckt seine rechte Hand mit goldenem Ehering aus. „Detective Rodriguez."

Immerhin scheint es einen Polizisten zu geben, der Ancona nicht zusammenschlagen will. Sie schüttelt Rodriguez' Hand, bevor sie wieder Cosmo ansieht. „Was ist passiert?"

Als er es ihr erzählt hat, starrt sie ihn verwundert an. „Und jetzt glauben Sie, das hängt mit Andrew Light zusammen?"

Sie hat heute früh noch an Adam gelöffelt in ihrem Bett gelegen, als das Telefon klingelte. War sofort hellwach, als sie Cosmo Anconas Stimme am anderen Ende hörte. „Ich hab's mir überlegt. Ich will doch für Sie arbeiten."

Sie dachte an das, was sie vergangene Nacht mit ihm erlebt hatte. „Danke, aber ich habe bereits jemand anderen."

„Haben Sie nicht."

Adam öffnete blinzelnd die Augen und sah sie fragend an.

„Und warum haben Sie es sich anders überlegt?"

„Weil mich jemand umbringen wollte."

Sie hielt inne. „Wegen Andrew?"

„Ich bin in der Notaufnahme vom Good Samaritan. Können Sie mich abholen?"

Sie blickte wieder zu Adam, der sich im Bett aufrichtete und hinter dem Stapel Drehbücher, die er aus der Agentur mitgebracht hatte, nach seiner Brille suchte. Sie hatte ihm zwar von dem anonymen Anrufer erzählt (Zeitverschwendung, meinte er), aber nicht von ihrem Treffen mit dem Privatdetektiv vergangene Nacht. Hätte sie es getan, wäre er garantiert nicht begeistert gewesen, dass sie sich wieder mit ihm treffen wollte. Also sagte sie Adam, dass sich ein kurzfristiger Interview-Termin mit Johnny Depp ergeben hätte und fühlte sich ein bisschen schuldig, weil sie ihn anlog. Sie nahm eine schnelle Dusche und brauchte knapp dreißig Minuten von Adams Haus in den Hollywood Heights bis zum Krankenhaus.

„Andrew Light ist an einer Überdosis gestorben", sagt Detective Rodriguez jetzt. „Du hast ihn gefunden. Du hast es mit eigenen Augen gesehen."

„Ja. Und zwei Tage später schmeißen mich irgendwelche Penner auf den 101."

„Du hattest anderthalb Promille. Wahrscheinlich hast du sie immer noch."

Cosmo zeigt auf Tia. „Sie hat mich nach Hause gebracht, Marco. Und als ich in mein Apartment gekommen bin, saß da ein Arschloch auf meiner Couch. Und ein anderes Arschloch hat mir eins übergezogen." Er berührt seinen Hinterkopf. „Ich hab eine Beule so groß wie der Mount Everest, die das belegt."

„Du bist die Böschung runtergefallen."

„Ich wurde *runtergestoßen*. Und vorher haben sie mir fast eine halbe Flasche Tequila eingeflößt."

„Angenommen, das stimmt alles–"

„Glaubst du, ich denke mir das aus?"

Rodriguez seufzt. „Nein, aber–"

„Was soll das mit Andrew Light zu tun haben?", unterbricht Tia die beiden und ist sicher, dass der Polizist dieselbe Frage stellen wollte.

Cosmo sieht sie an. „Was weiß ich. Aber es kann kein Zufall sein."

Rodriguez bemerkt ihren skeptischen Blick. „Cosmo hat mir von Ihrem anonymen Anrufer erzählt. Das ist ein–"

„Spinner", unterbricht Tia ihn. „Ich weiß, das sagt jeder."

Ein Summen erklingt. Rodriguez fummelt einen Pager von seiner Hüfte. Blickt auf die Nummer, dann deutet er mit dem Pager auf Cosmo. „Ich bin froh, dass es dir gut geht, Kumpel. Aber ich muss jetzt los. Pass auf dich auf. Wiedersehen, Miss

Kalani. Meine Frau liebt Ihre Sendung." Er verlässt das Zimmer.

Tia sieht dem Polizisten nach. Sie fragt sich, ob sie ihm nicht besser folgen sollte.

„Sie glauben mir nicht", sagt Cosmo.

Sie dreht sich zu ihm um. „Na ja ..."

„*Sie* wollten meine Hilfe."

„Ich weiß, aber–"

„Ich gebe zu, ich bin sicher nicht der beste Privatdetektiv, den Sie anheuern können. Aber auf jeden Fall der billigste."

Sie kann nicht anders, sie muss lächeln. „Gut. Und was machen wir jetzt?"

Er rupft sich mit einem Ruck den Tropf aus dem Arm. „Sie fahren mich nach Hause." Er schwingt die Beine vom Bett und richtet sich auf. Schwankt und hält sich an der Metallstange fest, von der der Beutel mit Kochsalzlösung baumelt.

Tia starrt auf den dicken Blutstropfen, der aus der Stelle in seiner Armbeuge läuft, in der die Infusionsnadel gesteckt hat.

Sie sollte hier raus und die ganze Sache vergessen.

Ja, sollte sie. Aber warum tut sie es dann nicht?

Cosmo geht an ihr vorbei durch die Tür. Peinlich berührt bemerkt sie seine nackten Pobacken unter dem kurzen Krankenhausfummel.

„Glotzen Sie mir nicht auf den Hintern. Ich bin mehr als nur ein schöner Körper", sagt er, bevor er im Flur verschwindet, und dann: „Hey, Schwester. Wo sind meine Klamotten?"

12

Er schließt die Tür auf und sie betritt hinter ihm das Apartment. Der Gestank von kaltem Zigarettenrauch und Essensresten steigt ihr in die Nase. Was für ein Dreckloch.

„Haben Sie keine Putzfrau?"

„Wieso? Suchen Sie einen Job?"

Sie schneidet eine Grimasse.

„Ich gehe duschen." Er verschwindet durch den schmalen Flur in den hinteren Teil des Apartments.

Kurz darauf hört sie ihn vor Schmerzen stöhnen, als er sich im Badezimmer entkleidet. Das, obwohl sie ihm im Krankenhaus Schmerztabletten mitgegeben haben, von denen er auf der Fahrt bereits zwei eingeworfen hat.

Die Dusche fängt an zu rauschen.

Ihr Blick schweift durch das Wohnzimmer und die angrenzende Küchenzeile. Ein getrockneter Fleck an der Wand hinter dem Fernseher. Pizzakartons, schmutziges Geschirr, leere Bierflaschen. Vor dem Fenster ein kleiner Schreibtisch, auf dem sich Papiere stapeln, das meiste davon sieht nach Rechnungen aus. Ein gerahmtes Foto, halb verborgen hinter einem Trinkbecher aus den Universal-Studios.

Tia schiebt den Becher ein Stück beiseite. Auf dem Bild steht Cosmo vor dem silberfarbenen DeLorean der *Zurück-in-die-Zukunft*-Attraktion. Sein Arm liegt auf den schmalen Schultern eines neun- oder zehnjährigen Jungen mit heller Haut und Cosmos dichtem, dunklen Haar.

Das Rauschen der Dusche verstummt. Sie hört seine nackten Füße im Flur. Eine Tür. Wieder schmerzerfülltes Stöhnen. Weitere fünf Minuten vergehen, bevor er zurückkommt. Er trägt saubere Jeans und ein Hardrock-Café-T-Shirt mit ausgefranstem Kragen. Hinter dem Tresen, der die Küchenzeile vom Wohnzimmer trennt, macht er sich an der Kaffeemaschine zu schaffen.

„Kaffee?"

Eigentlich wäre Tia lieber zurück an die frische Luft, aber sie will seinen geschundenen Körper nicht gleich wieder zur Bewegung zwingen. „Gerne."

Während der Kaffee durchläuft, bittet Cosmo sie, auf der Couch Platz zu nehmen. Er lässt sich mit schmerzverzerrter Miene in den Fernsehsessel sinken. Beugt sich vor und greift nach der Schachtel Kippen auf dem flachen Wohnzimmertisch. Er schiebt sich eine Kippe in den Mund und zündet sie mit einem Feuerzeug an. Er inhaliert tief und bläst den Rauch aus. „Ihr anonymer Anrufer hat gesagt, er will Sie treffen, richtig?"

Sie ist überrascht, dass er sich noch an die Details von gestern Abend erinnert. „Ja."

„Wann und wo?"

„Er hat gesagt, er meldet sich wieder."

„Hat er sich wieder gemeldet?"

„Bis jetzt nicht."

„Also ist seine Behauptung der einzige Hinweis darauf, dass Andys Tod ein Mord gewesen sein könnte."

„Und die Männer, die Sie auf den Freeway gestoßen haben."

Er erwidert nichts.

„Das haben Sie doch selbst gesagt."

Er nickt. „Nur hilft uns das nicht weiter."

„Können Sie sich denn an die Männer erinnern?"

„Nein. Ich kam rein, jemand saß auf der Couch, da, wo sie jetzt sitzen, und – Bam! – haben sie mir eins übergezogen. Ich weiß nur noch, dass mich jemand aus einem Kofferraum gezerrt und auf den Freeway gestoßen hat."

„Sie haben niemanden erkannt?"

Er schüttelt den Kopf. „Ich war noch halb bewusstlos."

Und stockbesoffen, denkt Tia.

„Ich kann die Penner nicht mal beschreiben. Deswegen glaubt mir Rodriguez auch nicht."

„War Detective Rodriguez Ihr Kollege?"

„Wir sind zusammen zur Polizeischule gegangen."

Sie würde ihn gerne nach den beiden Polizisten fragen, die sie vergangene Nacht auf dem Freeway angehalten haben und so schlecht auf ihn zu sprechen waren. Aber sie befürchtet, dass das nicht gut ankommt, also lässt sie es.

Die Kaffeemaschine hat aufgehört zu blubbern. Als Tia sieht, wie er sich aus dem Sessel drücken will und dabei wieder das Gesicht verzieht, steht sie auf. „Ich hole den Kaffee."

Er lächelt dankbar. „Tassen sind über der Spüle."

Sie öffnet die Schranktür und holt zwei Becher heraus. Eine trägt den Aufdruck LAPD, die andere das Logo der *Ghostbusters*. Der weiße Geist im roten Verbotskreis weckt warme Erinnerungen. *Ghostbusters* war der letzte Film, den sie auf Hawaii gesehen hat, bevor sie nach Los Angeles kam.

Sie gießt Kaffee in die beiden Tassen und bringt Cosmo die mit dem LAPD-Aufdruck.

„Danke." Er nimmt einen Schluck und lehnt sich im Sessel zurück. „Normalerweise dauert es, bis die Autopsie durch ist. Aber bei einem prominenten Kunden wie Andrew Light wird die Gerichtsmedizin sich ranhalten. Für Leute wie ihn dreht die Welt sich schneller. Sogar, wenn sie tot sind. Was machen Sie, wenn der Autopsiebericht bestätigt, dass Andrew Light an einer Überdosis gestorben ist?"

„Wenn sich mein anonymer Anrufer bis dahin nicht wieder gemeldet hat, vergesse ich die ganze Sache."

„Gut. Und solange kosten Sie meine Dienste fünfhundert am Tag. Plus Spesen."

„Fünfhundert? Ich dachte, Sie wären billig."

„Ich habe gelogen."

Sie seufzt. „Okay."

„Die ersten fünfhundert sind sofort fällig."

Sie öffnet ihre Handtasche. Holt ihr Scheckheft heraus. Eine Unterschrift später ist sie fünfhundert Dollar ärmer. Cosmo faltet den Scheck zusammen und steckt ihn in seine Hosentasche.

„Okay. Ihr anonymer Anrufer behauptet, Light wurde ermordet. Ich habe ihn tot mit einer Spritze im Arm aufgefunden. Nehmen wir mal an, Ihr Anrufer hat recht und es war Mord. Das würde bedeuten, jemand hat ihm die Überdosis mit Absicht verpasst. Dazu fallen mir unterschiedliche Szenarien ein: Jemand hat ihn festgehalten und man hat ihm die tödliche Nadel gewaltsam gesetzt. Das spräche für mehrere Täter, das schafft nicht einer allein. Außerdem würde das mit ziemlicher Sicherheit Spuren an seinem Körper hinterlassen. Zum Beispiel Blutergüsse, dort, wo man ihn festgehalten hat. Aber warum sollte man das ausgerechnet in der Öffentlichkeit machen, auf dem Scheißhaus einer gut besuchten Bar mitten in Santa Monica? Warum nicht bei ihm zuhause? Da, wo man ungestört ist."

„Vielleicht wusste Andy nicht, was er sich spritzt."

Cosmo nickt. „Das wäre meine Vermutung. Der Täter hat dafür gesorgt, dass Andys nächste Dosis Glück die finale Dosis Tod war. Kommen wir zur nächsten Frage. Was ist das Motiv? Warum wollte ihn jemand umbringen? Eine mit Absicht gesetzte Überdosis schließt Mord im Affekt jedenfalls aus. Wir reden also von einer geplanten Tat. Der Täter musste von Andys Drogenproblemen wissen–"

„Das war ja nun weiß Gott kein Geheimnis."

„Ja, aber es war garantiert keine eifersüchtige Freundin oder jemand, der Andy aus was weiß ich für einem Grund nicht ausstehen konnte. Wer jemanden umlegt und es wie einen

Drogentod, sprich Unfall, aussehen lässt, der betreibt ziemlich viel Aufwand. Der hat eine Agenda."

„Er wollte–"

„Oder sie."

„Er oder sie wollte Andy loswerden, aber nicht auffallen."

„Genau. Was wissen Sie über Andrew Light?"

„Er kommt aus Idaho. Er hat in einer Warteschlange vor einem Konzert Witze gerissen und dabei die Aufmerksamkeit von Lorne Michaels, dem Produzenten von *Saturday Night Live*, auf sich gezogen. Nach einem Jahr war er der neue Star der Show. Dann kam sein erstes Filmangebot. Ein Actionfilm. *Hollow Point* war der größte Kassenschlager dieses Sommers, noch vor *Speed* und *True Lies*.

„Privatleben?"

„Er hatte seit zwei Jahren keine feste Beziehung, aber ihm wurden diverse Bettgeschichten angedichtet. Es gibt auch Gerüchte, dass er schwul ist. Ich meine, war."

„Was ist mit den Drogen?"

„Davon hört man, seit er bekannt wurde. Exzessives Partyleben. Alkohol, Pillen, das Übliche. Letztes Jahr wurde er nachts auf dem Hollywood Boulevard gefunden. Schlafend. Splitternackt. Zugedröhnt bis in die Haarspitzen.

„Haben Sie ihn persönlich kennengelernt?"

„Ja. Ich habe ihn im Sommer für die Sendung interviewt."

„Und?"

„Sympathisch. Ein bisschen melancholisch. Vielleicht sogar depressiv. Wie viele Komiker. Außerdem war er bei unserem Treffen definitiv high."

„Kennen Sie Leute aus seinem Umfeld?"

„Natürlich. Mehrere. Unter anderem den Produzenten von *Hollow Point*. Jack Silverman hat ihn damit zum Filmstar gemacht. Andy konnte sich seitdem vor Filmangeboten kaum noch retten."

„Dann sollten wir mit diesem Silverman reden. Können Sie das arrangieren?"

„Silverman gibt heute Abend eine Party. Ich bin eingeladen."

„Gut. Dann nehmen Sie mich mit. Es werden doch sicher noch andere Leute da sein, die Andy kannten oder mit ihm gearbeitet haben."

„Ja ..."

Er spürt ihr Zögern. „Was ist los? Haben Sie Angst, dass ich Sie blamiere?"

Natürlich hat sie das.

Aber jetzt ist es zu spät.

„Ich zeige mich nur von meiner besten Seite. Versprochen."

Sie mustert ihn. Und fragt sich, wie seine beste Seite wohl aussieht. Hat er überhaupt eine?

„Dann hole ich Sie nachher ab. Um sieben. Schaffen Sie das?"

„Ich hau mich jetzt aufs Ohr und heute Abend bin ich Mister Superdetektiv, keine Sorge."

13

Als sie weg ist, schließt Cosmo die Tür hinter ihr ab. Stellt einen Stuhl unter die Klinke.

Seine Hände zittern. Sein Mund ist trocken.

Er hätte Tia auf dem Weg hierher bitten sollen, an einem Supermarkt zu stoppen. Aber er wollte die neue Klientin nicht gleich wieder vergraulen.

Er holt die Beretta aus ihrem Versteck hinter der Verkleidung der Klimaanlage. Schiebt das Magazin in den Griff. Dann schleppt er sich ins Schlafzimmer. Die grelle Sonne wird von beigen Vorhängen gefiltert. Er lässt sich wie ein alter Mann auf das Bett sinken. Schiebt die gesicherte Beretta unter das Kopfkissen. Vielleicht lässt die Wirkung der Schmerzmittel bereits nach, vielleicht sind die Schmerzen seines lädierten Körpers auch einfach zu groß. Er spürt jede Schramme, jeden blauen Fleck, jede Prellung. Im Krankenhaus haben sie keine Gehirnerschütterung diagnostiziert, aber der bohrende Kopfschmerz lässt ihn die Augen zukneifen. Sein Körper fühlt sich an wie mit Gewichten beschwert.

Trotzdem findet er nicht in den Schlaf.

Er denkt an vergangene Nacht.

Kalani hat sofort geschluckt, dass Andrew Lights vermeintliche Mörder es auch auf ihn abgesehen haben.

Obwohl es überhaupt keinen Sinn ergibt. Im Gegensatz zu Rodriguez, der Cosmos Spiel wahrscheinlich sofort durchschaut hat. Denn nur mal angenommen, Andrew Light wurde wirklich ermordet. Warum sollten seine Mörder, die sich die Mühe gemacht haben, den Tod des Schauspielers wie eine Überdosis aussehen zu lassen, versuchen, den Typen aus dem Weg zu räumen, der die Leiche gefunden hat?

Kalani hat Cosmos Geschichte geschluckt, weil sie sie schlucken wollte.

Genau darauf hat er gesetzt, als er sie heute früh aus dem Krankenhaus anrief. Und darauf, dass sie noch keinen Ersatz gefunden hatte. Ein paar Tage den Ermittler spielen und die Kohle einstreichen, das ist sein Plan. Der Anwalt, den er wegen des Sorgerechtsstreits mit Julianne engagiert hat, muss schließlich bezahlt werden.

Was die Identität seiner Besucher vergangene Nacht betrifft, hat er da so eine Ahnung. Die Gangbanger, mit denen er im Spätsommer aneinandergeraten ist. Eine Bekannte von Danny, dem Hausmeister, eine hart schuftende, alleinerziehende Mutter aus Guatemala, hat eine minderjährige Tochter, die sich mit einem Cholo aus Inglewood eingelassen hatte. Es dauerte nicht lange, bevor die Kleine für den Kerl anschaffen ging, wenn sie sich nicht gerade in einem Crackhaus den Schädel zudröhnte.

Das war kein Job, in dem es um kriminalistische Raffinesse ging. Cosmo war mit der Beretta im Gürtel und einer Pumpgun in den Händen durch die Tür der Bruchbude gewalzt und hatte einem Gangmitglied mit dem Kolben der Pumpgun frühzeitig die dritten Zähne beschert.

Er zerrte das abgemagerte Mädchen aus dem Haus und ließ der inzwischen eingetroffenen Verstärkung die Wahl, den Weg freizumachen oder sich eine Ladung aus der Pumpgun zu fangen. Die Gangbanger sahen in seinen Augen, dass das keine leere Drohung war, und ließen ihn mit dem Mädchen gehen. Natürlich nicht ohne wüste Beschimpfungen und das Versprechen, dass sie es ihm, dem *hijo de puta*, dem Hurensohn, heimzahlen würden.

Das letzte Nacht war ein verspäteter Racheakt. Die Frage ist, ob die Jungs es wieder versuchen werden. Sie müssen ja gesehen haben, dass er nicht überfahren wurde. Möglich aber auch, dass sie ihm nur einen Denkzettel verpassen wollten und es damit gut sein lassen. Zeitverschwendung, die Gedankengänge solcher Typen zu hinterfragen. Wichtig ist nur, ab jetzt auf der Hut zu sein. Für den Fall, dass die Arschgeigen doch noch mal wiederkommen. Cosmo schiebt eine Hand unter das Kissen und seine Finger finden die Beretta.

Was seine Charade für Tia Kalani betrifft, fühlt er sich ein bisschen schlecht.

Aber nur ein bisschen.

14

Das Erste, was sie riecht, als er in den Porsche steigt, ist seine Fahne.

„Das kann ja wohl nicht Ihr Ernst sein!"

„Was?"

„Sie haben getrunken."

„Na und?" Er zuckt mit den Achseln. „Wir fahren auf eine Party, oder nicht?"

Immerhin trägt er saubere Klamotten. Eine verwaschene Jeans, zerschlissene Converse, dazu ein ungebügeltes T-Shirt, das seine breiten Schultern betont.

Und den Bauchansatz über dem Gürtel.

Sie spürt, dass er sie aus den Augenwinkeln mustert. Sie hat sich heute Abend für ein kurzes, schwarzes Kleid mit tiefem Ausschnitt und Spaghettiträgern entschieden. Es schmiegt sich an ihre Kurven wie eine zweite Haut. Dazu kniehohe Stiefel mit Absätzen, die spitz genug sind, um jemanden damit zu töten. Adam nennt sie ihre Fick-mich-Stiefel. Er steht drauf, wenn Tia sie trägt – und sonst nichts. Beim Gedanken daran muss sie lächeln und ihr wird ein wenig heiß.

„Denken Sie an was Schweinisches?"

Sie zuckt zusammen und starrt ihn an.

Er grinst.

„Es geht Sie gar nichts an, woran ich denke."

Sein Grinsen wird breiter, aber er erwidert nichts.

Tia wirft einen Blick in den Seitenspiegel, drückt das Gaspedal nach unten und der Porsche fährt röhrend an.

Weil auf dem 101 die Abfahrt Richtung Highland wegen eines Unfalls gesperrt ist, bleibt sie auf dem Freeway und nimmt den längeren Weg, vorbei am Hollywood Reservoir Richtung Ventura.

Sie verlässt den 101 und biegt auf die Woodman Avenue ab. Kurz darauf geht es aufwärts in die zerklüfteten Ausläufer der Santa Monica Mountains. Der Porsche windet sich die engen, kurvenreichen Straßen entlang Richtung Benedikt Canyon. Die steilen Hänge sind dichtbewachsen mit Platanen, Eichen, Farnen und in den höheren Gegenden mit nahezu undurchdringlichem Chaparral.

Dazwischen die Häuser, zunächst einstöckige Familienhäuser, aber je weiter es nach Südwesten und runter in den Canyon geht, desto größer werden die Grundstücke und die Villen darauf. Seit den frühen Tagen Hollywoods ist der Benedikt Canyon Rückzugsort der Filmindustrie. Versteckt zwischen rauer Natur und doch nur wenige Fahrminuten von Beverly Hills, Downtown und den großen Studios entfernt. Hollywoodgrößen wie Charlie Chaplin, Cary Grant und Fred Astaire haben hier gewohnt, heute sind es Eddie Murphy, Bruce Springsteen, Lisa Kudrow und viele andere.

Jack Silvermans Anwesen ist an einen bewaldeten Hang gebaut, von dem man in der Ferne die Skyline Downtowns sehen kann, die sich vor einem feuerroten Abendhimmel abzeichnet. Nicht weit entfernt ist der Cielo Drive und das ehemalige Haus von Regisseur Roman Polanski, in dem Mitglieder der Manson-Familie in den Sechzigerjahren Polanskis Ehefrau, die Schauspielerin Sharon Tate, und vier andere bestialisch abschlachteten. Der Gedanke an die engelhaft schöne Sharon Tate, die zum Tatzeitpunkt schwanger war, und ihre kaltblütigen Hippie-Mörder beschert Tia jedes Mal wieder eine Gänsehaut.

Das schmiedeeiserne Tor zu Silvermans Anwesen steht offen. Tia lenkt den Porsche die von sauber gestutzten Rosenbüschen gesäumte Auffahrt hinauf, bis sie vor dem Hauptgebäude halten, wo junge Valets in schwarzen Hosen und weißen Hemden darauf warten, die Fahrzeuge zu parken.

Cosmos Blick gleitet über Silvermans Anwesen. „Geht doch nichts über manifestierten Größenwahn."

Dem kann Tia nicht widersprechen. Silvermans Haus ist eine klassische Hollywood-Monstrosität. Ein in den Dreißigerjahren aus grauem Stein erbautes Gebäude mit mehreren Trakten. Tia war im Frühjahr bereits einmal hier gewesen, um Silverman kurz vor dem Kinostart von *Hollow Point* für *Inside Hollywood* zu interviewen. Es war nicht die erste Hollywood-Villa, die sie betreten hatte, aber Silvermans Haus stellt alles in den Schatten. Jetzt rattert sie ihr Wissen für Cosmo herunter: „Das Anwesen hat einen Tennisplatz, einen Swimmingpool, einen Springbrunnen, der so groß ist wie der Swimmingpool, mehrere Gästehäuser, einen Kinderspielplatz nur für Besucher – Silverman selbst ist kinderlos – sieben Schlafzimmer und neun Badezimmer."

Cosmo zuckt mit den Achseln. „Scheißen kann man trotzdem nur in eine Schüssel."

„Gut, dass Sie kein Immobilienmakler sind."

Cosmo lacht.

Er hat ein nettes Lächeln, denkt sie und im nächsten Moment: *Was interessiert dich sein Lächeln?!*

Tia stoppt den Porsche und ein junger Valet eilt herbei. Sie steigt aus und drückt ihm ihren Schlüssel in die Hand. Im Gegenzug erhält sie eine runde, kleine Metallmarke mit einer Nummer.

Sie nehmen die breiten Stufen zu den offenstehenden Flügeltüren des Haupteingangs. Zwei Männer in Armani-Anzügen lassen sich die Einladungen zeigen. Tia zieht ihre aus der Clutch, die sie in der Rechten hält; eine schwarzglänzende Karte mit dem silbernen Logo von Silvermans Produktionsfirma. Auf der Rückseite: Datum und Uhrzeit der Veranstaltung.

Sie zeigt die Karte einem der beiden Armani-Männer. Sie gehören zu Silvermans privatem Sicherheitsdienst.

„Viel Spaß“, sagt der Armani-Mann, ein mittelgroßer Asiate mit einem Sichelschnurbart, der ihn wie Dr. Fu Manchu aussehen lässt, und gibt Tia die Karte zurück. Als Cosmo ihr folgen will, schiebt Fu Manchu eine Hand vor seine Brust. „Ihre Einladung.“

Cosmo blickt auf die Hand, die auf seinem T-Shirt liegt. „Du hast drei Sekunden, bevor ich dir die Finger breche.“

Die Schultern des Asiaten spannen sich unter seinem Jackett. Seine Augen ziehen sich zusammen. „Bitte?“

Tia bleibt stehen. „Er gehört zu mir“, sagt sie entschuldigend.

Fu Manchu mustert Cosmo von oben bis unten, dann sieht er zu Tia, als wolle er sagen: *ernsthaft*? Er lässt noch zwei Sekunden verstreichen, bevor er die Hand langsam von Cosmos Brust nimmt. Dann ein falsches Lächeln: „Viel Vergnügen.“

„Werde ich haben, während du dir hier die Beine in den Bauch stehst, Kumpel“, sagt Cosmo und geht an ihm vorbei zu Tia.

Sie funkelt ihn an. „Was war das denn für ein Macho-Bullshit?“

„Ich mag's nur nicht, wenn man mich anfasst.“

„Du meine Güte, werden Sie erwachsen.“

Sie betreten den runden Vorraum, der von der mannshohen antiken Statue eines griechischen Kriegers in knapper Toga und mit erhobenem Schwert dominiert wird. Aus dem Haus erklingt Stimmengewirr, Gläserklirren und der Nummer Eins-Hit eines Rappers, ein Song aus dem *Hollow Point* Soundtrack, der genauso gut läuft wie der Film, der selbst jetzt, ein halbes Jahr nach Kinostart, noch in den Top Zwanzig der Box Office Charts steht.

Sie bemerkt, dass Cosmo vor der Statue des Kriegers stehengeblieben ist. *Versucht er gerade, der Statue unter die Toga zu gucken?!*

„Was machen Sie da?“

„Ich wollte checken, ob der Kerl darunter auch wieder so einen kleinen Pimmel hat. Fragen Sie sich nicht, warum die Griechen ihren Statuen immer so kleine Schniedel gebildhauert haben?“

„Doch natürlich, das ist das Erste, woran ich nach dem Aufstehen denke. *Wie viel* Bier haben Sie getrunken, bevor ich Sie abgeholt habe?“

Er schmunzelt. „Sie müssen unbedingt lockerer werden, Kalani.“

Eine atemberaubend schöne Blondine mit ebenso atemberaubenden Formen in dem kürzesten Weihnachtsmannkostüm und dem tiefsten Ausschnitt diesseits des Nordpols schwebt durch den Vorraum, ein Tablett mit Champagner auf der manikürten Hand. „Herzlich willkommen.“

Sie reicht Tia und Cosmo Champagnergläser. Tia hat ihres noch nicht mal an den Lippen, da ist Cosmos bereits geleert. Er angelt sich ein zweites Glas vom Tablett, bevor die Blondine die nächsten Gäste begrüßen kann.

„Würden Sie sich bitte zusammenreißen“, sagt Tia. „Wir sind nicht zum Spaß hier.“

„Wieso? Ist doch eine Party.“ Er ext das zweite Champagner-Glas so schnell wie das erste.

15

Cosmo ist ein Angelino.

In Torrance geboren und aufgewachsen, als Sohn einer Krankenschwester und eines Polizisten. Seine Familie hatte und hat zwar keine Freunde oder Verwandte, die im Filmgeschäft arbeiten, aber Hollywood und die Filmindustrie gehören zu Los Angeles wie die Erdnussbutter zum Marmeladensandwich. Genauso wie die Skandale und die Toten. Seien es Fatty Arbuckle und der Tod von Virginia Rapp, Marilyn Monroes Affäre mit Präsident Kennedy, Roman Polanskis Vergewaltigung einer Minderjährigen und seine Flucht nach Europa, der mysteriöse Tod von Natalie Wood oder Woody Allens Liebschaft mit der eigenen Adoptiv-Tochter.

Auch Hollywoods Geschichte des Drogenmissbrauchs und der Drogentoten ist so lang und alt wie das Filmgeschäft selbst: Wallace Reid, Judy Garland, Lenny Bruce und John Belushi sind nur einige von vielen. Letzten Oktober erst River Phoenix. Jetzt gefolgt von Andrew Light.

Als Cop in Uniform haben sich Cosmos Wege hin und wieder mit dem Filmgeschäft gekreuzt. Ein Strafzettel wegen zu schnellen Fahrens für eine junge Schauspielerin hier, die Verhaftung eines Produzenten, den er beim Sex mit einer transsexuellen Prostituierten auf einer öffentlichen Toilette erwischt hat, dort. Oder der britische Regisseur und Oscar-Gewinner, den Cosmo auf dem 101 anhalten musste. „Bin ich zu schnell gefahren?“, fragte der Regisseur. Das nicht, erwiderte Cosmo, hatte ihm aber zu seiner großen Überraschung erklärt, dass sich ein berühmter, alternder Filmstar auf seinem Wagendach festklammerte. Stellte sich raus, Regisseur und Filmstar hatten sich kurz vorher in einem Restaurant getroffen, um über ein Projekt zu sprechen, wobei der Filmstar, seinem Ruf getreu, ordentlich über den Durst gebechert hatte.

In eine waschechte Hollywood-Villa hat es Cosmo bislang allerdings noch nie verschlagen.

Nicht mal, als er noch mit Julianne zusammen war.

Und erst recht in keine von den Ausmaßen der Bude, die er soeben mit Tia betreten hat.

Hinter dem Eingangsbereich mit der albernen griechischen Statue gelangen sie in ein Wohnzimmer, in dem sich gut drei Dutzend Menschen tummeln und in dem man ohne weiteres Football spielen könnte. Cosmo erkennt auf Anhieb das eine oder andere Gesicht aus Filmen und Fernsehserien unter den Gästen. Die Wände werden von abstrakter Kunst dominiert. Es gibt einen großen Kamin mit loderndem Feuer und ein Podest, auf dem ein DJ sein Pult aufgebaut hat. *„You could be mine“* von Guns'n Roses dröhnt aus großen Boxen. Ein paar junge Frauen und Männer rocken zu Axls kreischender Stimme und den Gitarrenriffs von Slash.

„Ich suche Silverman“, sagt Tia. „Kann ich Sie allein lassen, ohne dass es Ärger gibt?“

Cosmo hat eine Bar ausgemacht, hinter der zwei Weihnachtsmänner Getränke ausschenken.

„Natürlich. Ich halte mich solange an einem Bier fest.“

„Ich meine es ernst.“

„Ich auch.“

Tia rollt mit den Augen und lässt ihn stehen.

Er sieht ihr nach. Sie hat einen tollen Hintern.

Als hätte sie seinen Blick gespürt, dreht Tia den Kopf.

Er grinst und gibt ihr den Daumen hoch.

Sie rollt einmal mehr mit den Augen und bahnt sich ihren Weg durch die Gäste.

Cosmo steuert die Bar an. Er passiert eine Gruppe aus weißen Ledersofas. Ein Typ mit Föhnfrisur, glitzerndem Seidenhemd und fleischigem Gesicht zieht sich ungeniert eine von drei ausgelegten Linien Koks von einem Glastisch – wie es das Klischee will, mit einem zusammengerollten Hundert-Dollar-Schein.

Cosmo bleibt stehen. Er fühlt sich ein bisschen wie in dem Crackhaus, aus dem er die Tochter von Dannys Freundin geholt hat. Nur, dass die Junkies hier besser angezogen sind.

Fleischgesicht wirft stöhnend den Kopf zurück. Ein Rest Kokain klebt noch unter seiner Nase. Eine dürre Blondine gleitet auf seinen Schoß und leckt das Kokain mit der Zungenspitze ab. Fleischgesicht küsst sie, dann drückt er ihr den gerollten Geldschein in die Hand, damit sie sich selbst eine Line gönnen kann. Aber ein bärtiger Mann in Hawaiihemd reißt ihr den Geldschein aus der Hand und funkelt das Fleischgesicht wütend an. „Gottverdammt, Don. Kannst du dich bitte zusammenreißen?"

Don lächelt spöttisch. „Oh, du meinst, es ist pietätlos, weil dein Goldjunge über die Schippe gesprungen ist? Wer Drogen nicht vertragen kann, sollte sie nicht nehmen."

„Du bist ein Arschloch, Don."

„Ja, aber unsere Filme sind immer noch erfolgreicher als deine, stimmt's nicht, Jerry?" Er sieht zu einem dünnen Mann mit hellblondem Haar hinüber, der ein paar Schritte entfernt steht. Jerry lächelt den Mann im Hawaiihemd entschuldigend an, so als wolle er sagen: *Was soll ich machen. Er ist, wie er ist.*

Der Mann im Hawaiihemd fegt die beiden verbliebenen Linien Koks mit der Hand vom Tisch. „Ich habe neun Badezimmer. Wenn du dir was reinziehen willst, würde ich dich bitten, eins davon aufzusuchen."

„Mach dich locker, Jack." Don tupft mit dem Zeigefinger einen Kokainrest vom Tisch, reibt ihn sich aufs Zahnfleisch, dann zieht er mit der dürren Blondine im Schlepptau ab. Der Mann im Hawaiihemd sieht ihnen genervt nach.

Cosmo will weiter zur Bar, da hört er Tias Stimme: „Jack!"

Hawaiihemd dreht sich lächelnd um. „Tia. Schön, Sie zu sehen." Die beiden begrüßen sich mit Wangenküsschen. Dabei liegt seine Hand ein bisschen tiefer, als auf dem, was man noch als Tias Hüfte bezeichnen könnte. Sie hört zwar nicht auf zu lächeln, aber Cosmo merkt, dass es ihr nicht gefällt.

„Haben Sie Ihren Freund mitgebracht?", fragt der Mann, der Jack Silverman sein muss.

„Nein. Adam hat einen Termin."

Sie hat Cosmo bemerkt und winkt ihn heran. Er würde sich lieber erst ein Bier holen, aber er möchte seine Auftraggeberin nicht verärgern, also schlendert er zu ihr.

„Das ist mein Begleiter Cosmo Ancona", stellt sie ihn vor und nutzt die Chance, sich mit einer Seitwärtsbewegung Silvermans Hand zu entledigen.

Silverman mustert Cosmo und streckt mit freundlichem Lächeln seine Rechte aus. „Hi, freut mich. Ich mag Ihren Namen."

Cosmo schüttelt seine Hand. „Danke. Nettes Häuschen haben Sie."

Silverman grinst. „Und hart dafür gearbeitet."

„Mister Ancona ist Privatdetektiv", sagt Tia. „Wir würden gern mit Ihnen über Andrew reden."

Silverman runzelt die Stirn. „Andrew?" Er sieht noch einmal zu Cosmo, dann zurück zu Tia. „Warum?"

„Können wir woanders hingehen, Jack?"

Silverman zögert, dann nickt er. „Kommen Sie mit."

16

„Tja, bei allem Respekt. Diese Stadt ist voller Verzweifelter und Wichtigtuer, die ihre fünf Minuten im Rampenlicht suchen. Was gibt Ihnen Grund zu glauben, dass Ihr anonymer Anrufer nicht genau das ist: ein verzweifelter Wichtigtuer, der Ihnen für Bares irgendeine Lügengeschichte auftischt?"

„Das weiß ich erst, wenn ich mit ihm gesprochen habe. Sollte es wirklich Mord gewesen sein, dann ist das eine Story, die ich mir nicht entgehen lassen werde. Und falls ich auf einen der üblichen Aasgeier reinfalle, dann habe ich nur meine Zeit verschwendet." Sie sieht Cosmo an. „Und mein Geld."

Silverman lächelt. Aber seine Augen lächeln nicht. „Sie haben nur eins vergessen."

Tia runzelt irritiert die Stirn.

„Was, wenn *ich* Andrew ermordet habe?", sagt Silverman. „Dann haben Sie sich mit Ihrer Ankündigung gerade möglicherweise selbst in Lebensgefahr gebracht."

Damit hat sie nicht gerechnet.

Cosmo allerdings auch nicht.

Einen Moment herrscht Schweigen.

Schließlich breitet sich wieder ein Lächeln auf Silvermans

Gesicht aus und er zwinkert Tia zu. „Sorry, die Gags sollte ich besser den Drehbuchautoren überlassen. Nennen Sie es Galgenhumor. Es fällt mir immer noch schwer zu glauben, dass Andy nicht mehr bei uns ist. Ich habe ernsthaft mit dem Gedanken gespielt, diese Party abzusagen, aber es war zu kurzfristig. Außerdem hat sie eine lange Tradition. Heute feiern wir nicht nur Weihnachten, wir feiern auch, dass Andrew gelebt hat. Wenn auch viel zu kurz."

Nette Rede, denkt Cosmo. Als hätte sie sein Publizist geschrieben. „The show must go on", sagt er.

Silverman lächelt. „Klingt etwas pragmatischer, aber ja, so ist es. Das Leben geht weiter. Und die Geschäfte."

Sie befinden sich in einem Büro, dessen Wände mit Postern von Silvermans Produktionen zugekleistert sind. Dazwischen Fotos, die den Produzenten an Filmsets zeigen, meistens mit vor der Brust verschränkten Armen und nachdenklichem Gesichtsausdruck. Filmpreise sind auf einem Regal aufgereiht.

Cosmo und Tia sitzen auf unbequemen Regiestühlen vor Silvermans Schreibtisch, der Produzent dahinter in einem Ledersessel. Der Sessel hat Räder und auf denen rollt Silverman zu einer Anrichte mit eingebautem Kühlschrank, auf der ein paar Flaschen Hochprozentiges stehen. „Tia, kann ich Ihnen etwas anbieten?"

„Nein, danke."

„Sie, Ancona?"

„Ein Bier", sagt Cosmo und spürt Tias bösen Blick. Silverman öffnet den Kühlschrank und wirft Cosmo eine Flasche zu.

Cosmo dreht den Verschluss ab und lässt das kalte Bier seine Kehle hinablaufen.

Silverman hat sich einen Fingerbreit Single Malt Whiskey in ein bauchiges Glas gegossen. „Cheers." Er nippt daran. Seine Augen richten sich auf Cosmo. „Sie haben Andrew doch gefunden, Mister Ancona. Was sagen Sie denn zu der These, jemand könnte ihn ermordet haben?"

„Er hatte eine Spritzennadel im Arm, aus der die Überdosis

kam, die ihn getötet hat. Das sieht zunächst natürlich ziemlich eindeutig aus. Trotzdem kann man einen Mord grundsätzlich nicht ausschließen."

Silvermans Blick sagt genau das, was Cosmo selber weiß. Dass das eine armselig dünne Antwort ist, um eine Mord-Theorie zu untermauern.

Der Produzent lehnt sich in seinem Sessel zurück. Dabei spannt das Hawaiihemd über seinem Wohlstandsbauch. Er trinkt von seinem Whiskey und schlägt die Beine übereinander. „Andy war ein Junkie. Während der Dreharbeiten zu *Hollow Point* hatte er einen Bodyguard, der nur dafür zuständig war, drauf zu achten, dass er clean bleibt. Eine Auflage der Versicherung."

„Hat das funktioniert?", fragt Cosmo.

„Erstaunlicherweise ja. Andy hat sich zusammengerissen. Er wusste, dass *Hollow Point* seine große Chance war, im Filmgeschäft Fuß zu fassen. Er hat sich von seiner besten Seite gezeigt. Immer pünktlich. Konnte seinen Text, hat alle mit seinem Improvisationstalent umgehauen. Die Bedenken, die das Studio aufgrund seiner Reputation hatte, waren unnötig. Er hat sich wie ein Profi verhalten."

„Und nach dem Dreh?"

Silverman seufzt. „Da hat er alles nachgeholt, was er in drei Monaten Drehzeit versäumt hat. Sie haben sicher von der Geschichte gehört, als man ihn nackt auf dem Hollywood Boulevard aufgegriffen hat?"

Cosmo nickt.

„Andy war ein großer Bewunderer von Eddie Murphy. Die Presse hat ihn nicht umsonst die weiße Antwort auf Eddie genannt. Der ist übrigens das genaue Gegenteil. Total sauber. Kein Alkohol, keine Drogen. Eddies einziges Laster sind Frauen. Ich habe ihn gebeten, Andy ins Gewissen zu reden. Aber nicht mal das hat genützt. Natürlich nicht. Einen Junkie überzeugt man nicht mit Worten. Ich habe gehofft, es würde nie dazu kommen, aber tief im Innern wusste ich, dass Andy irgendwann so enden würde. In den letzten Monaten habe ich mit ihm und

Shane an einer Fortsetzung zu *Hollow Point* gearbeitet. Es verging kein Tag, an dem er sich nicht irgendeine Substanz reingezogen hat. Und ich konnte nichts dagegen tun."

„Wer ist Shane?", fragt Cosmo, nachdem er wieder von seinem Bier getrunken hat und zu seiner Überraschung feststellen muss, dass die Flasche bereits halb leer ist.

„Shane Dekker. Der Drehbuchautor von *Hollow Point*. Gerade mal vierundzwanzig. Frisch von der USC. Enormes Talent, der Junge. Hat *Hollow Point* noch an der Uni geschrieben. Er ist heute auch hier. Der wird Ihnen dasselbe erzählen, wenn Sie ihn fragen."

„Hatte Andrew andere Probleme?", fragt Tia. „Feinde? Ich meine, als Drogenabhängiger kommt man doch zwangsläufig in fragwürdige Gesellschaft."

Der Produzent schüttelt den Kopf. „Wie gesagt, ich habe Andy in den letzten Monaten fast jeden Tag gesehen. Er hat nur für drei Dinge gelebt: seine Arbeit, die Drogen und Sex. In diesem Punkt stand er seinem Vorbild Eddie in nichts nach. Er hat alles gevögelt, was nicht bei drei auf den Bäumen war. Und das bezieht sich nicht nur auf Frauen."

„Also keine feste Freundin? Oder einen festen Freund?", fragt Cosmo.

„Nein."

„Freunde?"

„Sie meinen echte oder die Sorte Stiefellecker, die sich im Ruhm eines Stars sonnen wollen?"

„Beides."

„Die Stiefellecker hat Andy immer geschickt abblitzen lassen. Da hatte er trotz Drogen eine gute Antenne. Er hatte einen besten Freund, Dale Mancini. Den kannte er seit der Schule. Dale ist mit Andy nach Los Angeles gekommen. Sie haben zusammengewohnt. Das heißt, Dale hat bei Andy gewohnt. Er hielt sich für einen Autor. Ich habe als Gefallen für Andy ein Drehbuch von ihm gelesen. Ich meine, ich habe es versucht. Hab's nach zwei Seiten in den Müll geworfen. Dale hat kein Talent und davon eine ganze Menge. Andy hat ihn durchgefüttert, indem er ihn als *Assistent* bezahlt hat, wenn Sie verstehen, was ich meine."

Aus den Augenwinkeln sieht Cosmo, wie ein Ruck durch Tias Körper geht. Wahrscheinlich denkt sie dasselbe wie er. Nämlich, dass Andys Jugendfreund jemand ist, mit dem sie sich unterhalten sollten.

Und tatsächlich fragt sie: „Ist dieser Dale heute Abend auch hier?"

Silverman lacht. „Garantiert nicht. Ich habe den Versager nur in meiner Nähe geduldet, weil er Andys Freund war. Jetzt ist Andy tot und was mich betrifft, könnte Dale es ruhig auch sein. Der Typ ist eine Flasche. Solche Leute muss man sich vom Leib halten." Er steht auf. „Jetzt muss ich mich aber mal wieder auf meiner eigenen Weihnachtsfeier blicken lassen."

Cosmo und Tia erheben sich aus den Regiestühlen.

Silverman stellt das leere Whiskeyglas auf der Anrichte ab. „Hören Sie, Tia. Andy war ein Typ, den alle geliebt haben. Sie werden niemanden finden, der auch nur ein schlechtes Wort über den Jungen verliert. Andy war der liebenswerteste drogenabhängige Shooting-Star, den es jemals gab. Er war zwar ein Wrack, aber kein *Bad Boy*. Wenn er irgendwelche Probleme hatte, die Grund genug für jemanden waren, ihn umzubringen, hätte ich davon gewusst. Und ganz ehrlich: Ein Mord würde bedeuten, jemand hätte ihm die Überdosis mit Absicht verabreicht." Er wirft Cosmo einen Blick zu. „Oder nicht?"

„Na ja–"

Silverman fällt Cosmo ins Wort. „Auf einer öffentlichen Toilette? Sehr unglaubwürdig. So etwas würde ich Shane in einem Drehbuch niemals durchgehen lassen."

Der Produzent geht um den Schreibtisch herum zu Tia. Er legt seine Rechte auf ihre nackte Schulter. Frauen anzutatschen scheint für ihn selbstverständlich zu sein. „Sie verschwenden Ihre Zeit, Tia. Lassen Sie den armen Andy in Frieden ruhen und suchen Sie sich eine andere Story. Ich könnte Ihnen zum Beispiel verraten, dass Aaron Spelling demnächst Shannen Doherty von

Beverly 90210 feuern wird. Gab ja schon länger Ärger wegen ihres Benehmens, aber sich mitten im Dreh unerlaubt die Haare abzuschneiden, hat das Fass zum Überlaufen gebracht."

Cosmo sieht, dass diese Information eine überraschte Reaktion bei Tia hervorruft, aber sie geht nicht darauf ein. „Wir werden sehen", sagt sie.

Silverman lächelt. „Es ist Ihre Sache." Er lässt seine Hand von Tias Schulter gleiten. Sie sieht erleichtert aus.

Ein Klopfen an der Tür. Ein Mann mit kantigem Kinn und dünnem, blonden Haar, das gerne voller wäre, steckt seinen Kopf in das Büro. „Jack? Darf ich stören?"

„Ist sie da?", fragt Silverman.

Der Blonde nickt. So wie Silvermans Augen leuchten, muss *sie* jemand sein, bei der er auch gern Hand anlegen möchte.

Der Blonde ist mittelgroß, stämmig, trägt Jeans und ein Sportsakko mit hochgeschobenen Ärmeln, das über den kräftigen Schultern spannt. Ex-Bulle, denkt Cosmo. Kann man förmlich riechen.

Silverman nutzt die Gelegenheit, seine Griffel wieder an Tia zu legen, diesmal auf ihren nackten Oberarm. „Mike, diese wunderschöne Lady hier ist Tia Kalani. Sie moderiert *Inside Hollywood*. Tia, das ist Mike Rolston, mein Sicherheitschef. Ich weiß nicht, ob Sie ihn bei Ihrem Besuch im Oktober kennengelernt haben."

Sie schüttelt den Kopf. „Nein."

„Ihr Begleiter ist Privatdetektiv", sagt der Produzent zu Rolston. „Die beiden glauben, Andy wurde ermordet." Hat er gerade während des Gesprächs wenigstens noch so getan, als würde er Tia ernstnehmen, lässt Silverman jetzt unverhohlenen Spott durchklingen.

Rolston verzieht keine Miene. Er mustert Tia und Cosmo.

Ihn länger als sie.

Cosmo fragt sich, ob Rolston ihn ebenso als ehemaligen Polizisten erkennt wie er ihn. Damals, bei der William Bowers Sache, hat die Presse ein Bild von Cosmo aufgetrieben, und ein paar

Tage lang blickte ihm sein eigenes Antlitz nicht nur im Spiegel, sondern auch aus diversen Zeitungen entgegen.

„Natürlich war es Mord“, sagt Rolston.

Tias Augen weiten sich überrascht.

Aber Cosmo ahnt, was kommt.

Und er behält recht.

„Selbstmord“, sagt Rolston. „Darauf läuft es bei den Junkies am Ende nämlich immer raus.“

Silverman nickt. „Das habe ich auch gesagt.“ Er geht an Rolston vorbei durch die Tür und sagt über die Schulter: „Amüsieren Sie sich noch, Tia. Wiedersehen, Ancona.“

Der Sicherheitschef nickt Tia und Cosmo zu, dann folgt er seinem Boss den Flur hinab zur Treppe ins Erdgeschoss.

Cosmo spürt Tias Enttäuschung.

„Was haben Sie erwartet? Dass Silverman Ihnen zu Ihrer Mord-Theorie – eine, die im Übrigen keine ist – gratuliert, und uns dann noch einen Tipp gibt, wer dahintersteckt?“

In ihren Augen blitzt es. „Sie können mich mal.“

„War nicht so gemeint.“

„War es wohl.“

Stimmt, denkt er.

Sie geht davon, ohne auf ihn zu warten.

17

Zurück im Erdgeschoss, lässt Cosmo sich an der Bar ein neues Bier geben. Sein wievieltes ist das jetzt? Egal. Er hat seinen Pegel erreicht. Der Alkohol, kombiniert mit den Schmerzmitteln, hüllt Körper und Geist wie eine Schutzschicht ein. Verdrängt die Schmerzen vom Sturz auf den Highway. Und noch ein paar andere.

Er sollte zumindest so tun, als würde er für sein Geld arbeiten. Das Bier in der Hand, lässt er sich durch die Party treiben und hält Ausschau nach Tia. Wahrscheinlich sucht sie den Drehbuchautor, diesen Shane Dekker. Cosmo zweifelt, dass der ihr etwas anderes über Andrew Light erzählen wird als Jack Silverman.

Cosmo stoppt abrupt.

Da ist Silverman.

Er hat seine Finger wieder an einer Frau.

Sie überragt ihn um einen Kopf. Ihr feingliedriger Körper steckt in einem kurzen, roten Kleid, die langen Beine enden in roten Pumps, alles passend zu ihrem feuerroten Haar. Nicht gefärbt. Echt.

Als er sie das letzte Mal gesehen hat, reichte es ihr noch bis zur Taille. Jetzt hat sie es radikal abgeschnitten. Im Nacken ausrasiert, nur der Scheitel hängt lang und in Stufen über eine Seite ihres sommersprossigen Gesichts.

Silvermans Hand liegt auf ihrer Hüfte und sie lacht über etwas, dass er ihr wegen der lauten Musik ins Ohr flüstert.

Cosmos Herzschlag wird schneller.

Ist sie das?

Das Leuchten in Silvermans Augen.

Cosmos Blick zoomt auf die Hand des Produzenten wie der Fokus einer Kamera.

Auf ihr Lachen, das blitzende Weiß ihrer Zähne im starken Kontrast zu den rot geschminkten Lippen.

Im Gegensatz zu Tia gibt sie sich keine Mühe, Silvermans Hand abzustreifen. Sie lässt ihn gewähren.

Sie flirtet.

Cosmo hört seinen eigenen, schweren Atem. Er spürt, wie sich seine Lippen von den Zähnen zurückziehen wie die Lefzen eines knurrenden Hundes.

Dann steht er neben ihr. „Julianne."

Ihr Kopf ruckt herum. Ihre funkelnden, grünen Augen starren ihn überrascht an. Natürlich. Die Villa eines Filmproduzenten ist der letzte Ort, an dem sie erwartet hätte, ihn zu treffen.

„Cosmo ...?"

Ihr Blick flackert zu Silverman hinüber, der nicht minder überrascht ist, Cosmo schon wieder zu sehen. Endlich nimmt er seine dreckigen Finger von ihrer Hüfte.

Juliannes Miene verdunkelt sich. „Was tust du hier?

„Ich amüsiere mich. Du auch, wie ich sehe."

„Entschuldigen Sie, Jack." Ihre Finger mit den rotlackierten Nägeln schließen sich um Cosmos Oberarm. „Kann ich dich kurz alleine sprechen?" Rhetorische Frage. Sie zieht Cosmo mit sich. Durch eine offene Glastür raus auf eine Terrasse.

„Was soll das? Verfolgst du mich?"

„Es dreht sich nicht alles um dich, Jules."

„*Was* tust du hier?“

„Seit wann verhörst *du* die Leute?“

„Hör mit dem Scheiß auf. Ich meine es ernst.“

Er widersteht dem Impuls, ihr zu sagen, dass es sie einen Dreck angeht, warum er hier ist. „Ist beruflich. Hat nichts mit dir zu tun. Und du?“

Berechtigte Frage. Sie ist Schauspielerin, war aber nie ein Fan von großen Hollywood-Partys. Nicht, dass sie früher zu vielen eingeladen worden wäre. Damals, als sie in Produktionen auftrat, für die Schauspieler ihre eigene Garderobe mitbringen mussten. Und am besten auch gleich noch ihr Mittagessen.

„Ich bin für eine Hauptrolle im Gespräch. Ein Science-Fiction-Film. Produziert von Jack Silverman.“ Sie kann die Begeisterung in ihrer Stimme nicht unterdrücken. „Das ist der Mann, mit dem ich mich gerade unterhalten habe.“

„Ich weiß, wer Silverman ist – Hauptrolle, verstehe.“

Sein Ton verfehlt die Wirkung nicht.

„Du kannst mich mal, Cosmo.“

„So meinte ich das nicht. Ich freue mich für dich. Ehrlich.“ Das ist keine Lüge. Diese Hauptrolle, sollte sie sie bekommen, ist die Chance, auf die sie so lange gewartet hat. Die Chance, die sie verdient hat.

Julianne schiebt sich mit einer Hand den Pony aus dem Gesicht. „Noch habe ich die Rolle nicht. Der Regisseur hat zwei weitere Kandidatinnen.“

„Aber Silverman will dich?“

Sie lässt ihm die Doppeldeutigkeit durchgehen. „Für die Rolle. Ja. Deswegen bin ich hier. Die finale Entscheidung fällt er. Jack kann mich beim Studio durchdrücken, wenn er will.“

„Hast du dir dafür die Haare abgeschnitten?“

Wieder schiebt ihre Hand den Pony zur Seite. „Gefällt's dir?“

Und ob es das tut. Cosmo verspürt den Drang, mit einer Hand ihren ausrasierten Nacken zu streicheln. „Ungewohnt“, sagt er.

Sie lächelt. „Komplimente waren noch nie dein Ding."

Er erwidert ihr Lächeln. Sieht ihr in die Augen. Sie blickt nicht zur Seite. Gottverdammt. Die Schutzschicht aus Alkohol und Pillen hält nicht stand. Er vermisst Julianne. Fast so sehr wie seinen Sohn.

So gut wie in diesem Augenblick war die Stimmung zwischen ihnen seit der Trennung nicht mehr. Also versucht er es: „Ich habe ein Weihnachtsgeschenk für Remy."

Ihr Lächeln erstirbt, ihre Augen werden hart wie Diamanten. „Du kannst es bei Mara abgeben." Mara, ihre Agentin.

„Einen Scheiß werde ich."

Sie hält seinem wütenden Blick stand. „Wie lange warst du nicht mehr nüchtern?"

„Er ist mein Sohn!"

„Und du kannst ihn sehen, wenn du dir eingestehst, dass du ein Problem hast. Such dir professionelle Hilfe. Was ist so schwer daran, Cosmo?"

„Hör auf, mich von oben herab zu behandeln."

„Das tue ich nicht–"

Wie er das Mitleid in ihrem Blick hasst. Wie wütend es ihn macht. Wie gottverdammt wütend. „Du hast keine Ahnung, wovon du redest."

„Okay. Vergiss es. Ich hab dieses Gespräch zu oft geführt. Es ist dein Leben."

Sie dreht sich um.

Lässt ihn einfach stehen.

Er sieht ihr nach. Und ist nicht der Einzige. Es sind mehrere Blicke, die dem athletischen Körper, der mit Sommersprossen gesprenkelten weißen Haut folgen, dem festen, kleinen Hintern und den schmalen Hüften, die Remys Geburt zu einem Risiko für Mutter und Kind machten.

Alle starren ihr nach.

Der Frau, die vor neun Jahren in Cosmos Streifenwagen stieg, um für eine winzige Nebenrolle als Polizistin in einem drittklassigen Film zu recherchieren, als wäre es die Hauptrolle in einem Studio-Blockbuster.

Früher haben ihn die Blicke der anderen Männer nicht eifersüchtig, sondern stolz gemacht.

Früher.

Er leert sein Bier in einem Zug.

18

Eine halbe Stunde, nachdem sie Cosmo in Silvermans Büro zurückgelassen hat, sucht Tia Shane Dekker draußen im Garten.

Ein paar Gäste haben sich ausgezogen und sind in den Pool gesprungen.

Einer von ihnen ist Chad St. Paul, Kampfsportler und Golfkriegsveteran. Jack Silverman hat sein Buch über seinen Geheimeinsatz hinter feindlichen Linien bei der Befreiung Kuwaits als Film umgesetzt. Schon am Wahrheitsgehalt von St. Pauls „Tatsachenbericht“ gab es beträchtliche Zweifel, nicht zuletzt von diversen Kameraden, die behaupteten, der ganze Einsatz sei eine reine Erfindung St. Pauls. Der Film *Desert Blast* machte sich dann erst gar nicht mehr Mühe, einen Hauch von Authentizität zu bewahren, sondern präsentierte sich als knalliges Action-Abenteuer voll böser Araber, die vom aufrechten US-Soldaten St. Paul dutzendfach ins Jenseits befördert wurden. Der Streifen war ein Kassenschlager und machte Chad St. Paul zum Filmstar. Mittlerweile dreht er seinen dritten Actionfilm für *Silverman Pictures*. Silverman hat eine Nase dafür, neue Stars zu finden.

Tia hat den ehemaligen Soldaten bereits zweimal interviewt

und selten ein größer aufgeblasenes Ego erlebt als das von Chad St. Paul.

Er hat Tia entdeckt, lässt von den beiden jungen Frauen, mit denen er turtelt, ab, und schwimmt zum Beckenrand. „Hallo Tia."

„Guten Abend, Chad."

„Ziehen Sie sich aus und kommen Sie rein."

„Danke, ist mir zu frisch."

Er zwinkert ihr zu. „Bei mir wird es Ihnen warm, versprochen."

Was für ein Arschloch. Sie lächelt ein falsches Lächeln. „Ich suche Shane Dekker. Haben Sie ihn zufällig gesehen?"

Er macht eine wegwerfende Handbewegung. „Mit Autoren gebe ich mich nur ab, um ihnen ihre minderwertigen Drehbücher um die Ohren zu hauen."

Tia hat schon gehört, dass St. Paul sich neuerdings auch zum Autor berufen fühlt, sehr zum Leidwesen von Jack Silverman und den Drehbuchautoren, die mit ihm zusammenarbeiten müssen.

„Bis später, Chad."

Wieder zwinkert er ihr zu. „Hoffentlich."

Sie wendet sich ab und spürt, wie er ihr nachsieht.

Kurz darauf entdeckt sie Shane.

Er sitzt allein in einem Liegestuhl, schlürft an einer Cola und beobachtet die attraktiven Frauen, die im Wasser tollen. Sein schlaksiger Körper steckt in zerschlissenen Jeans und einem Nirvana-T-Shirt, darüber ein kariertes Hemd mit ausgerissenen Ärmeln.

Shane erinnert Tia eher an die Jungs, die im Skate Park in der Nähe ihres Hauses herumlungern oder den Sänger einer Grunge-Band, als an einen Filmstudenten, der sein erstes Drehbuch für 1,5 Millionen an ein Filmstudio verkauft hat. Sein Vertrag für die angekündigte Fortsetzung von *Hollow Point* läuft über die Rekordsumme von zwei Millionen Dollar. Das macht ihn mit vierundzwanzig und einem einzigen verfilmten Drehbuch zum momentan bestbezahlten Drehbuchautor Hollywoods.

„Hallo Shane."

Er sieht auf und wirft sich mit einer Kopfbewegung das schulterlange Haar aus dem Gesicht. Sie hat ihn auf der Premiere von *Hollow Point* nur wenige Minuten für die Sendung interviewt, aber er erkennt sie trotzdem sofort wieder.

„Tia Kalani, stimmt's?" Er steht auf und reicht ihr die Hand.

„Hi. Na, haben Sie Spaß?"

Er zuckt mit den Achseln. „Ehrlich gesagt, wäre ich lieber mit meinen Jungs unterwegs, aber das hier ist so was wie eine Pflichtveranstaltung."

Tia mag den jungen Mann. Ein unprätentiöser Film-Nerd, der einfach nur glücklich ist, dass er das machen kann, was er liebt, und dafür auch noch mit Geld überschüttet wird. Außerdem ist er intelligent genug zu wissen, dass der Ruhm so schnell wieder vorbei sein kann, wie er gekommen ist.

Shane nickt Richtung Pool, wo zwei junge Frauen in knappen Bikinis gegen zwei junge Männer im Reiterkampf antreten. Mit Sicherheit Schauspieler. In dieser Branche ist alles ein Casting. Erst recht eine Party. Sehen und gesehen werden heißt die Devise. „Meine Kumpels sagen, ich soll mir die Babes schnappen. Aber die kapieren nicht, dass sich die Babes nicht für einen Autor interessieren. Außerdem bin ich eher der schüchterne Typ."

Er trinkt von seiner Cola. „Sie wollen von mir was über Andy hören, oder? Machen Sie eine Sondersendung?"

„Haben wir bereits. Aber ja, wir werden sicher noch eine zweite machen."

Er schüttelt seufzend den Kopf. „Was für eine Scheiße. Wir hatten grünes Licht für das Sequel. Wir wollten nächsten Sommer drehen." Noch während ihm das letzte Wort über die Lippen kommt, scheint Shane bewusst zu werden, dass er wie ein empathieloses Arschloch klingen könnte und er versucht, das Ruder wieder herumzureißen. „Verstehen Sie mich nicht falsch. Ich meine, es ist schlimm, dass Andy tot ist, ganz furchtbar. Aber–"

„Ich weiß, was Sie meinen. An so einem Filmprojekt hängt

immer mehr als nur ein Schicksal. Sie müssen sich nicht schlecht fühlen, weil sie an ihr eigenes denken, Shane."

Der junge Mann lächelt dankbar.

„Wie weit sind Sie denn mit der Fortsetzung?"

Shane seufzt. „Wir haben eine erste Fassung. Jack will jetzt, dass ich sie umschreibe. Als eigenständigen Film. Aber die ganze Story war als Sequel angelegt. Ich werde wohl bei null anfangen müssen. Das Studio hat das Projekt auf Eis gelegt, bis ich eine überarbeitete Fassung vorlege."

„Ich habe gehört, Sie haben eng mit Andy zusammengearbeitet. Für die Fortsetzung, meine ich."

„Kommt drauf an, wie Sie eng definieren. Ich habe ein Büro in Jacks Produktionsfirma. Auf dem Studiogelände. Eigentlich brauchte *Hollow Point* keine Fortsetzung. Die Geschichte war auserzählt. Ich habe eine Weile gebraucht, bis ich eine brauchbare Idee hatte. Sequels sind Hurenfilme. Aber meist eine sichere Bank. Und ich will mich nicht beklagen, ich werde gut bezahlt. Trotzdem war's keine einfache Geburt. Andy kam alle zwei Tage reingeschneit mit irgendwelchen Ideen für seine Figur. Dialogfetzen. Gags. Jack musste ich jeden Abend zeigen, was ich geschrieben habe. Aber das ist okay. Er hat ein gutes Gespür für Storys. Im Gegensatz zu Chad."

Die beiden sehen zu Chad St. Paul hinüber, der seinen durchtrainierten Körper aus dem Wasser stemmt und mit zwei jungen Frauen im Schlepp zum Haus flaniert.

Shane seufzt. „Ich habe den U-Boot-Film umgeschrieben, den Jack gerade mit ihm in Mexiko dreht. Chad will jeden Tag irgendwelche Szenen ändern. Auch die, in denen er nicht mitspielt. Mein Hund hat mehr dramaturgisches Verständnis als dieser Typ."

Sie nickt. „Ich habe gehört, dass er schwierig ist."

„Schwierig? Der Kerl ist die Pest!"

„Ist Ihnen an Andy irgendwas aufgefallen, Shane?"

„Sie meinen, außer dass er ständig auf Droge war? Nein."

„Hat er Ihnen vielleicht etwas erzählt? Über Probleme? Oder Leute, mit denen er Ärger hat?“

Shane runzelt die Stirn. „Warum wollen Sie das wissen?“

Tia zögert.

Shane kommt selber drauf. Schließlich ist er Autor. „Was ist los? Glaubt die Polizei, dass mehr als eine Überdosis dahintersteckt?“

„Das weiß ich nicht.“

Er kapiert. „*Sie* glauben es. Warum? Jemand hat Ihnen einen Tipp gegeben, stimmt's? Anonym natürlich.“ Er lächelt. „So würde ich es jedenfalls in einer Story machen.“

„Ich weiß, was Sie jetzt sagen werden, Shane. Das höre ich die ganze Zeit. Da will sich jemand wichtig machen und ich verschwende meine Zeit.“

Er zuckt mit den Schultern. „Hey. Nichts ist unmöglich.“

Bevor Tia ihn fragen kann, was er damit meint, stößt er ein heiseres Lachen aus. „Vielleicht war es ja ein eifersüchtiger Produzent, der neidisch auf den Erfolg war, den Jack mit Andy hatte. Okay, sorry, das war weder witzig noch geschmackvoll. Aber im Ernst: Andy und ich haben über das Drehbuch geredet, mehr nicht. Und ich versuche, mich in meiner Freizeit nicht mit Leuten aus dem Filmgeschäft abzugeben.“

Tia kann ihre Enttäuschung nicht verbergen. Sie hat sich ein bisschen mehr von dem Gespräch mit Shane erhofft.

Sie hört Cosmos spöttische Stimme in ihrem Kopf: *Was haben Sie erwartet? Dass er Ihnen zu Ihrer Mord-Theorie – eine, die im Übrigen keine ist – gratuliert und uns dann noch einen Tipp gibt, wer dahintersteckt?*

Und dann erklingt seine Stimme ganz real hinter ihr im Garten.

„Ihr Wichser!“

„Halt's Maul, du besoffenes Schwein!“

„Fick dich!“

Dieser gottverdammte Kerl.

Tia dreht sich um.

19

Der Bulle und die Schauspielerin.

Keiner hat ihrer Beziehung eine Chance gegeben. Zumindest keine von Dauer. Am Ende waren es fast sieben Jahre. Sechs davon haben sie gemeinsam ihren Sohn großgezogen.

Die meiste Zeit waren sie glücklich gewesen. Haben versucht, glücklich zu sein.

Julianne kämpfte sich tapfer durch Dutzende schlecht bezahlter Rollen in Billigproduktionen, immer die Hoffnung vor Augen, dass ihr eines Tages der Durchbruch gelingen würde. Die eine Serie, der eine Film, der ihre Karriere aufs nächste Level heben würde.

Aber dieser eine Film, diese eine Serie blieben aus.

Und mit jedem Jahr, in dem Julianne weiter die dritte Geige in Low-Budget-Trash für den Videomarkt oder TV-Movies der Woche spielen musste, sank ihre Hoffnung. Sie versuchte, sich nichts anmerken zu lassen, doch Cosmo spürte, wie der Frust an ihr nagte; die ständige Angst des Kreativen, nicht gut genug zu sein.

Er hätte ihr gerne geholfen, doch er wusste nicht, wie. Er konnte mit durchgeknallten Meth-Junkies umgehen, mit Gangmitgliedern, Dieben, Vergewaltigern, Mördern und Selbstmördern, mit dem grässlichen Anblick von Toten, sei es nach Verkehrsunfällen oder Morden. Doch der fragilen Psyche einer Schauspielerin, die für ihren Job brannte und dennoch keinen Schritt weiterkam, war er auf Dauer nicht gewachsen.

Nicht dass Julianne es mit ihm einfacher gehabt hätte. Es gab Tage, und die häuften sich mit jedem Dienstjahr, da zerrte Cosmo die Arbeit wie einen verrottenden Kadaver mit nach Hause. Manche Erlebnisse ließen sich nach Feierabend nicht einfach in den Spind sperren. Erlebnisse wie den Amokläufer, der ein Dutzend Kinder in einer Schule niedermähte, den eifersüchtigen Mann, der seine schlafende Frau im Bett mit Benzin übergoss und anzündete, oder die Junkie-Mutter, die ihren Säugling im Drogenrausch aus dem dritten Stock warf. Erlebnisse, die sich in seinen Gedanken einnisteten wie Parasiten und ihn zu jeder Zeit überfielen, beim Einkaufen, beim Spielen mit Remy und nachts, wenn er neben Julianne im Bett lag. Sie machten ihn zu einem gereizten und abweisenden Menschen, einem emotionslosen Eisblock, an dem Juliannes Bemühen um Zuneigung und Verständnis abprallten wie an einer Betonwand.

Der Bulle und die Schauspielerin.

Sie gaben beide ihr Bestes, aber manchmal ist das Beste einfach nicht gut genug.

Im Lauf der Jahre hat die Beziehung Risse bekommen; kleine, kaum sichtbare, so wie sie viele Häuser in Los Angeles aufweisen, weil sie auf tektonisch aktivem Boden gebaut sind. Die Risse wurden größer, egal wie sehr Cosmo und Julianne darum kämpften, ihre Liebe zu erhalten.

Vor zwei Jahren mussten sie sich schließlich eingestehen, dass es nicht mehr funktionierte und nie mehr funktionieren würde. Es gab kein *big one*, nicht das große Beben nach vielen kleinen, keine Eifersuchtsdramen oder Ehebrüche, es gab einfach nur zwei Menschen, die spürten, dass sie nicht mehr länger in derselben Spur fahren konnten und wollten.

Schuld trug niemand.

Nur das Leben.

Und das hatte für Cosmo noch etwas ganz anderes geplant. Einen Code 10-72, eine Schießerei in Inglewood, und einen Jungen namens William Bowers.

Der Gedanke daran will in Alkohol ertränkt werden.

Cosmo angelt sich eine Flasche Bier vom Tablett der Weihnachtsfrau, die auf hohen Absätzen an ihm vorbeischwebt.

Er geht raus in den Garten. Lässt die Villa, die Party und die Musik hinter sich. Treibt ziellos über den Rasen und durch die Nacht. Das riesige Grundstück steigt leicht an.

Das Bier ist leer. Er feuert die Flasche ins Gras und grinst bei dem kindischen Gedanken, dass er Silvermans Garten vermüllt. Dann denkt er an die mexikanischen Gärtner, die die Flasche morgen aufsammeln müssen und daran, dass Silverman nie etwas davon mitbekommen wird. Also hebt er sie wieder auf und geht weiter.

Zwischen einer Ansammlung von Bäumen steht ein kleines Gästehaus. Mit großen Glastüren, Terrasse und einem Whirlpool. Hinter den Fenstern brennt Licht. Davon lässt er sich anziehen wie ein Insekt. Er kann durch die Glastüren ins Innere blicken. Regale mit Büchern, eine Ledercouch, ein großer Fernseher, ein Schreibtisch und …

Ein roter Schleier legt sich vor seine Augen.

Ein Schleier aus Wut, Eifersucht und dem Gefühl, alles verloren zu haben.

Die Bierflasche gleitet aus seinen Fingern.

Zersplittert am Boden.

Sein Herzschlag startet durch wie ein Drag-Racer.

Im hinteren Teil des Gästehauses steht ein breites Bett.

Auf diesem Bett sitzt Julianne. Sie hält etwas in der Hand, was aussieht wie eine Flasche Körperlotion.

Silverman steht vor ihr. Er trägt nicht mehr die weißen Baumwollhosen und das bunte Hemd von vorhin, sondern einen Bademantel. Einen offenen Bademantel. Sein behaarter Bauch lugt rund hervor.

Sein steifer Pimmel auch.

Die beiden haben das Geräusch der am Boden zersplitternden Flasche gehört.

Julianne erkennt ihn.

Silverman auch. Er kommt zur Tür. Im Gehen schließt er seinen Bademantel, aber seine Erektion lugt trotzdem aus dem Schlitz hervor.

Er reißt die Tür auf. „Sie schon wieder?!"

Cosmo stößt ihn zur Seite und drängt sich ins Gästehaus.

„Hey, was soll das?"

Cosmo ignoriert ihn, macht noch zwei Schritte, dann bleibt er stehen.

Julianne Gesichtsfarbe ist beinahe so rot wie ihre Haare. Sie hält die Körperlotion immer noch in der Hand.

„Ernsthaft, Jules? Die Casting-Couch?! Du vögelst den Typen für eine Rolle?"

Er spürt Silvermans Hand auf der Schulter.

„Es reicht–"

Cosmo schüttelt die Hand ab, ohne sich umzudrehen.

Julianne ist vom Bett aufgestanden. Sie wirft die Körperlotion auf die Matratze. Ihre Lippen zittern, ihre Augen sind feucht.

In Cosmos Ohren rauscht das Blut, er hat Tunnelblick. Er äfft sie nach, seine Stimme trieft vor Verbitterung: *„Hör auf zu trinken! Denk an deinen Sohn!* Ja, ich geb's zu. Ich bin ein Säufer. Und was bist du? Ich sag's dir. Eine Nutte! Ein billiges Hollywood-Klischee!"

Wieder Silvermans Hand auf seiner Schulter. „Hey, ‚Sie–"

Cosmo wirbelt herum.

Seine Faust kommt schnell und hart.

Silverman taumelt mit einem Heulen zurück, Blut sprudelt aus einer Nase.

Draußen vor dem Gästehaus erklingen Stimmen. Gestalten schälen sich aus der Dunkelheit. Rolston. Und der Typ vom Eingang.

Silverman hat sie gehört, er stolpert ins Freie, eine Hand unter seiner blutenden Nase. „Er hat mich geschlagen."

Cosmo sieht zurück zu Julianne. Sie hat sich nicht von der Stelle gerührt. „Du widerst mich an, Jules."

Er dreht sich zur Tür, durch die sich jetzt Rolston und der Asiate mit dem Fu-Manchu-Bart drängen.

Der Asiate will auf Cosmo zustürmen, aber Rolston hält ihn zurück. „Ruhig, Al."

Cosmo zwinkert dem Asiaten zu. „Ja. Ganz ruhig, Al."

„Raus hier", befiehlt Rolston.

„Entspannt euch, Jungs." Cosmo geht auf die beiden Männer zu, die Hände in Brusthöhe, Handflächen nach außen.

Al sieht trotzdem aus, als würde er am liebsten auf Cosmo losgehen.

Cosmo drückt sich an ihm vorbei.

Draußen trifft sich sein Blick mit dem des blutverschmierten Silverman.

„Das hat Konsequenzen, Ancona."

Cosmo macht einen Schritt auf ihn zu und hebt dabei die Faust. Er hat nicht vor, ihn zu schlagen, will ihm nur einen kleinen Schreck einjagen, aber Rolston und der Asiate wissen das nicht.

Cosmo spürt einen brutalen Schmerz in den Nieren und im nächsten Moment sinkt er bereits in die Knie. Jemand packt seinen rechten Arm und dreht ihn auf seinen Rücken. Für einen Moment befürchtet er, dass sie ihm die Schulter auskugeln. Eine Hand krallt sich in sein Haar.

„Schafft den Penner hier raus!", schreit Silverman.

Rolstons Lippen an Cosmos Ohr: „Hör auf, dich zu wehren, sonst breche ich dir den Arm."

Cosmo gibt nach. Er verrenkt den Hals und kann Juliannes schmale Silhouette in der Tür des Gästehauses sehen.

Die blinde Wut, die er beim Anblick von ihr und Silverman verspürt hat, lässt nach, der rote Schleier hebt sich langsam wieder. Jetzt denkt er daran, dass sie die Mutter seines Sohnes ist und dass er einen Anwalt hat, der für ihn um das Sorgerecht kämpfen soll. Und dass er gerade dafür gesorgt hat, dass dieser Kampf noch schwieriger wird.

Und was bist du? Ich sag's dir. Eine Nutte!

Wenn nicht gar aussichtslos.

Sie führen ihn den Hang hinab, zurück zum Haus und dem Pool, in dem sich Gäste tummeln.

Cosmo wirft Al, der neben ihm geht, einen Blick zu. Der Kerl wartet nur darauf, dass Cosmo ihm die Gelegenheit gibt, ihm eine reinzuhauen. Cosmo tut ihm den Gefallen. Wenn auch nicht freiwillig. Der Alkohol fordert seinen Tribut. Cosmo stolpert über seine eigenen Füße. Immerhin gibt Rolston jetzt seinen Arm frei, damit er ihn Cosmo nicht unfreiwillig bricht, als er auf die Knie fällt.

Aber Al bekommt die Chance, auf die er gelauert hat. „Die Ratte will abhauen." Ein Tritt mit dem rechten Fuß vor Cosmos Brustkorb, der ihm die Luft raubt. Dreckskerl. Mangelnde Luft hin oder her – Cosmo wirft sich gegen den Asiaten. Rammt ihn mit der Schulter.

Sie stürzen ins Gras. Cosmo landet einen ungezielten Schwinger in Als Visage, der ihm Genugtuung bereitet.

Rolston versucht, ihn von hinten zu packen.

„Halt den Penner fest", schreit Al.

Cosmo windet sich in Rolstons Griff. „Ihr Wichser!"

„Halt's Maul, du besoffenes Schwein."

„Fick dich!"

Die Gäste am Pool werden auf sie aufmerksam.

Köpfe wenden sich ihnen zu.

Einer davon gehört Tia. Sie steht bei einem jungen Typen, der aussieht wie der Musiker einer Grunge-Band. Ihre Gesichtszüge entgleisen.

Okay, das kann Cosmo ihr nicht wirklich verübeln.

Sie zuckt zusammen, als er einen Ellenbogen nach hinten rammt. Er hört Rolstons Schmerzensschrei.

Dann trifft ihn die Faust des Asiaten in die Magengrube. Er klappt zusammen wie ein Taschenmesser und kotzt in den Pool.

Ein paar Mädels in der Nähe des Beckenrands kreischen angewidert.

Jemand – es kann nur Rolston sein – tritt ihm so hart in den Hintern, dass er das Gefühl hat, sein Steißbein in der Kehle zu spüren. Er verliert das Gleichgewicht und sieht das Wasser, auf dem seine eigene Kotze schwimmt, auf sich zukommen.

20

Rolston und Al zerren den triefend nassen Cosmo an der Statue des griechischen Kriegers mit dem kleinen Pimmel vorbei zur Tür, dann stoßen sie ihn draußen die Stufen hinab.

Cosmo rollt sich zu einer Kugel zusammen, um seinen Kopf zu schützen, aber es tut trotzdem nicht weniger weh. Er bleibt stöhnend in der Einfahrt liegen. Unter ihm bildet sich eine Pfütze aus Poolwasser.

Zwei Valets starren ihn an, als wäre er Santa Claus, der mit seinem Schlitten vor ihnen abgestürzt ist.

Rolston geht neben ihm in die Knie. Sein Zeigefinger in Cosmos Gesicht. „An Ihrer Stelle würde ich mich hier nie wieder blicken lassen. Sie haben Glück, wenn Jack Sie nicht anzeigt."

„Nimm den Finger aus meinem Gesicht oder ich breche ihn dir."

Rolston lacht verächtlich und gibt Cosmo eine Ohrfeige. Nicht besonders hart. Aber besonders erniedrigend. „Tust du das, ja?"

Eigentlich müsste Cosmo sein Versprechen jetzt wahr machen und auf Rolston losgehen. Aber er ist nicht so besoffen, dass er nicht wüsste, dass Rolston und Al ihm dann nach allen

Regeln der Kunst die Scheiße aus dem Leib prügeln würden. Außerdem fühlt er sich schon beschissen genug.

Rolston geht zurück zur Tür. Dort steht Tia. Die Hände zu Fäusten geballt. Sie wendet beschämt den Blick ab, als Rolston und Al an ihr vorbei ins Haus treten.

Cosmo kämpft sich auf die Ellenbogen.

Tia kommt die Stufen hinab. „Sie gottverdammtes Arschloch! *Was* haben Sie getan?"

„In den Pool gekotzt."

„Das habe ich gesehen."

Er zuckt mit den Schultern. „Und Silverman eins auf die Fresse gegeben."

„*Was*? Warum?!"

„Spielt keine Rolle."

„Spielt keine Rolle? Für mich spielt es eine. Glauben Sie, nach diesem Auftritt wird noch irgendjemand da drin mit mir über Andy Light reden?" Sie schüttelt den Kopf, ringt um Worte. Dann findet sie welche: „Sie sind ein Riesenarschloch, Ancona! Sie sind kein Detektiv, Sie sind eine gottverdammte, wandelnde Katastrophe!

„Was denn nun, Arschloch oder Katastrophe?"

„Arbeitslos. Sie sind gefeuert!"

Sie macht auf ihren hohen Absätzen kehrt und stürmt die Stufen hinauf zur Tür. Ihr Hintern und ihre Beine machen sich verdammt gut in dem engen Kleid, vor allem aus Cosmos Perspektive. Er überlegt, ob er ihr das sagen soll, befürchtet aber, dass so ein Kompliment in ihrer momentanen Stimmung wenig hilfreich wäre.

Die Tür fällt hinter ihr ins Schloss.

Cosmo kämpft sich auf die Beine. Die sind wackelig, also hockt er sich auf die Treppenstufen. Die Valets haben den Abstand zwischen sich und ihm vergrößert, als hätte er eine ansteckende Krankheit. Sie beobachten ihn aus sicherer Entfernung. Er ignoriert sie. Tastet in den Taschen seiner Jeans herum und findet seine Zigaretten. Genauso durchnässt wie seine

Klamotten. Das hält ihn trotzdem nicht davon ab, sich eine der Fluppen zwischen die Lippen zu stecken und zu versuchen, sie anzuzünden. Immerhin funktioniert das Feuerzeug noch. Aber der Tabak ist zu feucht. Er zerknüllt die Kippe zwischen den Fingern und wirft sie zu Boden.

Sein Schädel dröhnt, sein Magen schmerzt, im Mund der Geschmack von Kotze. Ganz prächtig.

Vor ihm funkelt das Meer aus Lichtern, das sich Los Angeles nennt. Hinter ihm im Haus läuft „Last Christmas" von Wham!

Und irgendwo im Canyon heult ein Kojote.

Für Cosmo klingt es, als lache das Vieh ihn aus.

21

Dawn Patrol.

Der Himmel ein zartes Rosa.

Tia, in einem Wetsuit auf dem Surfboard ausgestreckt, paddelt mit kräftigen Armbewegungen aufs Meer hinaus.

Ein paar der üblichen Verdächtigen sitzen bereits auf ihren Brettern und warten auf eine gute Welle.

Tia begrüßt sie: Watts, einen Tischler, der nur ein paar Häuser weiter wohnt, Geena, eine Blondine aus Ohio, die vor vielen Jahren nach Los Angeles gekommen ist, um Schauspielerin zu werden und sich jetzt als Immobilienmaklerin eine goldene Nase verdient, Tanaka, ein pensionierter Schönheitschirurg und Greg, eine rothaarige Frohnatur aus Kentucky, der neben seinem Day Job als Barista unermüdlich an einer Karriere als Drehbuchautor feilt.

Die *Dawn Patrol* könnte in ihrer Zusammensetzung unterschiedlicher nicht sein. Aber hier draußen, auf dem Wasser, auf ihren Brettern, sind sie alle gleich.

Tia begrüßt die anderen Surfer, dann nimmt sie ihre erste Welle.

Sie hat vergangene Nacht versucht, sich bei Silverman zu entschuldigen. Sie hat ihn nicht geschlagen, aber *sie* hat Ancona mit auf die Party gebracht. Außerdem geht es um Schadenbegrenzung. Jemand wie Silverman hat genug Macht und Einfluss, um ihr und *Inside Hollywood* den Informationsfluss abzudrehen. Nicht nur, was seine eigenen Produktionen betrifft.

Die Partygäste hatten den Pool inzwischen geräumt und Cosmos Kotze war unter den Weihnachtsbaum getrieben wie ein Geschenk, das niemand haben wollte. Shane Dekker stand noch an derselben Stelle wie zuvor, ein frisches Bier in der Hand. Er hatte Tias Reaktion miterlebt, als Cosmo sich mit Silvermans Sicherheitsleuten geprügelt hatte.

„Kannten Sie den Kerl?"

Tia seufzte. „Das war der Privatdetektiv, der für mich arbeitet."

„Wegen Andy?"

Sie nickte und fragte ihn, ob er wüsste, wo Silverman ist. Shane sagte ihr, er habe gesehen, dass Rolston und Al gerade den Hang hinauf zum Gästehaus gegangen seien. Als sie das Gästehaus erreichte, sah sie Silverman, Rolston, und eine attraktive, rothaarige Frau. Silvermans Nase war geschwollen, sein Gesicht und die Vorderseite seines Hemdes voll mit getrocknetem Blut. Auch auf den Fliesen der Terrasse waren ein paar große rote Flecken.

Die Rothaarige war betroffen. „Es tut mir leid, Jack–"

„Was hast du mit diesem Typen zu tun?"

Sie schluckte. „Er ... ist mein Ex-Mann."

Tia blieb stehen. Die anderen hatten sie noch nicht bemerkt. Sie musterte die Rothaarige. Groß, schlank, durchtrainiert. Tia hatte sie schon irgendwo gesehen, sie wusste im ersten Moment nur nicht, wo.

Al, der asiatische Sicherheitsangestellte, trat aus dem Gästehaus und reichte Silverman ein Kühlpack, dass dieser sich vorsichtig unter die Nase drückte. Er verzog das Gesicht und stöhnte leise. „Fuck." Er sah wieder zu der Rothaarigen. „Ex-Mann?"

„Ich wusste nicht, dass er mir nachstellt."

Tia fiel ein, woher sie die Rothaarige kannte. Julianne Wheeler. Schauspielerin in Dutzenden Billigproduktionen, viele davon aus der Roger-Corman-Schmiede. Aber im Gegensatz zu vielen anderen, die für den berühmten Independent-Produzenten gearbeitet hatten, war ihr der Sprung in die A-Liga bislang verwehrt geblieben.

Silverman bemerkte sie. „Gehen Sie mir aus den Augen, Tia."

„Hören Sie, Jack. Es tut mir leid. Ich hatte keine Ahnung."

„Ich will Sie trotzdem nicht mehr hier sehen."

Tia wusste, dass sie sich weitere Worte sparen konnte, also nickte sie, wiederholte noch einmal, dass es ihr leidtat und wandte sich ab.

Sie gab draußen gerade einem der Valets die Plakette mit der Nummer für ihren Porsche, als sie Rolstons Stimme hinter sich hörte. „Wie sind Sie ausgerechnet auf Ancona gekommen?"

Sie drehte sich um. Rolston stand auf den Treppenstufen, Hände in den Hosentaschen.

„Er hat Andrews Leiche gefunden. Es war das Naheliegende."

„Bei der Wahl eines Ermittlers sollte man nie das Naheliegende tun."

„Danke, das ist mir inzwischen auch klar", sagte sie gereizt.

„Wussten Sie nicht–?"

„Dass Julianne Wheeler seine Frau ist? Woher? Und wer konnte ahnen, dass sie auch hier ist und er wegen ihr durchdreht? Ich bin keine Hellseherin."

„Das meine ich nicht."

Sie sah ihn fragend an.

„Er war früher Polizist", sagte Rolston.

„Das weiß ich–"

„Aber nicht, warum er keiner mehr ist. Oder?"

„Nein."

„Wollen Sie, dass ich es Ihnen sage?"

Sie hasste Rolstons süffisante Art und schüttelte den Kopf. „Will ich nicht."

Aber er hatte es ihr trotzdem gesagt.

Und sie tat die ganze Nacht kein Auge zu.

Sie fühlt sich dumm und inkompetent. Sie verflucht den anonymen Anrufer, der ihr den Floh ins Ohr gesetzt hat, Andrew Light sei ermordet worden. Sie hat sich lächerlich gemacht.

„Hey, Tia, da kommt eine Gute!", ruft Watts. Sie blickt über die Schulter. Eine Welle baut sich hinter ihnen auf und Watts liegt bereits flach auf dem Brett und beginnt zu paddeln. Sie schafft es, die Welle noch mitzunehmen, und als sie auf ihrem Brett steht und die Kraft des Ozeans unter sich spürt, vergisst sie für kurze Zeit alles, was seit dem anonymen Anruf geschehen ist.

Der Morgen bringt der *Dawn Patrol* noch ein paar weitere gute Wellen, und nach einer halben Stunde löst sich die Gruppe nach und nach auf. Watt kehrt zurück in seine Werkstatt, um eine Schrankwand zu zimmern, Tanaka wird Brüste polstern und Gesichter straffziehen, Greg an einem Drehbuch schreiben und Geena überteuerte Häuser verkaufen.

Tia ist die Letzte, die das Wasser verlässt.

Ihr Haus ist direkt an der Strandpromenade, auf der zu dieser frühen Stunde noch fast niemand unterwegs ist.

Als sie das kleine Holztor öffnet und ihren Garten betritt, sieht sie ihn auf der Treppe ihrer Veranda sitzen. Er trinkt aus einem Starbucks-Becher, ein zweiter steht neben ihm.

Sie bleibt abrupt stehen. „Was wollen Sie?"

Er richtet sich auf. Hält ihr einen der Starbucks-Becher hin. „Ich dachte mir, Sie trinken *Non Fat Latte*. Liege ich richtig?"

Sie ignoriert den Becher. Spürt die Wut vom Vorabend wieder in sich aufsteigen. „Wir sind fertig miteinander, das habe ich Ihnen doch gesagt. Oder waren Sie so betrunken, dass Sie einen Filmriss haben?"

Sie kann sehen, dass ihm ihr ätzender Tonfall nahe geht, aber sie fühlt sich nicht schlecht deswegen. Warum sollte sie?

„Ich kann ja verstehen, dass Sie ein bisschen sauer sind–"

„Ein bisschen sauer? *Ein bisschen sauer?!*" Sie wirft ihr Brett ins Gras und bückt sich, um den Klettverschluss der Sicherungsleine mit einem Ruck vom Knöchel zu rupfen.

Als sie wieder hochkommt, hält er ihr den Kaffeebecher immer noch hin. Sie macht immer noch keine Anstalten, ihn zu nehmen. Stattdessen drückt sie sich mit beiden Händen das Wasser aus dem langen Haar. „Akzeptieren Sie es einfach. Sie arbeiten nicht mehr für mich. Die Sache ist gegessen."

Er lässt den verdammten Becher endlich sinken. „Sie wollen also nicht mehr rausfinden, wer Light ermordet hat?"

Netter Versuch, denkt sie. „Jedenfalls nicht mit Ihnen."

„Ich gebe zu, es ist ein bisschen dumm gelaufen, aber–"

„Dumm gelaufen?! Wow, Sie sind der Meister der Untertreibung. Sie haben Jack Silverman die Nase gebrochen, in seinen Pool gekotzt und sich generell wie ein komplettes Arschloch aufgeführt." Sie schüttelt den Kopf und tritt an ihm vorbei auf die Veranda. „Wenn es Ihnen ums Geld geht, schreibe ich Ihnen meinetwegen noch einen Scheck für heute aus. Aber das war's."

Er zuckt zusammen, als hätte sie ihn geohrfeigt. Sein Zeigefinger schießt nach vorn. „Ich scheiße auf Ihr Geld!" Er starrt sie schweratmend an. Lässt den Finger wieder sinken. „Okay. Ich scheiße nicht auf ihr Geld. Um ehrlich zu sein, ich kann's gebrauchen. Ich muss einen Anwalt bezahlen."

„Für Ihre Scheidung?"

Er schnauft. „Es geht um das Sorgerecht für meinen Sohn."

Sie erinnert sich an das Foto in seinem Apartment. Cosmo und der Junge vor der *Zurück-in-die-Zukunft*-Attraktion. „Wir haben alle unsere Probleme. Und ich bin nicht die Wohlfahrt. Wahrscheinlich hatten Sie sowieso recht. Die ganze Sache war eine Schnapsidee. Falls Andrew Light ermordet wurde, wird die Polizei das herausfinden."

Sie öffnet die Schiebetür und geht in ihre Küche. Die Fliesen angenehm kühl unter ihren Füßen.

„Mag sein", hört sie Cosmo hinter sich. „Aber wenn *Sie* diejenige sind, würde Sie das beruflich nach vorne bringen, stimmt's? Wahrscheinlich wären Sie dann auch Ihren dämlichen Co-Moderator los. Eine eigene Sendung, davon träumen Sie doch, richtig?"

Tia stoppt. Ihr Gesicht wird heiß. Sie fühlt sich wie ein

kleines Mädchen, das beim Lügen ertappt wurde. Als sie sich umdreht, bemerkt sie, dass Cosmo ihr in die Küche gefolgt ist.

„Sehen Sie. Ich bin ein besserer Detektiv, als Sie dachten."

Sie erwidert sein Lächeln nicht. „Vor allem sind Sie ein Säufer, Ancona. Ein Alkoholiker. Und ich habe sogar Verständnis, dass Sie versuchen, Ihre Dämonen zu ertränken."

Seine Augen verengen sich. „Meine *Dämonen?*"

„Ich *weiß*, warum Sie nicht mehr bei der Polizei sind. Und warum Ihre Kollegin auf dem Freeway so schlecht auf Sie zu sprechen war."

Du hast ein unbewaffnetes Kind abgeknallt, du Dreckskerl. Und wolltest es vertuschen.

„Aber ich verurteile Sie nicht. Ich–"

„Ficken Sie sich, Kalani!", schreit er.

Sie macht vor Schreck einen Schritt nach hinten und stößt mit dem Ellenbogen gegen ein leeres Glas auf der Kücheninsel. Es zersplittert am Boden.

Er sieht sie schweratmend an.

Seine Hände sind zu Fäusten geballt.

„Gehen Sie", sagt sie mit wummerndem Herzen. „Hauen Sie ab!"

Er rührt sich nicht.

Sie hat ein flaues Gefühl in der Magengrube. Mehr als ein flaues Gefühl.

Sie hat *Angst*.

Wenn er sie jetzt schlägt ...

„Ich rufe die Polizei."

Er atmet schnaufend aus. Dann wendet er sich ruckartig ab.

Erleichtert sieht sie ihn durch die Tür in den Flur verschwinden. Sie schließt für einen Moment die Augen, hält sich mit einer Hand an der Kücheninsel fest und atmet tief durch.

Dann klingelt das Telefon. Sie zuckt zusammen. Sie macht einen Schritt über die Glasscherben hinweg und nimmt den Hörer aus der Schale. „Ja?"

„Sie haben gedacht, ich würde mich nicht mehr melden, stimmt's?"

Sie erkennt die Stimme sofort.

Und ja, sie hat wirklich nicht mehr daran geglaubt, dass er sich noch einmal meldet.

Das Jagdfieber kehrt schlagartig zurück.

„Wenn Sie wissen wollen, warum die Andy ermordet haben, dann können wir uns treffen." Er nennt ihr eine Adresse in Malibu.

„Sie sind Dale Mancini, stimmt's?"

„Wann können Sie da sein?", fragt er, statt zu antworten.

Sie zögert. Hört, wie Cosmo die Haustür öffnet.

„Hey", sagt ihr Anrufer. „Sind Sie noch dran?"

„Ja, ich bin noch dran. Geben Sie mir eine Stunde." Sie wirft das Telefon auf die Kücheninsel und läuft los.

Als sie aus der Haustür stürmt, ist Cosmo gerade im Begriff, in seinen Toyota Pick-up zu steigen.

„Ancona! Warten Sie!"

22

Der Gringo wusste eine Party zu schmeißen, das musste man ihm lassen, dachte Xavier letzte Nacht.

Nicht, dass sie in Mexiko keine rauschenden Feste feiern können, im Gegenteil, aber so eine echte Hollywood-Sause ist schon ihre ganz eigene Liga. Das Essen, der niemals endende Nachschub an Alkohol, dieser gigantische Weihnachtsbaum mitten im Pool, die geilen jungen Dinger in ihren knappen Weihnachtsmannkostümen.

Und die Filmstars.

Echte Filmstars, die Xavier bislang nur auf der Leinwand oder auf Fotos der Boulevardpresse gesehen hat.

Letzte Nacht standen sie leibhaftig vor ihm.

Zum Anfassen.

Wie diese unglaublich scharfe Blondine aus *Basic Instinct*. Er hatte sein Glück bei ihr versucht, doch die arrogante Kuh hatte ihn eiskalt abblitzen lassen. Das hatte ihn wütend gemacht. Er hatte sich vorgestellt, wie er sie in eins der dunklen Zimmer zerrt, ihr mit Gewalt die Klamotten vom Körper reißt und die Arroganz aus dem Gesicht vögelt.

Seine Wut verrauchte, als er die Kleine sah, die vor ein paar Jahren noch ein Kinderstar gewesen war. Dinah irgendwas.

Inzwischen musste sie volljährig sein. Sie hat den Babyspeck abgeworfen; lange Beine, große Möpse, volle Lippen. Er hat in den Klatschmagazinen, die seine Mutter so liebt, über das Mädchen gelesen: ihre geldgeilen Eltern, die ihre Gagen verpulvert haben, ihre erste Alkoholvergiftung mit dreizehn am Set eines Kinderfilms, die Affären mit Männern, die ihr Vater hätten sein können.

Xavier entdeckte sie auf einer Couch, wild knutschend mit einer anderen jungen Frau. Das Mädchen lässt wirklich nichts aus.

Er quatschte die beiden an. Mangelendes Selbstbewusstsein kann ihm niemand vorwerfen. Er weiß, dass er ein attraktiver Typ ist und er weiß auch, dass die meisten *Gringas* bei einem stattlichen Latino feuchte Höschen bekommen. Der gefallene Kinderstar war da nicht anders. Keine halbe Stunde später saß sie auf seinem Schoß, ihre Zunge in seinem Hals, seine Hand zwischen den gespreizten Schenkeln ihrer Freundin, die sich leise stöhnend neben ihnen auf dem Sofa wand.

Dann war Guillermo aufgetaucht und hatte ihm das Gringa-Sandwich, wie er den potenziellen Dreier im Geiste bereits getauft hatte, versaut.

„Komm mit."

„Siehst du nicht, dass ich beschäftigt bin?"

„Ja", sagte Dinah Irgendwas lachend, „Siehst du nicht, dass er beschäftigt ist?"

Guillermos schwielige Hand packte das Mädchen hart am Arm und zerrte sie von Xaviers Schoß. Irgendetwas im Blick seiner dunklen Augen hielt sie davon ab, zu protestieren.

Xavier war wütend. Nur weil Guillermo nicht wusste, wie man sich amüsierte, sollte er auch keinen Spaß haben?

„Ich hoffe für dich, du hast einen guten Grund, *tio*", sagte er, als er Guillermo raus auf den Flur folgte.

Der Ältere blieb ruckartig stehen. „Drohst du mir gerade?"

„Du meine Güte, verstehst du keinen Spaß? Was ist denn los?"

„Es gibt zu tun."

„Was denn?“

Guillermo schlug ihm mit der flachen Hand in den Nacken.

„Stell keine dummen Fragen. Tu, was ich dir sage.“

Guillermo erzählte Xavier, dass eine Fernsehjournalistin und ein Privatdetektiv sich nach Andrew Light erkundigt hatten. Jemand hat die Journalistin angerufen und ihr gesteckt, dass Andrews Tod kein Unfall war.

Wie allen anderen war auch Xavier sofort klar gewesen, wer der anonyme Anrufer sein musste.

Der Mann, den sie seit Tagen suchten.

Dale Mancini. Andys Kumpel.

Deswegen sitzen sie seit vergangener Nacht, als sie die Journalistin bis nach Hause verfolgt haben, vor ihrer Tür und warten. Sie werden sie nicht mehr aus den Augen lassen. Für den Fall, dass Mancini sich wieder bei ihr meldet. Dann wird sie sie hoffentlich direkt zu ihm führen.

Vor zehn Minuten ist der Schnüffler in seinem abgewrackten Toyota Hilux aufgekreuzt und ins Haus gegangen.

Xavier stopft sich gerade die Reste eines Frühstücksburritos in den Mund und wischt die Finger an einer Papierserviette ab, als der Schnüffler wieder aus dem Haus kommt. Er sieht wütend aus. Steigt in seinen Pick-up und schlägt die Tür zu. Startet aber nicht sofort den Motor, sondern bleibt regungslos hinterm Steuer sitzen.

Kurz darauf eilt die Journalistin auf die Straße. Sie trägt einen Wetsuit, ist barfuß und hat nasse Haare. Sie geht zum Wagen des Schnüfflers und redet mit ihm. Nach ein paar Minuten steigt er wieder aus und kehrt mit ihr ins Haus zurück.

Xavier wirft die Papierserviette in den Fußraum und sieht zu Guillermo, der Kaffee aus einem Styroporbecher schlürft. „Was soll das?“

„Abwarten“, erwidert Guillermo. „Und heb die Serviette auf. Das ist ein Mietwagen, kein Mülleimer.“

Seufzend bückt sich Xavier nach der Serviette, und weil er

nicht weiß, wohin sonst damit, stopft er sie in die Brusttasche seines Hemdes.

Nach einer Viertelstunde verlassen die Journalistin und der Schnüffler erneut das Haus. Sie trägt jetzt Jeans, eine schwarze Lederjacke über einer weißen Bluse und Turnschuhe, das dunkle Haar ist zu einem Pferdeschwanz gebunden.

„Die ist scharf", sagt Xavier.

Guillermo erwidert nichts. Natürlich nicht. Guillermo ist mit seiner hässlichen Tante verheiratet, die er, aus für Xavier unerfindlichen Gründen, nicht mal in Gedanken betrügen würde.

Der Motor des Toyotas erwacht hustend zum Leben. Guillermo startet den Mietwagen.

Und gerade, als er sich mit etwas Abstand hinter den Pick-up des Schnüfflers setzen will, bemerkt Xavier, dass sie nicht die Einzigen sind, die Interesse an den beiden haben.

23

„Sie waren also mit Julianne Wheeler verheiratet."

Cosmo stoppt an einer roten Ampel. „Ja."

„Was ist passiert? Gestern, meine ich."

Seine Finger umklammern das Lenkrad. Das Bild hat sich in seinen Kopf gebrannt: Julianne, die auf dem Bett sitzt. Silverman vor ihr, die Flasche mit der Körperlotion in der Hand, sein steifer Pimmel unter dem offenen Bademantel.

Er atmet tief durch. „Ich habe sie mit Silverman gesehen. Casting-Couch. Mir ist die Sicherung durchgebrannt."

„Casting Couch?"

Die Ampel springt auf Grün und er fährt wieder an. „Jules war auf der Party, weil sie hofft, die Hauptrolle in einem neuen Film von Silverman zu kriegen. Sie meinte, er hätte die Power, sie beim Studio durchzudrücken. Und kurz darauf habe ich die beiden im Gästehaus gesehen. Sie haben mich bemerkt. Silverman kam raus–"

„Sie haben gespannt?!"

„Ich habe *nicht* gespannt. War reiner Zufall. Jedenfalls ist Silverman rausgestürmt und hat mich angemacht. Da hab ich ihm eins auf die Nase gegeben." Er sagt es ihr nicht, aber der Gedanke daran verschafft ihm immer noch Genugtuung. Und bevor sie etwas erwidern kann: „Ja, ich weiß, das war nicht besonders clever, aber es ist nun mal passiert."

„Sie haben vorhin was von Sorgerecht gesagt."

„Mein Sohn. Er lebt bei Jules. Sie will nicht, dass ich ihn sehe."

Er wartet darauf, dass sie ihn fragt, warum, aber sie tut es nicht. Sie wird sich wohl denken können, warum.

Der Verkehr auf der Pacific Avenue geht nur stockend voran. Vor ihm leuchten plötzlich Bremslichter und Cosmo muss ebenso abrupt auf die Bremse treten wie die Frau in dem Kleinwagen vor ihm, die beinahe einen Obdachlosen umgenietet hätte, der einen mit seinen Habseligkeiten bepackten Einkaufswagen quer über die Fahrbahn schiebt.

Ein Ruck geht durch den Pick-up. Zum Glück hat sein Hintermann genug Abstand gehalten und ist nicht aufgefahren.

Bei diesem reflexartigen Blick in den Rückspiegel bemerkt Cosmo sie.

Drei Latinos in einem grünen Chevy Impala Coupé. Siebzigerjahre-Modell. Im Gegensatz zu dem Abend, als sie ihn auf den Highway gestoßen haben, ist er diesmal nüchtern und erkennt sie sofort. Vor allem den mit dem roten Bandana. Manny Cortes. Dem er im Sommer mit der Pumpgun die Kauleiste renoviert hat, als er die Tochter von Dannys Freundin aus dem Crackhaus holte.

Sie müssen ihn verfolgen, seit er heute früh das Apartment verließ, um zu Tias Haus in Venice zu fahren. Es spricht nicht für ihn, dass er sie bisher nicht bemerkt hat.

Jetzt wollen die Cholos ihm ganz offensichtlich den Rest geben und warten auf eine gute Gelegenheit.

Er könnte versuchen, sie auf dem Weg nach Malibu abzuhängen, aber erstens weiß er nicht, ob ihm das gelingt, und zweitens würde das die ganze Angelegenheit nur hinauszögern. Besser, er bringt die Sache hier und jetzt zu Ende.

Sie sind inzwischen in Santa Monica und nähern sich der Kreuzung zum Pico Boulevard. Auf einem Parkplatz signalisiert ein mehrere Meter hoher, aufblasbarer Weihnachtsmann, dass hier Weihnachtsbäume verkauft werden. Hunderte Tannenbäume, die in mehreren Reihen in einem durch einen Bauzaun abgesperrten Areal aufgestellt sind.

Als sie den Pico Boulevard erreichen, setzt Cosmo kurzerhand den Blinker.

„Was tun Sie?“, fragt Tia. „Wir müssen geradeaus.“

„Kurzer Zwischenstopp.“ Cosmo biegt ab und fährt auf den Parkplatz. Ein Blick in den Rückspiegel verrät ihm, dass die Cholos dranbleiben.

„Was für ein Zwischenstopp? Ich habe gesagt, wir sind in einer Stunde da.“

„Auf ein paar Minuten kommt es nicht an. Bleiben Sie hier, ich bin gleich zurück.“ Er stößt die Wagentür auf und steigt aus, ohne auf eine Erwiderung zu warten. Überquert mit langen Schritten den fast leeren Parkplatz zum Weihnachtsbaumverkauf. Er widersteht dem Versuch zurückzublicken, um zu sehen, ob die Gangbanger ihm folgen.

Ein unrasierter Mittdreißiger in verwaschenen Jeans und rotkariertem Holzfällerhemd wünscht ihm einen guten Morgen, in der einen Hand einen Apfel, in der anderen die Dezember-Ausgabe des Playboys. „Sie kommen zum richtigen Zeitpunkt.“ Er wedelt mit seiner Zeitung nach hinten. „Hab heute früh erst eine frische Ladung Bäume aus Oregon bekommen. Gute Auswahl. Paar schöne Silvertips dabei, falls Sie was Größeres suchen.“

Cosmos Blick fällt auf den metallenen Weihnachtsbaumtrichter, durch den die Bäume geschoben werden, um dann am anderen Ende von einem weißen Plastiknetz eingepackt wieder herauszukommen. Auf dem kleinen Holztisch daneben liegen zwei Teppichmesser, mit denen der Verkäufer die Netze abschneidet.

Der Mann im Holzfällerhemd ist von einem doppelseitigen Nacktfoto von Bo Derek so abgelenkt, dass er nicht bemerkt, wie Cosmos Rechte eins der beiden Teppichmesser einsackt und damit in der ersten Reihe Nadelbäume verschwindet.

Aus unsichtbaren Boxen erklingt eins von Johnny Cashs Weihnachtsliedern. Harzgeruch steigt Cosmo in die Nase. Hinter sich hört er, wie der Mann im Holzfällerhemd wieder jemandem einen guten Morgen wünscht.

Das sind sie.

Cosmo erreicht das Ende des Gangs. Hier stehen größere Tannen in Dreierreihen hintereinander am Zaun. Cosmo drängt sich durch die Bäume bis ganz nach hinten und geht in die Hocke.

Nur wenige Sekunden später sieht er sie zwischen den Zweigen durchkommen. Manny Cortes mit dem roten Bandana vorneweg. Dahinter der Fettsack mit dem Dreifachkinn. Als Letzter der Kleine mit der tätowierten Visage. Alle drei haben Messer. Keine Knarren. Sie wollen es auf die leise Tour erledigen. Kann Cosmo nur recht sein. Sein Herzschlag wummert, als er sich aufrichtet und aus seiner Deckung stürmt.

Tattoo-Gesicht hört ihn und dreht sich um. Das Teppichmesser saust durch die Luft. Der Cholo stößt einen Schrei aus. Er lässt das Messer fallen, seine linke Hand schließt sich um die klaffende Wunde, die das Teppichmesser im rechten Unterarm hinterlassen hat. Cosmo geht auf Nummer sicher und tritt ihm zusätzlich in die Familienjuwelen.

Setzt seine Attacke ansatzlos fort.

Manny und der Fettsack sind herumgewirbelt.

Cosmo schwingt das Teppichmesser und hinterlässt einen blutigen Schnitt quer auf dem weißen Unterhemd des Fettsacks.

Das hält den jedoch nicht auf. Er geht mit gesenktem Kopf auf Cosmo los, sein eigenes Messer in den Wurstfingern der Rechten.

Cosmo weicht nach rechts aus und lässt seinen Fuß stehen. Der Fettsack stolpert vornüber und stürzt aufs Gesicht.

„*Cabron*!“ Manny ist schnell, die Spitze seines Messers verfehlt Cosmos Gesicht nur um Zentimeter, trifft dafür aber den meterhohen Plastikweihnachtsmann.

Lautes Zischen, als dessen Luft entweicht und Santa Claus in sich zusammenfällt wie die Erektion eines Pornodarstellers nach getaner Arbeit.

Manny schwingt das Messer hin und her, als wäre es ein Schwert. Cosmo weicht zurück und stolpert über eine der metallenen Halterungen der Tannen. Er fällt nach hinten zwischen die Bäume. Greller Schmerz schießt durch seinen Ellenbogen, seine Finger lassen das Teppichmesser fallen.

Manny wirft sich auf ihn, sein Knie bohrt sich in Cosmos Magengrube. Cosmo würgt. Eine Faust trifft sein Gesicht. Finger schließen sich um seine Kehle.

Manny sitzt rittlings auf ihm, sein Messer saust nach unten. Cosmo blockt mit dem rechten Unterarm.

Mannys kräftige Finger schnüren ihm die Luft ab.

Das Messer hebt sich erneut, Sonnenlicht reflektiert von der Klinge.

Fuck, denkt Cosmo, das war's–

Er hört wieder ein Zischen, dann Mannys Schrei. Die Klammer um seine Kehle verschwindet, er kann wieder atmen.

Und sieht Tia, die Manny noch eine zweite Ladung Pfefferspray ins Gesicht jagt. Manny lässt das Messer fallen, reißt die Hände vor die Augen und wirft sich zur Seite, um der nächsten Ladung zu entgehen.

Cosmo richtet sich keuchend auf. Während seine Finger nach dem Teppichmesser tasten, sieht er, wie Tattoo-Gesicht dem Fettsack auf die Beine hilft. Dessen Unterhemd ist von dem Schnitt über seinen Bauch blutgetränkt und auch aus der Wunde in Tattoo-Gesichts Unterarm quillt der rote Saft und tropft auf den Boden.

Tia richtet das Pfefferspray auf die beiden und sie weichen zurück. Tia scheint das ganze Blut erst jetzt zu registrieren, denn ihre hellbraune polynesische Hautfarbe wird ungesund hell.

Cosmo kriegt Manny, der gerade keuchend aufstehen will, am Kragen seines Hemdes zu fassen und zerrt ihn nach hinten. Drückt ihm die Klinge des Teppichmessers an die Kehle. „Halt still, Arschloch!“

Hätte Cosmo nicht sagen müssen, Manny ist so starr wie das Standbild einer VHS-Kassette. Trotzdem zischt er durch zusammengebissene Zähne: *„Hijo de puta"*, während Tränen aus seinen vom Pfefferspray geröteten Augen fließen.

„Du mich auch."

„Wenn du mich töten willst, dann tu's, *maricon*."

„Führ mich nicht in Versuchung. Das war jetzt der zweite Versuch, mich umzulegen. Beim nächsten Mal drehe ich den Spieß um." Cosmo nimmt das Teppichmesser von Mannys Kehle und stößt ihn nach vorn. Er dreht sich zu Tia um, die Tattoo-Gesicht und den Fettsack immer noch mit dem Pfefferspray in Schach hält. „Geben Sie her."

„Was?"

Er rupft ihr das Pfefferspray aus der Hand und verpasst den beiden Latinos aus nächster Nähe eine volle Ladung. Die Männer stolpern fluchtartig nach hinten und stoßen dabei wüste Flüche aus.

Cosmo zieht Tia hinter sich her zum Ausgang. Dort ist der Verkäufer immer noch dermaßen von Bo Dereks Brüsten fasziniert, dass er weder von der Auseinandersetzung zwischen seinen Bäumen noch vom plötzlichen Tod seines Weihnachtsmannes etwas mitbekommen hat. „Nichts gefunden?", fragt er, als Cosmo und Tia an ihm vorbeieilen.

„Die Nadeln sind mir zu spitz." Cosmo deutet mit dem Daumen über die Schulter. „Haben sich schon ein paar ihrer Kunden dran geschnitten."

24

Tias Stimme überschlägt sich. „Was zum Teufel war das?!"

Er erwidert nichts. Stattdessen widmet er sich mit dem Teppichmesser den Reifen des Chevy Impala, die ihre Luft genauso schnell verlieren wie der Plastikweihnachtsmann.

Ein paar Minuten später fahren sie wieder auf der Ocean Avenue nach Norden.

„Danke, dass Sie nicht auf mich gehört haben und im Wagen geblieben sind. Sie haben mir den Hintern gerettet."

Tia ist immer noch bleich und kurbelt das Fenster runter, um den Fahrtwind hereinzulassen.

Cosmos Adrenalinschub verebbt, sein Herzschlag beruhigt sich. Positiver Nebeneffekt der ganzen Angelegenheit: Sein Kater ist weg, die Kopfschmerzen sind verschwunden. Und das, obwohl Manny Cortes ihm eins vor den Schädel gegeben hat.

Er fischt eine Schachtel Kippen aus seiner zerschlissenen Jeansjacke, klopft eine auf dem Lenkrad heraus und schiebt sie sich in den Mund. Zündet sie an. Er spürt Tias Blick. Sicher, wenn sie nicht gekommen wäre, hätte es vorhin böse für ihn ausgehen können. Aber es ist immer noch sein Wagen und das Nikotin beruhigt seine Nerven.

Er biegt auf den Highway 1 ab. Zu ihrer Linken dreht sich das Riesenrad auf dem Santa Monica Pier unter dem strahlend blauen Himmel.

„Ich habe im Sommer ein Mädchen aus einem Crackhaus befreit, wo diese Arschlöcher sie zur Prostitution gezwungen haben. Das haben sie mir übelgenommen."

Tias reguläre Gesichtsfarbe kehrt langsam zurück. „Der Angriff in Ihrer Wohnung hatte gar nichts mit Andrew Lights Tod zu tun."

„Natürlich nicht." Er schneidet eine Grimasse. „Aber ich wollte den Job, den ich im Suff abgelehnt habe. Ist nämlich nicht so, als würden mir die Leute mit Aufträgen die Tür einrennen."

„Und wenn diese Leute es wieder versuchen?"

„Damit muss ich leben."

„Haben Sie wenigstens eine Waffe?"

„Ja. Aber ich habe sie im Apartment vergessen."

Er sieht aus den Augenwinkeln, wie sie den Kopf schüttelt. „Was denn? Ich war verkatert."

„Schön, wenn man mit einem Profi arbeitet."

25

Sie fahren auf dem Pacific Coast Highway Richtung Norden. Zur Linken der Pazifik. Schier endlos und blau. Hier und da ein paar Surfer. Vorbei an den ersten Strandvillen der Reichen und Schönen, die von der Straße aus völlig unscheinbar aussehen, verborgen hinter schlichten Mauern und dicken Türen.

Wenig später erreichen sie Malibu, passieren den Pier und die Pepperdine University, dann biegt Cosmo vom PCH auf den Latigo Canyon Drive ab und lenkt den Toyota Hilux die von grünbraunen Hügeln gesäumte Straße hinauf.

„Wie war die genaue Adresse?"

„2156 Latigo Canyon Road."

Cosmo folgt der Straße, die nach ein paar Meilen automatisch vom Latigo Canyon Drive zur kurvenreichen Latigo Canyon Road wird. Ein paar Minuten später deutet Tia auf ein rostiges Metalltor. „Da ist es."

Cosmo bremst ab. Die Schotterpiste hinter dem Tor windet sich ein paar hundert Meter, bevor sie hinter einem grasbewachsenen Hügel verschwindet. Von einem Haus ist nichts zu sehen.

Er steigt aus, öffnet das schwerfällige Metalltor, dann fahren sie im Schritttempo weiter. Der Pick-up hinterlässt eine Staubwolke, die ihren Besuch auf jeden Fall ankündigt.

Er sieht Tia an, die konzentriert nach vorn blickt. Er spürt ihre Anspannung. Dann umrunden sie den Hügel und sehen den Trailer. Ein verbeulter, silberner Airstream auf einem grasbewachsenen Plateau mit weitläufigem Blick über die Küstenlandschaft, die sich darunter ausbreitet.

Cosmo hält an.

Die Tür des Trailers steht halb offen. Davor ein paar wettergegerbte hölzerne Gartenmöbel, zwei Terrakottatöpfe mit verdorrten Blumen und eine Propangasflasche. Auf dem Holztisch eine Petroleumlaterne und leere Bierflaschen.

„Romantisch", sagt Cosmo und meint das nicht mal ironisch. Sie steigen aus. Vom Meer weht ein kühler Wind die Hügel hinauf. Tia fröstelt in ihrer dünnen Lederjacke.

Die Tür des Trailers bleibt leer.

Cosmos Blick trifft sich mit Tias.

„Entweder schläft er–"

„Oder ist tot", sagt sie.

„Ich meinte: Oder er sitzt auf dem Scheißhaus." Trotzdem wünscht Cosmo sich auf einmal, er hätte seine Beretta nicht vergessen.

„Hallo? Jemand zu Hause?", ruft Tia.

Nichts.

Cosmo geht auf die offene Tür des Trailers zu. Durch den Spalt lässt sich im Halbdunkel nicht wirklich etwas erkennen.

„Hallo?", versucht Tia es wieder. Sie ist hinter Cosmo zurückgeblieben.

„Die Hände so, dass ich sie sehen kann!", erklingt plötzlich eine Stimme. Kurz darauf erscheint der Kopf eines jungen Mannes mit dichten schwarzen Locken am Rand des Abhangs vor dem Airstream.

„Dale Mancini?", fragt Tia.

„Wer ist der Typ?" Der Blick des Lockenkopfs, der jetzt auf das Plateau steigt, mustert Cosmo misstrauisch.

Der registriert die Pistole in der Rechten des jungen Mannes, eine 9 mm Smith & Wesson. „Die Kanone brauchen Sie nicht."

„Das ist ein Privatdetektiv", sagt Tia. „Er arbeitet für mich."

„Hast du eine Knarre, Privatdetektiv?", fragt der Lockenkopf, der Andy Lights Jugendfreund Dale Mancini sein muss.

„Nein." Cosmo zieht seine Jeansjacke auseinander und nach oben, dreht sich dabei einmal langsam um sich selbst, damit Mancini sehen kann, dass er unbewaffnet ist.

Mancini deutet auf die Gartenmöbel. „Setzen Sie sich."

Tia nimmt auf der Holzbank vor dem Trailer Platz, Cosmo in einem der Stühle.

Mancini bleibt stehen.

Und die Pistole in seiner Hand.

„Wie sieht's mit meiner Kohle aus?"

„Ich habe Ihnen schon am Telefon gesagt, dass das nicht so einfach geht. Außerdem weiß ich nicht, was für eine Summe Sie sich vorstellen."

„Genug, um abzutauchen." Er deutet auf den Airstream. „Andy hat das Ding zwar als heimlichen Rückzugsort gekauft und außer mir weiß niemand davon, dass es ihn gibt, aber ich kann nicht ewig hierbleiben." Er greift nach einer der Wasserflaschen auf dem Tisch und trinkt.

Cosmo mustert ihn. Mancinis Haut glänzt, seine Bewegungen sind fahrig. Der Junge hat Angst. Und ganz sicher dasselbe Drogenproblem wie sein Freund Andy.

„Ich kann Ihnen nichts versprechen", sagt Tia. „Und Sie müssen mir schon ein paar Details geben, damit ich weiß, woran ich bin."

„Die haben Andy gekillt!"

„Wer?", fragt Tia. „Warum? Und wie?"

„Er hat sich die Überdosis nicht selbst gespritzt. Das waren die Mexikaner."

Cosmo beugt sich interessiert vor. „Was für Mexikaner?"

Mancini öffnet den Mund, um etwas zu erwidern.

Es kommt aber nie wieder ein Wort über seine Lippen.

Denn von einem Moment zum nächsten ist eins seiner braunen Augen verschwunden und sein Hinterkopf explodiert in einem Schauer aus Blut, Gehirnmasse und Knochenstücken.

26

Guillermo hat über die Jahre gelernt, einen Wagen zu verfolgen, ohne dabei aufzufliegen. Er hält sich für ziemlich gut. Besser jedenfalls als die Bullen in Tijuana, die Guillermo regelmäßig ausmacht, wenn sie mal wieder einen ihrer verzweifelten Versuche starten, gegen das Kartell vorzugehen.

Er war mehrere Wagenlängen hinter dem Pick-up des Schnüfflers geblieben. Die Männer in dem grünen Chevy Impala gaben sich nicht soviel Mühe, aber der Privatdetektiv schien sie nicht zu bemerken. Das lag sicher auch daran, dass der Typ sich letzte Nacht so abgeschossen hat. Einen besonders frischen Eindruck hatte er jedenfalls nicht gemacht, als sie ihn beobachteten, wie er das Haus der Journalistin betrat.

„Was glaubst du, wer die sind?", hatte Xavier gefragt und damit die Männer im Chevy Impala gemeint.

Guillermo hat nur einen kurzen Blick auf die drei Kerle erhaschen können, aber der hat gereicht. „Gangbanger."

Dann, als der Pick-up plötzlich auf den Parkplatz abgebogen war, wurde Guillermo klar, dass der Schnüffler seine Verfolger nun doch bemerkt hatte. Die Jungs im Chevy blieben dran.

Guillermo fuhr weiter über die Kreuzung, machte dann einen

U-Turn und lenkte den Mietwagen an den rechten Straßenrand. Von hier konnten sie den Parkplatz sehen. Der Schnüffler stieg aus und rannte zum Weihnachtsbaumverkauf mit dem überlebensgroßen Santa Claus. Der Chevy stoppte nur ein paar Meter entfernt und die drei Insassen eilten hinterher. Die Journalistin war im Wagen sitzen geblieben, aber für sie schienen die Männer sich nicht zu interessieren.

„Die wollen ihm ans Leder", hatte Xavier gesagt. „Was sollen wir tun?"

„Nichts."

Hinter den dicht an dicht stehenden Tannenbäumen konnten sie weder den Schnüffler noch seine Verfolger ausmachen, aber keine zwei Minuten später sahen sie, wie dem Santa Claus die Luft ausging und er in sich zusammenfiel. Guillermo hatte eine ungefähre Vorstellung, was hinter dem Zaun vor sich ging. Und dann stieg auch die Journalistin aus und verschwand aus ihrem Blickfeld. Das hatte Guillermo nervös gemacht. Wenn ihr etwas zugestoßen wäre, hätte das ihre einzige Spur zu Dale Mancini zunichte gemacht.

Aber kurze Zeit später rannten der Schnüffler und die Frau zurück zum Pick-up. Guillermo gefiel, wie der Schnüffler vorher noch die Reifen des Chevys massakrierte. Offensichtlich hatte die Schnapsdrossel noch nicht alle Tricks verlernt.

Als der Pick-up auf der anderen Straßenseite an ihnen vorbei Richtung Norden fuhr, wartete Guillermo einen Moment, bevor er einen zweiten U-Turn machte und die Verfolgung wiederaufnahm.

Als der Schnüffler wenig später in die Hügel Malibus hinauffuhr, musste Guillermo den Abstand vergrößern, weil hier kaum Verkehr herrschte, und die Chancen, dass er seinen Schatten jetzt doch bemerkte, größer wurden. Was allerdings auch bedeutete, dass sie den Pick-up auf der kurvenreichen Straße hin und wieder für kurze Zeit aus den Augen verloren.

Sein Gefühl sagte Guillermo, dass, wo auch immer der

Schnüffler und die Journalistin hin unterwegs waren, nicht mehr weit entfernt sein konnte.

Er behielt recht. Nur ein paar Minuten später durchfuhren sie eine weitere Kurve und sahen eine Staubwolke zu ihrer Rechten aufsteigen.

Guillermo drosselte das Tempo. Xavier entdeckte den Toyota, der eine Schotterpiste hinabrumpelte, die hinter einem Eisentor nur wenige Meter entfernt begann. Mit dem Mietwagen hinunterzufahren, erschien Guillermo zu risikoreich. Er stoppte am Straßenrand, sie holten die Maschinenpistolen mit den Doppelmagazinen aus dem Kofferraum und rannten durch das offene Tor, gerade als der Pick-up hinter einem Hügel verschwand.

Sie hasteten den Schotterweg hinab und Guillermo bemerkte, dass der Motor des Pick-ups verstummt war. Er gab Xavier ein Zeichen. Langsamer. Der Junge nickte. Sie blieben dicht am Hügel und gingen an der Biegung in die Knie.

Sahen den Airstream Trailer.

Den Schnüffler und die Journalistin, die aus dem Toyota gestiegen waren.

Und Dale Mancini.

Rivera würde zufrieden sein.

Mancinis Besucher saßen auf den Gartenmöbeln vor dem Trailer. Mancini stand vor ihnen und sie redeten. Das bedeutete, dass heute nicht nur Mancini ins Gras beißen würde. Keiner der Drei durfte das Grundstück hier wieder lebend verlassen.

Guillermo sah zu Xavier. „Erst Mancini."

Der Junge war der bessere Schütze, und das bewies er kurz darauf auch. Xavier stellte die schallgedämpfte MP5 auf Einzelfeuer, hob sie an die Schulter, zielte kurz — und drückte ab.

Jetzt liegt Mancinis Körper regungslos am Boden.

Guillermo und Xavier stürmen aus ihrer Deckung, um den Schnüffler und die Journalistin zu erledigen.

27

Für ein oder zwei Sekunden sind Cosmo und Tia wie gelähmt. Sie haben keinen Schuss gehört, aber Cosmo weiß, dass einer gefallen ist. Schalldämpfer.

Dann sieht er nach links und entdeckt die beiden Männer mit den Maschinenpistolen.

Er springt hoch, hebt mit der Linken Mancinis Smith & Wesson vom Boden auf und zerrt mit der Rechten Tia von der Bank.

Die offene Tür des Trailers ist nur eine Armlänge entfernt. Er stößt Tia im selben Moment hindurch, in dem die beiden Männer das Feuer eröffnen.

Jetzt hört er das dumpfe PFFT! PFFT! der schallgedämpften Schüsse und sieht die Einschläge der Kugeln, die ihn nur knapp verfehlen. Die Petroleumlaterne auf dem Tisch zersplittert.

„Runter!", schreit er, aber das hätte er nicht tun müssen, denn Tia klebt bereits am Boden des Trailers, als wolle sie sich durchgraben. Sie stößt einen Schmerzensschrei aus, als Cosmo sich durch die Tür wirft und direkt auf ihr landet. Er rollt von ihr runter und springt auf. Beugt sich aus der Tür und feuert mit Mancinis Pistole mehrere Schüsse in die ungefähre Richtung der Angreifer, während er mit der rechten Hand nach der Tür greift, sie zuzieht und verriegelt. Er hat die Attentäter nur für einen kurzen Moment gesehen. Zwei dunkelhaarige Männer in Jeans und Cowboyhemden.

Cosmo wirft sich wieder zu Boden.

Tia ist weiter ins Innere des Airstreams gekrochen. Das Licht ist gedämpft, vor den Fenstern hängen weiße Gardinen.

POP! POP! POP! macht es, als Geschosse den metallenen Körper des Trailers perforieren. Die Fenster splittern, die Gardinen werden nach innen geblasen, es regnet Glas. Licht fällt wie Laserstrahlen durch die Einschusslöcher.

Sie sitzen hier drin in der Falle wie die guten alten Ratten auf dem sinkenden Schiff.

Cosmo sieht sich um. Eine Couch, ein Tisch mit Sitzgelegenheit, eine schmale Küchenzeile, ein Bett mit zerwühlten Laken. Die leeren Flaschen und Fastfood-Packungen erinnern ihn an sein eigenes Apartment. Das er nie wiedersehen wird, wenn das hier so weitergeht.

Die Typen draußen schießen, bis ihre Magazine leer sind und es erscheint Cosmo wie eine Ewigkeit.

In der endlich eintretenden Stille hört er Tia leise wimmern. Er sieht die Todesangst in ihren dunklen Augen. Ihre Lippen zittern.

Statt sie anzulügen und ihr zu sagen, dass alles gut und sie nicht sterben werden, holt er das Magazin aus der Smith & Wesson. Ein Zehn-Schuss-Magazin. Er hat gerade höchstens viermal geschossen, es sind aber nur noch zwei Patronen drin, also war es nicht komplett geladen.

„Hey! Wenn ihr rauskommt, lassen wir euch am Leben." Der rauen Stimme nach muss es der Ältere der beiden sein, der jetzt spricht. Der mit dem Schnauzer. Unverkennbarer spanischer Akzent.

Er hat sich die Überdosis nicht selbst gespritzt. Das waren die Mexikaner.

Cosmo sieht naive Hoffnung in Tias Augen aufblitzen, den verzweifelten Wunsch zu überleben, aber er schüttelt den Kopf.

„Die wollen nur, dass wir rauskommen und es ihnen leichter machen."

Wir müssen Zeit gewinnen, denkt er. Ja, aber Zeit wofür? Alles, was sie tun können, ist ihr Ende hinauszuzögern.

„Wer garantiert uns, dass ihr die Wahrheit sagt?", ruft er.

Jemand lacht. Der Jüngere.

Dann wieder der Ältere: „Niemand. Aber ihr habt mein Wort."

Inzwischen haben die Kerle bestimmt ihre Magazine gewechselt.

Die Zeit wird knapp.

Was sind die Optionen?

a) Rausgehen und hoffen, dass sie doch nicht lügen.

b) Rausstürmen und hoffen, dass er beide Typen mit je einem gezielten Schuss erwischt.

c) Die ersten beiden Optionen verwerfen.

Nur was dann?

„Hier ist eine Klappe", sagt Tia.

Er kriecht zu ihr. Tatsächlich. Im Holzfußboden ist ein metallener Griff eingelassen. Und da sind die schmalen Ränder einer Öffnung, ungefähr fünfzig mal fünfzig Zentimeter.

Cosmos Hand fingert den Griff nach oben und zieht. Die Klappe schwingt auf. Eine Armlänge tiefer der Grasboden, braun und vertrocknet, weil er unter dem Trailer weder Licht noch Wasser bekommt.

„Ich zähle bis drei", ruft der Mexikaner draußen. „Dann habt ihr eure Chance vertan."

„Kriechen Sie durch", sagt Cosmo.

„Und dann?"

„Bleiben Sie unter dem Trailer. Ich komme nach."

Sie zögert.

„Los, verdammt!"

„Eins", fängt der Mexikaner an zu zählen.

Endlich schlängelt Tia ihren Oberkörper durch die Öffnung im Fußboden.

„Zwei."

Tias Beine verschwinden. Sie robbt ein Stück nach vorn, um Platz für Cosmo zu machen.

„Drei."

Die Pistole in der Hand, taucht Cosmo im selben Moment durch die Klappe, in dem die beiden Männer draußen wieder das Feuer eröffnen.

POP! POP! POP!

Cosmo zieht seine Beine durch die Öffnung. Zur Linken kann er die ausgeklappte Treppe des Trailers sehen, daneben die Gartenmöbel, einen schmutzig-weißen Getränkecooler.

Und die Beine der Killer.

Jeans und spitze Cowboystiefel.

Cosmo blickt zum vorderen Ende des Trailers. Von der Anhängerkupplung sind es knapp sechs Meter bis zu seinem Pick-up. Sechs Meter, die in dieser Situation auch sechs Kilometer sein könnten.

„Nach vorn zur Anhängerkupplung", flüstert er und robbt los, ohne auf Tias Erwiderung zu warten. Er sieht aus den Augenwinkeln, wie sie sich neben ihm auf den Ellenbogen nach vorne kämpft. Sie erreichen die Kupplung.

„Sobald sie aufhören zu schießen, rennen wir zum Wagen." Er sieht an ihrem Blick, dass sie das für eine vollkommen bescheuerte Idee hält, aber sie hat sicher keine bessere, und außerdem verstummt das PFFT! PFFT! der schallgedämpften Schüsse fast im selben Moment.

Cosmo hört die Absätze der Stiefel gegen das Metall hämmern. Sie treten die Tür auf.

„Los!"

Er kriecht unter dem Trailer hervor. Tia folgt, er zieht sie auf die Beine und dann stolpern sie geduckt los.

„Carajo!"

Die Mexikaner haben die Klappe im Boden entdeckt.

Cosmo und Tia erreichen den Wagen. Er wirft sich herum, lässt sich auf die Knie fallen, drückt sich gegen den Pick-up und nimmt den Airstream ins Visier. Einer der Mexikaner stürmt durch die Tür zurück ins Freie.

Cosmo feuert zweimal, sieht, wie der Mann zusammenzuckt und taumelt. Er verliert seine Waffe und bricht in die Knie.

Tia hat bereits die Beifahrertür aufgerissen und kriecht auf den Sitz. Cosmo lässt die leere Pistole fallen und rennt zur Fahrerseite.

Der zweite Mexikaner kommt aus der Tür des Trailers. Er ist für einen Moment vom Anblick seines Partners abgelenkt, der auf dem Boden zusammengesunken ist.

Zum Glück hat Cosmo den Schlüssel stecken lassen.

Er startet den Motor, drückt das Gaspedal durch, ohne die Tür zu schließen. Der Pick-up schießt nach vorn, Cosmo kurbelt wild am Lenkrad. Er hört Tias Schmerzensschrei, als sie sich irgendwo den Kopf stößt.

Die Heckscheibe splittert, als der Mexikaner hinter ihnen herschießt.

Tia rutscht kreischend in den Fußraum und schlägt die Hände über dem Kopf zusammen.

Cosmo lenkt den Wagen schlingernd um den Hügel. Der Motor röhrt. Sie rasen die Schotterpiste hinauf zum Tor.

Die Killer haben es offenstehen lassen. Cosmo fährt hindurch, eine scharfe Lenkung nach links. Aus den Augenwinkeln sieht er einen am Straßenrand geparkten blauen Chrysler, dann sind sie schon vorbei.

Er hält das Gaspedal durchgedrückt, muss vor der nächsten Kurve scharf bremsen, der Wagen schlingert. Für einen Moment fürchtet er, die Karre könnte kippen, aber die Reifen bleiben am Boden, sie lassen die Kurve hinter sich und er gibt wieder Gas.

Cosmo sieht zu Tia hinunter, die sich im Fußraum so klein wie möglich gemacht hat. „Wir haben's geschafft."

Sie hebt den Kopf, starrt ihn nur an.

„Ich glaube, ich habe einen von ihnen erwischt."

Tia erwidert nichts. Sie zieht sich auf den Beifahrersitz, blickt nach hinten durch die gesplitterte Heckscheibe. Cosmo checkt den Rückspiegel. Die Straße ist leer.

„Alles okay?", fragt er. „Sind Sie verletzt?"

„Ich ... weiß nicht."

„Sehen Sie nach. Manchmal merkt man es im Adrenalinrausch nicht."

Sie tastet sich mit zitternden Händen ab. „Nichts ..."

„Gut. Blute ich irgendwo?"

„N-nein ... Ich sehe nichts."

Er atmet tief ein und aus. Versucht, sich auf seinen Körper zu konzentrieren. Keine Schmerzen, zumindest keine, die auf eine Schussverletzung schließen lassen.

„Ein kurzer Penis galt als Zeichen von Intelligenz", sagt Tia plötzlich.

„Was?"

„Bei den Griechen. Ein langer Penis war für sie ein Zeichen von Barbarei."

„Haben Sie vielleicht doch eine Kopfverletzung?"

„Deswegen haben die Statuen der Griechen so kleine Schniedel."

Jetzt fällt der Groschen. Sie meint die Statue im Haus von Silverman. „Das fällt ihnen *jetzt* ein?!"

„Wahrscheinlich stehe ich unter Schock."

Er muss lachen. „Und ob Sie das tun. Ich auch."

Die nächste Kurve. Sie sind zurück auf dem Latigo Canyon Drive, der Pacific Coast Highway ist nicht mehr weit.

„Wer waren die?", fragt Tia.

Er sieht zur ihr. „Die Mörder von Andrew Light. Sie wollten eine Story, Kalani. Jetzt haben Sie eine."

In diesem Moment sieht Cosmo den Wagen im Rückspiegel, der um die hinter ihnen liegende Kurve geschossen kommt. Reifen quietschen.

Ein blauer Chrysler.

Er rast auf sie zu.

„Shit!"

28

Tia dreht sich im Sitz herum und sieht das Auto von hinten auf sie zurasen.

Immer schneller.

Ein Arm erscheint im offenen Fenster auf der Fahrerseite.

In der Hand eine Pistole.

Die ist nicht schallgedämpft und die Schüsse nicht zu überhören.

Tia rutscht wieder in den Fußraum. Sieht zu Cosmo, der sich so tief wie möglich über das Lenkrad beugt.

So hat sie sich das nicht vorgestellt. Sie wollte beweisen, dass Andrew Light ermordet wurde. Aber nicht selbst ermordet werden. Das ist verrückt. Vollkommen verrückt. Ancona hat recht. Jetzt hat sie ihre Story. Aber was nützt ihr die, wenn sie tot ist?

Cosmo nimmt die nächste Kurve, ohne das Tempo zu verringern. Die Reifen kreischen wie eine hysterische Hausfrau in einer schlechten Komödie, die Fliehkraft droht, den Wagen von der Fahrbahn zu reißen und Tia ist froh, dass sie nicht sieht, was draußen passiert.

Wieder erklingen Schüsse und sie hört die Projektile irgendwo in der Karosserie des Pick-ups einschlagen. Tia fragt sich, was besser ist: durch eine Kugel zu sterben oder bei einem grässlichen Autounfall. Die definitive Antwort: keins von beiden.

Plötzlich stößt Cosmo einen Schrei aus. Seine Füße rammen das Bremspedal nach unten. Das Kreischen der Bremsen ist ohrenbetäubend. Tia wird in den Fußraum gedrückt. Der Gestank von verbranntem Gummi steigt ihr in die Nase. Der Wagen rutscht noch ein Stück über den Asphalt und kommt zum Stehen.

Eine Sirene heult auf.

Ist das ... eine Polizeisirene?

Sie hört den anderen Wagen, wie er an ihnen vorbeirast. Der Fahrtwind bringt den Pick-up ins Schwanken.

Eine wütende Stimme brüllt: „Haben Sie den Verstand verloren?!"

Cosmo hebt lächelnd die Hände. „Nein", sagt er. „Aber dank Ihnen auch nicht das Leben."

Tia zieht sich aus dem Fußraum. Draußen, quer vor dem Pick-up, steht ein Streifenwagen des LA County Sheriff-Departments. Scheinbar hat nur Cosmos plötzliche Bremsung verhindert, dass sie das Fahrzeug in voller Fahrt gerammt haben.

Ein Sheriff tritt mit vor Schreck bleichem Gesicht und einer Hand auf dem Griff seiner Dienstwaffe an die Fahrerseite, deren Fenster Cosmo heruntergekurbelt hat. Der zweite Polizist sitzt noch im Wagen und spricht aufgeregt ins Funkgerät.

Gerettet, denkt Tia. Wir sind gerettet.

Sie spürt ein Kribbeln, zuerst in den Lippen, dann in Fingern, Händen und Füßen. Ihr Herzschlag rast so schnell wie gerade noch das Auto. Ihr wird übel. Flecken tanzen vor ihren Augen. Und durch diese Flecken hindurch sieht sie, wie sich ihre Finger verkrampfen und vor ihren Augen zu Krallen verformen.

„Keine Luft ...", stammelt sie. „Ich kriege keine Luft."

Die Stimme des Polizisten: „Sie hyperventiliert."

Cosmo beugt sich über Tias Schoß und öffnet das Handschuhfach. Holt eine zusammengeknüllte braune Papiertüte heraus. Wahrscheinlich hat er darin zuvor eine Bierdose versteckt gehabt. Er drückt ihr die Tüte in die Hand. „Atmen Sie in die Tüte. Tief einatmen. Ein und wieder aus."

Sie tut, was er sagt. Lässt sich in den Sitz sinken und schließt die Augen.

Atmet ein.

Und wieder aus.

Hört die Stimmen von Cosmo und dem Polizisten, ohne zu verstehen, was sie sagen.

Ein.

Und wieder aus.

29

Vier Stunden später sitzt Cosmo immer noch in einem Verhörraum des Lost Hills Sheriff-Departments und hat zum dritten Mal seine Aussage im Detail wiederholt.

Dale Mancinis Leiche ist bereits abtransportiert, der Trailer und das Grundstück auf Spuren untersucht und gesichert. Blutspuren, die nicht von Mancini stammen können, weisen darauf hin, dass Cosmo einen der beiden Killer verletzt hat. Weder Cosmo, Tia, noch die Deputys, deren Wagen er fast gerammt hätte, konnten das Nummernschild identifizieren, deswegen sind nur ein blauer Chrysler und die zwei von Cosmo und Tia beschriebenen Männer zur Fahndung ausgeschrieben.

Cosmo schlürft lauwarmen Kaffee aus einem Styroporbecher. Was würde er jetzt für ein kaltes Bier geben.

Der Detective, der ihn verhört, ist ein pockennarbiger Typ namens Davi. Er klopft mit einem Stift auf den gelben Notizblock, von dem er mehrere Seiten vollgeschrieben hat. „Ich denke, wir haben alles. Ich lasse das abtippen, dann müssen Sie unterschreiben. Aber Sie kennen das Prozedere ja selbst."

Davi weiß, wer Cosmo ist, und beugt sich verschwörerisch

vor. „Unter uns, ich finde, man hat Ihnen damals übel mitgespielt."

Cosmo will dieses Gespräch nicht führen. Er nickt bloß und trinkt wieder von seinem Kaffee.

Aber Davi ist ein Typ, der keine Antenne für die Gefühle anderer Menschen hat. Vielleicht ist es ihm auch egal. Er muss loswerden, was er loswerden will. „Wir wissen doch alle, wie das mit den N*** ist. Sie mussten dran glauben, weil nach der Sache mit Rodney King plötzlich alle politisch korrekt sein wollten."

Cosmo spürt, wie sich seine Finger um den Becher verkrampfen.

Bis zum Tod von William Bowers hat er sich immer für das Gegenteil von jemandem wie Davi gehalten.

Ein Rassist?

Nein, er doch nicht.

Aber die meisten Menschen sind welche, ohne es zu wissen. Oder wissen zu wollen.

Rodney King.

Er hat das Video gesehen.

So wie alle es gesehen haben.

Und auch wenn er, gerade als Polizist, sehr genau weiß, dass Videos nur Momentaufnahmen sind, die oftmals wichtige Teile auslassen, die nötig sind, um die Gesamtsituation zu beurteilen, war ihm beim ersten Ansehen klar gewesen: Die Kollegen hatten eine Grenze überschritten. Das waren vier Cops, die mit ihren Knüppeln gnadenlos auf einen unbewaffneten, am Boden liegenden Mann einprügelten.

Immer und immer wieder.

Das war mehr als *reasonable use of force*. Daraus machten auch die später bekannt gewordenen Gespräche zwischen den Beamten keinen Hehl, in denen sie sich über die „Abreibung" amüsierten, die sie dem „Gorilla" verpasst hatten.

Das war Polizeigewalt.

Das war Rassismus.

Und der folgende Freispruch aller vier Polizisten durch eine

Jury, in der kein einziger Schwarzer vertreten war, genauso. Die sinnlose Gewalt, das Plündern und Brandschatzen, das folgte, und Los Angeles für sechs Tage in ein Kriegsgebiet verwandelt hatte, war furchtbar und nicht zu entschuldigen.

Aber auch nicht überraschend.

Dreizehn Tage, nachdem Rodney King brutal zusammengeschlagen worden war, hatte eine koreanische Supermarktbesitzerin der fünfzehnjährigen Latasha Marlins nach einer verbalen Auseinandersetzung von hinten in den Kopf geschossen. Und wurde dafür zu fünf Jahren Haft auf Bewährung und fünfhundert Dollar Bußgeld verurteilt. Urteile wie dieses und der Freispruch der Beamten im Fall Rodney King, nur zwei von vielen, waren der Funke gewesen, der das Pulverfass vorletzten April zur Explosion gebracht hatte.

Cosmo hatte schwarze Freunde gehabt, schwarze Kollegen, eine schwarze *Partnerin*, er war als Weißer und als Polizist genauso empört über die Urteile gewesen wie viele andere.

Er hatte geglaubt, auf der richtigen Seite zu stehen.

Bis zu dem Sommerabend, als er einen schwarzen Schüler erschoss, den er für einen flüchtigen Einbrecher hielt, der einen Schuss auf ihn abgefeuert hatte. Und dem Toten dann eine Waffe unterjubelte, um seinen Fehler zu vertuschen. Weil, he, wen überrascht es schon, dass ein dreizehnjähriger Junge aus Inglewood mit einer Pistole herumläuft?

Niemanden, oder?

„Ich weiß, es ist kein Trost, aber ich hätte dasselbe getan wie Sie“, sagt Davi. „War traurig mit dem Jungen, keine Frage, aber solche Vorfälle haben diese Leute sich selbst anzukreiden.“

Der Styroporbecher zerbirst in Cosmos Hand und der lauwarme Kaffee spritzt über den Tisch. Davi flucht, weil ein paar Spritzer auf seinem hellen Anzug gelandet sind.

„Sorry“, sagt Cosmo.

„Kein Problem“, erwidert Davi mit einer Stimme, die sagt, dass es sehr wohl eins ist. Er wischt hektisch mit einem Taschentuch über den Fleck, aber es nützt nichts.

Es klopft und die Tür wird geöffnet. Einer der beiden Deputys, die Cosmo und Tia auf dem Latigo Canyon Drive gestoppt haben, steckt seinen Kopf herein und sagt zu Cosmo: „Ein Detective Rodriguez aus Hollywood wartet vorne auf Sie."

„Wir sind hier eh fertig", sagt Davi. Er streckt seine Hand aus und Cosmo ergreift sie widerwillig.

„Passen Sie auf sich auf, Ancona", sagt der Beamte, dann etwas leiser: „Ich hoffe, Sie haben dem Bohnenfresser eine verpasst, dass er ausblutet."

Cosmo sieht die Reaktion auf dem Gesicht des Deputys, dessen Namensschild *Gallardo* liest. Aber der junge Mann schweigt und wendet sich ab.

Davi will seine Hand zurückziehen, doch Cosmo hält sie fest.

„Sie sollten so was nicht sagen."

Davi runzelt die Stirn. „Was?"

„Das N-Wort. Und Bohnenfresser."

Davis Gesicht verzerrt sich und er befreit seine Hand mit einem Ruck. „Leck mich, du scheinheiliges Arschloch." Er wendet sich ruckartig ab und geht.

Cosmo atmet durch.

Kurz darauf schüttelt er im Empfangsbereich der Station die Hand seines Freundes Rodriguez.

„Was tust du hier?"

„Die Jungs hier haben das LAPD informiert, weil euer kleines Abenteuer auf Andrew Lights Grundstück stattgefunden hat. Der Ermittler ist ein Bekannter. Als er deinen Namen hörte, hat er mich angerufen."

„Erklärt immer noch nicht, warum du hier bist."

Rodriguez legt ihm eine Hand auf die Schulter. „Ich wollte sicherstellen, dass es dir gut geht, du Armleuchter."

„Keinen Kratzer. Aber es war knapp."

„Der Tote, Dale Mancini. War er der anonyme Anrufer von Tia Kalani?"

Cosmo nickt. „Ein Jugendfreund von Andrew Light. Er hat gesagt, *die Mexikaner* hätten Light die Überdosis verabreicht."

„Welche Mexikaner?“

„Haben wir ihn auch gefragt, und genau das hat seinen Schädel explodieren lassen.“

„Die Killer waren Mexikaner?“

„Hatten das Aussehen und den Akzent.“

Die Sohlen von Sneakers quietschen auf dem Fußboden. Cosmo dreht sich um.

Tia sieht mitgenommen aus. Ihre Jeans und ihre weiße Bluse sind von der Kriecherei unter dem Trailer verdreckt. „Die sagen, wir müssen warten, um das Protokoll zu unterschreiben.“

„Geht‘s Ihnen gut?“, fragt Cosmo.

Sie nickt.

„Ich kaufe euch einen Kaffee“, sagt Rodriguez.

30

Xavier stirbt.

Und Guillermo kann nichts dagegen tun.

Es gibt einen Arzt in Angelino Heights, der für sie arbeitet, aber Xavier wusste, dass der ihm nicht mehr hätte helfen können, und bat Guillermo, ihn stattdessen zum Strand zu fahren.

Da sind sie jetzt.

Auf einem Parkplatz in einer kleinen Bucht. Draußen auf dem Wasser sind noch ein paar Surfer, die sich wie schwarze Scherenschnitte vor dem feuerroten Abendhimmel bewegen.

Sie haben die Fenster einen Spalt geöffnet, um die salzige Meeresluft hereinzulassen.

Xavier hustet und Blut tritt über seine Lippen. Sein Hemd hat sich damit vollgesogen. Zwei Schüsse. Beide in die Brust. Wahrscheinlich hat eine der Kugeln seine Lunge erwischt.

Guillermo sah Xavier aufwachsen. Hat mit seinem Neffen Türme aus Bauklötzen gebaut, mit ihm Fußball gespielt und war dabei, als Xavier in einem Puff seine Unschuld verlor. Er brachte dem Jungen das Schießen bei und wie man jemandem die Kehle durchschneidet.

Guillermos Schwester Paola, Xaviers Mutter, wird ihn für den

Tod des Jungen verantwortlich machen. Er kann ihre Stimme bereits in seinem Kopf hören: *Du hast nicht auf mein Baby aufgepasst.* Er kann ihren vorwurfsvollen Blick spüren, ihre Verzweiflung, ihren Hass, ihre unendliche Trauer.

Natürlich weiß sie, was für ein Leben sie führt, wo das Geld herkommt, mit dem sie ihr Leben finanziert. Ihr Mann hat für dieses Leben das seine gelassen, als er und drei andere auf offener Straße niedergemäht wurden.

Paola hat immer gewusst, dass es auch ihren Sohn treffen könnte, oder ihn, Guillermo, ihren Bruder. Sie sind sich alle dessen bewusst, aber wenn es passiert, dann suchen sie jemanden, dem sie die Schuld geben können, und Guillermo hat Verständnis dafür. Er würde es auch tun.

Zum Glück hat seine Tochter einen Mann gefunden, der nichts mit dem Geschäft zu tun hat, einen langweiligen Kerl mit wenig Haaren und viel Herz.

Sie lebt mit ihm und Guillermos Enkeln in San Diego, hat ein hübsches Haus mit einem hübschen Garten, arbeitet halbtags als Bibliothekarin und wird hoffentlich keinen gewaltsamen Todes sterben müssen so wie Xavier oder Xaviers Vater Manuel, so wie Guillermos bester Freund Joaquin und wie so viele andere.

Guillermo spürt, wie Xaviers Finger nach seiner Hand tasten.

„*Tio* ..."

„Ja, mein Junge."

„Du ... tötest sie. Den Gringo. Die *puta*."

„Du hast mein Wort, *sobrino*."

„Gut ..."

Guillermo hält die Hand des Jungen.

Xavier stirbt.

Und Guillermo kann nichts dagegen tun.

31

Die Rücklichter der Fahrzeuge ziehen sich vor ihnen wie eine rote Perlenschnur über den Pacific Coast Highway. Am Horizont verbleibt der Rest des Tages als schmaler Streifen aus rotem Licht, der in Kürze von der hereinbrechenden Nacht verschluckt sein wird.

Kalte Abendluft strömt durch das zerschossene Heckfenster ins Fahrzeug. Cosmo hat Tia eine Decke gegeben, die sie sich dankbar um die Schultern geschlungen hat, obwohl das Ding alles andere als sauber ist.

Er sieht zu ihr hinüber. Sie hängt seit einer Weile ihren Gedanken nach.

Rodriguez hat sie vom Lost Hills Sheriff-Department zu einem Starbucks gefahren und ihnen berichtet, dass die Obduktion von Andrew Lights Leiche bereits durchgeführt worden war. Das Ergebnis: Tod durch Überdosis. Ein Speedball, eine Mischung aus Heroin und Kokain. Mit der zehnfachen Menge an Heroin. Allerdings keine Hinweise darauf, dass jemand Andrew Light diesen Speedball gewaltsam gespritzt hat.

„Vielleicht wusste Light ja nicht, was er sich spritzt", sagte Cosmo. Er meinte damit, dass jemand den Speedball präpariert hatte.

Rodriguez nickte. „Möglich. Und der Anschlag auf Mancini könnte darauf hindeuten, dass es bei Lights Tod nicht mit rechten Dingen zugegangen ist."

„Könnte?" Tia schnaufte. „Für mich ist das ziemlich eindeutig."

Für Amateure war alles eindeutig. Das wusste Cosmo und das wusste Rodriguez.

„Es ist durchaus denkbar, dass das Eine nichts mit dem Anderen zu tun hat", sagte Rodriguez. „Wir wissen nicht, warum Mancini ermordet wurde–"

„Er hatte ganz offensichtlich Angst", sagte Cosmo.

„Ja. Und vielleicht hat ihn diese Angst paranoid gemacht. Das wäre weder überraschend noch unnatürlich."

Tia wollte etwas einwerfen, aber Rodriguez kam ihr zuvor. „Ich behaupte nicht, dass die Vorstellung, Andrew Light sei ermordet worden, völlig absurd ist. Aber der Obduktionsbericht gibt, gerade in Anbetracht von Andrews allgemein bekannten Drogenproblemen, keinen Hinweis darauf."

„Und was passiert jetzt?", fragte Tia.

„Der Mord an Mancini ist Sache des Sheriff-Departments. Was Andrew Light betrifft, ist es fraglich, ob trotz des Obduktionsberichts Mordermittlungen eingeleitet werden. Nur eins ist klar, und das will ich hier in aller Deutlichkeit sagen." Der Blick aus Rodriguez' braunen Augen schien sich in Tias zu bohren. „*Ihre* Ermittlungen sind hier zu Ende."

„Aber die haben versucht, uns umzulegen!"

„Ganz genau."

Rodriguez sah zu Cosmo. Dem war klar, was sein Freund von ihm wollte: Tia Kalani zur Vernunft bringen. Wäre er an Rodriguez' Stelle gewesen, hätte er das dasselbe erwartet. Aber er war nicht an Rodriguez' Stelle.

Und in ihm brodelte die Wut.

Eine natürliche Reaktion, wenn jemand versucht, dich zu ermorden. Was heute gleich zweimal passiert war. Abgesehen davon, war da noch die nicht ganz unwichtige Tatsache, dass mit jedem Tag, den er für Tia Kalani arbeitete, ein bitternötiger Scheck in seine Tasche wanderte.

„Ich ermittele nicht", sagte Tia schließlich zu Rodriguez. „Ich recherchiere nur für eine Story. Und das können Sie mir nicht verbieten."

Rodriguez seufzte, sah wieder zu Cosmo, aber der wich seinem Blick aus und trank von seinem Kaffee.

Auf dem Weg zum Auto hielt Rodriguez ihn fest und wartete, bis Tia außer Hörweite war. „Ich weiß, du musst Geld verdienen, aber bring Sie zur Vernunft, Cosmo."

Er zuckte mit den Achseln. „Sie ist der Boss."

„Wärst du noch bei der Polizei, würdest du das nicht sagen."

„Ich bin aber nicht mehr bei der Polizei", erwiderte Cosmo mit Bitterkeit in der Stimme.

„Ja, und das hast du dir selbst zuzuschreiben." Rodriguez' Worte waren wie ein Messerstich, aber Cosmo spürte, dass sein Freund sie gleich wieder bereute. „Sorry, Cosmo, ich–"

„Du hast ja recht."

Rodriguez fuhr sie zurück nach Lost Hills, wo Cosmo und Tia ihre säuberlich abgetippten Aussagen unterschrieben, bevor sie sich auf den Rückweg machten.

„Glauben Sie, dass der Mordanschlag auf Mancini nichts mit dem Tod von Andrew zu hatte?", fragt Tia jetzt.

„Möglich ist alles", antwortet Cosmo. „Aber nein, ich glaube es nicht."

„Werden Sie weiter für mich arbeiten?"

„Ich hab's vorhin schon zu Rodriguez gesagt. Sie sind der Boss. Außerdem reagiere ich allergisch drauf, wenn jemand versucht, mich kaltzumachen. Was mich zu einer anderen Frage bringt. Haben Sie keine Angst?"

Sie schluckt. „Natürlich. Aber ..."

„Ihr Ehrgeiz ist größer?"

Sie nickt, scheinbar selbst überrascht davon. „Sieht ganz so aus."

„Gut. Dann machen wir weiter."

Sie sieht ihn an. Ein warmes Leuchten in den Augen. „Danke übrigens."

„Wofür?"

„Wenn ich Mancini allein getroffen hätte ... Ich glaube, dann wäre ich jetzt genauso tot wie er."

„Wir hatten einfach Glück. Hoffen wir, dass das so bleibt."

Sie haben Santa Monica erreicht und sind nicht mehr weit von Tias Haus in Venice entfernt.

„Aber *wie* machen wir weiter?", sagt sie. „Tut mir leid, ich kann gerade nicht mehr richtig denken ..."

„Mancini hat bestätigt, was wir bereits vermutet haben. Jemand hat Andrew mit der Überdosis getötet. Die Obduktion hat allerdings keine Hinweise darauf ergeben, dass ihm die gewaltsam verabreicht wurde. Warum sollten der oder die Täter das auch ausgerechnet in einer gutbesuchten Bar tun? Andy wusste nicht, dass ihm jemand einen Speedball mit einer todbringenden Dosis Heroin untergejubelt hat."

„Vielleicht sein Dealer. Weil ihn jemand dafür bezahlt hat."

„Möglich. Wenn wir rausfinden, wer das ist–"

„Mit Silverman können wir leider nicht mehr reden."

„Reiben Sie ruhig Salz in die Wunde."

„Aber mit Shane Dekker. Der Drehbuchautor. Shane hat in den letzten Monaten eng mit Light an einer Fortsetzung zu *Hollow Point* gearbeitet. Er war der Einzige, der mich nicht gleich für verrückt erklärt hat, als ich auf Silvermans Party mit ihm geredet habe."

„Gut. Versuchen wir's."

„Er hat ein Büro in Silvermans Komplex auf dem Studiogelände."

Sie sind inzwischen in Tias Straße und nur noch wenige Meter von ihrem Haus entfernt.

„Dann hole ich Sie morgen früh ab. Zehn Uhr." Cosmo stoppt den Pick-up am Straßenrand. Hinter einem der Fenster in ihrem Haus brennt eine Lampe. „Haben Sie Licht angelassen?"

Für einen Moment sieht sie besorgt aus, dann zeigt sie auf ein

Mercedes Coupé, das auf der gegenüberliegenden Straßenseite parkt. „Das ist der Wagen meines Freundes. Er hat einen Schlüssel." Sie atmet erleichtert aus.

„Haben Sie eine Waffe?", fragt Cosmo.

„Nein. Glauben Sie–"

Er schüttelt den Kopf. „Schließen Sie trotzdem alle Türen und Fenster ab."

„Sowieso. Außerdem hab ich eine Alarmanlage." Sie deutet auf das Schild einer Sicherheitsfirma, das im Rasen vor ihrem Haus steckt. Sie nimmt die Decke von ihren Schultern und legt sie auf den Rücksitz.

Öffnet die Wagentür. Hält inne. „Danke."

„Haben Sie schon gesagt."

„Ich meinte, weil Sie auf der Rückfahrt nicht geraucht haben."

„Ich hatte keine Kippen mehr."

Sie schüttelt lächelnd den Kopf.

Über ihre Schulter bemerkt Cosmo einen Mann, der aus der Haustür tritt. Klein, drahtig, in einer schwarzen Hose und einem weißen Hemd. Perfekt frisiertes, dunkles Haar. Eine Rolex am Handgelenk. Er kommt zum Pick-up.

Tia hört seine Schritte und dreht sich um.

„Adam ..."

Der Mann bleibt auf dem Bürgersteig stehen. Dunkle Augen mustern Cosmo durch eine Brille mit schwarzem Rahmen und goldenen Bügeln. „Wo warst du?"

„Arbeiten." Sie steigt aus und bleibt neben ihm stehen. Sie ist einen Kopf größer.

Adams Blick ruht auf Cosmo. Er gibt sich keine Mühe, Freundlichkeit vorzutäuschen. Sein Mund ein schmaler Strich.

Cosmo fühlt sich an einen dieser energiegeladenen, bissigen kleinen Köter erinnert, die reiche Tussis auf dem Sunset Boulevard spazieren führen.

„Das ist ... Cosmo Ancona. Der Ermittler, von dem ich dir erzählt habe." Tias selbstsicheres Auftreten wird in Anwesenheit ihres Freundes brüchig. „Cosmo, das ist mein Freund Adam Gold."

„Freut mich."

Adam erwidert nichts. Er hat Tias verschmutzte Kleidung bemerkt. „Was ist passiert?"

„Erzähle ich dir drinnen."

Ihr Freund registriert nun auch das zersplitterte Heckfenster des Toyotas und spricht Cosmo das erste Mal direkt an: „Hatten Sie einen Unfall?"

„So könnte man es nennen." Cosmo sieht zu Tia. „Bis morgen, Kalani."

„Bis morgen", erwidert Tia und schlägt die Wagentür zu.

Cosmo fährt an. Beobachtet im Rückspiegel, wie Tia und Adam zum Haus gehen. Adam Gold sieht nicht glücklich aus.

Nicht mein Bier, denkt Cosmo.

Apropos Bier.

Eins hat er sich verdient.

Nur eins, bevor er zu Julianne fährt und versucht, die Wogen von gestern wieder zu glätten.

32

Sie lässt das heiße Wasser über ihren nackten Körper laufen, hält ihr Gesicht mit geschlossenen Augen in den wohltuend warmen Strahl.

Als sie aus der Dusche tritt und sich abtrocknet, flackert ein Bild vor ihr auf. Dale Mancini, dessen Auge von einem Moment zum anderen verschwunden ist. Sein Hinterkopf, der in einem blutigen Schauer auseinanderfliegt.

Alles kehrt zurück.

Das Gefühl der totalen Hilflosigkeit, als sie sich so flach wie möglich auf den Boden des Airstreams presst, während die lautlosen Geschosse der Killer den Trailer zersieben.

Die Todesangst.

Sie fängt an zu zittern. Erst sind es nur ihre Hände, dann ihr ganzer Körper. Sie lässt sich auf den Rand der Badewanne sinken. Ihre zitternden Hände können das Handtuch nicht mehr halten.

Cosmos Stimme in ihrem Ohr. *Tief durchatmen, Kalani. Ein und aus.*

Sie schließt die Augen, konzentriert sich auf ihre Atmung.

Nach einer Weile, sie weiß nicht wie lange, klopft es an der Badezimmertür.

„Alles okay?“, fragt Adam.

„Ja“, lügt sie. „Ich komme gleich.“

Eine Viertelstunde später steht sie im Bademantel und mit nassen Haaren in ihrer Küche, wo Adam eine Flasche Rotwein geöffnet hat.

„Also“, sagt er. „Was ist passiert?“

Sie will eigentlich nicht darüber reden, aber das wird er nicht akzeptieren.

Also erzählt sie es ihm.

Er hört zu, leert zwischendurch zweimal sein Weinglas und füllt es wieder auf. Als sie fertig ist, schüttelt er den Kopf. „Was hast du dir bloß dabei gedacht?“

„Das habe ich dir doch schon erklärt.“

„Ja, und ich habe dir gesagt, du sollst die Finger davonlassen.“

„Was heute passiert ist, beweist doch, dass an der Geschichte etwas dran ist.“

„Tut mir leid, wenn ich das so sagen muss, aber mir ist scheißegal, ob an der Geschichte etwas dran ist. Meine Güte, Tia, du hättest heute sterben können.“

Als ob sie daran erinnert werden müsste.

„Jack Silverman hat heute früh in der Agentur angerufen“, sagt Adam. „Bei Mitch Teller persönlich.“

Mitch Teller, Geschäftsführer der *Teller & Brockman* Talent-Agentur und Adams Boss.

„Fünf Minuten später durfte ich bei Teller antreten.“

„Adam–“

„Silverman hat Mitch fünf Minuten lang angeschrien, dass er keine Schauspieler, Autoren und Regisseure mehr beschäftigt, die von mir vertreten werden!“

„Was–?!“

„Dein sogenannter Ermittler hat Silverman auf seiner eigenen Weihnachtsparty angegriffen. Das wusste heute Morgen die ganze Stadt.“

„Aber Silverman kann doch nicht–“

„Und ob er das kann. Nach Silvermans Anruf hat Mitch *mich*

fünf Minuten lang angeschrien. Weißt du, wie viele Klienten wir haben, die für zukünftige Silverman-Produktionen gebucht werden?“

„Natürlich, aber–“

„Ich habe Glück, dass Mitch mich nicht zurück in die Postabteilung verbannt.“

Sie ist fassungslos. „Honey, das tut mir so leid ...“

Er schnauft. „Mir erst.“ Er füllt sein Weinglas wieder auf. „Du musst dich bei Silverman entschuldigen.“

„Das habe ich doch gestern Abend noch versucht. Er war nicht gut auf mich zu sprechen.“

„Was hast du dir bloß dabei gedacht, diesen Säufer anzuheuern?“

„Der Säufer hat mir heute das Leben gerettet.“

„Und *meine* Karriere kaputtgemacht.“

Für einen kurzen Moment fragt sie sich, was Adam mehr wert ist, ihr Leben oder seine Karriere, aber sie sagt es nicht. Er hat allen Grund, wütend zu sein. „Ich bin sicher, Silverman beruhigt sich wieder. Er kann dich nicht in Sippenhaft nehmen.“

„Ich habe dir schon mal gesagt, dass er alles kann. Im Augenblick ist er der ungekrönte König der Stadt. Er braucht nur mit dem Finger zu schnippen und er kriegt, was er will.“

Adam verlässt wortlos mit seinem Weinglas die Küche.

Sie hat noch nicht einen Schluck Wein genommen und ihr ist auch nicht danach. Stattdessen trinkt sie ein Glas Wasser.

Sie versteht, dass Adam wütend auf sie ist.

Er hat sich seine Position bei *Teller & Brockman* hart erarbeitet, vom Praktikanten in der Postabteilung zu einem ihrer Top-Agenten, der Top-Talente vertritt. Sein Ehrgeiz war es gewesen, der Tia so angezogen hatte, als sie ihn auf der Premiere von *Robin Hood: Prince of Thieves* kennenlernte. Sie hatten gemeinsam über Kevin Costners amerikanischen Akzent als britische Volkslegende gelacht, aber Adam hatte ebenso prophezeit, dass der Streifen ein Riesenhit werden und er Costner in Zukunft vertreten würde. Beides war eingetreten. Auch wenn die Vertretung des Filmstars nur von kurzer Dauer gewesen war, weil Costner die Agentur wechselte. Aber andere Stars der A-Liste waren an seine Stelle getreten.

Adams Ehrgeiz passte gut zu Tias eigenem. Sie hatte schon immer gewusst, was sie vom Leben wollte und hat genauso hart für ihre Ziele gearbeitet wie Adam. In ihrer kurzen Karriere als Nachwuchs-Surferin auf Kaua'i, als Studentin mit Bestnoten beim Journalismus-Studium in Honolulu und schließlich als Entertainment-Journalistin. Der Glanz und Glitzer Hollywoods übte auf sie wie auf so viele andere eine ungeheure Anziehungskraft aus. Sie war nach Ende ihres Studiums nach Los Angeles gezogen. Sie hatte sich als Praktikantin bei diversen Sendern und Sendungen abgerackert, von früh bis spät. In ihr kleines Apartment in Crenshaw ging sie nur zum Schlafen, was nicht immer einfach war, wenn sie vor ihrem Fenster Schüsse und das Dröhnen der Polizeihubschrauber hörte. Aber die harte Arbeit hat sich bezahlt gemacht, sie landete ihren ersten Redaktionsjob und arbeitete sich in den letzten Jahren bis zur Co-Moderatorin von *Inside Hollywood* hoch.

Woher hätte sie wissen sollen, dass Ancona auf Jack Silverman losgeht?

Du wusstest, dass er ein Säufer ist.

Ja. Aber wie hätte sie ahnen können, dass Silverman so weit geht und aus kleinkarierter Rache ihren Freund feuern lässt, der mit der ganzen Angelegenheit nichts zu tun hat?

Du kennst diese Stadt, du weißt, wie nachtragend sie ist.

Sie findet Adam im Wohnzimmer und gleitet neben ihm auf die Couch. Winkelt die Beine an. Schmiegt sich an ihn. „Es tut mir leid."

Sie spürt, wie sein Körper sich versteift. „Das hast du schon gesagt."

Sie streichelt mit einer Hand seine Wange. „Mitch kommt bestimmt wieder zur Vernunft. Du bist sein bester Mann. Deine Klienten wissen, was sie an dir haben. Die werden für dich einstehen."

Er erwidert nichts.
Trinkt von seinem Wein.
Erhebt sich mit einem Ruck.
Sieht von oben auf sie herab.
„Rufst du ihn an?"
„Wen ...?"
„Den Schnüffler. Um ihm zu sagen, dass du seine Dienste nicht mehr benötigst. Vorhin hast du zu ihm gesagt, bis morgen. Aber jetzt, nachdem, was ich dir erzählt habe, siehst du die Sache bestimmt anders, oder?"
Seine Stimme ist voller Bitterkeit. Und er will auf seine Frage nur eine Antwort hören, das ist ihr klar.
„Adam, nachdem, was heute passiert ist, glaube ich, dass Andrew Light tatsächlich ermordet wurde."
„Das ist Sache der Polizei."
„Du weißt, was es für mich bedeutet, wenn ich diejenige bin, die die Wahrheit ans Licht bringt–"
Er schleudert das leere Weinglas über ihren Kopf gegen die Wand. Sie hört es hinter sich zersplittern. „Mir ist scheißegal, was das für dich bedeutet! Du hast mich um meinen Job gebracht!"
Sie sitzt da wie gelähmt. Wartet darauf, dass er sich für seinen Ausbruch entschuldigt, aber das passiert nicht. Stattdessen bleibt er wutschnaubend vor ihr stehen. „Du hast mich um meinen Job gebracht", wiederholt er.
Ihre Augen brennen. Ihr Herz rast. „Silverman hat dich um deinen Job gebracht, Adam. Und ich fühle mich furchtbar deswegen, aber ich konnte nicht wissen, was passiert."
Er schüttelt den Kopf und schnaubt angewidert. „Du drehst dich nur um dich selbst."
Sie richtet sich auf. Überragt ihn wieder um Haupteslänge. Er ist nie damit klargekommen, dass sie größer ist, auch wenn er das nicht zugibt. „Du bist derjenige, der mir gerade gesagt hat, dass es ihm scheißegal ist, was diese Sache für mich bedeutet."
Adam wendet sich abrupt ab.

Verlässt das Wohnzimmer.

Sie hört, wie er die Haustür öffnet und sie wieder hinter ihm ins Schloss knallt. Kurz darauf erwacht auf der Straße der Motor seines Mercedes' zum Leben.

Tia steht noch einen Moment verloren da, dann sinkt sie kraftlos auf die Couch.

33

Es ist nicht bei einem Bier geblieben.

Er hat Rowdy erzählt, was heute passiert ist, und dabei sechs Flaschen geleert. Jetzt sitzt er trotzdem hinterm Steuer des Pick-ups und rollt die Straße hinab, in der er vor zwei Jahren selbst noch gewohnt hat. Juliannes Wagen steht in der Garageneinfahrt.

Cosmo parkt den Wagen am Straßenrand und steigt aus.

Ein hübscher kleiner, spanischer Bungalow mit Rasen, zwei Palmen und Yuccasträuchern. Auf dem Rasen leuchtet die Weihnachtsdekoration, ein alberner Santa Claus samt Schlitten und Rentieren, die er selbst gekauft hat.

Er geht zur Tür. Nimmt die zwei Treppenstufen, atmet durch und drückt auf die Klingel.

Das Lächeln, das Julianne auf dem Gesicht hat, als sie öffnet, erstirbt bei seinem Anblick. Aus dem Wohnzimmer hinter ihr hört er den Fernseher. Eine Sitcom. Wahrscheinlich hat sie deswegen gelächelt.

Er spürt ihren Impuls, ihm die Tür sofort wieder vor der Nase zuzuknallen. „Bitte, Jules."

Sie schlägt die Tür nicht zu. Aber in ihren grünen Augen sieht er nichts als Kälte.

„Remy schläft schon."

Natürlich hat er gehofft, seinen Sohn zu sehen, aber deswegen ist er nicht hier. Nicht nur.

„Tut mir leid, dass ich Silverman eine reingehauen habe." Er hat das Gefühl, das ist nicht die optimale Wortwahl für eine Entschuldigung, aber etwas anderes kriegt er nicht zusammen.

Das scheint Julianne nicht zu überraschen. Natürlich nicht. Sie weiß, dass er betrunken ist. „Ich werde die Rolle nicht bekommen", sagt sie, und ihr Ton lässt keinen Zweifel darüber aufkommen, wessen Schuld das ist.

„Sorry." Auch das kommt ihm nicht besonders überzeugend über die Lippen.

Er sieht, wie sehr sie bemüht ist, nicht aus der Haut zu fahren und ihn anzuschreien. „Was ist bloß mit dir passiert, Cosmo?", fragt sie leise.

„Ich weiß, was mit mir passiert ist. Aber was ist mit *dir* passiert? Oder hast du schon immer die Produzenten gevögelt, um deine Rollen zu bekommen?"

Ihre Hände stoßen so hart gegen seine Brust, dass er das Gleichgewicht verliert und nach hinten stolpert. Sein linker Fuß verfehlt die oberste Treppenstufe der Veranda und einen Moment später landet er auf dem Hintern.

Julianne kommt wütend aus der Tür. Sie hat die Hände zu Fäusten geballt und sieht aus, als würde sie auf ihn losgehen wollen. Das könnte sie. Sie hat in den letzten Jahren für ihre Rollen diverse Kampfsportarten gelernt. „Verpiss dich, Cosmo. Und lass dich nie wieder blicken! Nie wieder, hast du gehört?!"

Cosmo steht auf. „Ich lasse mir meinen Sohn nicht wegnehmen."

Sie macht einen weiteren Schritt auf ihn zu, ihr Speichel sprüht ihm ins Gesicht, als sie ihn anschreit: „Hau ab!"

„Ich habe die Polizei gerufen", sagt eine Stimme vom Nachbargrundstück.

Cosmo kennt diese Stimme nur zu gut.

Priscilla Gardner, Alt-Hippie, Künstlerin mit Hang zu den

hässlichsten Phallus-Skulpturen, die Cosmo je gesehen hat. Außerdem eine widerwärtige, selbstgerechte Klugscheißerin, die ihre Nase bevorzugt in Dinge steckt, die sie nichts angehen. Sie konnte Cosmo noch nie ausstehen und William Bowers' Tod hat sie nur in ihrer Meinung bestätigt, dass alle Cops Killer sind.

„Das war nicht nötig, Pris", sagt Julianne.

„Der Typ ist gefährlich." Priscilla ist aus dem Schatten des Eukalyptusbaumes in ihrem Vorgarten getreten und stemmt hinter dem kleinen Gartenzaun die Hände in ihre breiten Hüften. Sie trägt ein formloses, knallbuntes Kleid und ein Kopftuch aus demselben Stoff, was sie, kombiniert mit dem grellroten Lippenstift, wie einen Papagei aussehen lässt.

„Ja, pass auf, dass ich dich nicht versehentlich erschieße, Pris", sagt Cosmo.

„War das eine Drohung?" Sie sieht zu Julianne. „Er hat mich bedroht."

„Lass gut sein, Priscilla. Bitte." Julianne kann die Nachbarin genauso wenig ausstehen wie Cosmo, aber im Gegensatz zu ihm hat sie sich das nie anmerken lassen.

Priscilla verschränkt die Unterarme vor ihrer enormen Oberweite. „Ich lass dich doch mit dem nicht alleine."

Julianne seufzt, sieht zu Cosmo. „Hau einfach ab."

Das sollte er tun, erst recht in Anbetracht der Tatsache, dass hier jeden Moment seine ehemaligen Kollegen auftauchen können. Vor allem sollte er seine Klappe halten. Aber das funktioniert irgendwie nicht, denn er hört seine eigene Stimme sagen: „Hey, Pris. Warum bewegst du nicht einfach deinen fetten Hintern wieder rein und kümmerst dich um deine Pimmel-Kunst, die keiner kaufen will!"

Die Wahrheit über ihren Hintern kann Priscilla vielleicht noch verkraften, aber bei ihrer Kunst hört der Spaß auf. „Das muss ich mir von einem dreckigen Kindermörder nicht sagen lassen."

Cosmo hört den Motor des Streifenwagens, dann sieht er ihn auf der Straße neben seinem Pick-up halten. Als die beiden Polizisten aussteigen, kann er sein Pech nicht fassen. Zum zweiten Mal innerhalb von drei Tagen steht er Jennifer „Jen“ Austin und ihrem Partner Preston gegenüber. Die Hand am Schlagstock, betritt Jen das Grundstück, ihr Blick auf Cosmo. „Weg von der Frau, Ancona.“

„Es ist nichts passiert“, sagt Julianne.

„Zurücktreten“, wiederholt Jen.

Cosmo hebt die Hände und folgt ihrer Aufforderung.

Vom Zaun wieder die schrille Stimme von Priscilla Gardner: „Er hat gesagt, er will mich erschießen!“

„Habe ich nicht, aber führ mich nicht in Versuchung.“

„Halt die Klappe, Ancona“, sagt Preston vom Wagen.

Jen bittet Priscilla mit bestimmtem Tonfall, zurück in ihr Haus zu gehen. Das tut die blöde Kuh, aber nicht ohne Cosmo noch ein weiteres Mal „Kindermörder“ zu nennen.

Jen wendet sich an Julianne. Preston behält Cosmo im Auge, die Rechte auf dem Griff seiner Dienstwaffe. Julianne erklärt, es sei nichts vorgefallen und ihre Nachbarin habe die Polizei voreilig verständigt.

Jen sieht Cosmo misstrauisch an. „Bist du sicher, Julianne?“

„Ich bin sicher“, antwortet sie mit müder Stimme. „Ich möchte einfach nur wieder rein zu meinem Sohn.“

Jen nickt. „Okay, tu das.“

Julianne wendet sich ab, ohne Cosmo eines weiteren Blickes zu würdigen. Er sieht ihr nach, wie sie im Haus verschwindet und die Tür leise hinter sich schließt.

Cosmo hofft, dass Remy nicht wach geworden ist und das erbärmliche Theater hier draußen mitbekommen hat.

Jen tritt an ihn heran. „Was tust du hier?“

„Ich habe mit Julianne gesprochen. Bis sich die Bekloppte von nebenan eingemischt hat.“

Die Polizistin schnüffelt. „Wie viel hast du getrunken?“

Er erwidert nichts.

Fordernd streckt sie die Hand aus. „Autoschlüssel.“

Er zögert.

„Wir können auch einen Alkoholtest machen. Ganz offiziell."

Er zieht den Schlüssel des Toyotas aus der Hosentasche und gibt ihn ihr.

Sie schiebt ihn in die Brusttasche ihrer Uniform. „Den kannst du dir morgen wieder abholen. Ich hinterlasse einen Umschlag beim Wachhabenden."

Sie könnte ihn zu einem Alkoholtest zwingen und dafür sorgen, dass er seinen Führerschein verliert. Dass sie es nicht tut, bedeutet aber nicht, dass sie plötzlich wieder Sympathie für ihn entwickelt hat. Sie will sich nur Arbeit ersparen. Oder noch schlimmer: Sie hat Mitleid. Nicht die Art Mitleid, die man für jemanden empfindet, um den man sich Sorgen macht, sondern die Art von angewidertem Mitleid, die für hoffnungslose Fälle reserviert ist. Cosmo hat sie selbst gefühlt. Für Crack-, Heroin- und Meth-Junkies, Menschen, die ihr Leben zielstrebig und wissentlich in den Abgrund steuern.

„Und jetzt runter vom Grundstück", sagt Jen.

Cosmo schlurft vom Vorgarten auf den Bürgersteig.

„Wenn ich dich hier noch mal sehe, buchte ich dich ein." Jen ist ihm gefolgt und geht weiter zum Streifenwagen. Dort bleibt sie stehen. „Worauf wartest du?"

Cosmo erwidert nichts. Er setzt sich in Bewegung. Geht die Straße hinunter und spürt die Blicke von Jen und Preston im Rücken.

Zu Fuß braucht er von hier bis zu seinem Apartment gut fünfundvierzig Minuten.

Er hatte vorgehabt, sich bei Julianne für seinen Auftritt auf Silvermans Party zu entschuldigen. Stattdessen hat er es nur noch schlimmer gemacht. Und dank Priscilla Gardner ist sein heutiger Besuch bei Julianne polizeilich protokolliert und weitere Munition im Revolver ihres Anwalts.

Irgendwo in den Straßen heult eine Sirene. Aus einem Haus erklingt Gelächter. Eine läufige Katze stößt Schreie aus, die wie ein weinendes Baby klingen.

Cosmo schiebt sich eine Kippe zwischen die Lippen und setzt einen Fuß vor den anderen.

Was ist tragischer als ein gescheiterter Ex-Bulle und versoffener Privatdetektiv?, denkt er.

Ein gescheiterter Ex-Bulle und versoffener Privatdetektiv, der in Los Angeles zu Fuß gehen muss.

34

Er hat gewartet, bis die Sonne hinter dem Horizont versunken ist und die letzten Surfer den Strand verließen. Er hat weit genug weg von deren Fahrzeugen geparkt, dass ihm niemand Beachtung schenkte. Als der Mietwagen das einzig verbliebene Auto auf dem Parkplatz war, stieg er aus und nahm die Nummernschilder ab. Er wusste nicht, ob der Schnüffler und die Journalistin oder die Cops sich das Nummernschild des Mietwagens merken konnten, aber er musste davon ausgehen. Einen Satz gestohlener Schilder hat er genau für einen solchen Fall dabei.

Anschließend drehte er Xaviers Sitzlehne nach hinten, bedeckte den blutigen Oberkörper mit seiner Jacke und legte ihm den Stetson übers Gesicht. Von außen machte es jetzt den Anschein, als halte der Beifahrer ein Nickerchen.

Der Junge war schwierig gewesen, aber gottverdammt, Guillermo hatte ihn geliebt. Er war Familie.

Er setzte sich hinters Steuer, suchte einen Radiosender aus Tijuana und fuhr zu den Klängen von Selenas „Como La Flor“ nach Süden. Zweimal überholten ihn Polizeiwagen. Guillermos Herzschlag beschleunigte sich, aber die Cops schenkten ihm keine Beachtung.

Das Restaurant in East Los Angeles gehörte einem Cousin von Rivera. Er parkte in der Gasse vor der Hintertür und ging durch die Küche. Die Köche kannten und grüßten ihn. Er fand Riveras Cousin hinter der Bar und erzählte ihm, was passiert war. Eine halbe Stunde später lag Xaviers Leiche in einem Kühltransporter und wurde über die Grenze zurück nach Tijuana gebracht.

Guillermo tätigte den schwersten Anruf zuerst. Seine Schwester weinte und schrie, als er ihr sagen musste, dass ihr Sohn tot war. Sie verfluchte ihn und sagte ihm, sie wünschte, er wäre derjenige gewesen, der erschossen worden wäre. Er sagte, das wünschte er auch.

Dann rief er seine Frau an. Auch sie weinte. Aber sie schrie ihn nicht an. Er bat sie, sich um seine Schwester zu kümmern.

Jetzt tätigt er seinen dritten Anruf. Er sitzt im Büro von Riveras Cousin. Er hat sich einen Burrito und ein Bier bringen lassen. Beides schmeckt fade.

Rivera hört sich an, was Guillermo zu berichten hat. Er sagt, dass er für Xaviers Beisetzung aufkommen wird und seine Mutter sich keine Sorgen um ihre finanzielle Zukunft machen muss. Guillermo bedankt sich.

„Wie viel konnte Mancini den beiden sagen?“, fragt Rivera.

„Ich weiß nicht. Sie hatten ein paar Minuten mit ihm, bevor wir gekommen sind.“

Rivera schweigt einen Moment. „Was immer es war. Es sind nur Worte. Keine Beweise.“

Guillermo fragt sich, warum Rivera sich da so sicher ist, spricht es aber nicht aus. „Wenn die Bullen ermitteln–“

„Der Obduktionsbericht ist eindeutig“, unterbricht ihn Rivera. „Andrew Light ist an einer Überdosis gestorben.“

Der Bulle muss sich gemeldet haben, denkt Guillermo.

„Wir sind sicher“, sagt Rivera. „Vorerst.“

„Ich kümmere mich um den Schnüffler und die Fernsehtussi.“

„Nein. Ich schicke dir Trejo und ein paar andere.“

Rivera muss es nicht aussprechen: Der Detektiv ist Guillermo zweimal durch die Lappen gegangen. Rivera hat das Vertrauen in ihn verloren.

„Okay. Dann warte ich auf Trejo."

Rivera legt auf, ohne etwas zu erwidern.

Guillermo starrt das Telefon an.

Im ersten Moment hat es ihm einen Stich versetzt, dass Rivera ihm Trejo schickt. Aber warum eigentlich?

Trejo ist ein Spezialist. Er hatte das Kommando, als sie letztes Jahr Riveras Rivalen Guzman am Guadalajara Flughafen erfolgreich ausschalteten. Zwar war dem brutalen Anschlag am helllichten Tag auch ein Kardinal zum Opfer gefallen, der mit seiner Limousine ins Kreuzfeuer geriet, aber wo gehobelt wird, fallen eben Späne. Wahrscheinlich hat Trejo das Ganze auch noch amüsiert. Soll er doch die Drecksarbeit machen. Guillermo kann eine Pause gebrauchen. Xaviers Tod hat ihm die Kraft genommen, die es für so eine Sache braucht. Gleichzeitig ist er froh, dass Rivera ihn nicht nach Tijuana zurückbeordert hat. Er will seiner Schwester jetzt nicht gegenübertreten und in die Augen sehen müssen.

Er geht zurück ins Restaurant und lässt sich von Riveras Cousin eine Flasche Tequila bringen. Limette auf den Handrücken, dann Salz. Er hebt das Glas.

„Auf dich, Xavier."

35

Sechs Bier reichen nicht mehr für einen Kater.

Zum ersten Mal seit Langem erwacht Cosmo ohne Schädel. Aber mit der Hand um den Griff der Beretta. Für den Fall, dass die Gangbanger nach der Sache beim Weihnachtsbaumverkauf die Nase noch nicht voll genug haben. Irgendwann wird er sich mit den Arschkrampen noch einmal auseinandersetzen müssen, aber jetzt sind erst mal Kalani und ihr toter Schauspieler dran.

Cosmo ruft ein Taxi und lässt sich zur Hollywood Station auf der North Wilcox Avenue bringen. Tritt zum ersten Mal, seit er gefeuert wurde, wieder durch die Eingangstüren.

Hinter dem Empfangstresen ein junger Cop, den er nicht kennt, wahrscheinlich noch frisch von der Akademie.

„Morgen. Mein Name ist Ancona. Officer Austin hat etwas für mich hinterlegt."

Der junge Cop reicht ihm einen Briefumschlag, auf dem sein Name steht.

Cosmo reißt ihn auf. Drinnen der Zündschlüssel des Toyotas. Und eine Notiz: *Hör auf zu saufen. Such dir einen Therapeuten.* Er steckt den Schlüssel ein und zerknüllt die Notiz. Ignoriert die

Blicke des jungen Cops und verlässt mit langen Schritten das Gebäude, um nicht auf ehemalige Kollegen zu treffen.

Das Taxi hat auf ihn gewartet und er lässt sich zu seinem Pick-up fahren. Er sieht zum Haus hinüber. Um diese Zeit ist Remy in der Schule. Julianne könnte zu Hause sein. Kurz spielt er mit dem Gedanken zu klingeln. Aber was soll das bringen? Was könnte er Julianne sagen, das nicht wieder im Desaster endet?

Er rutscht hinters Steuer und fährt nach Venice Beach. Er hat keine Uhrzeit mit Kalani ausgemacht, aber als er klingelt, scheint sie bereits auf ihn gewartet zu haben.

Statt ihn hereinzubitten, kommt sie heraus und schließt die Tür ab.

Er mustert sie. Sie sieht mitgenommen aus.

„Schlecht geschlafen?"

„Ich habe die Bilder von Mancini nicht aus dem Kopf gekriegt. Wie er ..." Sie bricht ab.

Cosmo nickt verständnisvoll. Glaubt aber, dass noch etwas anderes hinter ihrem geräderten Äußeren steckt. Er sieht zur gegenüberliegenden Straßenseite. Der Mercedes ihres Freundes ist nicht mehr da. Sie bemerkt seinen Blick, sagt aber nichts.

„Immer noch bereit weiterzumachen?", fragt er.

Sie zögert einen Moment, bevor sie nickt. „Natürlich."

Eine halbe Stunde später rollen sie durch das Tor der Studios in Burbank. Der Wasserturm mit dem Studio-Logo thront über dem Gelände.

Tia lotst Cosmo zu einer Ansammlung flacher Bungalows. Als sie parken, fällt Cosmo ein hochgewachsener, grauhaariger Mann auf, der ein paar Meter weiter zu einem Golfwagen geht. „Ist das–?!"

Tia nickt. „Clint Eastwood. Haben Sie *In the Line of Fire* gesehen?"

„Ja", sagt Cosmo. Aber nicht, dass er betrunken war und während des Films eingeschlafen ist. So tief, dass ihn Kinoangestellte nach der Vorstellung wecken mussten. Er hat sich vorgenommen, den Film noch einmal nüchtern zu schauen, denn das bisschen, an das er sich erinnern kann, hat ihm gefallen.

Sie steigen aus dem Pick-up.

„Mister Eastwood!", ruft Tia und winkt.

Der Schauspieler bleibt stehen, kneift die Augen zusammen, so wie er es auch in seinen Filmen tut, dann nickt er ihr mit einem knappen Lächeln zu.

„Ich hab ihn schon zweimal interviewt", sagt Tia nicht ohne Stolz.

„Geben Sie mal nicht so an. Ich hab Sean Penn in Handschellen gelegt, weil er einen Statisten verprügelt hat."

Sie schüttelt lächelnd den Kopf. Eastwood rollt in seinem lautlosen Golfwagen davon.

Cosmo folgt Tia zu einem der Bungalows. An der Tür ein Schild mit dem Logo von Silverman Pictures.

Tia klopft. Ein paar Sekunden später öffnet Shane Dekker die Tür. Trägt Jeans und ein lumpiges Pearl-Jam-T-Shirt.

Tia schenkt ihm ein strahlendes Lächeln. „Hi Shane."

„Oh. Hi." Er ist überrascht. Und so richtig erfreut sieht er auch nicht aus.

„Ich hoffe, Silverman ist nicht bei Ihnen", sagt Tia.

Er schüttelt den Kopf. „Nein ..."

„Können wir reden?"

Shane sieht zu Cosmo. „Sie sind der Typ, der Jack eine reingehauen hat, stimmt's?"

Cosmo zuckt mit den Achseln. „War ein Unfall."

Jetzt muss der junge Drehbuchautor lachen. „Ja. Sicher." Er tritt zur Seite. „Kommen Sie rein."

Sie treten ein. Am Boden handgewebte Navajo-Teppiche. An den Wänden gerahmte Plakate alter Western.

Cosmos Vater hätte es hier gefallen. Er hat Western geliebt. Und ist wie in einem gestorben. Bei einer Schießerei mit Bankräubern, die sich „Die Präsidenten" nannten, weil sie Masken von Nixon, Carter und Reagan trugen. Die Scheißkerle waren Surfer gewesen, die sich mit ihrer Beute den ewigen Sommer verdienen wollten. Cosmo hatte gerade die Schule beendet. Der Tod seines Vaters war der Anstoß gewesen, selbst Polizist zu werden, so absurd das klingt. „Willst du dich auch erschießen lassen?", hat seine Mutter ihn damals verständnislos gefragt.

Cosmo und Tia sind Shane in den größten Raum des Bungalows gefolgt. Eine Sitzecke aus braunen Ledersofas, davor ein Glastisch mit den neuesten Ausgaben des *Hollywood Reporters* und der *Variety*. Am Fenster ein großer Schreibtisch aus dunklem Holz, darauf ein Computermonitor mit Tastatur. Vollgekritzelte gelbe Notizblöcke, zerknüllte Zettel. Ausgedruckte Drehbuchseiten. An der Wand dahinter Dutzende, handbeschriebene Indexkarten in drei verschiedenen Farben.

„Die Fortsetzung zu *Hollow Point?*", fragt Tia.

Shane seufzt. „Was mal die Fortsetzung war. Jack hat mir heute Morgen gesagt, dass er Tom Cruise für die Hauptrolle gewinnen will. Das Studio besteht auf einen großen Namen. Aber ich glaube nicht, dass das was wird. Kein A-List-Star wird die Nachfolge eines Toten antreten, da verwette ich meinen schmächtigen Hintern drauf. Ganz abgesehen davon, dass niemand von denen so lustig ist, wie Andy es war. Jack kriegt höchstens einen Typen aus der zweiten Liga. Oder eine Fernsehfratze, einen wie George Clooney vielleicht, wenn *Emergency Room* Drehpause hat. Aber dann streichen sie uns das Budget zusammen. So oder so, das Projekt ist verflucht." Er zeigt auf die Indexkarten. „Und wie immer hängt es im zweiten Akt." Er lässt sich in einen Drehstuhl fallen und knallt seine ausgelatschten Converse auf die Schreibtischplatte. Schenkt Tia und Cosmo ein schiefes Grinsen. „Luxusprobleme."

„Sie kriegen das hin", sagt Tia lächelnd, als sich mit dem Hintern auf die Kante des Schreibtischs pflanzt. Cosmo bemerkt amüsiert, wie der Drehbuchautor rot wird. Der Junge findet Kalani scharf. Natürlich tut er das. Sie *ist* scharf.

„Ich wollte noch mal mit Ihnen über Andy reden", sagt Tia.

„Glauben Sie immer noch, dass ihn jemand ermordet hat?"

„Heute mehr als vor zwei Tagen", sagt sie.

Shane hebt die Brauen. „Echt? Wieso?“

„Wissen Sie, von wem Andy seine Drogen bekommen hat?“, fragt Cosmo. „Wer sein Dealer war?“

Shane schluckt. Er schaut verlegen zur Seite, dann wieder zu Cosmo und Tia. Er zögert.

Er weiß es, denkt Cosmo.

„Nein. Keine Ahnung ...“

Aber er will es ihnen nicht sagen.

Noch nicht.

Tia stützt sich mit einer Hand auf dem Schreibtisch ab und beugt sich vor. Dabei rutscht ihre dünne Lederjacke auseinander, und selbst wenn Shane nicht wollte, könnte er nicht an ihren Brüsten unter dem engen Oberteil vorbeisehen.

Cosmo grinst. Kalani ist mit allen Wassern gewaschen. Sie hat wie er gespürt, dass der Drehbuchautor mehr weiß, als er zugeben will.

„Wirklich nicht?“, fragt sie.

Shane löst mit viel Mühe die Augen von ihren Brüsten und zieht die Füße vom Tisch.

„Mr. Brownstone“, sagt er. „Der versorgt die halbe Filmbranche mit Stoff. Haben Sie noch nie von ihm gehört?“

Cosmo tatsächlich nicht.

Und Tia offenbar auch nicht. Sie schüttelt den Kopf.

„Hat Mr. Brownstone auch einen richtigen Namen?“, fragt Cosmo.

„Bestimmt. Aber ich kenne ihn nicht. Weiß nur, dass er Stammgast in der *Casa Pussy* ist. Da knöpft er auch Kontakt zu seinen Kunden.“

Casa Pussy.

Von *der* hat Cosmo gehört.

36

Gretchen Fleming ist die Tochter einer deutschen Ärztin und eines britischen Geschäftsmanns. Sie ist in Bel Air aufgewachsen und hat bereits als Teenager eine Vorliebe für Drogen und ältere Männer entwickelt. Nach diversen Affären mit meist verheirateten *Sugar Daddys* lernte sie mit zwanzig Gordon Vaughn kennen, einen windigen Finanzier, der sie mit einem großen Apartment, einem teuren Schlitten und jeder Menge Schmuck beschenkte. Vaughn hatte nichts dagegen, dass Gretchen ihre ausgeprägte Sexualität auslebte, indem sie für bis zu tausend Dollar die Nacht mit anderen wohlhabenden Männern schlief. Er kaufte ihr sogar das Haus über dem Sunset Boulevard, von dem aus sie jetzt als „Madame Gretchen" andere junge Frauen, die auf schnelles Geld aus sind, an ihre Klienten vermittelt.

Viele berühmte Namen im Filmgeschäft werden seit ein paar Jahren von Gretchen mit atemberaubend attraktiven Mädchen versorgt. Entweder bei den Klienten zu Hause, einem Ort ihrer Wahl oder eben in dem Haus überm Sunset Boulevard, das bei Eingeweihten und Polizei als *Casa Pussy* bekannt ist. Cosmo weiß all das von Vel Johnson, einem alten Kollegen bei der Sitte, mit dem er heute Nachmittag telefoniert hat. Gretchen gibt den

Jungs von der Sitte hin und wieder Tipps, weswegen die sie gewähren lassen. Aber irgendwann wird man sich auch Gretchen vorknöpfen. Dann aber wahrscheinlich wegen Steuerhinterziehung.

Tia findet einen Parkplatz direkt hinter der Kurve der steilen Straße, an der die *Casa Pussy* liegt. Cosmo kommt sich albern vor in der Lederhose und dem silberglänzenden Hemd. Die Hose kneift ihn an den Eiern und die nagelneuen Stiefeletten drücken an seinen Füßen.

Tia hat darauf bestanden, ihn für seine Rolle als Schauspieler „Brad Jennings" ein bisschen einzukleiden. Dafür sind sie in einen Laden auf dem Rodeo Drive gefahren, deren Besitzerin eine Freundin von Tia ist. Er hielt das für übertrieben, aber sie hat drauf bestanden. Tia hatte ihn verschiedene Hosen und Oberteile anprobieren und präsentieren lassen, während im Hintergrund Roy Orbisons *Pretty Women* erklang. Tia und ihre Freundin amüsierten sich köstlich auf Cosmos Kosten. Er wusste selbst nicht, warum er sich darauf eingelassen hatte. Er war ja nicht mal betrunken.

„Sie waren fast so gut wie Julia Roberts", sagte Tia grinsend, als sie den Laden verließen. Er hat freundlich erwidert, sie solle die Klappe halten.

Jetzt gehen sie auf die *Casa Pussy* zu. Ein großes, zweistöckiges Gebäude im spanischen Ranch-Stil. Eine steile Treppe führt von der Straße zur Tür des an den Hang gebauten Hauses hinab.

Weiter unten krallt Michael Douglas seine Hände in Demi Moores drallen Arsch, während sie auf seinen Schoß klettert. *Sex is Power* ist die Tagline des Films namens *Disclosure*, für den das Billboard über dem Sunset Boulevard wirbt.

Der Spruch würde sich auch gut über der Tür der *Casa Pussy* machen, findet Cosmo.

Tia drückt die Klingel.

Einen Moment später öffnet Gretchen Fleming persönlich die Tür. Eine Wolke süßlichen Parfüms zieht Cosmo in die Nase.

Gretchen ist klein, mit Pferdegebiss, großer Nase und einem enormen Vorbau. Die Nase ist echt, der Vorbau nicht. Es gibt schönere Frauen, aber Gretchens Selbstbewusstsein und sexueller Ausstrahlung tut das keinen Abbruch. Sie trägt einen engen, kurzen Rock, monströs hohe Pumps und eine dünne Seidenbluse, durch die ein spitzenverziertes Bustier schimmert.

Sie mustert Tia stirnrunzelnd. Und erkennt sie. Darauf haben Tia und Cosmo gehofft.

„Tia Kalani?", sagt Gretchen. „Von *Inside Hollywood?*"

„Hi, Miss Fleming. Ich hoffe, es ist okay, dass wir hier so unangemeldet auftauchen."

Gretchens Blick gleitet zu Cosmo, dann zurück zu Tia. „Was soll das? Glauben Sie, ich gebe Interviews?"

„Ich bin privat hier", sagt Tia.

Gretchen bleibt misstrauisch. „Ich vermittle nur Mädchen."

Tia lächelt. „Wir stehen auf Mädchen." Sie legt einen Arm um Cosmos Hüften. „Darf ich meinen Bekannten vorstellen? Brad Jennings. Er ist Schauspieler."

„Hey, Gretchen. Sie sehen toll aus."

Gretchen schüttelt Cosmos ausgestreckte Hand, aber ihr Blick liegt auf Tia. „Danke. Sie übrigens auch, Tia."

Bingo, denkt Cosmo, als Gretchens Blick unverhohlen über Tias Körper in dem silberglänzenden Kleidchen streicht, über ihre Brüste, die sich dank Push-up prominent im Ausschnitt nach oben wölben.

Madame Gretchen steht auf Frauen.

Sie tritt zur Seite. „Kommen Sie herein."

37

Am Nachmittag, bevor er sich mit Tia traf, um zur *Casa Pussy* zu fahren, hatte Cosmo William Bowers besucht.

Der Inglewood Park Friedhof ist bekannt als letzte Ruhestätte vieler Prominenter: Schauspieler wie Blaxploitation Star D'Urville Martin, Sportler wie Boxer Sugar Ray Robinson, Jazz-Trompeter Chet Baker, aber auch Polizisten wie Margret Queen Adams, die 1912 erster weiblicher Deputy Sheriff in Amerika wurde.

William Bowers war kein Prominenter. Vielleicht wäre er mal einer geworden, wer weiß. Die Chance dazu wurde ihm genommen, als eine Kugel aus Cosmos Dienstwaffe sein linkes Auge durchschlug, von dort in sein Gehirn eindrang und am Hinterkopf wieder austrat.

Im grellen Licht der Mittagssonne schritt Cosmo über den gepflegten Rasen, vorbei an sauber gestutzten Büschen, Palmen und Zypressen. Der Grabstein von William Bowers lag im Schatten eines Wacholderbaums in einem der teuersten und besten Abschnitte des Friedhofs. Die Stadt Los Angeles hatte die Bestattungskosten übernommen.

Cosmo war seit dem Tod des Jungen bereits ein paarmal hier gewesen. Meistens unter der Woche, weil er dann sicher sein konnte, nicht auf Williams Mutter zu treffen, denn die kam am frühen Morgen, bevor sie zur Arbeit ging.

Cosmo wusste nicht, warum er herkam. Es war nicht so, als wollte er sich selbst bestrafen und er war auch nicht der Typ, der mit einem Grabstein redete. Trotzdem war er hier. Starrte auf den in Stein gemeißelten Namen. Die Nacht, die Williams Leben beendet und seins für immer verändert hatte, spielte sich wie ein Film vor seinem geistigen Auge ab.

Die Funkmeldung über einen Überfall auf eine Pfandleihe, gerade als er und Jen sich nur drei Blocks entfernt Burritos zum Mitnehmen geholt hatten. Die Burritos waren vergessen. Sirenen an und los.

Als sie die Pfandleihe erreichten, taumelte der Besitzer mit blutender Schusswunde aus der Tür seines Ladens. Er brach in die Knie und beschrieb den Täter als maskierten Mann in einem roten Hoodie.

Während Jen Erste Hilfe leistete, lief Cosmo in die Richtung, in die der Täter vor zwei Minuten verschwunden war. Auf das Gelände einer leerstehenden Strip-Mall, die Ladenlokale mit Brettern vernagelt.

Er fand einen Obdachlosen, der gesehen hatte, wie der Flüchtige in eine Gasse hinter angrenzenden Wohnhäusern gerannt war. Jen wollte über Funk wissen, wo Cosmo war, der Rettungswagen sei eingetroffen, sie würde nachkommen.

Cosmo wollte antworten, da fiel ein Schuss. Er spürte erst den Luftzug dicht an seinem Gesicht, dann hörte er den Knall. Fuck. Das war knapp.

Er hörte Schritte und sah den roten Hoodie für einen Moment unter einer Laterne, bevor er über einen Gartenzaun verschwand.

Hinterher. Waffe mit beiden Händen vor sich ausgestreckt. Sein Herz raste, das Adrenalin pumpte. Über einen Rasen. Eine rostige Schaukel. Kinderspielzeug. Ein lautes Klappern. Er zuckte zusammen.

Der rote Hoodie, direkt vor ihm.

„Stehenbleiben! Polizei!"

Der Hoodie bewegte sich.

Cosmos Finger krümmte sich um den Abzug. Ein Knall.

Der Hoodie fiel mit einem überraschten Schrei in sich zusammen.

Schweiß lief über sein Gesicht, als er auf den zusammengekrümmten Körper zuging.

Er sah Blut, das sich unter dem Körper ausbreitete.

Dann ein Kindergesicht, das ihn mit weit aufgerissenen Augen anstarrte. Blutige Blasen, die aus den Nasenlöchern blubberten. Neben dem Körper eine Umhängetasche. Ein paar Bücher waren herausgerutscht.

Cosmo blickte sich hektisch nach einer Schusswaffe um. Aber da war keine. Da *musste* eine sein. Verdammt noch mal.

Er hörte die Sirenen der Verstärkung.

Wieder ein Schuss.

Jens hektische Stimme, die wissen wollte, wo er steckte, ob alles in Ordnung sei. Er antwortete nicht.

Starrte auf den grausig röchelnden Jungen.

Wieder Jens Stimme aus dem Funkgerät an seiner Schulter. „Cosmo? Sie haben ihn! Sie haben ihn! Wo steckst du, verdammt noch mal?!"

Das Röcheln erstarb.

Der Blick des Jungen wurde glasig.

Sein Körper lag still.

Schweiß strömte über Cosmos Gesicht. Seine Hände begannen zu zittern. Ein Unfall. Es war ein Unfall.

Ich habe eine Waffe gesehen.

Ach ja. Und wo ist sie?

Er trug die kleine Automatik bei jedem Einsatz in einem Knöchelholster. Sergeant Henriksen, mit dem er das erste Mal Streife gefahren war, hatte sie irgendeinem Gangbanger abgenommen und sie Cosmo als Abschiedsgeschenk überreicht, bevor er in Rente ging. „Für den Fall der Fälle", hatte er gesagt und Cosmo dabei tief in die Augen gesehen. Cosmo hatte verstanden, was Henriksen damit meinte, auch wenn er sich das damals nicht eingestehen wollte.

Trotzdem war die Waffe zu seinem ständigen Begleiter geworden. Er hatte sie nie benutzen müssen und mit den Jahren wurde sie zu einer Art Glücksbringer, auf den er nicht verzichten wollte, so wie andere auf ein Stück Schmuck oder ein Foto ihrer Liebsten.

Als Cosmo in dieser Nacht auf den leblosen Körper des Jungen starrte, hörte er wieder Henriksens Stimme: *Für den Fall der Fälle.*

Die Entscheidung fiel in einem Sekundenbruchteil.

Er zog sich hektisch ein paar Einweghandschuhe über und damit die Waffe aus dem Holster. Presste den Griff in die leblose Hand des Jungen, seinen Zeigefinger an den Abzug.

Er hatte gerade noch genug Zeit, sich aufzurichten und die Handschuhe wieder in seiner Hosentasche verschwinden zu lassen, bevor er Jens Schnaufen hörte.

„Cosmo–"

Der Anblick des toten Jungen ließ sie erstarren.

„Fuck ..."

Sie bemerkte Cosmos Zittern und nahm ihn in die Arme.

Der tote Junge, William Bowers, entpuppte sich als Musterschüler, der niemals mit dem Gesetz in Konflikt geraten war, keinen schlechten Umgang pflegte und, wie seine Mutter felsenfest behauptete, niemals eine Waffe besessen hatte. Die Presse warf sich auf den Vorfall wie die Aasgeier auf ihre Beute. Ein schwarzer Junge, der von der Polizei erschossen wurde. Ein unschuldiger schwarzer Junge. Wieder einer.

Schnell wurden Zweifel an Cosmos Version des Vorfalls laut. Der Verdacht kam auf, dass Cosmo dem Toten die Pistole untergejubelt hatte, um seinen tödlichen Schuss zu rechtfertigen. Auch unter seinen eigenen Kollegen. Einige zeigten Verständnis und sagten ihm hinter vorgehaltener Hand, sie hätten genauso gehandelt und er solle nicht einknicken.

Cosmo tat, als hätte er sie nicht gehört. Er stritt ab, etwas falsch gemacht zu haben. Selbst als Jen eines Abends zu ihm nach Hause kam und ihn bat, ihr die Wahrheit zu sagen. Julianne saß neben ihm und hielt seine Hand, als er Jen in die Augen blickte und sie anlog. Diese Lüge hatte ihm seine Partnerin nie verziehen.

Und Cosmo wäre wahrscheinlich damit durchgekommen.

Wenn Henriksen nicht plötzlich zu Gott gefunden hätte. Er war nach seiner Pensionierung nach Florida gezogen. Hatte seine Frau an den Krebs verloren. Suchte Zuflucht in der Kirche und in der Liebe zu Gott. Als er vom Tod eines dreizehnjährigen Jungen durch seinen ehemaligen Kollegen Cosmo Ancona in der Zeitung las, wusste er sofort, was geschehen war. Und er gab sich die Schuld.

Im ersten Moment hatte der vom Dienst beurlaubte Cosmo sich gefreut, als er die Haustür öffnete und sein alter Kollege Henriksen auf der Schwelle stand. Der hatte allerdings bereits Cosmos Vorgesetzten informiert, dass die Schusswaffe, die man bei dem toten Jungen gefunden hatte, ihm gehörte. Dass er sie Cosmo vor vielen Jahren geschenkt hatte und dass er sich verantwortlich dafür fühlte, dass Cosmo vom rechten Weg abgekommen war.

Cosmo verspürte keine Wut, als Henriksen ihm erzählte, was er getan hatte. Nur Leere. Vielleicht sogar Erleichterung.

„Ich werde für dich beten, mein Junge", sagte Henriksen, als er sich von Cosmo verabschiedete.

Das LAPD hätte die Sache natürlich gerne im stillen Kämmerchen abgewickelt, aber Henriksen hatte sein Gewissen inzwischen auch bei einem Reporter der LA Times erleichtert. Für ein paar Wochen erlangten Cosmo und William Bowers traurige Berühmtheit.

Cosmo wurde fristlos aus dem Polizeidienst gekündigt.

Er verlor den Respekt von Freunden und Kollegen.

Seine Partnerin Jen, deren Trauzeuge er gewesen war, sagte ihm, er sei für sie genauso gestorben wie William Bowers.

Cosmo hatte Verständnis für alle.

Hasste er sich doch selbst am meisten.

Die Einzigen, die zu ihm hielten, waren Rodriguez und Julianne. Nicht, dass Rodriguez das, was Cosmo getan hatte, rechtfertigen oder entschuldigen konnte, aber als strenger Katholik glaubte er an Vergebung.

Was Julianne betraf: Sie hatte ihn einmal sehr geliebt. Außerdem war Cosmo der Vater ihres Kindes. Sie warf ihm nie vor, was er getan hatte. Erst als Cosmo in seinem, mit jedem Tag wachsenden Selbsthass zu trinken begann, zog sie sich von ihm zurück und verwehrte ihm schließlich den Kontakt zu Remy.

Cosmo setzte sich ins Gras vor Williams Grab.

Er zog eine Dose Budweiser aus der Jackentasche und öffnete sie. Das warme Bier gluckerte seine Kehle hinab. Es schmeckte beschissen. Er nahm einen zweiten Schluck. Starrte auf den Grabstein.

William Bowers 1979 - 1992

Er atmete tief durch. Trank wieder von dem Bier. Am blauen Himmel über ihm hinterließ ein von LAX gestartetes Flugzeug seine langen Kondensstreifen.

Such dir Hilfe, hatte Jen auf den Zettel geschrieben, den sie ihm im Revier hinterlassen hatte. Dasselbe, was Julianne von ihm verlangte.

Aber Cosmo glaubte nicht daran, dass ihm jemand helfen kann. Dafür war es zu spät.

Er spürte Malika Bowers hinter sich, bevor er sie hörte.

„Was tun Sie hier?"

Cosmo sprang auf und verschüttete dabei Bier aus der Dose.

William Bowers' Mutter war fünfunddreißig, sah aber zehn Jahre älter aus. Cosmo wusste, dass sie seit dem Tod ihres Sohnes mit Magersucht und einer Medikamentenabhängigkeit zu kämpfen gehabt hatte. Sie war geschieden, der Vater ihrer Kinder zahlte keinen Unterhalt und sie arbeitete in drei verschiedenen Jobs, um für sich und Williams Zwillingsschwestern sorgen zu können.

Sie anzusehen war, als würde jemand eine Hand um sein Herz legen und es zusammendrücken.

Der harte Blick ihrer dunklen Augen fiel auf das Bier in seiner Hand. „Ich meine gehört zu haben, Sie hätten selbst einen Sohn."

Er nickte.

„Dann kümmern Sie sich um ihn. Hier verschwenden Sie Ihre Zeit."

Er wollte ihr sagen, dass es ihm leidtat. So, wie er es damals vor Gericht getan hatte, nachdem er zu seiner eigenen Überraschung nur zu einer Bewährungsstrafe verurteilt worden war. Sie hatte nichts erwidert, hatte ihn nur hasserfüllt und voller Trauer angesehen.

Er wusste damals wie heute, dass keine Entschuldigung der Welt wiedergutmachen konnte, was er ihr angetan hatte, und trotzdem ...

Er öffnete den Mund, aber ihm kam kein Wort über die Lippen. Nur ein raues Krächzen, das abrupt erstarb. Ein gigantischer Kloß in seinem Hals. Malika Bowers' Gesicht begann zu verschwimmen, als ihm Tränen in die Augen stiegen.

„Bitte zeigen Sie soviel Respekt und kommen Sie nicht mehr her", sagte sie. „Nie wieder. Sie haben kein Recht, hier zu sein."

Tränen rannen über Cosmos Wangen. Dann eilte er mit langen Schritten an Malika Bowers vorbei. Spürte ihre Blicke in seinem Rücken brennen. Er fand einen Mülleimer, in dem er die Bierdose entsorgte.

Als er auf dem Parkplatz des Friedhofs hinters Steuer des Pick-ups rutschte, versuchte er mit zitternden Händen, den Wagen zu starten. Stattdessen verließ ein lautes Schluchzen seine Kehle. Eine gebeugt gehende, alte Latina in einem verwaschenen Kleid und ausgetretenen Sneakers, die aus einem kleinen Subaru gestiegen war, sah ihn hinter dem Lenkrad weinen und einen Moment später klopfte ihre knorrige Hand an die Scheibe.

Cosmo kurbelte das Fenster nach unten und wischte sich den Rotz von der Nase.

Die faltenzerfurchte Frau schenkte ihm ein mitleidiges

Lächeln. „Als mein Ramon von uns gegangen ist, dachte ich, der Schmerz würde nie ganz vergehen“, sagte sie. „Aber irgendwann lässt er nach. Wenigstens ein bisschen.“

Sie streckte ihren Arm aus und Cosmo spürte ihre Fingerspitzen über seine Wange streichen. „Ich werde für Sie beten, mein Junge. *Feliz Navidad.*“ Sie lächelte noch einmal, dann überquerte sie auf krummen Beinen langsam den Parkplatz Richtung Gräber.

Cosmo sah ihr nach, ließ den Motor an und fuhr nach Hause. Zwei Stunden später hat Tia ihn für ihren Besuch in der *Casa Pussy* abgeholt.

38

Die *Casa Pussy* ist edel, keine Frage. Aber nicht zu protzig. Gretchen versteht es, teuer und gemütlich zu kombinieren. Im Wohnzimmer gibt es eine Bar, an der die Gäste sich selbst bedienen können. Alles ganz ungezwungen. Hinter den großen Fenstern präsentieren sich der Sunset Boulevard und das glitzernde Geflecht aus Lichtern, das sich bis runter zum Pazifik erstreckt. Aus den Boxen einer Stereo-Anlage trällert Darlene Love *„Christmas, oh Baby please come home."*

Knapp ein Dutzend Gäste tummelt sich in dem Raum. Nichts deutet darauf hin, dass man sich in einem Bordell befindet. Abgesehen davon vielleicht, dass ausnahmslos alle Frauen jung, atemberaubend schön und knapp bekleidet sind. Die meisten sind wahrscheinlich nach Los Angeles gekommen, um Karriere als Schauspielerin zu machen. Aber alle haben eine Abzweigung genommen, die sie nie wieder zurück auf ihren Ursprungsweg führen wird.

Cosmo fischt sich an der Bar eine Flasche Budweiser aus einer Schüssel mit Eiswürfeln, während Tia sich Tequila in ein mit Zucker umrandetes Glas gießt.

„Wonach steht Ihnen denn der Sinn?", fragt Gretchen.

„Ein Dreier", sagt Tia so trocken, dass Cosmo sich beinahe an seinem Bier verschluckt.

Tias Finger zupfen an seinem Ohrläppchen. „Brad mag es, zuzusehen."

„Und Tia, wenn die andere es ihr mit einem Strap-on-Dildo besorgt", steigt Cosmo auf das Spielchen ein, und diesmal ist es Tia, die sich beinahe an ihrem Tequila verschluckt.

Gretchen lächelt. „Das lässt sich arrangieren. Ich habe da jemanden, die dürfte genau das Richtige für sie sein." Sie legt ihre Hand mit den langen French Nails auf Tias Unterarm und lässt ihre Zungenspitze zwischen dem gebleichten Pferdegebiss erscheinen. „Dreitausend Dollar und ich gehöre die ganze Nacht Ihnen." Sie beugt sich vor und küsst die überraschte Tia auf den Mund. „Ich liebe exotische Frauen."

Beinahe hätte Cosmo laut über Tias Gesichtsausdruck gelacht, aber er reißt sich zusammen. „Andy hat mir gesagt, dass wir bei Ihnen nicht nur Mädchen kriegen."

Gretchen runzelt die Stirn. „Andy?"

„Andrew Light. Ich hatte eine kleine Rolle in *Hollow Point*."

„Ich weiß nicht, was Sie meinen."

Cosmo sieht Gretchen in die Augen. „Ich meine *Mister Brownstone*. Der ist nicht zufällig da?"

Gretchens Blick verhärtet sich.

Idiot, denkt Cosmo, das war ungefähr so subtil, wie mit einem Panzer auf Eichhörnchen zu schießen.

Gretchen senkt ihre Stimme. „Sind Sie ein Bulle?"

„Ich war einer", erwidert Cosmo lächelnd.

Er spürt Tias entsetzten Blick und fügt nach einer Kunstpause hinzu: „In drei Filmen."

„Brad vögelt gerne high", sagt Tia schnell und berührt Gretchens Schulter. „Ich nicht. Ich möchte jeden Moment bewusst wahrnehmen."

Gretchens Lust auf Tia rettet Cosmos plumpe Frage nach Mister Brownstone. Sie deutet mit einem Nicken ihrer enormen

Nase auf einen Mann in Hawaiihemd, der draußen auf der Terrasse in einem Liegestuhl sitzt und raucht.

„Wir warten im ersten Stock auf Sie, Brad." Gretchen greift nach Tias Hand und zieht sie mit sich. „Zweites Zimmer links."

Tia wirft einen panischen Blick zurück über die Schulter, der soviel sagt wie: *Und beeilen Sie sich verdammt noch mal!*

Cosmo kann ein Grinsen nicht unterdrücken, erst recht nicht, als Gretchens Hand auf Tias Hintern gleitet. Die beiden Frauen verschwinden im Flur und er schlendert mit seinem Bier durch die Glastüren hinaus auf die Terrasse. Aus den Büschen am Hang erklingt das Zirpen von Grillen und vom Sunset Boulevard dringt das Rauschen des nächtlichen Verkehrs herauf.

Cosmo lehnt sich ans Geländer und trinkt von seinem Bier. Dreht den Kopf. Sein Blick trifft sich wie zufällig mit dem von Mister Brownstone.

Magnum, denkt Cosmo. Der verdammte Kerl sieht aus wie Tom Selleck. Nicht nur wegen des Hawaiihemds. Der Schnurrbart in der attraktiven Visage, der sportliche, hochgewachsene Körper, die langen Beine in abgeschnittenen Jeans und Turnschuhe; die Ähnlichkeit mit dem fiktiven Privatdetektiv auf Hawaii ist verblüffend. Aber dass Tom Selleck eine zweite Karriere als Drogendealer betreibt, ist wohl eher unwahrscheinlich, und als Mister Brownstone den Mund aufmacht, hört die verblüffende Ähnlichkeit schlagartig auf. Brownstones schrille helle Stimme klingt wie die des Komikers Bobcait Goldwaith. Nur noch ein paar Oktaven höher. „Demi Moore hat sich die Möpse machen lassen."

Cosmo braucht einen Moment, bevor ihm klar wird, dass Brownstone über das Billboard unten auf dem Sunset spricht.

„Ist wirklich tragisch. Hollywood zerstört das Selbstwertgefühl der hübschesten Frauen." Brownstone wirft den Kippenstummel in den Hals der Bierflasche neben dem Liegestuhl und richtet sich auf. „Ich gebe ihr noch acht Jahre. Höchstens zehn. Vorausgesetzt sie torpediert nicht vorher ihre Karriere mit einem ganz besonders miesen Machwerk. Aber dann ist sie durch."

Brownstone lehnt sich neben Cosmo ans Verandageländer.

„Mit vierzig läuft das Haltbarkeitsdatum von Schauspielerinnen ab. Das ist die brutale Wahrheit. Da nützen dann auch Silikonmöpse nichts mehr. Okay, Meryl Streep ist eine Ausnahme. Auf den ersten Blick vielleicht nicht so attraktiv wie Demi, aber ich wette, Meryl kriegt auch in zwanzig Jahren noch tolle Rollen. Die Frau ist einfach eine andere Liga als Püppis wie Demi. Meryl hat keine Schönheitsoperationen nötig. Sie hat gerade mit Eastwood gedreht. Romanverfilmung, bin ich sehr gespannt drauf. Ich liebe Clint. Der hat mehr drauf als nur den *Dirty Harry*." Er greift in die Tasche seines Hawaiihemds und holt eine Packung Zigaretten heraus.

Cosmo befürchtet, dass er nach den Ausführungen über Demis Moores Brüste, den Status der Frau in Hollywood und der Liebe zu Meryl Streep jetzt auch noch eine Ode an Clint Eastwood zu hören bekommt, aber stattdessen hält Brownstone ihm die Kippen hin.

„Zigarette?"

Cosmo greift zu.

Brownstone gibt ihm Feuer, nachdem er seine eigene Kippe angezündet hat. Die beiden blasen ihren Rauch über das Verandageländer in die Nacht.

„Und Sie?", fragt Brownstone. "Schauspieler?"

Cosmo nickt. „Schuldig. Aber ein paar Ligen unter Demi Moore und Meryl Streep."

Brownstone lacht. „So was Ehrliches hört man selten."

„Mein größter Erfolg war eine Nebenrolle in *Hollow Point*."

„Was für ein Film. Hab ihn ein Dutzend Mal gesehen." Brownstone mustert Cosmo skeptisch. „An Sie kann ich mich aber nicht erinnern."

„Ich liege auf dem Boden des Schneideraums."

Brownstone grinst. „Passiert den Besten. Kevin Costner hatte die Rolle des toten Freundes in *The Big Chill*. In Flashbacks. Und die hat Lawrence Kasdan alle rausgeschnitten." Er klopft Cosmo auf die Schulter. „Nicht aufgeben. Im Gegensatz zu Frauen sind

Männer in der Branche wie ein guter Wein. Je älter, desto besser. Sie haben noch viele Jahre vor sich."

Cosmo beginnt sich langsam zu fragen, ob Gretchen ihn verarscht hat und der Tom-Selleck-Verschnitt vielleicht gar nicht Mister Brownstone ist, sondern ein Filmkritiker.

„Andy Light. Was für ein Talent. Tragische Geschichte." Der angebliche Mister Brownstone zieht an seiner Zigarette und bläst den Rauch aus, während er weiterspricht: „Noch so ein trauriges Kapitel in dieser Stadt. Schauspieler und Drogen."

Jetzt verzieht ein spöttisches Lächeln seine Lippen.

Nein, er ist kein Kritiker.

Er *ist* Mister Brownstone.

„Andy hat mir gesagt, Sie wären der Mann, wenn ich guten Stoff wollte. Und dass ich Sie hier finden würde."

„Ach ja?" Brownstones Brauen ziehen sich zusammen. „Wann hat er das gesagt?"

„Kurz vor seinem Tod. Wir sind nach dem Dreh von *Hollow Point* in Kontakt geblieben."

Brownstone nickt. „Dann hoffe ich, dass Sie Ihre Lektion aus Andys Tod gelernt haben."

„Ich passe auf. Auf meinem Totenschein wird nicht *Überdosis* stehen."

„Wenn Sie es sagen."

„Andy meinte, Ihr Heroin sei das Beste."

Brownstone nimmt einen letzten Zug von seiner Zigarette und schnippt sie in die Nacht. Verfolgt die Spur ihrer Glut durch die Luft, bis sie auf dem gut gesprengten Rasen unterhalb des Hauses landet. Einen Meter weiter und die Kippe wäre in den knochentrockenen Büschen des steilen Hügels verschwunden. Auf diese Art und Weise entstehen in Los Angeles Feuer, die ganze Landstriche zerstören.

„Kommen Sie mit", sagt Brownstone.

39

Tias Herz rast.

Aus dem Badezimmer, in dem Gretchen verschwunden ist, erklingt das Rauschen von Wasser.

Sie spürt noch immer den Geschmack von Gretchens Lippen auf den ihren.

Sie hatten das Zimmer kaum betreten, als Gretchen Tia gegen die Wand drückte und sie auf den Mund küsste.

Tia wusste, dass sie Gretchen nicht von sich schieben konnte, ohne Verdacht zu erregen, also spielte sie mit. Sie erinnerte sich an die Party auf Kaua'i, damals in der Highschool, als sie betrunken mit ihrer besten Freundin geknutscht hatte. Hinterher hatten sie nie wieder darüber geredet.

„Ich sehe mir *Inside Hollywood* an, wann immer ich kann", hatte Gretchen gehaucht. „Ich finde dich so unglaublich sexy." Sie öffnete eine Flasche Champagner, der in einem silbernen Eimer mit Eiswürfeln neben dem Bett bereitstand, und goss Tia ein Glas ein. „Entspann dich. Ich bin gleich zurück." Dann war sie im Bad verschwunden.

In ihrer Aufregung hat Tia den Champagner mehr oder weniger auf Ex getrunken und sich gleich nachgeschenkt. Kombiniert mit dem Tequila, den sie unten getrunken hat, ist das mehr, als sie sonst in einem ganzen Monat trinkt. Sie achtet darauf, was sie isst und trinkt nur selten Alkohol, manchmal ein bisschen Wein, wenn sie mit Adam oder Freunden essen geht. Jetzt spürt sie, wie die Mischung aus Tequila und Champagner ihren Körper und ihren Verstand ganz leicht werden lässt.

Wo bleibt Ancona?

Was redet er überhaupt mit diesem Mister Brownstone?

Haben Sie Andy Light den überdosierten Speedball gegeben, der ihn getötet hat? Und wenn ja, wer hat Sie dafür bezahlt?

Der Alkohol lässt Tia leise kichern.

Die Badezimmertür öffnet sich.

Gretchen hat Rock und Bluse abgelegt.

Sie trägt obszön hohe Plateausandalen aus durchsichtigem Plastik und das verzierte Bustier, das zuvor unter ihrer weißen Bluse durchschimmerte und das Mühe hat, ihre enormen Brüste im Zaum zu halten.

Tias Mund wird trocken.

Ist das, was sie spürt ... *Erregung*?

War die Knutscherei damals auf der Highschool-Party doch mehr als die Experimentierfreudigkeit zweier betrunkener Teenagermädchen?

Gretchen dreht an einem Schalter neben der Badezimmertür. Das Licht wird schummerig.

Tia sieht Gretchen auf sich zukommen. Ihre großen Augen funkeln. Tia kennt dieses Funkeln, sie hat es schon bei vielen anderen gesehen. Kokain.

„Zieh dich aus", sagt Gretchen, als sie vor ihr steht, und streift ihr die dünnen Träger des Kleids von den Schultern.

Tia steht da wie gelähmt, während Gretchens Hände den Reißverschluss auf ihrem Rücken nach unten ziehen und das Kleid einen Moment später leise raschelnd über ihre Hüften zu Boden rutscht.

Sie zuckt zusammen, als Gretchens Finger sich um ihre Brüste schließen. „Sind die echt?"

„Ja ...", ist alles, was Tia herausbekommt.

„Meine nicht." Gretchen stößt ein heiseres Lachen aus. „Aber sie fühlen sich an wie echt."

Sie nimmt Tias rechte Hand und presst sie auf ihr Bustier.

Stimmt, denkt Tia. Sie fühlen sich echt an.

„Du bist verdammt schüchtern für jemanden, der einen Dreier möchte." Gretchen küsst sie wieder.

Cosmo, denkt Tia. Wo bleibt dieser gottverdammte Cosmo?

„Aber ich mag schüchtern." Gretchen gibt ihr einen Stoß und Tia landet mit dem Hintern auf dem Bett.

Gretchen rutscht auf ihren Schoß und drückt sie nach hinten, bis sie auf dem Rücken liegt.

Tia starrt nach oben.

Gretchen ist über ihr.

Sie ist eine kleine Frau, aber alles an ihr ist groß. Ihre Nase, ihre Zähne, ihre Brüste.

„Von mir aus kann sich Brad ruhig Zeit lassen", sagt Gretchen, als sie sich nach unten beugt und Tia ihre Zunge tief in den Mund schiebt.

40

Mister Brownstone fährt einen Mustang, der in der Einfahrt der *Casa Pussy* geparkt ist, welche sich oberhalb des Hauses an der Straße befindet.

Brownstone fragt, wie viel Cosmo möchte, als er den Kofferraum öffnet, und Cosmo sagt es ihm.

Brownstone beugt sich in den Kofferraum.

Als er wieder hochkommt, hält er einen Baseballschläger in den Händen.

Cosmo kann sich gerade noch ducken und der Louisville Slugger saust knapp über seinen Schädel hinweg. Doch als er sich wieder aufrichtet, rammt Brownstone ihm den Schläger in die Magengrube.

Cosmo bricht würgend in die Knie und spuckt Magenflüssigkeit auf den warmen Asphalt der Einfahrt.

Brownstone steht über ihm, den Schläger in der Rechten, die Linke in Cosmos Haar gekrallt. „Andy hat dir also kurz vor seinem Tod erzählt, dass er seinen Stoff von mir kriegt, ja? Fick dich, Mann. Andy hat seit letztem Sommer keinen Stoff mehr bei mir gekauft. Hätte jetzt seine eigene Quelle in Mexiko, hat der kleine Spritzer gesagt. Also. Wer bist du und was willst du?"

Der Brechreiz lässt nach, Cosmo schnappt nach Luft, hebt

abwehrend eine Hand. „Muss wahnsinnig frustrierend sein, oder ...?“

„Was?“

„Aussehen wie Tom Selleck, aber eine Stimme wie ein Eunuch zu haben. Deswegen hat es mit der Schauspielkarriere nicht geklappt, oder? Aber hey, Dealer ist ja auch ne Karriere.“

Cosmos Worte haben ins Schwarze getroffen. Brownstones Gesicht verzerrt sich: „Du Hurensohn!“

„Worauf du einen lassen kannst“, sagt Cosmo und rammt Brownstone von unten die rechte Faust in die Familienjuwelen. Die Augen des Dealers springen förmlich aus ihren Höhlen.

Cosmo kommt hoch und kriegt mit der Linken den Baseballschläger zu fassen. Reißt ihn aus Brownstone Fingern und hämmert ihm gleichzeitig die rechte Faust auf die Nase.

Brownstone sackt in die Knie, während das Blut aus seiner Nase schießt wie Wasser aus einem geborstenen Damm.

Cosmo zerrt Brownstones Oberkörper zum Kofferraum und hämmert ihm die offene Heckklappe in den Nacken. Der Dealer stöhnt laut.

„Erzähl mir von Andys Quelle in Mexiko.“

„Fick dich–“

Die Heckklappe saust wieder nach unten.

Brownstones Körper bäumt sich auf, er stößt einen Schmerzensschrei aus. „Gottverdammt, hör auf!“

„Andys Quelle in Mexiko!“

Der Dealer hebt sein blutüberströmtes Gesicht.

„Ich hab gar keine Ahnung ...! Wirklich nicht. Er war letzten Sommer unten in Rosarito. In Jack Silvermans Studio, für die Innenaufnahmen von *Hollow Point*. Als die vorbei waren, hat er mich plötzlich nicht mehr angerufen. Hat mich irritiert. Er war einer meiner besten Kunden. Ich habe ernsthaft befürchtet, er könnte clean geworden sein. Ein paar Wochen später treffe ich ihn hier in der *Casa Pussy*. Von wegen clean, total zugeknallt war er! Ich war stinksauer. Ich hab ihm immer Spitzenpreise gemacht. Und der arrogante Drecksack lacht mir ins Gesicht. Hat gesagt, er bräuchte mich nicht mehr, er hätte eine bessere Quelle in Mexiko und würde jetzt sein eigenes Ding machen."

„Was heißt, sein eigenes Ding?"

„Was weiß ich. Scheiß-Schauspieler. Reden viel, wenn der Tag lang ist. Bitte, Mann. Ich brauche ein Tuch für meine Nase. Ich glaube, die ist gebrochen."

Hoffentlich, denkt Cosmo, während er mit einer Hand über seinen Bauch reibt. Dann knallt er die Heckklappe ein drittes Mal nach unten.

Brownstone heult seinen Schmerz in die Nacht wie ein Kojote.

Eine Hand in Brownstones Nacken gekrallt, packt Cosmo mit der anderen seine Beine und wuchtet den Körper des Dealers in den Kofferraum.

„Nein ..."

Cosmos Blick fällt auf einen ölverschmierten Lappen. Er wirft ihn auf Brownstones Brust. „Für deine Nase."

Mit einem Ruck drückt er die Kofferraumklappe mit beiden Händen nach unten.

Brownstones dumpfe Stimme überschüttet ihn mit Flüchen, während er die Treppen hinunter zurück zur *Casa Pussy* geht.

41

Tia hat die Augen geschlossen.

Alles dreht sich.

Sie ist betrunken.

Und fühlt Gretchens Lippen, die ihren nackten Bauch küssen. Gretchens Zunge, die sich feucht und warm in ihren Bauchnabel bohrt.

Tia krallt ihre Hände in die Bettdecke.

Gretchens Kopf verschwindet zwischen ihren Schenkeln, die sie mit beiden Händen auseinanderdrückt.

„Ich werde dich ausschlecken wie eine Muschel."

Tias Oberkörper schießt nach oben.

„Ich möchte auf Cosmo warten."

Gretchen, die vor dem Bett kniet, sieht zu ihr auf. „Komm schon, Süße, ich kann dich genauso gut penetrieren wie er. Vielleicht sogar besser."

Womit?, denkt Tia. Mit deiner Nase?

Sie muss lachen.

Etwas in Gretchens Gesichtsausdruck verändert sich. Im ersten Moment glaubt Tia, sie wäre beleidigt, weil sie gelacht hat.

Aber dann fragt Gretchen: *„Wer ist Cosmo?"*

Shit. Hitze schießt Tia ins Gesicht.

„Was?"

„Cosmo. Wer ist Cosmo?"

„Ich habe Brad gesagt."

Gretchen richtet sich auf. „Hast du nicht ..."

Plötzlich fällt Licht ins Zimmer. Erleichtert erkennt Tia Cosmo in der offenen Tür.

„Na endlich." Sie rutscht vom Bett und steht auf. Sofort wird ihr schwindelig, sie fängt an zu schwanken.

„Sind Sie betrunken?", fragt Cosmo amüsiert.

„Glotzen Sie nicht wie ein Triebtäter!" Tia bückt sich nach ihrem Kleid und kippt dabei fast vornüber. Sie lässt sich wieder aufs Bett fallen und schiebt die Beine in das Kleid, zieht sich die Träger über die Schultern.

„Was soll das?! Wollen Sie eine Story für Ihre Sendung?" Gretchens Finger packen Tias Kinn. „Merk dir eins, Bitch. Was in der *Casa Pussy* geschieht, bleibt in der *Casa Pussy*."

Tia schlägt ihre Hand weg. „Fassen Sie mich nicht an."

Sie steht auf und wankt auf Cosmo zu. „Gehen wir."

In diesem Moment erklingt ein Schrei.

Eine Frau.

Kein leidenschaftlicher Schrei.

Nein, definitiv nicht.

Ein Schmerzensschrei.

Tia dreht sich zu Gretchen um. „Was war das?"

Gretchen zögert kurz. „Nichts. Nur ein Spiel zwischen Kunde und Mädchen."

Die Frau schreit wieder. Es hört sich an, als wäre sie gleich im Raum nebenan.

„Wie ein Spiel klingt das aber nicht."

„Raus aus meinem Haus!"

Ein weiterer Schrei. Jemand weint.

„Von wegen Spiel." Tia denkt nicht. Sie handelt. Drängt sich an Cosmo vorbei in den Flur. Drei Schritte bis zur nächsten Tür.

„Warten Sie", ruft Cosmo ihr nach, aber Tia stößt die Tür bereits auf.

42

Tia weiß, dass in Hollywood viele Perversionen zu Hause sind. Sie kennt Geschichten über berühmte Persönlichkeiten, die selbst deren härteste Fans vergraulen würden. Wie die des Oscargewinners, der gerne masturbierend unter einem Glastisch liegt, während eine junge Frau über ihm darauf ihren Darm entleert.

Aber darüber zu hören ist eine Sache.

Sie zu sehen eine andere.

Das Zimmer, in das sie gestürmt ist, ist beinahe identisch mit dem, in dem sie mit Gretchen war. Ein großes Bett. Fenster, vor denen lange Vorhänge in der Brise wehen.

Nur eins ist anders.

In der Mitte des Raums steht eine Toilette.

Davor kniet eine junge, blonde Frau. Höchstens zwanzig. Nackt bis auf hochhackige, schwarze Lederstiefel. Die Hände mit einem Seidentuch auf den Rücken gefesselt. Eine Art Hundehalsband um den Hals, die lange silberne Kette in den Händen einer zweiten nackten Frau mit dem muskulösen Körper einer Bodybuilderin, deren Gesicht hinter einer grotesken schwarzen Latexmaske verborgen ist.

Vor der Toilette steht Jack Silverman, genauso unbekleidet wie die beiden Frauen, und als Tia in den Raum stürmt, kann sie noch den Urinstrahl sehen, den er zum Teil in die Toilettenschüssel und zum Teil ins Gesicht des blonden Mädchens steuert.

Tia ist nicht naiv.

Sie weiß, dass manche Menschen sexuelle Fantasien ausleben, die anderen ekelerregend und abstoßend erscheinen. Das ist unter anderem der Grund dafür, warum es Häuser wie die *Casa Pussy* gibt.

Und so lange alle Beteiligten mit dem, was sie tun, einverstanden sind, hat Tia kein Problem damit.

Aber die Schreie und das Weinen der jungen Frau, die hier erniedrigt wird, sind echt. Für Jack Silverman mögen sie Teil seines Spiels sein, für das Mädchen nicht. Das hat Tia an ihren Schreien gehört und das sieht sie jetzt in ihrem Gesicht; in ihren vom Weinen geröteten, blauen Augen.

„Kalani?! Was zum Teufel–!"

Silvermans ungläubiges Gesicht wird noch ungläubiger, als hinter Tia auch noch Cosmo in der Zimmertür erscheint.

Tia ignoriert den Produzenten. Sie geht zu dem Mädchen und hilft ihr auf die Beine. Sie spürt, wie der junge Körper unter ihren Händen zittert. Befreit die Handgelenke von dem Seidentuch. „Komm mit. Wir gehen." Sie löst das Halsband und wirft es der muskulösen Frau mit der Latexmaske vor die Füße.

„Kylie. Du bleibst!"

Gretchen steht im Zimmer, noch immer nur in ihrem Bustier und den Porno-Plateaus.

„Allerdings. Ich bezahle für den Scheiß hier." Silvermans Finger schließen sich um den Arm des Mädchens namens Kylie. Dass er nackt ist, scheint ihn nicht im Geringsten zu stören.

„Lassen Sie sie los", sagt Tia.

Er kommt ihr ganz nahe. Der Geruch seines Schweißes und seines Urins steigen ihr in die Nase und sie würde ihm am Liebsten ins Gesicht kotzen. „Kalani, ich werde Ihre Karriere in den Dreck treten. Wenn ich mit Ihnen fertig bin, wird man sich in dieser Stadt mit Ihnen nicht mal mehr den Hintern abwischen wollen."

Seine Drohungen machen Tia nur noch entschlossener, und der Alkohol, der sie vor wenigen Minuten noch benebelt hat, scheint sich in Luft aufgelöst zu haben. Sie ist überrascht von der Kraft in ihrer Stimme. „Lassen Sie das Mädchen los, Silverman!"

„Oder was?" Der Produzent sieht verächtlich zu Cosmo hinüber. „Wollen Sie mir wieder diesen versoffenen Loser auf den Hals hetzen?"

„Hey, Silverman. Ich könnte mir auch was Schöneres vorstellen, als Ihren krummen Pimmel innerhalb einer Woche gleich zweimal zu sehen", sagt Cosmo. „Aber ja, wenn Sie die Kleine nicht sofort gehen lassen, nehme ich mich gern noch mal Ihrer hässlichen Visage an."

Seine Drohung verfehlt nicht ihre Wirkung. Silverman lässt das Mädchen zwar nicht los, aber er weicht einen Schritt zurück. „Gretchen. Hol Rolston."

Gretchen macht kehrt.

Die Bodybuilderin zieht die Latexmaske vom Kopf und offenbart ein hübsches, aber von Steroiden-Akne zerfurchtes Gesicht. „Also ich gehe solange ins Bad, bis sich hier alle geeinigt haben, wenn's recht ist."

Als die Badezimmertür hinter ihr ins Schloss fällt, bewegt sich Cosmo auf Silverman zu. „Ich zähle bis drei."

Jetzt gibt Silverman den Arm des Mädchens frei. Seine Stimme überschlägt sich. „Kommen Sie mir nicht zu nahe."

Cosmo bleibt stehen.

Schade eigentlich. Diesmal hätte Tia nichts dagegen gehabt, dass er Silverman eine reinhaut.

Kylie kreuzt die Arme vor der Brust, der absurde Versuch, etwas Würde zu bewahren. Tia greift nach einem dünnen Bademantel, der auf dem Bett liegt, und reicht ihn ihr.

Als sie zur Tür wollen, versperren ihnen Gretchen und Rolston den Weg.

„Lassen Sie uns durch“, sagt Tia.

Silvermans Sicherheitschef ignoriert sie. „Sind Sie okay, Jack?“

Silverman zeigt auf das Mädchen. „Halten Sie sie auf. Ich habe für die Kleine bezahlt.“

Tia hat einen Arm um die Schultern des zitternden Mädchens gelegt und drückt sie an sich. „Sie ist nicht Ihre Sklavin, Sie krankes Schwein. Sie kommt mit uns.“

„Oder willst du hierbleiben?“, fragt Cosmo.

Tia kann nicht fassen, was sie hört.

Kylie schüttelt den Kopf, ihre Stimme nicht mehr als ein Flüstern: „Ich will weg.“

Tia sieht Rolston in die Augen. „Sie haben Sie gehört.“

Tatsächlich bemerkt sie so etwas wie Mitgefühl in Rolstons Blick.

„Sorry, Jack“, sagt er. „Ich glaube nicht, dass ich etwas tun kann.“

Gretchens manikürter Zeigefinger richtet sich wie eine Waffe auf das Gesicht des Mädchens. „Wenn du jetzt abhaust, brauchst du dich nie wieder hier blicken lassen, Kylie.“

„Das wird sie auch nicht, keine Sorge“, sagt Tia, und der Gedanke, dass sie vor wenigen Minuten noch Gretchens Zunge in ihrem Mund und ihre Hände auf ihrem Körper hatte, lassen sie beinahe würgen.

Tia zieht Kylie mit sich zur Tür. Gretchen tritt nicht zur Seite. Tia stößt sie mit der Schulter gegen den Türrahmen.

„Bitch“, zischt Gretchen.

„Hässliche Kuh“, erwidert Tia, und dann ist sie im Flur.

Erst jetzt spürt sie, wie sehr ihr Herz rast. „Wo sind deine Sachen?“, fragt sie das Mädchen.

„Unten.“

„Holen wir sie, und dann nichts wie raus hier.“

Tia blickt über die Schulter, um sich zu vergewissern, dass Cosmo da ist.

Der Schnüffler geht gerade an Rolston vorbei, den er um einen Kopf überragt.

„Man sieht sich“, sagt Cosmo.

„Wäre besser für Sie, wenn nicht“, erwidert Rolston.

43

Kylie wohnt in den Oakwood Apartments am Barham Boulevard, gegenüber der Universal Studios, und Tia besteht darauf, sie nach Hause zu bringen.

Kylie behauptet, sie sei zweiundzwanzig. Eher achtzehn schätzt Cosmo, aber wozu gibt es gefälschte Ausweise.

Ihre Geschichte ist die so vieler junger Mädchen, die jedes Jahr aus dem ganzen Land nach Los Angeles kommen.

Kylie ist aus Ohio.

Ein echtes All-American-Girl.

Blaue Augen, blonde Haare, ein straffer, junger Körper mit Rundungen an den richtigen Stellen.

Zum beliebtesten Mädchen ihrer Highschool gewählt, Cheerleader, Prom-Queen, feuchter Traum ihrer Mitschüler.

Eine, die gelernt hat, dass ihr Äußeres sie weiterbringt, wo immer sie hinkommt.

Vor einem Jahr ist sie am Busbahnhof in Santa Monica aus dem Greyhound gestiegen. Mit einem kleinen Koffer und großen Träumen.

Sie wollte zum Film. Sie wollte entdeckt werden.

Hat in zwei Bars und einem Restaurant gleichzeitig gekellnert, um sich Miete und Schauspielkurse leisten zu können.

Sie ist zu Castings gegangen. Manche seriös, andere weniger. Dutzende. Hunderte. Sie musste schnell lernen, dass in dieser Stadt ein schönes Mädchen so besonders ist wie ein Edelstein beim Juwelier.

Als das Geld trotz der drei Jobs knapp wurde, vertraute ihre Mitbewohnerin Kylie ein Geheimnis an: dass ein Mädchen mit ihrem Aussehen und Körper beim Strippen mehr verdienen kann als mit kellnern.

Kylie begann, in einem Club auf dem Sunset zu tanzen. Und schlief dort auch das erste Mal für Geld mit einem Mann. Es fiel ihr nicht besonders schwer, weil es ein attraktiver, sympathischer Typ war. Und natürlich sollte es eine Ausnahme bleiben. Sie würde das nicht wieder tun, hatte sie sich anschließend geschworen. Bis zum nächsten Mal. Dieser Mann war schon etwas weniger attraktiv und sympathisch.

Dann lernte sie auf einer Party Gretchen Fleming kennen. „Bei mir kannst du richtiges Geld verdienen“, hatte Gretchen ihr versprochen und damit nicht gelogen.

Tausend pro Nacht sind kein Kleingeld.

Aber alles hat seinen Preis.

Auch Geld.

„Ich hab kein Problem damit, wenn der Sex ein bisschen schmutzig ist“, sagt sie auf dem Rücksitz von Tias Porsche. „Aber Jack ...“ Sie schüttelt den Kopf. „Dabei hatte Andy mich gewarnt, dass Jacks Vorlieben eine andere Liga sind.“

„Andy?“, fragt Cosmo. „Andrew Light?“

„Ja. Andy mochte Dreier. Gern mit seinem Freund Dale. Ich glaube zwar nicht, dass der schwul oder bi war, aber dafür abhängig von Andys Kohle. Also hat er mitgemacht.“

„Und Andy hat dich vor Silverman gewarnt?“, fragt Tia.

„Ja. Er hat angedeutet, dass Jack auf Fäkalspielchen und so'n Zeug steht. Dafür aber auch extra bezahlt. Ich dachte, Andy übertreibt. Hat er aber nicht.“ Sie schüttelt angewidert den Kopf. „Ich war einfach zu gierig ...“

„Wann hast du Andy zuletzt gesehen?“, fragt Cosmo.

„Am Abend, bevor er gestorben ist."

Mit dieser Antwort hat Cosmo nicht gerechnet. Tia auch nicht, das sieht er an ihrem Blick.

„In der *Casa Pussy*?"

„Nein. Bei Andy zu Hause. Er hatte mich kommen lassen und dann aber keine Zeit für mich. Bezahlt hat er trotzdem. Andy war echt in Ordnung."

„Warum hatte er keine Zeit?"

„Er hing den ganzen Abend am Telefon."

„Weißt du, mit wem er gesprochen hat?"

Kylie runzelt die Stirn. „Warum wollen Sie das alles so genau wissen?"

Cosmo dreht sich ruckartig im Sitz herum und fängt ihren Blick ein. „Weil ich Bulle bin, und wenn du nicht willst, dass ich dir das Leben schwermache, beantwortest du meine Fragen. Also, weißt du, mit wem Andy telefoniert hat?"

Cosmos scharfer Ton trifft das Mädchen vollkommen unerwartet. Genauso wie sein eisiger Blick. Sie schluckt. Es tut ihm ein bisschen leid, dass er sie so hart angeht, nachdem, was sie gerade erlebt hat. Aber er will ihr keine Chance geben, sich zu überlegen, wie und ob sie weiter auf seine Fragen antwortet.

Cosmo spürt Tias ebenso überraschten Blick von der Seite, aber seine Augen fixieren weiterhin das Mädchen.

„Ich ... ich glaube, er hat mit der Polizei gesprochen", sagt Kylie. „Einer von diesen Vereinen mit drei Buchstaben. Nicht FBI–"

„DEA?"

„Ja, genau."

Cosmo und Tia tauschen einen Blick.

„Hast du gehört, worum es ging?"

„Hey, ich habe nicht gelauscht, falls Sie das meinen."

„Was hast du gehört?"

„Nicht viel. Ich hatte mir'n Joint gebaut und einen Film geguckt, während ich auf ihn gewartet habe. Andy hat so'n Riesenfernseher–"

„Bleib bei der Sache."

„Es ging um Gegenleistung. Andy hat immer wieder gesagt, er will eine Gegenleistung. Und dass er nicht mit Details rausrückt, solange sie ihm das nicht garantieren."

Cosmo sieht wieder zu Tia, die sich aufgeregt mit der Zunge über die Lippen fährt.

Tia biegt vom Barham Boulevard ab und die Scheinwerfer des Porsche gleiten über ein Schild mit der Aufschrift *Oakwood Apartments*.

„Haus Nummer 3", sagt Kylie.

Während Tia den Porsche langsam die ansteigende Straße zwischen den Gebäuden entlang steuert, dreht Cosmo sich wieder zu dem Mädchen um.

„Was hast du sonst noch gehört?"

„Nichts. Ehrlich nicht. Das Zeug, das ich geraucht hatte, war ganz schön krass. Ich bin vorm Fernseher weggedöst. Als ich wieder wach wurde, hat Andy sich entschuldigt, dass ich den Weg zu ihm raus umsonst gemacht hab. Und er hat mir das Geld für die Nacht in die Hand gedrückt. Nicht die Hälfte oder so, sondern alles."

Tia stoppt den Porsche vor einem der Apartmenthäuser. Sie steigen aus.

„Danke. Nicht nur fürs Fahren." Das süße Lächeln, mit dem Kylie das sagt und das bunte Sommerkleid, in dem sie inzwischen steckt, machen sie tatsächlich wieder zu dem unschuldigen Mädchen aus dem mittleren Westen, das sie irgendwann einmal war.

„Versprich mir, dass du nicht wieder zu Gretchen Fleming gehst", sagt Tia.

Kylie schnauft. „Garantiert nicht."

„Vielleicht fährst du erst mal zurück nach Ohio. Wie stehst du mit deiner Familie?"

„Die sind nicht glücklich, dass ich nach LA gegangen bin. Aber ich telefoniere jedes Wochenende mit meiner Mom. Wenn sie wüsste, was ich ..." Kylie senkt den Blick. Als sie ihn wieder hebt, sagt sie: „Wahrscheinlich haben Sie recht. Ich sollte besser wieder nach Hause."

Tia drückt das Mädchen kurz an sich. „Viel Glück."

„Danke." Kylie sieht zu Cosmo. „Sie sind gar kein Bulle, oder?"

Er grinst. „Nicht mehr."

Cosmo und Tia warten noch, während Kylie die Treppe hinauf in den dritten Stock geht und dann hinter ihrer Apartmenttür verschwindet.

Cosmo sieht Tia über das Porschedach hinweg an. „Ich weiß, Sie wollen das nicht gern hören, aber sie fährt nicht zurück nach Ohio."

Tia nickt traurig. „Ich bin nicht so naiv, wie Sie glauben."

44

„Und Sie haben ihn einfach im Kofferraum gelassen?"

„Das Arschloch wollte mir den Schädel einschlagen."

„Kann er da drin nicht ersticken?"

Cosmo zuckt mit den Schultern. „Ich glaube nicht."

„Sie *glauben* nicht?!"

„Du meine Güte, Kalani, ich wusste nicht, dass Ihnen soviel an einem Drogendealer liegt."

„Es ist ein Mensch, Drogendealer hin oder her."

„Machen Sie sich um den Penner keine Sorgen. Den hat längst jemand befreit. Viel wichtiger ist doch, was er mir gesagt hat."

Sie nickt. „Andy hatte seit den Dreharbeiten zu *Hollow Point* in Mexiko einen neuen Dealer."

„*Seine eigene Quelle,* das waren Brownstones Worte."

„Ist das nicht dasselbe?"

„Möglich. Aber *eigene Quelle* klingt für mich, als wäre er involviert gewesen."

Tia hat auf dem Rückweg von den Oakwood Apartments den 101 genommen und lenkt den Porsche jetzt vom Freeway runter auf den Union Boulevard.

„Sie meinen, Andy hat selbst angefangen zu dealen?"

„Er wäre nicht der erste Schauspieler", sagt Cosmo. „Ich überlege, wie das mit dem zusammenpasst, was die Kleine uns vorhin erzählt hat."

„Der Anruf beim DEA. Die Gegenleistung. Das klingt für mich, als wollte er jemanden verpfeifen."

„Ja. Und wer jemanden bei der DEA verpfeifen will, der erhöht seine Chancen, auf eine Abschussliste gesetzt zu werden. Erinnern Sie sich an Dale Mancinis letzte Worte?"

„Das waren die Mexikaner."

Er nickt. Hört wieder die Stimme des Killers in Malibu, der sie von draußen aufforderte herauszukommen und versprach, dann würde ihnen nichts geschehen, während er und Tia sich auf den Boden von Andys Airstream pressten. Die Stimme mit dem unverkennbar mexikanischen Akzent.

Tia bremst an einer roten Ampel. Ihre Augen funkeln aufgeregt. „Die Mexikaner haben Andy umgebracht, weil er der DEA etwas sagen wollte, was für die von Interesse gewesen sein könnte."

„Jetzt kriegen Sie nicht gleich ein feuchtes Höschen, Kalani. Das können wir genauso wenig beweisen wie, dass Andy tatsächlich ermordet wurde. Außerdem ist *die Mexikaner* nicht besonders spezifisch."

Sie löst ihre Rechte vom Steuer und boxt ihn auf den Oberarm. "Wissen Sie eigentlich, wie ekelhaft Ihre Ausdrucksweise ist?"

„Sorry."

„Grinsen Sie nicht so dämlich."

Die Ampel springt auf Grün und Tia fährt wieder an.

Sie spricht den Gedanken aus, der Cosmo auch bereits eine Weile beschäftigt: „Haben die Killer Dale Mancini zufällig gefunden, oder haben wir sie zu ihm geführt?"

Er zuckt mit den Schultern. „Jedenfalls wissen sie, dass wir unsere Nase in ihre Angelegenheiten stecken. Hören Sie, Kalani, das sind nicht irgendwelche kleinen Dealer aus Mexiko. Das ist eine größere Hausnummer."

„Sie meinen die Kartelle?"

„Jedenfalls bekomme ich das Gefühl, dass wir dabei sind, in ein beschissen großes Nest zu stoßen. Sie können Ihren knackigen Hintern drauf verwetten, dass wir es auf dieselbe Abschussliste wie Andy geschafft haben."

Sie lächelt. "Sie haben eine interessante Art, einer Frau Komplimente zu machen."

„Ich mein's ernst."

„Ich habe Ihnen bereits gesagt, dass ich keine Angst habe."

„Wir sollten Ihnen eine Pistole besorgen."

„Lieber nicht. Ich würde mir nur selbst in den Fuß schießen."

Sie haben die Calumet Avenue erreicht. Der Porsche stoppt mit röhrendem Motor vor Cosmos Apartmenthaus.

„Wie machen wir jetzt weiter? Ich habe morgen früh ein Interview mit Meryl Streep."

„Machen Sie Ihr Interview. Ich fahre nach Santa Monica, ins *Wild Horses*. Ich glaube nämlich nicht, dass Andy extra dahingefahren ist, um sich seinen Stoff zu spritzen."

„Sondern?"

„Dass er da denjenigen getroffen hat, der ihm den tödlichen Speedball gegeben hat. Ich werde mal ein bisschen herumstochern."

„Das hört sich an wie *blind herumstochern*."

„Das tun alle guten Ermittler. Bullen, Privatdetektive. Wir stochern blind herum. In den seltensten Fällen sind wir so clever wie Columbo oder irgendeiner von diesen anderen Fernsehschnüfflern."

Er greift nach der Tüte der Boutique, in der Tia ihn heute Nachmittag für ihren Besuch in der *Casa Pussy* eingekleidet hat, und in der seine eigenen Klamotten sind. Öffnet die Tür und hält inne. "Ach, Kalani."

„Ja?"

„Ganz egal, ob Kylie morgen wieder in einem Restaurant statt als Prostituierte arbeitet, ob sie zurück nach Ohio geht oder ob sie nichts aus dieser Nacht gelernt hat: Es braucht Mumm, das zu tun, was Sie heute für das Mädchen getan haben."

„Sie haben ihre Schreie gehört. Ich hatte keine andere Wahl."

„Doch. Hatten Sie. Und es gibt Menschen, die hätten Kylies Schreie ignoriert. Ich zum Beispiel."

Tia will etwas erwidern, aber er lässt sie nicht zu Wort kommen.

„Weil ich weiß, was hinter solchen Türen geschieht, und weil mich die Erfahrung gelehrt hat, dass man wenig dran ändern kann. Aber das ist Bullshit. Ich hätte es tun sollen. Und ich schäme mich, dass ich Ihnen hinterherlaufen musste und nicht Sie mir. Gute Nacht."

Er steigt aus.

„Gute Nacht", sagt sie.

Der Porsche röhrt, als Tia ihn auf der Straße wendet. Cosmo sieht dem Wagen nach, bis sie auf die West Edgeware abbiegt, dann nimmt er die drei Stufen zum Eingang seines Apartmenthauses.

45

Rolston weiß, für wen er arbeitet.

Er hat sich informiert, bevor er den Posten als Sicherheitschef von Jack Silverman angenommen hat. Der Produzent genießt einen gewissen Ruf in der Branche. Nicht nur als treibende Kraft hinter den erfolgreichsten Actionfilmen der letzten Jahre, sondern auch als Machtmensch und Choleriker, der mit eiserner Hand seine Produktionen regiert und dessen Weg mit gefeuerten Regisseuren, Autoren und anderen Mitarbeitern gepflastert ist. Als Mann, der seine Position gnadenlos ausnutzt, wenn es darum geht, seine sexuellen Phantasien auszuleben. Jack pflegt die Tradition des guten alten Hollywood-Klischees von der Casting-Couch. Die Vergabe von weiblichen Rollen hängt davon ab, wie offen die Damen gegenüber seinen Avancen sind.

Seit Rolston für Silverman arbeitet, ist er mehrfach Zeuge geworden, wie das abläuft. Vorsprechen für Rollen in Hotelzimmern oder bei privaten Besuchen in seiner Villa, die in der Regel damit enden, dass Jack nackt und mit einer Körperlotion vor den Schauspielerinnen steht und sie bittet, ihn damit einzureiben. Dass es dabei nicht bleibt, sollte allen klar sein. Manche Frauen spielen mehr mit als andere, aber die wenigsten haben sich Silverman verweigert. Und die Karriere derjenigen, die es getan haben, war damit meistens vorüber. Dafür hat Jack gesorgt.

Rolston ist erstaunt, wie viele Frauen das Spiel mitspielen. Ein paar sicher aus Opportunismus, aber die meisten aus purer Angst. Silverman ist ein Meister der subtilen Drohungen, aber er schreckt auch nicht davor zurück, sie direkt auszusprechen.

Und er kommt damit durch.

Erst einmal wäre Silverman sein Verhalten beinahe auf die Füße gefallen. Eine junge Schauspielerin aus Europa, Star in einem weltweiten Festival-Hit, die er bereits einmal nach einer Feier sexuell bedrängt hatte, wandte sich an die Polizei und erschien zu einem zweiten Treffen von Ermittlern verdrahtet. Aber Jack hatte Lunte gerochen und von der Kleinen abgelassen, bevor es zu irgendwelchen Handlungen kam, die ihm juristisch hätten gefährlich werden können. Die dennoch eingeleiteten Ermittlungen verliefen im Sand und die Hollywoodkarriere der Schauspielerin war beendet, bevor sie begonnen hatte.

Rolston hat kein Mitleid mit den Frauen.

Jede, die zu einem *Casting* geht, das hinter verschlossenen Türen und nur mit Jack Silverman (oder irgendeinem anderen Mann, denn Silverman ist bei weitem nicht der einzige sexuelle Triebtäter in der Branche) alleine stattfindet, hat es in seinen Augen nicht besser verdient. Entweder besitzen sie nicht den gesunden Menschenverstand, sich der Gefahr einer solchen Situation bewusst zu sein, oder sie riskieren sie bewusst. Wie auch immer, die sollen doch bitte hinterher nicht so tun, als seien sie Opfer.

Rolston fragt sich, wie es mit Julianne Wheeler gelaufen wäre, wenn nicht ihr Ex, dieser Privatdetektiv, aufgekreuzt wäre und Jack die Nase gebrochen hätte.

Cosmo Ancona.

Der Bulle, der einen schwarzen Jungen erschossen und versucht hat, es zu vertuschen. Und damit nach dem Skandal um

Rodney King für kurze Zeit zur nächsten PR-Katastrophe unter dem LAPD von Darryl Gates wurde. Wäre ihm sein eigener Ex-Partner nicht in den Rücken gefallen, wäre Ancona mit einem blauen Auge davongekommen. Streng genommen ist er das ja, denn die Mutter des toten Jungen hat auf ein Zivilverfahren und die damit verbundene Schadensersatzklage verzichtet. Aber natürlich hat Ancona seinen Job verloren und danach den direkten Weg zur Flasche genommen, wovon Rolston sich auf Silvermans Weihnachtsfeier selbst überzeugen konnte.

Jetzt kommt ihnen diese gescheiterte Säufer-Existenz zum zweiten Mal in die Quere.

Silverman ergeht sich, seit Ancona und Tia Kalani mit der jungen Nutte im Schlepp abgehauen sind, in Rachephantasien darüber, wie er dafür sorgen wird, dass Kalani im Fernsehen nie wieder einen Fuß an die Erde bekommt. Als Rolston ihm jetzt die Haustür der *Casa Pussy* aufhält, sagt er: „Aber vorher würde ich sie gern mal vögeln."

Rolston erwidert nichts. Irgendwann wird Silvermans Schwanz ihn in Schwierigkeiten bringen, aus denen ihm niemand mehr heraushelfen kann. Oder will.

Silvermans Range Rover steht in der Einfahrt neben Gretchens Mercedes Coupé und einem Mustang, der wahrscheinlich einem Gast gehört. Rolston öffnet die Tür für seinen Boss, als ihn dumpfes Klopfen innehalten lässt.

Silverman hat es auch gehört. „Was ist das?"

Rolston hebt eine Hand und bedeutet ihm, ruhig zu sein. Er kann sehen, dass Silverman diese Geste nicht gefällt. *Er* ist hier der Boss. Trotzdem hält er die Klappe. Rolston lauscht.

Statt des Klopfens erklingt jetzt eine Stimme. „Hey! Holt mich hier raus! Hilfe!"

Rolston und Silverman tauschen einen Blick.

Rolston ist mit drei Schritten hinter dem Kofferraum des Mustangs und öffnet ihn.

Das blutverschmierte Gesicht von Mister Brownstone, Hollywoods favorisiertem Dealer, schießt in die Höhe. „Dieser gottverdammte Hurensohn!“, schreit er und schnappt gierig nach Luft.

Irgendwie hat Rolston sofort eine Ahnung, von welchem Hurensohn Brownstone redet.

46

Der Weihnachtsbaum im Hof leuchtet. Danny hat ihn zusätzlich zur Lichterkette noch mit künstlichen Zuckerstangen geschmückt.

Der Vietnam-Veteran sitzt daneben in einem billigen Klappstuhl, in der Hand eine Flasche Corona. Aus einem billigen Transistorradio am Boden singt Filmcowboy Gene Autry von Rudolf, dem rotnasigen Rentier.

„Wie siehst du denn aus?" Danny mustert grinsend Cosmos Lederhose, das silberglänzende Hemd und die Stiefeletten.

„Mein Undercover-Outfit."

„Kneift die Hose nicht an den Eiern?"

„Und wie."

Danny lacht. Er zieht eine Flasche Corona aus dem Karton am Boden und reicht sie Cosmo. Als Cosmo sich den zweiten Klappstuhl geholt hat, der neben Dannys Wohnungstür lehnt, stoßen sie an.

„Wie läuft es mit dem Schnüffeln?", fragt Danny.

„Gut. So gut, dass mir Kugeln um die Ohren geflogen sind und demnächst vielleicht sogar noch ein paar mehr."

„Keine Sorge, du stehst jetzt unter dem Schutz der Armee."

Danny zieht die olivgrüne Army-Jacke zur Seite und offenbart einen semiautomatischen 45er Colt im Hosenbund.

„Pass bloß auf, dass du dir nicht selbst in die Eier schießt."

„Mit dem Ding habe ich einem Vietcong die Eier weggeschossen."

Cosmo rollt mit den Augen. „Ah, ist wieder Märchenstunde?"

Danny lacht. Dann wird seine Miene ernst. „Ich fühle mich mies, dass diese Gangbanger-Arschlöcher dich aus deinem Apartment holen konnten, ohne dass ich etwas gemerkt habe." Er klopft auf den Griff der Pistole. „Kommt nicht noch mal vor."

„Du bist nicht mein Wachhund", sagt Cosmo.

Danny leert sein Bier, öffnet sich ein Neues. „Und wer hat auf dich geschossen?"

Cosmo gibt Danny einen kurzen Abriss über Andrew Light, Tia und die Ereignisse der letzten Tage.

Als er fertig ist, zuckt Danny mit den Achseln. „Gangbanger oder Kartellkiller, alles die gleiche Soße. Wenn die sich hier blicken lassen, brenn ich ihnen ein Loch in den Pelz."

Cosmo blickt in Dannys rotgeränderte Augen. „Jetzt bin ich fast ein bisschen gerührt."

Sie hören das Tor klappern. Eine hochgewachsene Frau mit schwarzem, von grauen Strähnen durchzogenem Haar kommt in den Hof, eine braune Papiertüte mit Einkäufen im Arm.

„'n Abend Mrs. Macchio", sagt Danny.

Die Frau bleibt stehen und sieht die beiden aus müden Augen an. „Guten Abend, Mr. Harrigan."

„Sie sollen doch Danny sagen. Das ist Cosmo Ancona, er wohnt im Zweiten."

Sie lächelt Cosmo an. „Ein Landsmann also."

„Das einzig italienische an mir ist der Name, fürchte ich", sagt Cosmo.

„Bei mir sind es auch nicht mehr als die Rezepte, die meine Großmutter aus Sizilien mitgebracht hat." Sie sieht zu Danny. „Mein Sohn hat mir gesagt, dass Sie sein Fahrrad repariert haben. Vielen Dank. Was schulde ich Ihnen?"

Danny winkt ab. „Nichts. Das gehört hier zum Service."

„Ich mache morgen Lasagne. Dann bringe ich Ihnen ein Stück, okay?"

„Sehr gerne."

„Gute Nacht, die Herren."

Cosmo und Danny wünschen ihr ebenfalls eine gute Nacht. Als sie hinter ihrer Apartmenttür verschwunden ist, erzählt Danny, dass Mrs. Macchio aus New Jersey kommt und erst gestern mit ihrem Sohn eingezogen ist. „Die wird gleich'n schönen Schreck kriegen. Ihr Sohn hat'n mächtiges Veilchen. Gleich am ersten Schultag eine aufs Maul bekommen. Totaler Hungerhaken, der Junge. Vielleicht bringe ich ihm ein bisschen Boxen bei, was meinst du?"

Cosmo klopft ihm auf die Schulter. „Dass du wirklich kein gewöhnlicher Hausmeister bist. Gute Nacht."

In seinem Apartment schließt Cosmo von innen ab und verkantet wieder einen Stuhl unter dem Türknopf.

Er nimmt sich ein Bier aus dem Kühlschrank und kramt eine Schachtel Kippen aus dem Schrank über der Spüle. Zündet sich eine an, dann holt er die Beretta aus ihrem Versteck im Schlafzimmer und legt sie neben sich auf die Couch.

Er schaltet den Fernseher an und zappt sich durch die Sender. Bis er auf die Wiederholung einer alten Folge von *Saturday Night Live* stößt. Ein Sketch mit Andrew Light und Chris Farley, die eine Frau, gespielt von Sharon Stone, anbaggern und sich dabei in stammelnde Idioten verwandeln.

Andy Light ist wirklich urkomisch, wenn er wild grimassierend vor Sharon Stone steht und nur noch gutturale Laute aus seinem Mund kommen. Aber Cosmo kann nachvollziehen, was Jack Silverman bei seinem Anblick dachte: dass Andy das Aussehen und Charisma hatte, um mehr als nur den albernen Clown zu spielen.

Andy hatte die eine magische Zutat.

Er war Star-Material.

Und jetzt ist er Futter für die Maden.

Jemand hat ihn ermordet.

Es hatte mit Drogen zu tun.

Und Mexiko.

Wen wollte Andy verpfeifen? Und warum? Was genau hatte er zu bieten, was für die DEA von Interesse gewesen wäre?

Fragen, deren Antworten für Cosmo und Kalani unter Umständen tödlich sein können.

Aber eins wird ihm plötzlich bewusst, als er seine Kippe ausdrückt, den Fernseher ausmacht und mit der Beretta in der Hand ins Schlafzimmer geht.

So gut wie im Augenblick hat er sich seit Monaten nicht gefühlt.

So lebendig.

47

Rivera genießt den besten Shrimp-Cocktail Tijuanas in einem der schäbigsten Restaurants Tijuanas. Wenn man die Qualität eines Restaurants nach seiner Optik beurteilt, sollte man nicht herkommen. Und erst recht nicht die Toilette besuchen, wenn man daraus Rückschlüsse auf die Sauberkeit der Küche zieht.

Versteckt in einer Gasse hinter den Touristen-Läden an der Strandpromenade, hört man hier auf der Terrasse, auf der Rivera sitzt, das Meer nur entfernt rauschen.

Begonia sieht wunderschön aus.

Natürlich tut sie das.

Bevor sie Model wurde, hat sie ein Dutzend Schönheitswettbewerbe gewonnen. Und jetzt die Schwangerschaft, die ihr Gesicht mit den großen dunklen Augen und den vollen Lippen von innen erstrahlen lässt. Die fünftausend Dollar teure Kette, die er ihr am Tag, nachdem er sie das erste Mal in einem Club in Mexico City gesehen hatte, schenkte, glitzert auf der braunen Haut in ihrem Dekolleté.

Begonia ist im siebten Monat, sie hat auf ihre Ernährung geachtet und nur wenig zugenommen. Ihre Wangen sind etwas runder, ihr Hintern praller und ihre Brüste größer. Sie hat ihre

Freude am Sex nicht verloren, im Gegenteil; und der Gedanke, ihren Körper zu Hause aus dem Kleid zu befreien, lässt Rivera lächeln.

Sie nippt an ihrem alkoholfreien Cocktail und sieht ihn über den gezuckerten Rand des Glases an. „Woran denkst du, *mi amor?*"

„Das sage ich dir, wenn wir zu Hause sind."

Ihre Augen funkeln. „Dann lass uns bald gehen."

Ihren Schwertfisch, wie Riveras Shrimp-Cocktail einer der besten Tijuanas, hat sie bereits mit dem gesunden Appetit einer Schwangeren verschlungen. Sie richtet sich auf. „Lass mich nur kurz zur Toilette. Unser Kind drückt auf meine Blase."

Sie beugt sich zu ihm herab, ihre manikürten Finger berühren zärtlich sein Kinn und sie küsst ihn. Dann gleitet sie mit schwingenden Hüften über die Terrasse ins Restaurant.

Rivera amüsiert es, wie sehr Alfonso und Armand, die in der Nähe der Tür sitzen, sich bemühen, sie nicht anzustarren, als sie an ihnen vorbeigeht.

Er löffelt die letzten Shrimps aus dem hohen Glas vor sich, als das Motorola International auf dem Tisch vor Armand klingelt. Armand greift nach dem klobigen Telefon und nimmt den Anruf entgegen. Nach ein paar Sekunden steht er auf und kommt zu Rivera. „Der Gringo, *patron*."

Rivera nimmt das Motorola aus seinen Fingern.

„Ja?"

„Tia Kalani und ihr Schnüffler haben Andys alten Dealer in die Mangel genommen."

„Der legendäre Mister Brownstone."

„Genau. Er hat ihnen gesteckt, dass Andy seit dem *Hollow Point* Dreh letzten Sommer seinen Stoff direkt aus Mexiko bekommt. Die hören nicht auf rumzuschnüffeln. Sie müssen verschwinden."

„Meine Leute werden sich darum kümmern."

„Dieselben Typen, denen die beiden in Malibu entwischt sind?"

Rivera ignoriert den Sarkasmus des Gringos. „Gute Nacht." Er bricht die Verbindung ab, dann wählt er die Nummer des Motels in East Los Angeles. Er lässt sich zu Trejos Zimmer durchstellen, aber der geht nicht ran. Also wählt er die Nummer von Guillermos Zimmer.

48

Als sie nach Hause kommt, sieht sie, dass Licht brennt.

Adams Mercedes Coupé steht in ihrer Einfahrt.

Sie haben seit dem Streit gestern Abend noch nicht wieder miteinander gesprochen, und Tia weiß nicht, ob sie jetzt in der Stimmung ist, das Gespräch weiterzuführen.

Doch als sie die Haustür öffnet, kommt er ihr mit zwei Gläsern Wein entgegen. Er ist barfuß und trägt keine Krawatte. Das Hemd ist ein paar Knöpfe geöffnet. Er lächelt.

„Hey."

„Hey."

Er hält ihr das Weinglas hin. „Es tut mir leid. Es ist nicht deine Schuld, dass mein Boss ein Arschloch ist. Ich habe mir den Hintern für ihn abgerackert. Er hätte die Eier haben und Silverman sagen können, er soll zum Teufel gehen. Hat er nicht getan. Okay, sein Verlust. Eigentlich hat er mir einen Gefallen getan. Jetzt kann ich endlich das tun, was ich sowieso schon lange vorhatte. Ich werde meine eigene Agentur gründen. Es gibt genug Talente, die sofort zu mir wechseln, wenn das publik wird. Ich habe mir das Vertrauen der Leute nicht umsonst erarbeitet. Die wissen, was sie an mir haben."

Sein Redeschwall trifft sie vollkommen unvorbereitet. In Gedanken ist sie noch bei dem, was in der *Casa Pussy* passiert ist. Bei dem, was Ancona von Mister Brownstone erfahren hat und bei dem, was das Mädchen Kylie ihnen erzählte.

Andrew Light wurde ermordet.

Das ist so gut wie sicher.

Und Tia wird mit der Story Karriere machen.

Cosmos Stimme in ihrem Kopf: *Sie können Ihren knackigen Hintern drauf verwetten, dass wir es auf dieselbe Abschussliste wie Andy geschafft haben.*

Der Gedanke macht ihr überraschend wenig Angst. Und das, obwohl gestern Dale Mancini vor ihren Augen ermordet wurde und die Killer sie und Ancona beinahe auch erwischt hätten.

Ist das mutig? Nein, definitiv nicht.

Ist das dumm? Sehr wahrscheinlich.

Aber jetzt aufgeben und der Polizei die Sache überlassen? Vorausgesetzt, dass die überhaupt eine Mordermittlung einleitet?

Nein, das ist *ihre* Chance und die hat sie sich verdient. Immerhin ist Ancona auf ihrer Seite. Sie hat vorhin im Auto gespürt, dass er genauso Blut geleckt hat wie sie.

Sie hat noch etwas anderes gespürt.

Als er ihr sagte, sie hätte Mumm, weil sie Kylies Schreie in der *Casa Pussy* nicht ignoriert hat. Dass er sich schämt, weil er *ihr* hinterherlaufen musste und nicht umgekehrt. Sie hat ihn angesehen, diesen versoffenen Ex-Bullen, der ein Kind erschossen hat, und dabei breitete sich ein warmes Gefühl in ihrem Bauch aus.

Ein Flattern.

Für einen kurzen Moment hat sie den Impuls verspürt, die Hand nach ihm auszustrecken, seine unrasierte Wange zu berühren und …

Ihn zu küssen.

„Nimmst du jetzt den Wein oder muss ich beide Gläser trinken?“

Adams Stimme holt sie zurück. Ob er merkt, wie künstlich ihr Lächeln ist, als sie nach dem Weinglas greift?

„Das Essen ist fertig", sagt er und wendet sich ab, ohne auf eine Erwiderung zu warten.

Soviel dazu. Adam hat gesagt, was er sagen wollte, und damit ist die Sache für ihn erledigt.

Er hätte fragen können, wie sie sich fühlt oder was sie denkt, aber er hat ihren Streit bereits für sich abgeschlossen. Die Situation analysiert und einen neuen Weg gefunden. Für sich. Wie Tia damit umgeht, spielt dabei für ihn keine Rolle.

Eigentlich typisch Adam Gold.

Sie folgt ihm in die Küche. Er hat nicht gekocht, aber er hat Sushi von seinem Lieblingsjapaner bestellt. Warmes Kerzenlicht, Jazzmusik (er liebt Jazz, sie nicht) und der offene Wein (immerhin ihre Lieblingssorte, ein trockener Rotwein aus dem Weingut von Francis Ford Coppola).

Während sie ihr Sushi mit Stäbchen essen und in Sojasoße und Wasabipaste tunken, redet er ununterbrochen von seiner zukünftigen Agentur. Über die Klienten, die er *Teller & Brockman* abspenstig machen wird, über die neuen Klienten, die er problemlos akquirieren wird, über seine zukünftigen Büroräume und wie er sie einrichten wird (sogar die Farben der Wände weiß er bereits). Er fragt sie nicht nach Andrew Light, nicht nach Cosmo Ancona, er fragt sie nicht einmal danach, wie ihr Tag war und was sie getan hat (*Ich war in der Casa Pussy und habe mit einer Edelprostituierten geknutscht*). Er redet von sich und eigentlich, denkt sie, während sie ihm zuhört, lächelt und nickt und manchmal eine höfliche Zwischenfrage stellt, ist das immer so gewesen. Von Anfang an. In fünf Jahren Beziehung. In der Welt von Adam Gold dreht sich alles nur um Adam Gold. Bislang hat sie das nie gestört, denn wenn sie ehrlich ist, dreht sich in der Welt von Tia Kalani auch alles nur um Tia Kalani.

Heute Abend wird ihr bewusst, wie gottverdammt traurig das ist, und sie ertränkt diese Traurigkeit im Rotwein. Später liegt sie zum zweiten Mal an diesem Abend betrunken auf einem Bett und lässt sich küssen. Diesmal ist es ihr eigenes Bett und sie wird nicht von einer Frau geküsst, sondern von ihrem Freund, und als er sich kurz darauf in typischer Adam-Manier wie ein Extremsportler auf ihr abrackert, denkt sie, dass der Sex mit Gretchen Fleming wahrscheinlich erregender und ganz sicher auch zärtlicher gewesen wäre.

49

Guillermo liegt auf dem Bett, trinkt die dritte Flasche seines Sixpacks Corona und schaut *Imperio de Cristal*, eine der Seifenopfern, die seine Frau so liebt, beides im Versuch, die Erinnerung an den Tod seines Neffen zu verdrängen.

Dann klingelt das Telefon.

Es ist Rivera mit dem *Go* für Trejo.

Guillermo tritt aus seinem Zimmer. Die kühle Nachtluft vertreibt seine Müdigkeit. Insekten umschwirren die kleine Lampe über der Zimmertür.

Er überquert die freie Fläche zwischen den u-förmig angelegten Gebäudeflügeln des Motels, welches wie das nur zwei Blocks entfernte Restaurant Riveras Cousin gehört. Vorbei an Trejos Ford Bronco, mit dem er und drei andere heute Nachmittag ankamen. Am frühen Abend ist Trejo noch einmal weggefahren und Guillermo hat ihn etwas später in Begleitung einer dünnen blonden Gringo-Nutte zurückkehren sehen.

Hinter den zugezogenen Vorhängen des Zimmers flackert Licht. Guillermo klopft an die Tür.

Ein paar Sekunden verstreichen, bevor Trejos von Aknekratern entstelltes Gesicht öffnet. Ein dünner Schweißfilm glitzert auf seiner braunen Haut. Die schwarzen Augen wirken auf Guillermo so leblos wie die eines Reptils. Trejo ist barfuß und nackt bis auf eine schwarze Lederhose. Der sehnige, muskulöse Oberkörper ist mit Tätowierungen übersät.

Und mit Blut gesprenkelt.

Guillermo fühlt einen kalten Schauer scinen Rücken hinablaufen, als er die blutige Machete in Trejos rechter Hand bemerkt. Über die breiten Schultern sieht er ein halbes Dutzend flackernde Kerzen auf der Kommode. Dazwischen eine kleine Statue, ein Skelett in einer roten Robe, in der einen Knochenhand eine Sense, in der anderen eine Erdkugel.

Santa Muerte. Die Todesheilige.

Und am Boden davor, auf der ausgebreiteten Plastikplane, um den Teppich nicht zu ruinieren und nicht den Zorn von Riveras Cousin auf sich zu ziehen, der zusammengekrümmte Körper der dünnen Prostituierten, ihre Kehle von einem Ohr zum anderen aufgeschlitzt.

Gottverdammt.

Trejo, dieser Irre.

Er hat Santa Muerte ein Menschenopfer gebracht.

Immer mehr Menschen, vor allem *Narcos*, werden Teil dieses Kults und bitten die Todesheilige um Schutz und Unverwundbarkeit. Guillermo weiß von Leuten, die Tiere geopfert haben, und ja, es gibt auch immer wieder Gerüchte über Menschenopfer, aber die hat er bislang als Übertreibung abgetan.

Dass ausgerechnet Trejo derjenige ist, der Santa Muerte den abgeschlachteten Leib eines Menschen zu Füßen legt, ist keine große Überraschung.

Gewalt gehört zum Leben der *Narcos*, gehört zu Guillermos Leben, und er ist dabei selbst auch nicht besonders zimperlich. Töten ist eine schmutzige Angelegenheit, töten macht keinen Spaß, aber töten ist in dieser Branche eben unumgänglich. So wie es unumgänglich war, den Freund von Andy Light auszuknipsen, oder so wie es unumgänglich ist, den Privatdetektiv und die Journalistin zu töten. Es gibt Dinge, die müssen getan werden, und Guillermo tut sie, auch wenn ihm das schon so manche schlaflose Nacht beschert hat.

Da liegt der Unterschied zu Trejo.

Trejo hat garantiert keine schlaflosen Nächte.

Denn Trejo fühlt nichts.

Oder nein, wahrscheinlich ist das falsch ausgedrückt. Trejo fühlt wohl *nur*, wenn er tötet.

Ja, das trifft es besser, denkt Guillermo, als er jetzt an Trejo vorbei das Zimmer betritt und der die Tür hinter ihm schließt.

„Was soll das?" Guillermo zeigt auf die tote Nutte. Sie ist jung. Fast noch ein Kind. Der Geruch ihres Bluts und des im Sterben entleerten Darms steigen ihm in die Nase. Ihm wird übel und er wendet den Blick ab. „Wir wollen hier nicht mehr auffallen, als unbedingt nötig."

„Niemand vermisst die *puta*", erwidert Trejo. Er hebt die Machete. „Und niemand wird sie finden. Mach dir keinen Kopf."

Guillermo weiß, was das bedeutet. Man kann Trejo vieles vorwerfen, aber nicht, dass er nicht gründlich ist. Es wird sein, als hätte das Mädchen nie existiert.

„Rivera hat angerufen. Du kannst loslegen."

Trejo wischt das Blut auf der Klinge mit einem Handtuch ab, das er anschließend zu der Leiche auf die Plane wirft.

„Okay."

„Brauchst du mich?"

„Nein."

„Viel Erfolg. Ich bin hier im Motel, falls du es dir anders überlegst."

Trejo nickt bloß.

Guillermo wedelt ohne hinzusehen mit der Hand Richtung Leiche. „Und bring das in Ordnung."

Dann geht er zurück in sein Zimmer, wo der Rest des Sixpacks und die Seifenoper auf ihn warten.

50

Als Tia erwacht, ist das Bett neben ihr leer.

Natürlich. Adam steht nie später als sechs Uhr auf. Meistens sogar früher, um Drehbücher zu lesen. Sie kann ihn unten in der Küche hören.

Sie putzt sich die Zähne, bindet die Haare zu einem Pferdeschwanz und schlüpft in einen Wetsuit. Nur einen Kaffee, dann will sie raus, um mit der *Dawn Patrol* ein paar Wellen zu reiten.

Sie hat nicht wirklich Lust, Adam zu sehen oder mit ihm zu reden, aber sie kann sich schlecht hier oben vor ihm verstecken, also geht sie runter.

„Ich werde mir heute Vormittag Büroräume ansehen", sagt er, bereits geduscht und angezogen, als sie in die Küche kommt und er ihr eine Tasse frischen Kaffee reicht. „Hast du Lust mitzukommen?"

Die Frage ist nicht ernst gemeint, sie antwortet trotzdem: „Nein. Ich muss arbeiten."

Er nickt. „Ich bin heute Abend mit Madeleine Stowe zum Essen verabredet. Sie ist mit ihrer Agentur unzufrieden und ich dachte, ich teste mal die Gewässer. Sie war kurze Zeit bei *Teller & Brockman*, und damals hatte ich das Gefühl, sie mag mich."

„Viel Erfolg."

„Danke. Ich rufe an."

Er küsst sie und geht. Sie hört die Haustür hinter ihm ins Schloss fallen.

Ein Gedanke schießt ihr durch den Kopf: *Ich muss es beenden.* Zwei, drei Minuten steht sie da, trinkt von ihrem Kaffee und der Gedanke festigt sich. Ja, es ist die richtige Entscheidung. Sie ertappt sich sogar dabei, dass sie lächelt.

Tia stellt den leeren Kaffeebecher in die Spüle und will auf die Veranda, um ihr Surfbrett zu holen, als Adam zurück in die Küche kommt. „Mein verdammter Wagen springt nicht an. Der Motor gibt keinen Mucks mehr von sich."

Sie könnte es ihm jetzt sagen. *Lass uns Schluss machen.*

Aber einfach so, zwischen Tür und Angel?

Warum nicht? Es gibt nie den richtigen Moment dafür, eine Beziehung zu beenden.

„Kann ich den Porsche haben?", fragt er und grinst dabei. „Macht sicher Eindruck auf die Maklerin, die ich wegen des Büros treffe."

Ihr Termin mit Meryl Streep ist auf dem Santa Monica Pier. Ein Interview, vom Kamerateam gefilmt, während Tia und Meryl nebeneinander über den Pier schlendern. Nicht grundlos, denn eine wichtige Szene ihres neuen Films spielt dort. Tia kann den Pier über die Promenade zu Fuß erreichen, und ein Arbeitstermin, für den man kein Auto braucht, ist in Los Angeles ungefähr so häufig wie ein Regenschauer.

Statt mit Adam Schluss zu machen, hört sie sich sagen: „Klar, nimm ihn."

Sie braucht ihm nicht zu sagen, wo die Wagenschlüssel sind, sie liegen in der kleinen Holzschale auf dem Sideboard im Flur, wo auch er seine Schlüssel ablegt, wenn er bei ihr ist.

Er ist gerade wieder aus dem Haus, als sie seine Rolex neben der Kaffeemaschine entdeckt, und, ganz Macht der Gewohnheit, greift sie danach und eilt ihm hinterher.

Als sie aus der Haustür kommt, sitzt Adam bereits hinterm Steuer des Porsche.

„Warte!", ruft sie und winkt mit der Rolex, während er den Schlüssel im Zündschloss dreht.

51

Als Cosmo erwacht, wird ihm schlagartig bewusst, dass er zum ersten Mal seit einer Ewigkeit nicht von William Bowers geträumt hat.

Die Digitaluhr neben dem Bett zeigt 06:56. Durch die Plastiklamellen der Jalousie grüßt das Zwielicht der Morgendämmerung.

Er steht auf, geht pinkeln, stellt sich unter die Dusche, dann macht er sich Kaffee. Zündet sich eine Kippe an.

Der zweite Morgen hintereinander, den er ohne Kater begrüßt. Klare Gedanken, keine Kopfschmerzen, kein pelziger Geschmack im Mund, kein Rumoren im Magen. Könnte man sich fast dran gewöhnen.

Er hat Hunger. Einen Block entfernt ist ein Denny's. Der Gedanke an French Toast mit Eiern und Schinken lässt ihm das Wasser im Mund zusammenlaufen. Er schiebt die Beretta hinten in den Hosenbund, zieht die Jeansjacke darüber und nimmt die Autoschlüssel.

Öffnet die Wohnungstür –

– und ein Fußtritt vor die Brust raubt ihm den Atem. Stößt ihn nach hinten, lässt ihn stolpern und zu Boden stürzen.

Dann sieht er einen gedrungenen Mann mit muskulösen Armen unter einer schwarzen Lederweste auf sich zustürmen. Ein aknevernarbtes Gesicht und in der erhobenen Hand eine gottverdammte Machete.

52

Die Druckwelle der Explosion reißt Tia von den Füßen.

Die Hitzewelle erfasst sie.

Aber das spürt sie nicht mehr, denn ihr Schädel knallt mit äußerster Wucht gegen die Hauswand, während die zerfetzte Karosserie ihres Porsche sich einmal in der Luft dreht und dann brennend wieder auf den Asphalt prallt, während eine schwarze Rauchsäule in den Morgenhimmel rast.

Wer genau hinsieht – wie Tias Nachbarin Wanda, Ex-Model und Yoga-Lehrerin, die gerade mit ihrem Hund von der morgendlichen Gassirunde auf der Strandpromenade heimkehrt – kann den glücklosen Adam Gold in den Flammen sitzen sehen, wo die unglaubliche Temperatur des Feuers dafür sorgt, dass sich das Gewebe seines Körpers zusammenzieht, die Haut aufreißt und das Fett und die Muskeln zu schrumpfen beginnen, genau wie die inneren Organe.

Wanda fängt an zu kreischen, wahrscheinlich, weil sie glaubt, die Gestalt hinterm Steuer, die sie für Tia hält, würde noch leben. Aber das sind nur die vom Schrumpfen der Muskeln ausgelösten Bewegungen der Gliedmaßen.

Adam Gold war in dem Moment tot, als der an die Zündung des Fahrzeugs gekoppelte Sprengsatz detonierte.

Der letzte Gnadenakt eines ansonsten grausamen Schicksals.

53

Der Typ mit der Machete kommt auf ihn zugeflogen.

Cosmo reißt die Beine hoch.

Seine Schuhsohlen erwischen den Machetenmann in Brusthöhe und heben ihn von den Füßen, bevor die Klinge der Machete ihn erwischen kann.

Cosmos Beine und die Fliehkraft befördern den Angreifer über ihn hinweg durch das Wohnzimmer.

Cosmo hört seinen Körper in das Bücherregal krachen, während er wieder auf die Beine kommt.

In der offenen Tür ist ein zweiter Mann erschienen, ein Kerl in verwaschenen Jeans, einem T-Shirt mit der Aufschrift „Pablo's Surf Shop" und einer Baseballkappe mit dem Logo der LA Dodgers.

Viel wichtiger aber ist die Knarre, die er jetzt aus dem Hosenbund zieht. Irgendeine Automatik.

Cosmo ist schneller.

Drei Schüsse aus der Beretta, direkt in die Körpermitte, stoßen den Mann nach hinten und über das Geländer der Galerie.

Cosmo wirbelt sofort wieder herum, sieht die Machetenklinge durch die Luft sausen und spürt sie dicht über seinen Kopf hinwegzischen.

Das war beschissen knapp.

Zwei Zentimeter tiefer und die Machete hätte aus seinem Schädel eine große Tasse gemacht.

Aber jetzt ist Cosmo an der Reihe.

Lässt das Arschloch in die Mündung seiner Beretta blicken.

„Halt die verdammten Füße still, wenn du nicht willst, dass ich dir ein drittes Nasenloch verpasse!"

Der Mann starrt ihn an.

Seine Pupillen so dunkel, dass sie fast so schwarz sind wie sein schulterlanges Haar.

Billige Tätowierungen auf den muskulösen Armen.

„*Hijo de puta*", knurrt er. Hurensohn.

„Du meinst, wir sind Brüder? Dann bin ich froh, dass wir keine Zwillinge sind, bei deiner hässlichen Visage."

Der Kerl lächelt.

Vielleicht hat er Sinn für schlechte Sprüche.

Dann setzt er sich in Bewegung.

Aber er geht nicht auf Cosmo los, nein, so lebensmüde ist er nicht. Er sprintet nach rechts, macht einen Satz über die Couch hinweg und wirft sich mit vor dem Gesicht verschränkten Armen durch das geschlossene Fenster auf die Galerie.

Cosmo läuft zur Tür, sieht, wie sich der Machetenmann aus den Scherben des Fensters nach oben drückt, und fast gleichzeitig den dritten Mann am Ende der Galerie an der Treppe.

Mündungsfeuer.

Cosmo duckt sich zurück ins Apartment, hört das Krachen des Schusses und sofort darauf die schnellen Schritte des fliehenden Machetenmannes.

Er könnte es gut sein lassen, sie wollten ihn töten und haben es vergeigt, aber nein, *fuck that*, er hat die Schnauze voll davon, die Zielscheibe für andere abzugeben. Die Scheißkerle gehen ihm nicht durch die Lappen.

Cosmo zählt bis drei, dann stürmt er vornübergebeugt aus der Tür, die Beretta in beiden Händen vor sich ausgestreckt.

Sie sind weg, aber er hört sie, wie sie die Treppe nach unten poltern.

Ein schneller Blick über das Geländer.

Der Typ mit der Dodgers-Kappe, dem er drei Dinger in die Brust verpasst hat, liegt zwei Stockwerke tiefer grotesk verkrümmt im leeren Swimmingpool. Sein Blut ist grellrot in alle Richtungen über die weißen Kacheln gespritzt, als wäre das Ganze eine Pop-Art-Installation von Andy Warhol.

Danny steht in der offenen Tür seines Erdgeschoss-Apartments, ein weißes Unterhemd über dem schwarzen Oberkörper und seine 45er in der rechten Hand.

Er hat die Schüsse gehört und fragt sich wahrscheinlich gerade, wie der Typ im Pool gelandet ist. Er braucht eine knappe Sekunde, die Antwort auf diese Frage zu finden, hebt den Kopf und entdeckt Cosmo auf der Galerie.

„Geh wieder ein!", ruft Cosmo, während er zur Treppe rennt.

Dannys Aufmerksamkeit wird von etwas abgelenkt und er reißt seine Waffe hoch. „Stehenbleiben, ihr Arschlöcher!"

Schüsse krachen. Danny taumelt nach hinten, als hätte ihn jemand gestoßen.

Nein!

Cosmo nimmt zwei, drei Stufen auf einmal, registriert aus den Augenwinkeln andere Bewohner, die ihre Köpfe aus den Türen gesteckt haben, darunter auch Mrs. Macchio, und er schreit, ohne stehenzubleiben: „Es wird geschossen! Alle rein! Ruft einen Rettungswagen!"

Die beiden Killer, und genau das sind sie, professionelle Killer, haben den Pool hinter sich gelassen und das Tor zur Straße erreicht.

Cosmo ist versucht zu schießen, aber wenn er ihn nicht erwischt, geht seine Kugel irgendwo auf die andere Straßenseite und wer weiß, was oder wen sie dort trifft.

Also rennt er weiter.

Sieht dabei rüber zu Dannys Apartment. Dessen Beine ragen aus der offenen Tür. Sie bewegen sich. Gut, er ist nicht tot. Noch nicht.

Kurz vor dem Tor verlangsamt Cosmo sein Tempo.

Nur nicht blindlings in eine Kugel rennen.

Er hört einen laufenden Motor.

Scheiß drauf, weiter.

Der Machetenmann und sein Begleiter springen in einen Ford Bronco, der am Straßenrand auf sie wartet.

Der Begleiter sieht über die Schulter und entdeckt Cosmo, der in die Knie geht.

Sie feuern gleichzeitig.

Ein Fenster des Broncos splittert.

Dann röhrt der Motor, die Reifen quietschen und der Bronco schießt mit einem Ruck die Calumet Avenue hinab.

Cosmo richtet sich wieder auf.

Seine Ohren rauschen und sein Herz pumpt reines Adrenalin durch seinen Körper. Er wirft sich herum.

Mrs. Macchio kniet mit kreidebleichem Gesicht neben Danny und presst ein Handtuch auf seine Brust. Das weiße Unterhemd ist blutdurchtränkt.

Irgendjemand aus dem ersten Stock ruft, dass Polizei und Rettungswagen unterwegs sind.

Cosmo sagt Dannys Namen, aber der antwortet nicht.

54

„Glaubst du immer noch, die Sache mit Andrew Light wäre ein Hirngespinst? Nach allem, was ich dir gerade erzählte habe?"

Rodriguez nimmt einen Schluck Kaffee aus dem braunen Plastikbecher, den er vorhin mit Cosmo am Krankenhausautomaten gezogen hat, bevor er antwortet. „Ich hatte euch gesagt, ihr sollt euch aus der Sache raushalten. Vor allem nach dem Mord an Mancini–"

„Du hast auch gesagt, dass es wahrscheinlich keinen Grund gibt, Mordermittlungen wegen Light einzuleiten. Es wäre *nichts* passiert, wenn Kalani und ich nicht weitergeschnüffelt hätten."

„Cosmo, es heißt nach wie vor nicht, dass irgendetwas passiert."

„Die Typen, die heute versucht haben, mich umzulegen, waren mexikanische Kartell-Killer–"

„Ach ja, hatten sie Schilder umhängen, wo das draufstand?"

Cosmo springt auf und der inzwischen lauwarme Kaffee schwappt aus dem Becher in seiner Hand. „Okay, fick dich, Marco."

Er wirft den Becher in den Mülleimer neben den Plastikstühlen des Aufenthaltsbereichs und stapft davon.

„Cosmo. Warte."

Er bleibt stehen. Dreht sich wieder zu Rodriguez um und zeigt auf die Glastüren der Intensivstation. „Die Ärzte wissen nicht, ob Danny durchkommt. Und Kalani ..." Cosmo schüttelt schnaufend den Kopf.

Als er heute früh bei Tia angerufen hatte, war ein Polizist ans Telefon gegangen. Im ersten Moment hatte Cosmo ihn missverstanden und geglaubt, Tia hätte im Porsche gesessen, als er von der Explosion zerfetzt wurde. Es dauerte einen Moment, bis bei ihm ankam, dass es stattdessen ihren Freund Adam Gold erwischt hatte.

Rodriguez steht auf und wirft seinen Kaffeebecher in den Müll. „Ich sag ja nicht, dass ich dir und Kalani nicht glaube, aber ich brauche dir doch nicht zu erklären, dass der Stein erst einmal ins Rollen gebracht werden muss." Er macht eine kurze Pause, bevor er hinzufügt: „Ich werde gleich mit Hallenbeck von der HSS sprechen."

HSS. *Homicide Special Section*. Die Jungs und Mädels, die sich unter anderem der High Profile Fälle annehmen. Wie zum Beispiel dem Tod eines Filmstars.

„Danke, Marco."

„Ich werde außerdem dafür sorgen, dass du und Kalani Polizeischutz bekommt."

„Ich kann nicht für sie sprechen, aber ich will keinen Polizeischutz."

„Die Leute, mit denen ihr euch angelegt habt, verstehen keinen Spaß, das hast du ja selbst gemerkt. Die jagen am helllichten Tag Menschen in die Luft. Und nur, weil es beim ersten Mal nicht geklappt hat, heißt es nicht, dass sie es nicht wieder versuchen. Ganz im Gegenteil."

„Ich kann auf mich selbst aufpassen."

Rodriguez schüttelt ungläubig den Kopf. „Du gottverdammter Idiot. Du willst weitermachen, stimmt's?"

„Ich werde jedenfalls nicht auf meinem Arsch sitzen und darauf warten, wie sich die HSS entscheidet."

„Ich könnte dich zwingen. Mir fällt schon ein Grund ein, dich festzunehmen."

„Versuch's doch."

„Cosmo, du musst niemandem etwas beweisen."

„Das hier hat nichts mit William Bowers zu tun."

„Oh nein, natürlich nicht."

„Ach, fick dich doch, Rodriguez."

„Das sagtest du bereits. Ich habe dich gewarnt. Wenn du dich jetzt trotzdem umbringen lässt, werde ich nicht auf deine Beerdigung kommen."

„Was glaubst du, wie egal mir das ist, wenn ich tot bin."

Rodriguez stößt ein frustriertes Schnaufen aus. „Eine gute Sache hat das alles jedenfalls."

„Ach ja?"

„Ja. Ich habe dich seit der Sache mit dem kleinen Bowers nicht mehr so lebhaft gesehen."

Cosmo lächelt. „Genau das habe ich gestern Abend selbst gedacht."

„Dann sorg dafür, dass das so bleibt. Du willst ja nicht, dass Remy ohne Vater aufwachsen muss."

„Den Spruch konntest du dir nicht verkneifen, was?"

Rodriguez grinst. „Hey, ich musste es schließlich versuchen. Ich fahre jetzt rüber zum HSS. Ich melde mich, sobald ich mehr weiß. Pass auf dich auf."

„Unkraut vergeht nicht."

„Bis der Typ mit dem Pflanzengift kommt."

Rodriguez wendet sich ab und verschwindet den Flur hinab zu den Aufzügen.

55

Die Schwester in der Notaufnahme ist dieselbe, die Dienst hatte, als Cosmo nach seinem unfreiwilligen Sturz auf den Freeway eingeliefert wurde.

Sie erkennt ihn wieder, als er nach Tia fragt. „Hey. Sie stinken ja gar nicht wie ein Schnapsladen."

„Ich freue mich auch, Sie wiederzusehen. Ich habe Ihren Charme vermisst."

„Sie wollen zu der Fernsehfrau, die Sie auch besucht hat, stimmt's?"

„Sie haben ein Gedächtnis wie ein Elefant."

Sie lächelt und sagt ihm, in welchem Zimmer er Tia findet.

Als er die Tür öffnet, sieht er, dass sie bereits Besuch hat. Eine kräftig gebaute Schwarze, die ihn an Whoopi Goldberg erinnert, und ein flachsblonder Typ mit gebleichten Zähnen, perfektem Haar und einem Zweitausend-Dollar-Anzug. Cosmo kennt ihn aus dem Fernsehen. Es ist Tias Co-Moderator, Spencer Irgendwas.

„–du nimmst dir soviel Zeit, wie du brauchst, um dich zu erholen. Ich werde das Schiff schon ohne dich schaukeln."

„Danke, Spence. Da bin ich mir sicher", sagt Tia mit unverhohlener Ironie.

„Wir haben das Interview mit Meryl Streep verschoben. Sie hat darauf bestanden, es mit dir zu führen", sagt die Schwarze mit etwas, was für Cosmo wie Schadenfreude klingt, während Spencer Irgendwas beleidigt das Gesicht verzieht.

Tia sieht an ihnen vorbei zur Tür, wo sie Cosmo entdeckt hat.

„Hey."

„Hey, Kalani."

Ihre beiden Besucher drehen sich zu Cosmo um.

„Sind Sie okay?", fragt er.

Natürlich ist sie nicht okay, du Idiot. Sie hat gerade ihren Freund verloren. In einer Bombenexplosion. Bei einem Attentat. Auf ihr Leben.

Aber Tia ringt sich trotzdem ein schwaches Lächeln ab. „Leichte Gehirnerschütterung. Ein paar Prellungen." Sie zeigt auf Spencer Irgendwas und die schwarze Frau. „Das ist meine Kollegin Jimima Roberts und Spencer Tripman, mein Co-Moderator."

Cosmo nickt den beiden zu. „Hi."

„Und Sie sind?", fragt Spencer Tripman, als ob es ihn etwas anginge.

„Er ist ein Freund", sagt Tia.

Cosmo hat keine Ahnung, wie viel die beiden über Andrew Light und Tias eigene Nachforschungen wissen, aber er schätzt, nicht viel.

Die Frau namens Jimima kapiert, dass es an der Zeit ist zu gehen. Sie beugt sich über Tia und gibt ihr einen Kuss auf die Stirn. „Ruf mich an, wenn du was brauchst."

„Mich selbstverständlich auch", sagt Spencer Tripman, was Jimima mit einem spöttischen Lächeln quittiert.

Als die Tür hinter den beiden ins Schloss fällt, geht Cosmo zu Tias Bett. Der obere Teil ist hochgestellt, so dass sie aufrecht sitzt. Erst jetzt bemerkt er den Bluterguss an ihrer Stirn.

Er zieht sich einen Stuhl heran und setzt sich.

„Es tut mir leid", sagt er.

Sie nickt. Starrt auf einen Punkt an der Wand. „Sein Wagen ist nicht angesprungen. Er wollte sich den Porsche leihen ..." Ihre Finger kneten die dünne Bettdecke, aber ihre Stimme ist erstaunlich fest. Dann sieht sie Cosmo an. „Ich habe die Polizei nach Ihnen gefragt. Die haben gesagt–"

„Ja. Ich hatte Besuch von ein paar unfreundlichen Typen. Einen habe ich erschossen. Aber sie haben mein Freund Danny schwer verletzt."

„Mein Gott ..."

„Ich habe mit Detective Rodriguez gesprochen und ihm alles erzählt, was wir bis jetzt rausgefunden haben. Er trifft sich mit dem Chef der *Homicide Special Section*. Der wird allein nicht entscheiden können, ob man weitere Ermittlungen wegen Andrew Light einleitet, aber nachdem, was heute passiert ist, stehen die Chancen vielleicht nicht schlecht–"

„Ich will, dass wir die Schweine kriegen", sagt Tia mit fester Stimme und einem hasserfüllten Blitzen in den dunklen Augen, die erstaunlich klar sind und nicht so aussehen, als hätte sie geweint.

„Kalani–"

„Fangen Sie jetzt nicht wieder an, Ancona. Das Gespräch hatten wir bereits. Und ich wette, das, was sie mir jetzt erzählen wollen, haben Sie heute schon von Ihrem Freund Rodriguez zu hören bekommen."

„Er will uns unter Polizeischutz stellen."

„Dann können wir nicht weitermachen."

„Deswegen habe ich ihn abgelehnt."

„Das werde ich auch."

Cosmo könnte aufstehen und gehen. Sie zurücklassen und nicht mehr auf ihre Anrufe reagieren. Dafür sorgen, dass sie unter den Polizeischutz kommt, den Rodriguez für sinnvoll hält. Er könnte sie auf Eis legen und die Sache allein durchziehen. Weil er nicht will, dass ihr etwas zustößt.

Sie hat seine Gedanken erraten. „Wir haben es zusammen angefangen und wir bringen es auch zusammen zu Ende. Versprechen Sie mir das, Ancona."

„*Zu Ende* hat in diesem Fall eine ganz besondere Bedeutung."

„Das brauchen Sie mir nicht zu sagen. Adam ist vor meinen Augen in die Luft geflogen."

Cosmo atmet tief ein und wieder aus.

„Okay", sagt er schließlich. „Wann kommen Sie hier raus?"

Sie schwingt die Beine aus dem Bett. „Jetzt."

56

Nach einem Stopp an einem Rite-Aid, wo sie Schmerztabletten für Tia holen, fahren sie zu Rowdy's Bar.

Rowdy hält inne, als Cosmo und Tia am späten Nachmittag durch seine Tür kommen. Tia wurde im Wetsuit, den sie trug, als der Porsche explodierte, ins Krankenhaus eingeliefert, aber Jimima hat ihr vorhin ein paar Klamotten mitgebracht. Die trägt sie jetzt: Jeans, Turnschuhe, einen dunkelgrünen Hoodie mit dem Logo und Schriftzug der *University of Hawai'i.*

„Mein Beileid", sagt Rowdy förmlich, als Tia neben Cosmo auf einen der Barhocker gleitet.

Sie ist überrascht, und er zeigt zum Fernseher über der Bar. Dort sieht sie ihre Nachbarin Wanda, die vor einem Absperrband steht und mit einem Journalisten spricht, während im Hintergrund der verkohlte, zerfetzte Klumpen Metall, der einmal ihr Porsche war, auf einen Lastwagen geladen wird. *Bombenattentat in Venice Beach* steht am unteren Bildrand in weißer Schrift auf einem roten Band mit dem Logo des Lokalsenders.

„Der Mann saß hinterm Steuer und es sah aus, als würde er sich noch bewegen. Es war furchtbar–", erzählt Wanda mit zitternder Stimme.

Rowdy greift hastig zur Fernbedienung und wechselt den Sender. „Sorry."

„Nicht Ihre Schuld", sagt sie und denkt, wie traumatisierend es für Wanda gewesen sein muss zu sehen, was sie gesehen hat. Wenigsten das ist Tia durch die Ohnmacht erspart geblieben, als sie von der Explosion gegen das Haus geschleudert wurde.

Adam verbrennen zu sehen.

Das letzte, an was sie sich erinnert, ist Adam, wie er ihr aus dem Wagen heraus zulächelte, während sie mit seiner Rolex wedelte.

Rowdy gießt den beiden Kaffee ein. Auf einer Tasse prangt Bart Simpson, der seine Hose runterlässt und sein gelbes Hinterteil präsentiert, auf der anderen das Logo der *Fall Guy Stuntman Association*.

„Kann ich mit Schuss haben?", fragt Tia.

„Natürlich." Rowdy holt eine Flasche Bushmills aus dem Regal und gießt ihr einen Fingerbreit Whiskey in den Kaffee.

Cosmo runzelt missbilligend die Stirn. „Das ist keine gute Idee, Kalani. Sie haben Schmerzmittel genommen."

„Danke für den gut gemeinten Ratschlag. Aber ich bin ein großes Mädchen." Sie trinkt, und die Mischung aus Kaffee und Whiskey erfüllt ihren Körper mit wohliger Wärme.

„Ich brauche eine Waffe", sagt Cosmo, nachdem er selbst einen Schluck aus der Bart-Simpson-Tasse genommen hat. „Die Polizei hat meine."

Auf Rowdys fragenden Blick schildert Cosmo ihm knapp, was passiert ist.

Tia vernimmt die Stimmen der beiden Männer nur gedämpft. Sie hat die ersten Schmerztabletten gleich auf dem Parkplatz der Apotheke mit einer Flasche Wasser hinuntergespült und sie zeigen ihre Wirkung. Kombiniert mit dem Whiskey in ihrem Kaffee wahrscheinlich sogar noch besser. Der Schmerz im Kopf und an den geprellten Rippen ist zwar nicht verschwunden, aber erträglich und dumpf, so als hätte man ihn hinter eine Tür gesperrt, durch die seine Stimme nur schwach dringt. Trotzdem ist sie erleichtert, aus dem grellen Sonnenlicht in die schummrige Bar gekommen zu sein, wo sie die billige Sonnenbrille, die sie ebenfalls im Rite-Aid gekauft hat, von der Nase zieht.

Rowdy hat unter den Tresen gegriffen und legt eine Pistole vor Cosmo ab. Tia kennt sich nicht mit Waffen aus, aber sie hat so ein Ding bei Mel Gibson in dem Film *Lethal Weapon* gesehen. Sie erinnert sich sogar an seinen Dialog mit Danny Glover, als er und Mel Gibson ihre Waffen vergleichen: *„9 mm Beretta. Fünfzehn Patronen im Magazin, eine im Lauf, automatischer Hülsenauswurf, keine Ladehemmung.“*

„Ich brauche auch eine.“

Die beiden Männer sehen sie an.

Wechseln einen Blick.

Cosmo nickt und Rowdy verschwindet durch eine Tür hinter der Bar.

„Ich dachte, Sie können nicht schießen“, sagt Cosmo.

„Zielen und abdrücken, so schwer kann es ja wohl nicht sein“, erwidert Tia.

Cosmo lächelt.

Rowdy kehrt zurück und legt eine Pistole vor Tia ab. Ein vernickelter Revolver mit kurzem, dickem Lauf. „Das ist ein Colt Detective Special.“

Sie zuckt mit den Schultern. „Wenn Sie’s sagen.“

Sie nimmt die Waffe in die rechte Hand. Fühlt sich an, als wäre der Griff aus Gummi. „Einfach zielen und abdrücken“, sagt sie und richtet die Waffe in die leere Kneipe. „Bang. Bang.“

Sie bemerkt aus den Augenwinkeln, wie Cosmo und Rowdy sich wieder ansehen.

„Was ist los? Haben Sie Angst vor einer Frau mit Pistole?“

„Ja. Vor allem, wenn sie nicht schießen kann.“

„Wäre es Ihnen lieber, wenn ich mit Wattebäuschen werfe?“

Cosmo seufzt. „Egal was passiert, stellen Sie einfach sicher, dass ich mich hinter Ihnen befinde, falls Sie mit dem Ding rumballern müssen.“

„Okay. Wo ist die Sicherung?“

„Der Colt hat keine Sicherung", sagt Rowdy und kann das Entsetzen in seiner Stimme nicht verbergen.

Sie grinst. „Das war ein Witz."

Aber die beiden sehen nicht so aus, als würden sie ihr das abnehmen.

57

Am Torbogen der Grundschule prangt ein *Knowledge-Is-Power*-Graffiti. Cosmo folgt dem vom letzten Erdbeben mit kleinen Rissen durchzogenen Plattenweg, der über die Rasenfläche zwischen den terrakottafarbenen Schulgebäuden durchführt. Vorbei am Flaggenmast und einem künstlichen Weihnachtsbaum bis zum Sportplatz am hinteren Ende des Geländes.

Remy hat an diesem Nachmittag Fußballtraining. Ein Dutzend Jungen und Mädchen werden von Coach Weathers über den Rasen getrieben.

Cosmo bleibt am Rand des Feldes stehen und sieht, wie Remy einem anderen Jungen den Ball abnimmt, bevor ihn ein Mädchen mit einem heftigen Schulterstoß zu Fall bringt. Der Coach bläst in seine Trillerpfeife. Dann schallt seine Stimme über das Feld. „Geena, wir spielen Fußball, kein Football." Das Mädchen streckt eine Hand aus und hilft Remy mit einem Grinsen wieder auf die Beine. Dabei entdeckt der Junge Cosmo und ein Lächeln erscheint auf seinem Gesicht. Remy sagt etwas zum Coach und der blickt zu Cosmo.

Er winkt. Der Coach winkt zurück.

Remy joggt zu Cosmo herüber.

„Die geht aber ganz schön ran, was?“

„Hi, Dad.“

Der Junge schlingt seine Arme um Cosmos Hüften und der streichelt seinem Sohn über das verschwitzte, dunkle Haar. Es tut gut, ihn zu halten. So verdammt gut.

„Weiß Mom, dass du hier bist?“

„Natürlich.“

„Toll, dass du da bist. Sehen wir uns Weihnachten?“

„Das müssen Mom und ich noch klären.“

Remys Lächeln verschwindet. Er kapiert natürlich, was Cosmos ausweichende Antwort bedeutet.

„Dein Geschenk habe ich schon“, sagt Cosmo schnell.

„Was ist es?“

Cosmo boxt den Jungen sanft. „Netter Versuch.“

Remy grinst. „Darfst du mich abholen?“

Die Frage allein bringt Cosmos Blut in Wallung. *Du bist mein Sohn und ich kann dich abholen, wann ich will.*

Aber genauso ist es eben nicht.

„Ich war gerade in der Nähe“, antwortet er ausweichend.

„Mit der da?“

Cosmo folgt dem Blick seines Sohnes zu Tia, die ein paar Meter entfernt steht, die Hände in den Taschen ihres Hoodies vergraben. Sie lächelt Remy zu.

„Wir arbeiten zusammen“, sagt Cosmo und schenkt Tia einen verärgerten Blick. Warum ist sie nicht im Auto geblieben?

Remy bemerkt, dass Coach Weathers sie beobachtet. „Du, Dad, ich glaube, ich muss zurück zum Training.“

Cosmo nickt enttäuscht.

Was hast du erwartet, Cosmo? Ein rührseliges Vater-Sohn-Gespräch wie in einem Disney-Film? Selbst wenn Remy nicht zurück zum Training müsste, wäre es schwer, die Bindung wieder aufzubauen, die du selbst zerstört hast.

„Cosmo?!“

Er fährt herum.

Julianne ist zwischen den Schulgebäuden aufgetaucht und nähert sich mit langen Schritten.

Shit. Erwischt.

„Hi, Mom."

„Hi, Süßer."

Julianne lächelt, aber jeder Regisseur würde ihr sagen, sie solle es mal ein bisschen natürlicher versuchen.

Remy umarmt Cosmo noch einmal kurz, dann trabt er zurück aufs Spielfeld. „Ich hoffe, wir sehen uns Weihnachten, Dad."

Cosmo winkt. „Ich auch."

Julianne wartet, bis ihr Sohn außer Hörweite ist, bevor sie Cosmo anfährt: „Hast du ihm irgendwelche Hoffnungen gemacht?"

„Nein–"

„Was tust du hier?"

„Ich wollte ihn sehen, was sonst?"

„Du weißt, dass du vorher mit mir sprechen musst."

„Jesus, Jules, ich wollte ihn nur sehen. Es ist ja nicht so, als hätte ich die Pest. Außerdem bin ich nüchtern."

„Oh, möchtest du jetzt einen Orden?"

„Leck mich."

Sie schüttelt den Kopf. „Das hat ja nicht lange gedauert."

„Sorry ..."

Sie erwidert nichts. Etwas blitzt in ihren grünen Augen. Er merkt, dass sie an ihm vorbeisieht. „Ist das Tia Kalani von *Inside Hollywood?*"

Cosmo blickt über die Schulter. Tia hat sich ins Gras gesetzt, die Arme um die Knie geschlungen und gibt sich vergeblich Mühe, möglichst unbeteiligt zu wirken.

Er nickt.

„Jemand wollte sie umbringen", sagt Julianne. „Mit einer Autobombe. Es ist auf allen Sendern."

„Ich weiß."

„Du warst mit ihr auf Silvermans Party ... Du arbeitest für sie, stimmt's?"

„Sorry, Vertraulichkeitspflicht gegenüber meinen Klienten."

„Komm mir nicht mit deiner bescheuerten Vertraulichkeitspflicht." Ihre Stimme wird leiser. „Was ist los, Cosmo? Bist du auch in Lebensgefahr?"

„Das bringt der Job manchmal mit sich."

„Ich mein's ernst, du Arsch!"

„Du musst dir keine Sorgen um mich machen."

„Bist du deswegen hier? Weil du Angst hast, du könntest sterben, ohne Remy noch mal gesehen zu haben?"

Man konnte Julianne noch nie etwas vormachen, also lässt er es. „Ehrlich gesagt war es mir nicht bewusst, aber wahrscheinlich ist es genauso, wie du sagst."

Sie reibt sich mit einer Hand über den ausrasierten Nacken. Die Härte ist aus ihrem Blick und ihrer Stimme verschwunden. „Ich will nicht, dass Remy ohne seinen Vater aufwächst, das weißt du–"

„Ich weiß, was du willst, Jules. Ich will's auch, aber wenn es so einfach wäre, hätte ich es längst getan. Ich bin nicht mehr ich selbst, seit ich William Bowers erschossen habe, das brauche ich dir nicht zu erzählen. Manchmal ist es, als würde ich mir selbst dabei zusehen, wie ich mich immer tiefer in die Scheiße reite."

Sie blickt ihm in die Augen. „Das klingt zum ersten Mal so, als wärst du bereit, dich auf Hilfe einzulassen."

So hat er es selbst noch gar nicht gesehen. Vielleicht hat sie recht. Er blickt zu Tia, die sich wieder aufgerichtet hat, weil inzwischen andere Väter und Mütter erschienen sind, die ihre Kinder vom Training abholen. Die meisten kennt Cosmo seit Remys erstem Schultag. Alle wissen, dass er ein Kind erschossen hat und fast alle, vor allem die Schwarzen, können oder wollen ihm seitdem nicht mehr in die Augen blicken.

„Erst muss ich das hier zu Ende bringen", sagt er.

„Ein Bombenattentat hört sich für mich so an, als solltest du das besser der Polizei überlassen."

Er erwidert nichts. Julianne weiß, was das bedeutet. Nämlich, dass sie genauso gut mit einer Parkuhr sprechen könnte. Sie seufzt. Dann wendet sie sich ruckartig ab und geht zu Tia.

„Hi."

„Hi."

„Es tut mir leid, was mit Ihrem Freund passiert ist."

„Danke–"

„Und ich möchte, dass meinem Ex-Mann dasselbe Schicksal erspart bleibt."

Juliannes harscher Ton lässt Tia zusammenzucken. „Ich–"

„Mein Sohn braucht seinen Vater lebend, nicht als Grabstein auf einem Friedhof", fällt Julianne ihr ins Wort.

„Jules, hör auf damit."

Sie fährt zu Cosmo herum. „Dann lass dich meinetwegen umbringen, du Idiot."

Sie geht an ihm vorbei zum Spielfeldrand und dreht ihm den Rücken zu.

Cosmo spürt die Blicke der anderen Eltern. Er ignoriert sie und bewegt sich an Tia vorbei Richtung Ausgang. „Kommen Sie, Kalani."

58

„Tut mir leid, dass ich Ihnen nachgekommen bin“, sagt sie, als sie in den Toyota Hilux steigen. „Ich ... hatte Angst allein im Auto.“

Er startet den Motor, ohne etwas zu erwidern. Die kurze Begegnung mit seinem Sohn hat Cosmo deutlich gemacht, wie sehr er den Jungen vermisst. Und zu wissen, dass das Band zwischen Remy und ihm mit jedem Tag, der verstreicht, ein Stückchen weiter einreißt, lässt ihn das Lenkrad so fest umklammern, dass die Knöchel an seinen Händen weiß hervortreten.

„Vielleicht hat sie recht.“

„Wer?“

„Ihre Frau.“

„Ex-Frau.“

„Sie macht sich Sorgen um Sie.“

Er biegt auf die Echo Park Avenue ab, die ihn runter zum Sunset Boulevard führt. „Versuchen Sie’s erst gar nicht, Kalani. Sie schreiben mir jeden Tag einen Scheck mit der vereinbarten Summe aus, bis wir wissen, wer Andy Light auf dem Gewissen hat.“

Das lässt sie lächeln.

Vierzig Minuten später parkt Cosmo den Pick-up in einem Parkhaus auf dem Ocean Boulevard. Sie gehen zu Fuß zurück zur Ecke Santa Monica Boulevard und zur *Wild Horses* Bar, auf deren Toilette Andrew Light sein Leben mit einer Spritze im Arm ausgehaucht hat.

Hinter ihnen auf dem Santa Monica Pier dreht sich das Riesenrad mit seinen glitzernden Lichtern vor der tief stehenden Sonne. Die Luft riecht nach Abgasen, Salzwasser und Burgerfett vom Grill auf der anderen Straßenseite. Der Geruch lässt Cosmos Magen knurren.

„Was haben Sie eigentlich hier getan, als Sie Andy gefunden haben?", fragt Tia.

„Sie meinen, außer mich zu betrinken? Meine Klientin dachte, ihr Mann betrügt sie. Sie hatte recht. Ich habe ihn mit einer seiner Schülerinnen beim Vögeln auf der Toilette gefilmt. Andy hatte sich eine Kabine weiter den tödlichen Schuss gesetzt."

„Oh."

„Dachten Sie, Sie wären die Einzige mit einem glamourösen Job?"

Einen Moment gehen sie schweigend weiter.

„Am Abend, bevor Andy hier war, hat er mit der DEA telefoniert und wollte einen Deal", sagt Cosmo. „Ich nehme an, es ging um Informationen. Und als Gegenleistung Schutz–"

„Oder Straffreiheit."

„Oder beides."

„Glauben Sie, er war hier, um sich mit der DEA zu treffen?"

„Ich denke nicht, dass die sich mit einem Filmstar in einer Kneipe treffen würden. Die hätten ihn in ihrem Büro in Downtown antanzen lassen."

Sie nickt. „Oder er ist hergekommen, um die Drogen zu kaufen, die er sich dann auf der Toilette gespritzt hat."

Cosmo öffnet die Tür. „Da bin ich mir ziemlich sicher."

Drinnen sind noch wenige Gäste, die meisten Touristen. Die Party-Meute fällt erst mit Einbruch der Dunkelheit ein. Hinterm Tresen entdeckt Cosmo den jungen Barkeeper mit Glitzerknopf im Ohr, der ihn bedient hat, als er Hardy Bollinger und seine junge Geliebte beobachtete. Ein älterer Typ, der in seinem pinkfarbenen, schultergepolsterten Sakko aussieht, als hätte ihm niemand gesagt, dass *Miami Vice* seit fünf Jahren nicht mehr läuft, wedelt mit einem Zeigefinger vor seinem Gesicht herum. „Das ist das dritte Mal in diesem Monat, Joey–"

„Sorry, aber das Casting hat länger gedauert–"

„Oh, natürlich, dein Casting. Deinem Weg zum Ruhm dürfen meine Gäste natürlich nicht im Weg stehen."

„Phil–"

„Phil mich nicht, Joey. Das war deine letzte Warnung. Beim nächsten Mal bist du gefeuert."

Cosmo lehnt sich an den Tresen. „Entschuldigen Sie–"

Der Mann namens Phil wendet sich ihm zu. „Willkommen im *Wild Horses*. Joey, würdest du dich bitte um unseren Gast kümmern?"

„Sind Sie der Manager? Oder Eigentümer?"

„Tut mir leid, wenn Sie auf Ihre Bestellung warten mussten–"

„Mein Name ist Ancona. Ich bin Privatdetektiv." Cosmo hält seine Lizenz hoch. „Ich ermittle im Todesfall Andrew Light."

Phils Augen flattern über Comos Lizenz, eine Karte von der Größe eines Führerscheins. Ausgestellt von der *Private Investigators Union* kommt die sogar mit einer silber- und goldfarbenen Marke, die der der Polizei nicht unähnlich ist. Aber Cosmo findet das Ding albern und trägt es nicht bei sich.

„Kann ich einen Wodka Lemon haben?", hört er Tia fragen und dreht den Kopf. Ihr Blick ist eindeutig: *Kümmern Sie sich um ihren Scheiß.*

Der Barkeeper und Phil mustern Cosmos Begleiterin, scheinen sie jedoch nicht zu erkennen. Mit der Kapuze über dem Kopf und nicht für die Kamera aufgebrezelt, erinnert sie mehr an eine Studentin oder Surferin als an die Moderatorin einer erfolgreichen Fernsehsendung.

„Wieso eigentlich ermitteln?", fragt Phil. „Ich denke, es war eine Überdosis."

„Genau das soll ich herausfinden."

„Hat die Familie Sie beauftragt?"

„Ganz genau", lügt Cosmo.

„Man sollte ja glauben, so ein Drogentod wäre schlecht fürs Geschäft, aber das Gegenteil ist der Fall", sagt Phil. „Seitdem läuft der Laden sogar noch besser als vorher. Die Leute trinken gern da, wo ein Prominenter den Löffel abgegeben hat. Irgendwie krank. Aber mir soll's recht sein. Und was wollen Sie von mir?"

„Haben Sie Videoüberwachung?"

„Im Laden, meinen Sie? Nein. Ich spioniere doch nicht meine Gäste aus."

„Mit anderen Worten, es ist Ihnen zu teuer."

Phil verzieht ertappt das Gesicht. „Wir hatten noch nie Ärger, der so was rechtfertigen würde."

Joey, der Barkeeper stellt den Wodka Lemon vor Tia ab und sie nimmt sofort einen großen Schluck.

Cosmo weiß, dass sie versucht, ihren Schmerz zu ertränken, aber er weiß aus eigener Erfahrung auch, was für eine beschissene Idee das ist.

Der Barkeeper runzelt plötzlich die Stirn. „Hey. Sie sind doch der Typ, der Andy Light gefunden hat ..."

„So ist es."

Cosmo hatte, nachdem ihn Hardy Bollingers Schlag durch die geschlossene Kabinentür und neben Andys Leiche befördert hatte, den Barkeeper informiert und ihm gesagt, er solle niemanden mehr auf die Toilette lassen, bis die Polizei eintrifft. Anschließend wartete er am Tresen auf die ehemaligen Kollegen und überbrückte die Zeit mit zwei weiteren Bierchen, während Hardy Bollinger versuchte, seine hysterisch heulende Geliebte zu beruhigen. Sich auf einer öffentlichen Toilette vögeln zu lassen, war sicherlich kinky gewesen, aber der Gedanke, es neben einer Leiche getan zu haben, weniger.

Und Cosmo hatte mehr über den erfolgreich gefilmten Beweis von Hardys Ehebruch nachgedacht als darüber, dass ihn der Tod des jungen Filmstars noch länger beschäftigen würde als für die Dauer seiner Aussage bei der Polizei.

„Wussten Sie, dass Andrew Light hier war?", fragt er Joey. „Haben Sie ihn vorher erkannt?"

Der Barkeeper lächelt. „Na klar hab ich ihn erkannt. Er hat mir sogar ein Autogramm gegeben. Wenn auch ungern, glaube ich. Er wirkte nervös."

„War er allein?"

„Ja. Aber ich hatte den Eindruck, dass er auf jemanden wartet. Hat dauernd auf die Uhr geguckt und so."

„Ist Ihnen noch etwas anderes aufgefallen?"

„Nein ..." Joey zupft nachdenklich am Knopf in seinem Ohr. „Wobei ... er war zwischendurch mal kurz draußen. Ich habe gesehen, wie er durch den Hinterausgang raus ist, als ich pinkeln war.

„Haben Sie ihn zurückkommen sehen?"

„Nein, aber er muss ja zurückgekommen sein, sonst hätten Sie ihn später nicht gefunden."

Cosmo bedankt sich bei Phil und Joey für ihre Hilfe, dann geht er mit Tia, die inzwischen ihren Wodka Lemon geleert hat, in den Flur, der zu den Toiletten führt und weiter zur Hintertür. Täuscht es, oder hat Tia Probleme geradeaus zu gehen?

Sie treten durch die Tür auf einen kleinen Parkplatz. Drei Fahrzeuge: ein Geländewagen, ein kleiner, angerosteter Japaner und ein Ford Pick-up. Zur Linken führt eine schmale Einfahrt zum Ocean Boulevard. Zur Rechten stehen ein paar Müllcontainer.

Und gegenüber ...

Cosmo kneift die Augen zusammen. „Ist das da eine Kamera?"

„Wo?"

„An der Tür gegenüber."

Cosmo überquert den Parkplatz und Tia folgt ihm zum gegenüberliegenden Gebäude.

Es *ist* eine Kamera. Genauer gesagt sogar zwei. Eine ist nach unten gerichtet, sodass sie filmt, wer vor der Tür steht, das

Objektiv der anderen wird wahrscheinlich den gesamten Parkplatz einfangen.

„Was denken Sie?“, fragt Tia.

„Wen immer Andy treffen wollte, vielleicht hat das hier auf dem Parkplatz stattgefunden.“ Er deutet auf die beiden Kameras. „Und vielleicht haben die Dinger es gefilmt.“

59

Neben der Tür steht ein Schild: *Walhalla Music Prod.* Darunter eine Klingel, die Cosmo drückt.

Kurz darauf erscheint ein bleiches, leicht teigiges Gesicht in der geöffneten Tür. „Ja?"

Cosmo zeigt wieder seine Lizenz. „Ancona, Privatdetektiv."

Er erntet einen misstrauischen Blick. „Und?"

„Wir interessieren uns für Ihre Videoüberwachung."

Bei dem Wort „wir" richten sich die Augen des Mannes auf Tia, die halb hinter Cosmo verborgen steht. Er erkennt sie trotzdem. „Hey. Sie sind ... Tia Kalani. Ich bin Torsten Brenner, ich wurde vor zwei Jahren mal für Ihre Sendung interviewt. Ein Special über neue Filmkomponisten."

Torsten. Der Name passt zum harten deutschen Akzent des Mannes.

Tia macht nicht den Eindruck, als würde sie sich an ihn erinnern, aber sie nickt trotzdem. „Oh ja, hi."

Brenner öffnet die Tür. „Kommen Sie herein."

Sie betreten einen schmalen Flur. An den Wänden gerahmte Filmplakate. Keine Titel, die Cosmo etwas sagen, aber auf allen steht *Music by Torsten Brenner* in den Credits.

Brenner führt sie in einem Raum voller Synthesizer und

Computer, dazu jede Menge Aufnahmegeräte. Es riecht nach Zigaretten und Kaffee. Und nach Schweiß. Überhaupt sieht der übergewichtige Brenner aus, als läge seine letzte Dusche schon eine Weile zurück.

„Wie kann ich Ihnen helfen, Tia?", fragt Brenner, der Cosmo vollkommen vergessen zu haben scheint.

„Wie Mister Ancona bereits sagte, es geht um die Aufnahmen Ihrer Überwachungskameras. Es sind doch Überwachungskameras?"

„Und ob. Sehen Sie das Equipment hier? Mir wurde vor einem Jahr schon mal mein altes Studio leergeräumt. Das Risiko will ich nicht mehr eingehen."

„Verständlich."

Der Komponist zeigt auf zwei überquellende Aschenbecher, ein Dutzend schmutzige Tassen, Gläser und Teller mit Essensresten. „Ich sitze am Score für den neuen Film von McTiernan. Er hat Jerry Goldsmith gefeuert und mich angefragt." Brenner lächelt stolz. „Stellen Sie sich das mal vor. Was für eine Chance. Mein erster großer Studiofilm. Ich habe die Bude hier seit letzter Woche nicht verlassen. Ich muss den Score am Wochenende abliefern."

Das erklärt nicht nur Brenners Körpergeruch, sondern auch, warum er Tia noch nicht auf das Bombenattentat angesprochen hat, über das seit heute früh in Dauerschleife auf allen Nachrichtensendern berichtet wird.

„Ich schalte die Kameras allerdings nur an, wenn ich nicht da bin", sagt Brenner.

„Waren Sie am 10. Dezember an?", fragt Cosmo.

Brenner kapiert sofort. „Sie meinen am Abend, als Andy Light drüben im *Wild Horses* gestorben ist?"

„Genau."

Neugier leuchtet in den Augen des Komponisten. „Hat das was damit zu tun, warum Sie sich für meine Kameras interessieren?"

„Ja, aber mehr können wir dazu nicht sagen", erwidert Cosmo, um weiteren Fragen gleich den Wind aus den Segeln zu nehmen. „Waren die Kameras am 10. an? Haben Sie die Aufnahmen noch? Und wenn ja, können wir Sie sehen?"

Brenner zögert und einen kurzen Moment befürchtet Cosmo, dass er sich quer stellt, aber dann nickt er. „Sie haben Glück. Normalerweise überspiele ich die Tapes, wenn sie voll sind. Aber da ich seit dem 11. hier mehr oder weniger eingesperrt bin, um den Score fertigzukriegen, brauchte ich die Kameras seitdem noch nicht wieder einzuschalten."

„Also waren sie am 10. an?" Cosmo wird langsam ungeduldig.

„Ja, kommen Sie mit."

Cosmo sieht zu Tia. Sie wirkt irgendwie benebelt. So benebelt wie man eben wird, wenn man Alkohol und Schmerztabletten miteinander kombiniert. Trotzdem blitzt hinter diesem Nebel dieselbe Hoffnung, die auch Cosmo verspürt: Haben Brenners Kameras etwas aufgenommen, das ihnen weiterhilft?

Sie folgen dem Deutschen in ein kleines Büro. Ein Schreibtisch mit Computer, Berge von CDs und Drehbüchern, Stapel von Notenblättern, an den Wänden Fotos, die Brenner mit prominenten Schauspielern zeigen und anderen Leuten, die Cosmo nicht erkennt.

Brenners Kameras sind mit zwei Monitoren und einem Videorekorder verbunden, die in einem kleinen Schrank untergebracht sind.

„Geht's um eine bestimmte Uhrzeit?", fragt der Komponist, während er die Geräte einschaltet.

Cosmo hatte die Bar gegen einundzwanzig Uhr betreten und ungefähr dreißig Minuten zugesehen, wie Hardy Bollinger mit seiner Studentin turtelte, bevor die beiden auf die Toilette verschwunden waren. Andy Lights toter Körper war noch warm gewesen, als Cosmo ihn „fand", und er geht davon aus, dass Andy davor nicht allzu lange im *Wild Horses* gewartet hatte.

„Alles vor einundzwanzig Uhr ist interessant", sagt er.

Die Monitore sind mit dem grobkörnigen Schwarzweißbild der beiden Kameras zum Leben erwacht. Wie Cosmo vermutet hat, liegt der Blickwinkel der Kamera über der Tür auf dem Bereich davor, während der Winkel der zweiten Kamera wesentlich weiter ist und den größten Teil des Parkplatzes sowie die Hintertür des *Wild Horses* einfängt.

Brenner spult das Band mit einer Fernbedienung zurück. Links unten läuft ein Time-Code rückwärts.

Cosmo zündet sich ungefragt eine Kippe an. Da das ganze Studio riecht wie ein Aschenbecher geht er nicht davon aus, dass Brenner das stört.

Nur Tia verzieht das Gesicht. Sie sieht blass aus. Von ihrem gesunden, hawaiianischen Teint ist nicht viel übrig. Sie lässt sich in den Stuhl hinterm Schreibtisch sinken.

Da die Suche im Schnelldurchlauf ewig dauern würde, stoppt Brenner das Band und drückt dann erneut die Rewind-Taste. Als er stoppt und das Band wieder laufen lässt, zeigt der Time-Code 19:50 Uhr.

Cosmo beugt sich vor. „Lassen Sie bitte laufen."

Ein paar Minuten verstreichen. Alles, was sie sehen, ist der Parkplatz, auf dem nur dieselbe Reisschüssel steht, die Cosmo für das Auto von Joey, dem Barkeeper hält. Und dann eine Ratte, die erstaunlich behände zum Dinner in einen der Müllcontainer klettert.

Schließlich schwingt die Hintertür der Bar auf.

Ein mittelgroßer Mann mit Baseballkappe und Sonnenbrille tritt ins Freie.

Cosmo erkennt ihn an den Klamotten.

Andy Light.

Der Schauspieler zieht die Sonnenbrille vom Gesicht.

„Das ist Andrew Light", kommentiert Brenner.

Die Qualität der Aufnahmen ist, wie immer bei Kameras dieser Art, nicht besonders gut, aber dennoch ist Andys Nervosität nicht zu übersehen. Er läuft auf und ab, checkt immer wieder seine Uhr. Nach ein paar endlosen Minuten rollt ein Fahrzeug auf den Parkplatz. Ein weißer Mustang GT.

Jetzt wird es interessant.

Cosmo blickt über die Schulter. Tia ist aufgestanden und der Nebel in ihren Augen hat sich ein wenig gelichtet.

Ein kräftig gebauter Mann in Jeans und kurzer Lederjacke steigt aus dem Mustang. Anfang vierzig, dichtes Haar, kantiges Gesicht mit flacher Nase. Er geht auf Andy zu. Händeschütteln zur Begrüßung. Für einen Moment sieht man einen silbernen Armreif am Handgelenk des Mustang-Mannes.

Das Gespräch der beiden ist kurz, Andy redet die meiste Zeit, der andere scheint Fragen zu stellen und nickt viel. Am Ende zieht der Mann etwas aus der Tasche seiner Lederjacke und drückt es Andy in die Hand. Der scheint überrascht. Der Unbekannte steigt zurück in den Mustang und fährt davon. Als Andy sich umdreht, um in die Bar zu gehen, lässt Cosmo Brenner das Band stoppen.

„Wer war der Typ?", fragt Brenner.

Cosmo ignoriert die Frage. „Spulen Sie noch mal zurück. Zu der Stelle, an der er Andy etwas gibt."

Er spürt Tia neben sich.

Ihre Blicke treffen sich.

„Die Drogen, an denen er gestorben ist?", fragt sie und spricht damit aus, was Cosmo gedacht hat.

Brenner drückt wieder die Play-Taste. Das Gespräch zwischen Andy und dem Mann aus dem Mustang endet. Die Hand des Unbekannten gleitet in seine Sakkotasche, kommt wieder heraus und –

„Stopp!", sagt Cosmo.

Brenner drückt hektisch die Pause-Taste.

Cosmo kneift die Augen zusammen.

Sein Herzschlag beschleunigt sich.

Ja, das ist eine kleine Plastiktüte mit Pulver.

Der Mann aus dem Mustang übergibt Andy den Speedball, an dem der junge Komödiant wenig später auf der Toilette vom *Wild Horses* verrecken wird.

„Wir brauchen das Band", sagt Cosmo.

Brenner zögert.

„Bitte, Torsten“, sagt Tia.

Der Komponist drückt die Eject-Taste und reicht ihr anschließend die VHS-Kassette. „Bei Andrew Lights Tod ist es nicht mit rechten Dingen zugegangen, stimmt's?“

Sie nickt. „Wahrscheinlich.“

„Wow“, sagt Brenner.

So kann man es natürlich auch ausdrücken, denkt Cosmo.

60

„Wir haben auf Video, wie jemand Andy den tödlichen Speedball übergibt", sagt Tia, während sie über den Highway 1 nach Norden fahren. „Damit ist ja wohl klar, dass er ermordet wurde."

„Ja. Aber wer ist der Jemand? Wie ein Mexikaner sah er jedenfalls nicht aus." Leider sind die Nummernschilder des Mustangs aufgrund der Perspektive im Video nicht zu erkennen.

Nachdem sie Torsten Brenners Aufnahmestudio verlassen hatten, fuhren sie zu einem *Safeway,* um ein paar Kleinigkeiten einzukaufen. Cosmos Anruf bei Rodriguez, von einem der Münztelefone am Eingang des Supermarkts, landete auf dessen Anrufbeantworter im Büro. Cosmo hat ihm eine kurze Nachricht hinterlassen. Danach rief er im Krankenhaus an, um sich nach Dannys Zustand zu erkundigen, aber sie hatten ihm keine Auskunft erteilt, weil er kein Familienangehöriger ist. Cosmo weiß nicht mal, ob Danny überhaupt noch Familie hat.

Er bemerkt, wie Tia den Verschluss einer Flasche Miller abdreht. Er hätte das Sixpack nicht kaufen sollen. „Hören Sie auf zu saufen, Kalani."

„Ich saufe nicht, ich trinke eine Flasche Bier."

„Sie hatten heute schon genug. Sie haben eine Gehirnerschütterung und Sie schlucken Schmerzmittel–"

„Ich fühle mich gut."

„Und warum sehen Sie dann so beschissen aus?"

Ihr Kopf ruckt herum. „Vielleicht, weil mein Freund an meiner Stelle gestorben ist, Sie Arschloch!"

„Ja. Und saufen bringt ihn nicht zurück."

„Wer hat Sie eigentlich zum Psychologen gemacht? Ehrlich, Ancona, ausgerechnet von Ihnen Tipps zur Traumabewältigung zu bekommen, ist fast so witzig wie ein Stand-up-Auftritt von Andy Light. Aber nur fast."

„Ändert nichts dran, dass ich recht habe."

Sie nimmt demonstrativ einen tiefen Schluck aus der Bierflasche.

Er schnauft frustriert. So wie er jetzt, muss sich Julianne gefühlt haben, als er nach William Bowers' Tod angefangen hatte, seine Schuldgefühle mit Alkohol zu betäuben und Jules, immer wenn sie Remy bei ihm abgeliefert hatte, seine Fahne riechen musste.

Zu Beginn hatte Julianne Verständnis gezeigt. Bis zu dem Tag, an dem Cosmo den Jungen bei einem Besuch der Universalstudios aus den Augen verlor. Die Mitarbeiter, an die Remy sich wandte, so wie sie es ihm eingebläut hatten, ließen Cosmo ausrufen. Aber der hatte, betrunken wie er war, das Studiogelände verlassen und Remy auf dem Parkplatz gesucht (er hätte nicht mal sagen können, warum), und hörte die Durchsage nicht. Er hatte sich kurz in den Pick-up gesetzt, um sich auszuruhen und war dabei eingeschlafen.

Also hatte man Julianne angerufen und deren Geduld mit Cosmo war am Ende gewesen. Sie entzog ihm mit Hilfe eines Anwalts das Sorgerecht. Zumindest so lange, bis er sich sein Alkoholproblem eingesteht und etwas dagegen unternimmt.

Das mit dem Eingestehen ist nicht das Problem, den Punkt hat Comos längst erreicht. Aber Eingeständnis ist eine Sache; der

Wille und die Kraft, dem Problem in die Augen zu sehen und es zu bekämpfen, sind eine andere.

Als sie die Pepperdine University in Malibu passieren, öffnet Tia ein zweites Bier. Cosmo verkneift sich eine Bemerkung. Er biegt vom Pacific Coast Highway auf den Latigo Canyon Drive ab und wenig später erreichen sie das rostige Metalltor, hinter dem sich Andy Lights Airstream Trailer befindet.

Cosmo rupft das Polizeisiegel ab, fährt aufs Grundstück, schließt das Tor wieder und lässt den Pick-up dann die letzten Meter über den unebenen Schotterweg bis zum Trailer rumpeln.

Nach den Mordanschlägen heute früh ist klar, dass weder er noch Tia nach Hause zurückkehren können. Die Killer haben versagt, aber sie werden es wieder versuchen, sobald sie die Chance dazu bekommen.

So lange, bis Cosmo und Tia tot sind.

Oder bis die beiden herausfinden, wer für das alles verantwortlich ist und ihn beziehungsweise sie zur Strecke bringen.

Bis dahin sind sie Freiwild.

Hier, in Andy Lights altem Trailer, vor dem die Killer Dale Mancini den Schädel weggeblasen haben, wird sie garantiert niemand vermuten. Auch nicht die Polizei.

Er hört Tia schnaufen und dreht den Kopf.

Sie starrt angestrengt nach vorn und atmet hektisch ein und aus.

Er weiß, was kommt, und er weiß auch, dass es sich nicht mehr verhindern lässt. Was raus muss, muss raus.

Sie beugt sich vor und kotzt in den Fußraum.

Der säuerliche Geruch steigt ihm in die Nase.

Er tritt auf die Bremse. „Gottverdammt, Kalani!“

Er steigt aus. Über dem Pazifik, der sich unterhalb der Hügel nach Westen erstreckt, hat sich der Himmel in ein orangerotes Gemälde verwandelt, so als würde der Horizont in Flammen stehen. Cosmo geht um den Wagen herum, wo Tia bereits die Tür aufgestoßen hat.

Ihre Augen sind glasig und Magenflüssigkeit tropft von ihren Lippen. „Sorry, aber Sie haben auch gekotzt …"

„Ja, aber ich hatte wenigstens den Anstand zu warten, bis wir auf dem Standstreifen waren."

„Sie haben auch mehr Übung–" Sie erbricht sich ein zweites Mal und Cosmo macht einen schnellen Schritt nach hinten, damit seine Schuhe verschont bleiben.

Er lässt sie halb aus dem Wagen hängend zurück und geht zu dem von Kugeln durchlöcherten Trailer. Auch hier ein Polizeisiegel, das er abreißen muss. Die Tür ist nicht abgeschlossen.

Als er zurück zum Pick-up kommt, weint sie.

„Er ist tot. Wegen mir. Es ist *meine* Schuld. Er musste sterben, weil ich unbedingt meine eigene Show will."

Sie redet von ihrem Freund, Adam Gold.

„Er ist tot, weil irgendwelche Arschlöcher ihn ermordet haben, Kalani. Nur aus diesem einen Grund und keinem anderen."

„Ich habe nicht mal geweint", sagt sie mit zitternder Stimme und wischt sich mit dem Handrücken Schnodder von der Nase.

„Das ist der Schock. Es ist in Ordnung. Jetzt weinen Sie ja. Kommen Sie."

Er hilft ihr aus dem Wagen und bringt sie in den Airstream. Er fegt mit der Hand die Splitter des zerschossenen Fensters von dem kleinen Bett. „Legen Sie sich hin."

Sie widerspricht nicht.

„Tut mir leid, dass ich Ihnen ins Auto gekotzt habe."

„Vergessen Sie's."

Er lässt sie allein. Zieht draußen die vollgekotzte Fußmatte aus dem Pick-up und schleudert sie zur Seite. Mit einem Lappen aus dem Handschuhfach wischt er die Reste weg, so gut es geht.

Inzwischen ist es dunkel geworden. Ein kräftiger Westwind trägt die salzige Meeresluft bis in die Hügel hinauf. Die Temperaturen sind gefallen und er kann seinen Atem in der Nachtluft tanzen sehen. Sterne sind über den Himmel verstreut.

Zurück im Airstream, kann er in der Finsternis Tias Umrisse

auf dem Bett ausmachen. Er hört ihren gleichmäßigen Atem. Sie ist eingeschlafen. Er deckt sie zu, dann findet er eine batteriebetriebene Campinglampe. In deren Licht öffnet er einen kleinen Schrank. Er wühlt sich durch ein paar Klamotten, darunter ein Kapuzenpulli, den er unter seine Jeansjacke zieht. Das Ding wärmt, aber ist zu eng und kneift unter den Armen. Andy Light war im echten Leben viel kleiner und schmaler, als es auf der Leinwand den Eindruck erweckte. Wie die meisten Schauspieler, die Cosmo getroffen hat. Abgesehen von Arnold Schwarzenegger und diesem schwedischen Hünen aus *Rocky IV*, die er mit Julianne mal in einem Restaurant gesehen hat.

Er nimmt sich ein Bier und eins der verpackten Sandwiches, die sie im Supermarkt gekauft haben, und setzt sich draußen in einen der Stühle vor dem Trailer. Im Schein des Campinglichts kann er anderthalb Meter entfernt einen dunklen Fleck am Erdboden ausmachen. Das ist die Stelle, an der Dale Mancinis Körper gelandet ist, nachdem die Kugeln seiner Mörder ihn gefällt haben.

Ein kalter Schauer läuft Cosmos Rücken hinab. Vielleicht hat es mit der kühlen Meeresbrise zu tun, vielleicht aber auch mit dem Gedanken an das, was hier passiert ist.

In seiner ganzen Dienstzeit beim LAPD hatte er drei Schusswechsel. Ein gutes Dutzend körperlicher Auseinandersetzungen, in denen er Leuten gegenüberstand, die mit Messern, Baseballschlägern oder anderen Gebrauchsgegenständen, die sich als Waffen missbrauchen lassen, auf ihn losgegangen sind. Wie das zugekokste Model, das ihm eine Nagelfeile in den Oberarm rammte, nachdem er sie von ihrer Rivalin gezogen hatte, der sie mit derselben Nagelfeile ein Auge ausgestochen hat. Jede dieser Situationen, so banal sie im ersten Moment auch erschienen, hätte mit seinem Tod enden können. Das ist eine Tatsache, der man sich als Polizist besser immer bewusst ist.

Trotzdem ist keine damit zu vergleichen, innerhalb weniger Tage gleich dreimal das Opfer eines Mordanschlages zu werden.

Wir haben gar keine andere Wahl. Wir müssen Andys Mörder erwischen, bevor sie uns erwischen.

Cosmo gähnt. Er drückt seinen müden Körper aus dem Stuhl. Im Trailer fällt der Lichtschein der Campinglampe auf Tia. Sie schläft tief und fest.

Die Sitzecke am anderen Ende ist nicht lang genug für ihn, aber wenn er die Beine anwinkelt, sollte es schon gehen. Er stellt die Lampe auf dem Tisch ab und streckt sich auf der Bank dahinter aus. Knüllt die Jeansjacke als Kopfkissen zusammen.

Als er die Campinglampe ausschalten will, fällt sein Blick auf einen Stapel Blätter, die an der linken Seite mit drei Messingklammern zusammengehalten werden.

Ein Drehbuch.

DIVE HARD von Steve O'Bannion

Überarbeitung: Shane Dekker

Links unten steht *Silverman Pictures* und die Adresse seiner Produktionsfirma.

Cosmo zieht das Drehbuch vom Tisch und blättert mit einer Hand durch die Seiten. Etwas rutscht heraus und landet auf seiner Brust.

Drei Fotos.

Das eine zeigt Andy Light zwischen Jack Silverman und Shane Dekker, die ihre Arme um ihn gelegt haben, während Andy eine Filmklappe hochhält, auf der mit Kreide der Name der Produktion steht: *Hollow Point*. Andys erster und letzter Kinohit.

Das zweite Foto zeigt Andy und Silverman vor dem Eingangstor eines großen Geländes. Im Hintergrund sind Gebäude und Hallen zu sehen. Andy und Silverman deuten lächelnd auf das Schild, neben dem sie stehen: *El Ocaso Studios*.

Das dritte Bild wurde in einem Restaurant aufgenommen. Andy und Jack Silverman sitzen an einem Tisch, vor ihnen eine große Platte mit den Resten von etwas, das nach einem großen Fisch aussieht. In ihrer Mitte sitzt ein gut aussehender Mann Anfang vierzig mit schwarzem Haar und dunklem Teint, der direkt aus einer Telenovela gestiegen sein könnte.

Cosmo schiebt sich auf der Bank nach oben.

Er kennt den Mann, der mit Andy und Silverman in die Kamera prostet. Nicht persönlich, aber man muss nicht bei der Drogenfahndung oder der DEA arbeiten, um seinen Namen schon einmal gehört und sein Foto schon einmal gesehen zu haben.

Sein Name ist Esteban „El Guapo“ Rivera.

Er ist der Kopf des Tijuana Kartells.

61

„Die Stadt in ein Schlachtfeld zu verwandeln. Brillante Idee." Der Gringo namens Rolston schüttelt den Kopf. „Zwei Tote, ein Halbtoter und keiner davon der richtige. Echte Glanzleistung."

„Konnte ja niemand ahnen, dass sie einen anderen fahren lässt", sagt Trejo achselzuckend und trinkt von seinem Corona, einen muskulösen Arm dabei lässig über den Rand der Sitzecke im hinteren Teil des Restaurants gelegt.

Es ist spät, die letzten Gäste sind gegangen und Riveras Cousin hat bereits die Tür hinter ihnen abgeschlossen.

Rolston blickt zu Guillermo. „Ich dachte, er wäre so etwas wie ein Spezialist."

Guillermo hat nicht besonders viel für die abfällige Art des Gringos übrig. Er ist einer von den Anglos, für den Menschen mit brauner Haut immer Menschen zweiter Klasse sein werden. Gut genug, um für sie die Drecksarbeit zu machen. Ihren Rasen zu mähen und ihre Scheißhäuser zu putzen. Und nicht mal, dass er jetzt mit ihnen zusammenarbeitet, ändert das.

Es hat nicht lange gedauert, bis Rivera sich meldete, nachdem feststand, dass nicht die Journalistin, sondern ihr Freund in dem Porsche explodiert war. Guillermo war wütend. Er konnte hören, wie er Trejo am Telefon beschimpfte, während der keine Miene verzog und die Wut des *patron* stoisch über sich ergehen ließ.

Doch Guillermo wusste, dass Trejo innerlich kochte. Am allermeisten natürlich darüber, dass er versagt hatte.

„Ich kriege sie noch", sagt Trejo jetzt. Sein glühender Blick durchbohrt den Gringo, aber der lässt sich davon nicht einschüchtern.

„Ach ja? Womit versucht ihr es beim nächsten Mal? Mit einem Kampfhubschrauber?" Rolston greift nach einem der mit Käse überbackenden Nachos und tunkt ihn in den Salsa-Dip.

„Vielleicht haben die beiden ja ihre Lektion gelernt", sagt Guillermo. Eigentlich müsste er derjenige sein, der auf Rache sinnt. Schließlich haben sie Xavier getötet. Seinen Neffen. Aber Guillermo ist müde. Er fühlt sich alt.

Der Nacho bleibt auf halbem Weg zu Rolstons Mund in der Luft hängen. Der Gringo deutet damit auf Trejo und Guillermo. „Kalani hat das Krankenhaus verlassen. Sie und dieser Cosmo Ancona sind abgetaucht. Wisst ihr, was mir das sagt? Sie haben ihre Lektion *nicht* gelernt. Und wenn man zu oft erfolglos versucht, dieselben Leute umzubringen, muss man damit rechnen, dass sie zum Gegenangriff übergehen."

Trejo schnauft verächtlich. „Hast du Angst vor einer Frau und einem Säufer?"

„Du meinst den Säufer, der heute früh deinen Amigo erledigt hat?"

Rolston beißt in den Nacho und verzieht gleich darauf das Gesicht, als hätte er sich eine Scherbe in den Mund geschoben. Woher sollte er auch wissen, dass Riveras Cousin den besten und schärfsten Salsa-Dip auf dieser Seite der Grenze macht? Rolston flucht und greift nach seinem Bier.

Guillermo hat heute früh mit seiner Schwester telefoniert. Xavier wird am Wochenende beerdigt. Zu seiner Überraschung hat sie ihm keine Vorwürfe gemacht. Nur gefragt, ob ihr *ninõ querido* gelitten hat. Das habe er nicht, hat Guillermo mit einem Kloß im Hals gelogen. Seine Schwester sagte, ihr sei egal, wer

Xavier getötet habe, aber Guillermo musste ihr versprechen, dass er es dem Mörder ihres Kindes mit gleicher Münze heimzahlt. Das hat er getan.

„Mein alter Partner hatte vorhin ein Telefonat", sagt Rolston jetzt mit selbstgefälligem Unterton. Und dann, nach einer kurzen Pause fügt er hinzu: „Vielleicht wissen wir morgen, wo die beiden stecken."

Trejo beugt sich vor. „Diesmal entwischen sie mir nicht."

„Stimmt", sagt Rolston. „Weil wir die Sache übernehmen."

62

Tia trinkt von ihrem Kaffee. Sie sitzen im selben Starbucks, in dem sie mit Rodriguez waren, nachdem er sie im Lost Hills PD abgeholt hatte.

Die großen Fenster sind zwar getönt und der Himmel grau vom Frühnebel, trotzdem hat sie das Gefühl, die Sonne dahinter würde sie bereits blenden. Und obwohl sie sich auf der Toilette die Zähne geputzt hat, sind der schale Geschmack des Alkohols und die pelzige Zunge geblieben. Dumpfer Kopfschmerz hämmert in ihrem Schädel. Sie weiß nicht, ob das der Kater oder die Gehirnerschütterung ist. Trotzdem würde sie sich am liebsten selbst dafür in den Hintern treten, dass sie sich gestern so hat gehen gelassen. Außer dem Kaffee hat sie heute morgen noch nichts runterbekommen. Der bloße Gedanke an Essen lässt die Übelkeit von vergangener Nacht zurückkehren.

Sie schaut auf das Foto, das Cosmo in Andys Trailer gefunden hat. Andy, Jack Silverman und der attraktive Mexikaner namens Esteban Rivera. „El Guapo“, was soviel heißt wie „Der Schöne“.

Das Filmgeschäft und die Welt des organisierten Verbrechens sind sich nicht fremd. Im Gegenteil. Schauspieler und Schauspielerinnen haben schon immer gerne mit der dunklen Seite der Gesellschaft kokettiert. Sei es Frank Sinatra, der mit Bugsy Siegel und Lucky Luciano befreundet war, und auf dem angeblich eine Figur in *Der Pate* basiert, Marylin Monroe, der Affären mit verschiedenen Mafia-Größen nachgesagt wurden, oder Jerry Orbach, der Filmvater von Jennifer Grey in *Dirty Dancing,* der Zeuge des Mordes an einem Mafioso wurde und sich weigerte, darüber auszusagen.

Gangster wiederum baden gern im Glamour der Filmindustrie, sicher nicht zuletzt, weil die unzähligen Filme, die ihre Geschichten erzählen, ihren aufgeblasenen Egos schmeicheln.

Ist es also überraschend, einen Schauspieler mit einem mexikanischen Mafiaboss auf einem Foto posieren zu sehen? Zunächst einmal nicht. Aber wenn der Schauspieler ermordet wird, kurz nachdem er mit der DEA Kontakt aufnehmen wollte, sieht die Sache schon anders aus.

„Jetzt ist klar, was Andy meinte, als er Mr. Brownstone gesagt hat, er habe seine eigene Drogenquelle in Mexiko." Cosmo beißt herzhaft in einen Bagel mit Creme Cheese und der Anblick lässt Tia beinahe würgen. Er tippt mit dem Finger auf das Foto, das auf dem Tisch zwischen ihnen liegt. „Das sieht mir nicht nach einem Zufallstreffen aus."

Tia nickt. „Aber was wusste Andy, dass es wert ist, ihn zu ermorden?"

„Jedenfalls genug, dass er dachte, er könnte damit bei der DEA punkten." Cosmo wischt sich mit dem Daumen Reste vom Creme Cheese aus den Mundwinkeln.

Ihr Magen revoltiert und sie dreht schnell den Kopf weg.

Blickt aus dem Fenster.

Draußen auf dem Parkplatz winkt Adam ihr aus dem Porsche zu und verglüht dann in einem Feuerball.

Sie spürt Tränen aufsteigen und kneift die brennenden Augen zusammen.

„Was hat es mit diesem Studio in Mexiko auf sich?", fragt Cosmo.

Sie sieht ihn wieder an. „Silverman hat das *El Ocaso* Anfang der Neunziger bauen lassen, um den Gewerkschaften hier in den

Staaten den Mittelfinger zu zeigen. Die Mexikaner arbeiten billiger. Er produziert viele seiner Filme dort."

„So wie *Dive Hard?*" Cosmo lächelt spöttisch.

Sie zuckt mit den Schultern. „Der Film ist *Die Hard* auf einem U-Boot. Also ist der Titel nur konsequent. Sie drehen gerade mit Chad St. Paul in der Hauptrolle."

„Und Silverman hat so viel Geld, dass er sich sein eigenes Studio bauen kann?"

„Er ist einer der erfolgreichsten Produzenten der Stadt. Seine Filme gewinnen zwar keine Oscars, aber niemand hat so viele Blockbuster in Folge produziert wie Jack. Woran denken Sie?"

„Ich frage mich, was er und Rivera miteinander zu tun haben. Und ob das der Grund ist, warum Andy über die Klinge springen musste."

„Sie meinen, dass Jack etwas mit Andys Tod zu tun hat?" Der Gedanke erscheint Tia vollkommen absurd und sie schüttelt heftig den Kopf, obwohl die Kopfschmerzen dadurch noch schlimmer werden. „Andy hatte einen Vertrag über drei weitere Filme mit Jack. Das Sequel zu *Hollow Point* allein war so etwas wie ein garantierter Blockbuster. Andy war viel zu wertvoll."

„Es gibt immer etwas, das wertvoller ist." Cosmo leert seine Kaffeetasse, dann steht er auf. „Wie fühlen Sie sich, Kalani?"

„Auf die Kopfschmerzen könnte ich verzichten. Aber sonst ... Gut, denke ich."

Er lächelt grimmig. „Gut genug, um in das Haus eines Filmstars einzubrechen?"

63

Sie brauchen knapp dreißig Minuten bis zum Topanga Canyon, der auf halber Strecke zwischen Malibu und Los Angeles liegt.

Bereits in den Zwanzigerjahren war Topanga Wochenendrückzugsort der Hollywoodstars und ist seitdem zur Heimat vieler Musiker, Schriftsteller, Künstler und Filmemacher geworden. Einer von ihnen ist Andrew Light. Besser gesagt, *war* es.

Andys Haus ist ein rostrot gestrichener, zweistöckiger Holzbau, der durch Bäume und Büsche vor den Blicken von der Straße und den Nachbarn abgeschirmt ist. Ein idyllischer, rustikaler Rückzugsort, umgeben von den Eichen und dem dicht wachsendem Chaparral des Canyons.

Cosmo parkt den Pick-up vorm Haus und sie steigen aus.

Tia sieht zurück zur Straße. „Nicht weit von hier hat die Manson Familie einen Lehrer ermordet, nur ein paar Wochen, bevor sie Sharon Tate und ihre Freunde abgeschlachtet haben."

„Positive Gedanken. Genau das, was wir jetzt brauchen, Kalani."

Cosmo geht zur Haustür. In der Mitte ist ein kleines Glasfenster, durch das er die weiße Plastikbox mit dem grün blinkenden Licht an der Wand erkennen kann. Eine aktivierte Alarmanlage.

Er macht einen Schritt zurück und blickt zu den Fenstern im ersten Stock hinauf. Viele Leute sichern nur Fenster und Türen im Erdgeschoss ihres Hauses und Cosmo hofft, dass Andy einer von ihnen war.

„Wir brauchen eine Leiter", sagt er und erklärt Tia, was er vorhat, während sie zur Rückseite des Hauses gehen. Eine hölzerne Veranda mit Windspiel und Korbstühlen. Auf dem Rasen dahinter ein kleiner Holzschuppen. Kein Schloss. Cosmo öffnet die Tür und findet, neben diversen Werkzeugen, was er sucht. Eine Metallleiter mit Gelenken. Er klappt sie auseinander, bis die Gelenke einrasten, und lehnt sie auf der Terrasse ans Haus. Reicht genau bis zum Fenster im ersten Stock. Er klettert hinauf. Das Fenster lässt sich problemlos nach oben drücken.

Kein Alarm schrillt. Es könnte natürlich ein lautloser sein, der in diesem Moment einen Sicherheitsdienst hierher in Bewegung setzt, doch das Risiko müssen sie eingehen. Cosmo schiebt sich kopfüber ins Zimmer und rollt sich am Boden ab. Ein großes Bett, ein begehbarer Kleiderschrank, diverse Bücher und Drehbücher am Boden verstreut.

Cosmo läuft aus dem Zimmer und die Treppe hinunter. Das Licht der Alarmanlage blinkt weiterhin grün. Die Fenster im ersten Stock sind demnach nicht gesichert. Er findet das Passwort auf einem Zettel, der neben der Alarmanlage an der Wand klebt, und deaktiviert sie vorsichtshalber.

Kurz darauf hilft Cosmo Tia von der Leiter in Andys Schlafzimmer. Schweiß perlt von ihrer Stirn.

„Wollen Sie sich einen Moment hinsetzen?"

„Mir geht's gut."

Sie durchforsten das Haus. Cosmo hat gelernt, dass man als Detektiv einfach wie ein Schwein mit der Schnauze im Dreck wühlen muss, auch wenn man eigentlich nicht genau weiß, wonach man sucht.

Die Einrichtung ist schlicht, funktional, nicht protzig. Kein

Hollow Point Poster, keine teure Kunst. Dafür jede Menge Bücher und auf dem Kamin im Erdgeschoss zwei gerahmte Fotos: eins, das Andy mit einem älteren Ehepaar zeigt, die wohl seine Eltern sein dürften. Auf dem anderen steht er Arm in Arm mit seinem Freund Dale Mancini unter dem Hollywood-Zeichen, ein stolzes Lächeln auf dem Gesicht, so als wolle er sagen: *Ich hab's geschafft.*

Cosmo betritt ein kleines Büro im Erdgeschoss. Auf dem Schreibtisch ein Computer, ein Telefon und daneben ein gelber Notizblock. Darauf Gekrakel, das man macht, während man telefoniert. Eine Telefonnummer. Die Zahl 18. Eingekreist. Das Wort *Straffreiheit*, mehrfach unterstrichen.

Die Nummer kommt Cosmo bekannt vor. Er findet ein Telefonbuch und schlägt nach. Genau, wie er dachte, es ist die Nummer von der DEA in Los Angeles. Er ruft Tia herein. „Ich glaube, Andy hat das hier geschrieben, an dem Tag, als er die DEA angerufen hat."

Sie nickt. „Straffreiheit. Wie wir dachten. Worum es auch geht, Andy war drin verstrickt."

„Was die Achtzehn betrifft, denke ich, es handelt sich um ein Datum."

„Heute ist der 18.", sagt sie.

„Fällt Ihnen dazu was ein?"

Sie zuckt mit den Schultern. „Nein."

„Mir auch nicht."

Im Kühlschrank in der Küche steht eine geschlossene Flasche Wasser, die Cosmo öffnet und Tia reicht. Sie nimmt einen großen Schluck und gibt ihm die Flasche zurück. „Ich fühle mich wie ein Leichenfledderer."

„Ich glaube nicht, dass eine Flasche Wasser als Leichenfledderei zählt."

„Und wie ist es mit einer Dusche? Ich fange an zu riechen."

„Ist mir noch nicht aufgefallen." Er grinst. „Wahrscheinlich nur, weil ich selbst nicht der Allerfrischeste bin. Gehen Sie ruhig. Ich versuche, Rodriguez zu erreichen. Vielleicht gibt es Neuigkeiten von der HSS."

Kurz darauf erklingt das Rauschen der Dusche aus dem Bad im Erdgeschoss, während Cosmo Rodriguez' Nummer vom Telefon in der Küche wählt.

„Detective Rodriguez–"

„Ich bin's."

„Cosmo. Alles okay? Wo bist du? Tia Kalani ist aus dem Krankenhaus verschwunden–"

„Sie ist bei mir."

„Okay ... Und was tut ihr?"

„Versuchen, keine Zielscheibe abzugeben. Was sagt die HSS?"

„Ich habe Hallenbeck alle Fakten auf den Tisch gelegt. Er sagt, er muss drüber nachdenken. Ich warte auf eine Rückmeldung."

Cosmo schüttelt den Kopf. „Ich verstehe nicht, was es da noch nachzudenken gibt."

Er erzählt Rodriguez von dem Überwachungsvideo aus Torsten Brenners Studio und dem Mann, der Andy Light die Drogen auf dem Parkplatz übergeben hat.

Cosmo spürt, dass seinem Freund eine weitere Warnung auf den Lippen liegt, dass er und Tia sich gefälligst heraushalten sollen (woraus eigentlich, solange es keine offiziellen Ermittlungen gibt?). Aber Rodriguez spart sich den Atem. Stattdessen sagt er: „Ich habe mit einem Agent Kove von der DEA gesprochen. Er sagt, er weiß nichts von einem Anruf von Andrew Light."

„Hat der Typ was zu sagen?"

„Sollte er. Kove ist Leiter der Los Angeles Division. Wen immer Andrew Light auf dem Parkplatz getroffen hat, es wird ihm sicher niemand von der DEA Drogen in die Hand gedrückt haben."

„Wir haben noch etwas anderes herausgefunden." Cosmo berichtet von den Fotos, die Andy Light und Jack Silverman zusammen mit Esteban Rivera beim Essen zeigen.

Rodriguez pfeift durch die Lippen. „Andrew Light mit *El Guapo*?"

„Glaubst du mir jetzt, dass der Irre mit der Machete ein Kartell-Killer war?“

Rodriguez antwortet indirekt. „Esteban Rivera und das Tijuana-Kartell haben die Pole Position unter den Kartellen besetzt, seit sie letztes Jahr El Chapo in Guatemala erwischt haben. Wenn die hinter Andy Lights Ableben stecken ...“ Rodriguez lässt den Satz unvollendet, dann: „Wo seid ihr jetzt?“

„In Andys Haus. Wir dachten, wir finden einen Hinweis darauf, was er mit dem Tijuana-Kartell zu tun haben könnte.“

Rodriguez seufzt wieder. Wie eine Kindergärtnerin, die feststellen muss, dass ihre Schützlinge das Mittagessen an die Wände geschmiert haben. „Ihr seid in Lights Haus? Ich nehme an, nicht mit dem Schlüssel. Und? Habt ihr was gefunden?“

„Zumindest die Bestätigung, dass er die DEA anrufen wollte.“ Cosmo erzählt Rodriguez von dem Notizblock in Andys Büro.

„Hör mal, Cosmo, ich denke, ihr solltet mit Agent Kove reden. Ich bin mir sicher, der hört euch zu. Zeigt ihm das Überwachungsvideo. Die DEA ist wirklich scharf drauf, dem Tijuana-Kartell in die Suppe zu spucken. Seit dem Freihandelsabkommen mit Mexiko geht der Lastwagenverkehr an der Grenze durch die Decke. Darauf haben die Kartelle nur gewartet. Die wissen, dass wir längst nicht mehr alle Trucks kontrollieren können. Ich habe gehört, nur noch einer von fünf. Das macht es den Drecksäcken immer einfacher, ihre Drogen in die Staaten zu schaffen.“

Cosmo zögert nur kurz. Wenn sich *Homicide Special* nicht überzeugen lässt, dann müssen sie halt den Weg über die DEA gehen. Am Ende spielt es keine Rolle, wer ihnen glaubt. Hauptsache, irgendjemand tut es.

„Okay. Warum bringst du ihn nicht hierher?“

„In Lights Haus?“

„Ist gemütlich hier.“

„Gut. Ich rufe Kove an und melde mich dann wieder.“

Als Cosmo auflegt, erklingt hinter ihm das Geräusch von nackten Fußsohlen auf dem Fliesenboden. Er dreht sich um.

Tias lange Haare sind nass nach hinten gekämmt und ihre

Haut glänzt feucht. Sie trägt ihre Jeans und hat den Hoodie um die Hüften gebunden. Die Spuren des Katers sind aus ihrem Gesicht verschwunden, die der Trauer um ihren Freund und den Schock über das, was sie erlebt hat, nicht.

Cosmo ertappt sich dabei, dass er auf ihre Brüste starrt, die sich gegen das eng anliegende weiße Unterhemd mit dem spitzenverzierten Rand drücken. „Wir kriegen Besuch", sagt er und wendet ein bisschen zu schnell den Blick ab.

Sie hebt überrascht die Brauen. „Besuch? Von wem?"

64

Als sie den Kopf mit geschlossenen Augen unter das heiße Wasser der Dusche gehalten hat, waren die Bilder zurückgekehrt wie in einem MTV-Video:

Adam, der in ihren Porsche steigt.

Ihr zuwinkt.

Der Feuerball.

Adam.

Sein letztes Lächeln.

Die Explosion.

Sie sah sich selbst, wie die Druckwelle sie von den Füßen riss und gegen das Haus schleuderte.

Sie spürte eine Vibration und dachte zunächst an ein Erdbeben. Aber es war nicht der Boden unter ihr, sondern ihr eigener Körper, der von einem unkontrollierten Zittern erfasst worden war. So wie an dem Abend nach Dale Mancinis Tod. Ihre Beine gaben nach und sie sackte laut schluchzend unter dem Wasserstrahl in sich zusammen.

Als sie sich beruhigt hatte, schossen ihr ihre Eltern auf Kaui'i durch den Kopf. Tia hatte nach der Explosion und im Krankenhaus nicht an sie gedacht. Aber sie würden inzwischen wissen, was in Los Angeles passiert war. Wenn nicht von jemandem, der sie angerufen hatte, dann aus den Nachrichten. Sie würden krank vor Sorge um ihr einziges Kind sein.

Tia will sie gleich anrufen, aber als sie das Bad verlässt, erzählt Cosmo ihr von seinem Telefonat mit Detective Rodriguez und dem DEA-Agenten, mit dem sie sprechen sollen. Es amüsiert sie, dass er ihr auf die Brüste starrt und dann ertappt den Blick abwendet. Eigentlich hätte sie mit irgendeinem Chauvi-Spruch gerechnet. Vielleicht hat sie ihn falsch eingeschätzt.

Kurz darauf klingelt das Telefon. Es ist Rodriguez, der Cosmo mitteilt, dass er und Agent Kove jetzt zu ihnen raus nach Topanga fahren.

Tia beschließt, den Anruf bei ihren Eltern zu verschieben, bis sie mit dem Mann von der DEA gesprochen haben.

Ihr Magen hat sich beruhigt. Jetzt verspürt sie Hunger. Im Kühlschrank findet sie ein paar Joghurts mit abgelaufenem Verfallsdatum. Sie schmecken immer noch.

Cosmo greift wieder zum Telefon, um sich im Krankenhaus nach seinem Freund Danny zu erkundigen.

Tia hört, wie er die Krankenschwester am anderen Ende anfleht, ihm Auskunft zu geben, auch wenn er kein Angehöriger sei. „Bitte! Der Mann hat sich für mich eine Kugel eingefangen."

Aber er scheint wieder kein Glück zu haben, denn er knallt das Telefon wütend zurück in die Halterung an der Küchenwand und stapft raus auf die Veranda.

Tia macht Kaffee und bringt ihn nach draußen. Eine Weile sitzen sie stumm in den ausgeblichenen Korbstühlen und schlürfen im milden Dezembersonnenschein den heißen Kaffee.

„Ich wollte mit Adam Schluss machen", sagt Tia plötzlich und fragt sich im selben Moment, warum sie Cosmo das erzählt. Seinem Blick nach zu urteilen, fragt er sich das auch.

„Sorry, keine Ahnung, warum ich Sie mit meinem Privatleben belästige."

„Manchmal ist die Liebe einfach vorbei", erwidert er zu ihrer Überraschung. „Vor ein paar Jahren hätte ich auch nie gedacht, dass Julianne und ich uns jemals trennen würden."

„Ich weiß nicht, ob das, was Adam und ich hatten, Liebe war. Ich glaube, wir waren uns einfach nur sehr ähnlich und wollten dieselben Dinge." Sie fährt mit einem Finger über den Rand ihrer Kaffeetasse. „Mir will das einfach nicht aus dem Kopf: Wenn ich ein paar Tage früher Schluss gemacht hätte, wäre Adam gestern nicht in meinen Wagen gestiegen ..."

Adam, der ihr zuwinkt.

Der Porsche, der von der Explosion zerfetzt wird.

Cosmo schüttelt den Kopf. „Ich hab's Ihnen schon mal gesagt, aber vielleicht erinnern Sie sich nicht, weil Sie so blau waren: Sie trifft keine Schuld, Kalani. Ihr Freund ist gestorben, weil böse Menschen böse Dinge tun. Schuld ist etwas anderes. Glauben Sie mir, damit kenne ich mich aus."

Sie kapiert, dass er von dem schwarzen Jungen spricht. „Sie haben es ja nicht mit Absicht getan–"

Er stößt ein Schnaufen aus. „Ich habe William Bowers nicht mit Absicht erschossen, das stimmt. Aber ich habe der Leiche eines Kindes eine nicht registrierte Waffe in die Hand gedrückt, um meinen erbärmlichen Arsch zu retten. Das ist auf eine perverse Art und Weise noch viel schlimmer, als ihn erschossen zu haben."

Darauf weiß sie keine Erwiderung.

Sie hören den Motor eines Wagens, der auf der Straße das Tempo drosselt und dann lauter wird, als er sich dem Haus nähert.

Das müssen sie sein.

Rodriguez und der DEA-Agent.

65

Cosmo öffnet die Haustür.

Rodriguez' Camaro hält neben Cosmos Pick-up. Rodriguez stößt die Wagentür auf und winkt Cosmo zu.

Auf der Beifahrerseite steigt ein zweiter Mann aus, er trägt einen grauen Anzug, die Augen sind hinter einer verspiegelten Sonnenbrille verborgen, die auf einer breiten Nase sitzt.

Die beiden Männer kommen zur Tür.

Rodriguez' pockennarbiges Gesicht verzieht sich zu einem Lächeln. „Hey, Cosmo." Er deutet auf seinen Begleiter. „Das ist Agent Kove von der DEA."

„Hallo", sagt Kove knapp und drückt sich ungefragt an Cosmo vorbei ins Haus.

„Wie geht's dir, Cosmo?", fragt Rodriguez.

„Gut ..." Cosmo sieht dem DEA-Agenten hinterher, der ins Wohnzimmer geht, wo Tia auf sie wartet. Der Mann erinnert ihn an irgendjemanden ...

„Ich habe mich im Krankenhaus nach Danny erkundigt."

Cosmos Kopf ruckt zu Rodriguez herum. „Ich hab's zweimal versucht. Die Arschlöcher wollten mir keine Auskunft geben."

„Die Operation ist gut verlaufen, sein Zustand ist stabil."

Cosmo atmet erleichtert aus. *Gott sei Dank.* Seine Rechte drückt Rodriguez' Schulter. „Danke, Marco."

„Was den Typen in deinem Pool betrifft: Über den wissen wir nichts, außer dass er tot ist."

Etwas anderes hat Cosmo nicht erwartet. „Ich wette, der kommt direkt aus Mexiko. Genau wie der Macheten-Typ und die anderen."

Sie gehen ins Wohnzimmer, wo Tia gerade die Hand von Agent Kove schüttelt. „Tia Kalani. Hi." Sie sieht zu Rodriguez. „Hallo, Detective."

Rodriguez nickt ihr zu.

Kove dreht sich zu Cosmo und Rodriguez.

Cosmo sieht sein eigenes Spiegelbild in der Sonnenbrille des DEA-Agenten. Der Typ ist sich wohl zu cool, das alberne Ding abzunehmen.

„Ich habe Agent Kove über eure Entdeckungen ins Bild gesetzt", sagt Rodriguez. „Auch über das Überwachungsvideo."

Tia deutet auf den kurzbeinigen Sofatisch, auf dem die VHS-Kassette liegt. „Das ist es."

Kove nickt. „Sehr gut." Er streckt den Arm nach dem Band aus – und Cosmo bemerkt den silbernen Armreif um das Handgelenk.

Klick.

Als hätte jemand einen Schalter in seinem Kopf umgelegt.

Er hatte nie zuvor mit Kove zu tun, trotzdem weiß er jetzt, wo er ihn schon einmal gesehen hat.

Cosmos Rechte fährt hinter seinen Rücken, wo die Beretta im Hosenbund steckt, aber Kove ist schneller und lässt ihn in die Mündung einer Glock blicken.

„Die Hände bleiben, wo ich sie sehen kann."

Cosmo verharrt mitten in der Bewegung.

Rodriguez ist abrupt stehengeblieben. „Kove ... was soll das?!"

„Nehmen Sie die Hände hoch, Detective Rodriguez. Sie auch, Ms. Kalani."

Tias verdatterter Blick sucht den von Cosmo. Sie hat Kove noch nicht erkannt.

„Haben Sie den Verstand verloren?", fragt Rodriguez.

„Die verdammten Hände nach oben", wiederholt Kove mit scharfer Stimme.

Zögernd hebt Rodriguez die Arme.

„Okay", sagt Kove. „Rodriguez, Sie ziehen Ihrem Freund jetzt die Waffe hinten aus der Hose. Dann legen Sie sie hier auf den Tisch. Ihre eigene Pistole dazu. Das alles ganz langsam und bedächtig, damit mein Zeigefinger nicht ins Zucken gerät."

Rodriguez rührt sich nicht. „Sie sind irre."

„Er ist das Arschloch vom Video, Marco", sagt Cosmo, ohne den Blick von Kove zu nehmen. „Er hat Andy Light die Drogen gegeben, an denen er verreckt ist."

„Was?!"

Tias Mund öffnet sich. Jetzt hat sie ihn ebenfalls erkannt, auch wenn die verspiegelte Sonnenbrille und der Anzug ihr es zunächst genauso schwer gemacht haben wie Cosmo.

Die Blicke von Cosmo und Rodriguez treffen sich.

„Ich hatte keine Ahnung, Cosmo ..."

„Wie solltest du. Bist ja kein Hellseher."

Rodriguez streckt langsam den rechten Arm aus.

Cosmo spürt seine Hand unter das T-Shirt gleiten und dann die Beretta aus dem Hosenbund ziehen. Nur mit den Fingerspitzen und ohne den Griff der Waffe zu umklammern, damit Kove nicht auf falsche Gedanken kommt. Irgendetwas anderes zu versuchen, käme einem Todesurteil gleich.

Rodriguez legt die Waffe auf den Tisch, schlägt sein Sakko zurück und zieht die eigene Dienstwaffe genauso vorsichtig aus dem Clip-Holster an seinem Gürtel. Legt sie neben Cosmos Beretta ab.

Kove nickt zufrieden. „Gut. Alle auf die Couch." Er wedelt mit der Mündung der Glock.

Sie gehorchen.

Lassen sich auf das dunkle Leder sacken.

Rodriguez zwischen Cosmo und Tia.

Kove hat einen dünnen Handschuh aus der Tasche seines Sakkos geholt und zieht ihn über seine rechte Hand, ohne die Glock dabei abzulegen. Dann nimmt er die Sonnenbrille vom Gesicht und lässt sie in dieselbe Tasche gleiten, aus der er den Handschuh geholt hat. Er seufzt. „Glauben Sie mir, Detective Rodriguez, dass hier zu tun, bereitet mir alles andere als Freude."

Die behandschuhte Hand greift nach Rodriguez' Dienstwaffe und schiebt sie vorne in Koves Hose. Dann schließen sich die Finger um Cosmos Beretta. „Aber Ihr Freund und Ms. Kalani lassen mir keine andere Wahl."

„Was meinen Sie–"

Rodriguez' Stimme bricht abrupt ab, als Kove feuert.

Der Knall der Beretta ist laut.

Rodriguez zuckt zusammen.

Cosmos Kopf fährt herum.

Nein!

Rauch kräuselt aus dem Einschussloch in Rodriguez' Brust. Seinem offenen Mund entfährt ein leises Keuchen, dann sackt sein Kopf nach vorn.

Tia sitzt da wie gelähmt, die Augen weit aufgerissen.

Cosmo blickt fassungslos auf seinen Freund.

Erst Danny, jetzt Rodriguez.

Und im Gegensatz zu Danny wird Rodriguez nie wieder aufstehen. Koves Schuss war gezielt. Direkt ins Herz. Nicht mal Blut sickert aus dem kleinen Loch in Rodriguez' Sakko.

Kove schüttelt mit grimmiger Miene den Kopf. „Gottverdammt. Wegen euch beiden Pennern musste ich einen Kollegen erschießen."

Cosmo hat Mühe, seine zitternde Stimme zu kontrollieren. „Er war kein Kollege. Weil Sie kein Bulle sind, Sie korruptes Stück Scheiße!"

„Oh, moralische Belehrungen von jemandem, der kleine Jungs abknallt. Das trifft mich hart."

Cosmo widersteht dem unbändigen Wunsch, von der Couch

zu springen und sich auf Kove zu stürzen. Er hätte keine Chance. Aber was bleibt ihm sonst? Ihm ist klar, was Kove vorhat. Er wird als nächstes Tia erschießen und dann ihn.

Mit der Beretta.

Auf der Cosmos Fingerabdrücke sind.

Anschließend wird er dafür sorgen, dass es so aussieht, als hätte Cosmo Rodriguez und Tia getötet und dann sich selbst. Keine Ahnung, welches abstruse Motiv Kove dafür konstruieren wird, aber dem Scheißkerl fällt bestimmt etwas ein.

Um hier lebend rauszukommen, braucht Cosmo eine Idee.

Und zwar schnell.

„Sie arbeiten für das Tijuana-Kartell, stimmt's, Kove?"

Im Gesicht des DEA-Agenten zuckt es. Wie die meisten Menschen, die ihre Seele verkauft haben, will er sich die bittere Wahrheit nicht eingestehen.

„Ich sorge für meine Rente, sonst nichts."

„Wie haben Sie's geschafft, Andy Light den Speedball unterzujubeln?"

Kove schnauft spöttisch. „Der Junge ging auf dem Zahnfleisch. Er hatte ja selbst dafür gesorgt, dass seine Quelle versiegt. Dass ich ihm etwas mitbringe, gehörte zu seinen Bedingungen, damit er aus dem Nähkästchen plaudert."

„Worüber eigentlich? Was hatte Andy mit dem Kartell zu tun? Was für Informationen wollte er der DEA verkaufen?"

„Wieso interessiert Sie das? Nützt Ihnen eh nichts mehr. Sie wissen, dass ich Sie und die schöne Ms. Kalani jetzt ebenfalls umlegen muss."

„Ja, und ich versuche mir, während Sie quatschen, verzweifelt zu überlegen, wie ich Sie davon abhalten kann."

Der DEA-Agent lacht. „Und? Ist Ihnen was eingefallen?"

Nein.

„Lassen Sie die Waffe fallen!", schreit Tia mit schriller Stimme.

Cosmo ist beim Anblick des Colt Detective in Tias ausgestrecktem rechten Arm nicht weniger überrascht als Kove. Der hat vorhin nicht einmal daran gedacht zu checken, ob Tia auch im Besitz einer Waffe ist. Und Cosmo wusste nicht, dass sie die kleine Knarre die ganze Zeit in der Vordertasche ihres Hoodies stecken hatte. Aus irgendeinem Grund dachte er, sie hätte sie im Pick-up zurückgelassen.

„Knallen Sie den Wichser einfach ab", sagt er jetzt kalt.

Aber Tia ignoriert ihn. „Lassen Sie die Waffe fallen", wiederholt sie und ihre Stimme zittert dabei genauso wie ihre Hand, die den vernickelten Colt hält.

Kove schluckt nervös. Er hat sich überrumpeln lassen. Wahrscheinlich fragt er sich, was passiert, wenn er jetzt einfach feuert. Wird Tia noch den Abzug durchziehen können? Wird ihre Kugel ihn treffen, auch wenn seine sie trifft?

Cosmo spürt, dass der DEA-Mann das Risiko nicht eingehen will. Aber es gibt keine andere Möglichkeit für ihn, aus der Situation herauszukommen.

Genauso wenig wie für Cosmo und Tia.

Sie *muss* abdrücken.

„Schießen Sie, Kalani."

„Dann sind Sie tot", warnt Kove.

„Das sind wir sowieso", sagt Cosmo. „Schießen Sie, gottverdammt."

Aber sie zögert weiterhin.

Obwohl der Mann ihr gegenüber die Absicht hat, sie zu ermorden, hat sie Gewissensbisse.

Cosmo springt auf.

Packt dabei die Kante des kleinen Couchtisches mit beiden Händen und schleudert ihn mit einem lauten Schrei nach vorn.

Die Beretta und der Colt Detective krachen gleichzeitig.

66

Sie zieht den Stecher des Colts durch, fühlt den Rückstoß der Waffe, während der Tisch durch die Luft fliegt.

Die Schüsse sind ohrenbetäubend laut.

Sie hört etwas an ihrem Gesicht vorbeisausen.

Cosmos Hand krallt sich schmerzhaft in ihren linken Oberarm und reißt sie mit sich.

Sie hört Glas splittern.

Stolpert in Cosmos Griff durchs Wohnzimmer und zur Haustür.

Ein Blick über die Schulter.

Der Tisch hat das Glas der Verandatür zertrümmert.

Kove kniet in den Scherben und die Beretta in seiner Hand bebt.

Cosmo zerrt Tia um die Flurecke.

Putz und Holzsplitter spritzten durch die Luft, dort, wo Koves Schuss in die Wand einschlägt.

Der Colt rutscht aus ihren Fingern, sie hört ihn hinter sich auf den Holzboden fallen.

Cosmo reißt die Haustür auf.

Das gleißende Sonnenlicht blendet sie.

Sie hasten zum Pick-up.

Reißen die Türen auf.

Cosmo rutscht hinters Steuer. Er hat den Schlüssel stecken lassen. Der Motor erwacht hustend zum Leben.

In der Haustür erscheint Kove.

In beiden Händen eine Pistole.

Die Schüsse wummern rasend schnell hintereinander.

Die Windschutzscheibe splittert.

Glas sprüht wie harter Regen in die Kabine.

Tia zieht den Kopf ein.

Der Motor heult wie die verlorenen Seelen im Finale von *Jäger des verlorenen Schatzes,* als Cosmo das Gaspedal durchtritt. Tia spürt, wie der Wagen auf dem Boden schlingert, hört, wie die durchdrehenden Reifen Dreck in die Höhe schleudern, dann rast der Pick-up mit einem Ruck geradeaus.

Metallisches *Plopp! Plopp!,* als Koves Schüsse die Karosserie des Toyota Hilux perforieren.

Die Heckscheibe würde mit Sicherheit splittern, wenn sie nicht schon Tage vorher unter den Schüssen von Dale Mancinis Killern hätte dran glauben müssen.

Dicht übers Lenkrad gebeugt, jagt Cosmo den Wagen zur Straße hinunter, biegt dort mit quietschenden Reifen nach rechts ab, und dann rasen sie durch den Topanga Canyon weiter Richtung Westen.

67

Tia ist wieder im Fernsehen.

Diesmal Seite an Seite mit Cosmo.

Auf Fahndungsfotos.

Die Polizei sucht die beiden im Zusammenhang mit dem Mord an einem Polizisten, die genauen Umstände werden wegen laufender Ermittlungen nicht genannt.

Kove, dieser gottverdammte Hurensohn, hat keine Zeit verloren. Er hat ihnen mit Rodriguez ihren letzten Verbündeten genommen. Der eiskalte Mord an seinem Freund kommt Cosmo beinahe wie ein böser Traum vor, so plötzlich und unerwartet, wie es geschehen ist. Der Gedanke an Rodriguez' Frau und seine beiden Kinder, die Ehemann und Vater verloren haben, ist unerträglich.

Als die Nachrichtensendung von einem Coca-Cola-Weihnachtswerbespot abgelöst wird, dreht Rowdy den Ton herunter. „Ich habe keine Ahnung, wie ich dir helfen kann, aber egal, was es ist, du brauchst es nur zu sagen."

Cosmo schüttelt den Kopf. „Danny liegt im Krankenhaus, Rodriguez ist tot. Ich werde dich nicht auch noch da mit reinziehen. Wir hätten nicht mal herkommen sollen."

Cosmo sieht zu Tia, die im Halbdunkel an einem der Tische sitzt und ins Leere starrt.

Cosmo hatte den Pick-up nach ihrer Flucht von Andys Haus direkt zu Rowdys Bar gefahren.

Er braucht eine neue Waffe.

Und ein anderes Fahrzeug.

„Ich kann den Pick-up für dich verschwinden lassen", sagt Rowdy, als hätte er Cosmos Gedanken gelesen. „Und einen anderen Wagen besorgen."

Cosmo lächelt müde. „Für einen pensionierten Stuntman hast du eine Menge kriminelle Energie, weißt du das?"

Rowdy verzieht keine Miene. „Ich habe mir außer einem paar Dutzend Prügeleien, die nicht auf einem Filmset waren, und einem Haufen Strafzettel nie etwas zu Schulden kommen lassen."

Auf der Fahrt hierher haben Cosmo und Tia kurz darüber diskutiert, ob sie sich einen Anwalt suchen und der Polizei stellen sollen. Schließlich sind sie unschuldig und einer genauen Untersuchung wird, was immer Kove sich ausgedacht hat, bestimmt nicht standhalten. Zumindest ist das Cosmos vielleicht naive Hoffnung. Aber sich zu stellen würde auch bedeuten, sich verhaften zu lassen. Und nirgendwo wäre es einfacher für die Killer, sie zu erwischen, als im Gefängnis. Darauf haben es Kove und seine mexikanischen Komplizen abgesehen.

Cosmo hat Tia erklärt, dass sie hinter Gittern tot wären, bevor Ermittlungen oder ein guter Anwalt das konstruierte Mordmotiv zerschmettern könnten.

Nein, sich zu stellen, kommt nicht in Frage.

Sie müssen sich damit abfinden, dass sie jetzt nicht nur Killer auf den Fersen haben, sondern auch noch die Polizei.

Aus dem hinteren Teil der Bar erklingt ein dumpfes Klopfen.

„Keine Sorge", sagt Rowdy, „Ist nur mein Lieferant. Bin gleich zurück." Er verschwindet im Flur, der zur Hintertür führt.

Cosmo stößt sich mit seinem Kaffee in der Hand vom Tresen ab und setzt sich zu Tia.

Ihr Blick wandert zum Fernseher, auf dem eine attraktive

Meteorologin von einer der seltenen Winter-Regenfronten berichtet, die in den nächsten Tagen über Los Angeles ziehen wird. „Ich wollte meine Eltern anrufen, um ihnen zu sagen, dass es mir gut geht. Aber wie soll ich ihnen jetzt auch noch erklären, dass ich wegen Mordes gesucht werde?“

Cosmo nickt. Er wagt gar nicht, darüber nachzudenken, wie Julianne reagiert, wenn sie hört, dass nach ihm gefahndet wird. Und Remy? Selbst wenn Julianne versucht, ihn von den Nachrichten fernzuhalten, was sie mit Sicherheit tun wird, kann sie über kurz oder lang nicht verhindern, dass er von dem Mordverdacht gegen seinen Vater erfährt. Als hätte er dem Jungen nicht schon genug angetan.

Cosmo trinkt von seinem Kaffee. „Ich habe darüber nachgedacht, was Rodriguez mir am Telefon gesagt hat.“

Tia sieht ihn fragend an.

„Mit dem NAFTA-Abkommen zwischen den USA und Mexiko hat sich der kommerzielle Grenzverkehr so stark erhöht, dass Kontrollen immer schwieriger werden.“

„Sie meinen, dass mehr Drogen aus Südamerika ins Land kommen?“

„Ja. Die Kartelle spielen auf Risiko. Für jede Drogenlieferung, die auffliegt, kommen vier andere durch. Der Gewinn ist immer größer als der Verlust.“

Ihre Augen leuchten plötzlich. „Silvermans Studio in Baja.“

„Genau. Ich wette, da rollen jede Menge Produktions-Trucks über die Grenze hin und her.“

„Das Tijuana-Kartell nutzt sie für den Drogentransport.“

Er nickt. „Das zumindest wäre meine Theorie. Denken Sie an das Foto. Andy, Rivera, Silverman. Irgendwie sind die drei zusammengekommen. Ich weiß zwar nicht, warum ein stinkreicher Filmproduzent wie Silverman ein solches Risiko eingehen sollte, aber ich wette, er ist genauso drin verwickelt wie Andy. Aus irgendeinem Grund wollte Andy die Sache auffliegen lassen, und deswegen musste er über die Klinge springen.“

„Männer wie Jack Silverman sind Spieler“, sagt Tia. „Die

jonglieren mit enormen Summen. Filme sind ein Risikogeschäft, sie können viel Geld machen. Sie können aber auch verdammt viel Geld verlieren. Eine Beteiligung an lukrativen Drogengeschäften wäre jedenfalls ein ziemlich gutes finanzielles Polster für jemanden wie Silverman. Sie waren ja in seinem Haus. Er lebt alles andere als bescheiden."

„Tja, da wären wir wieder, Kalani. Mit einer Theorie, aber ohne Beweise."

„Wir könnten Silverman entführen und die Wahrheit aus ihm herausfoltern."

Er grinst. Bewundernswert, dass sie trotz allem, was geschehen ist, ihren Humor nicht verloren hat. „Leider sind erfolterte Geständnisse vor Gericht nicht zulässig."

Sie lächelt müde. „Dann müssen wir nach Mexiko."

„Ach ja?"

Sie beugt sich vor. „Ja. Das Datum auf Andys Notizblock. Der Achtzehnte. Ich weiß, was es bedeutet."

Er richtet sich überrascht auf. „Spannen Sie mich nicht auf die Folter, Kalani."

„Heute ist der letzte Drehtag von *Dive Hard*. Ab heute gehen wieder Studio-Trucks mit Equipment und Kostümen zurück in die Staaten. Wir müssen nur rausfinden, ob und wie diese Trucks mit Drogen beladen sind."

„Natürlich. Nichts einfacher als das."

„Ich weiß, wie naiv das klingt, aber–"

„Davon mal abgesehen: Wir werden polizeilich gesucht. Die würden uns an der Grenze rauspflücken wie reifes Obst."

Sie zuckt mit den Schultern. „Ich war noch nie vor dem Gesetz auf der Flucht. Ich habe keine Ahnung, an was man da alles denken muss."

Hinter ihnen erklingen Schritte. Cosmo sieht über die Schulter.

Rowdy trägt zwei Kartons Corona hinter den Tresen.

„He, Rowdy", sagt Cosmo. „Du kannst uns vielleicht doch helfen. Hast du Zeit für einen Ausflug nach Tijuana?"

68

Sein Magen rumort, wahrscheinlich aus Angst und Nervosität, und laut genug, dass sie es hören kann.

„Wenn Sie jetzt hier drin furzen, erschieße ich Sie."

Cosmo lächelt in die Dunkelheit. „Hätte nicht gedacht, dass Toilettenwitze Ihr Stil sind, Kalani."

„Sind Sie nicht. Ich versuche nur, die Stimmung aufzulockern."

Die Luft ist stickig. Der Kofferraum von Rowdys Chevy Caprice beinhaltet viele Gerüche und keiner davon ist gut.

Cosmo spürt Tias Körper, der dicht an seinen gedrängt liegt. Unter anderen Umständen sicher kein schlechtes Gefühl.

Schweiß rinnt über sein Gesicht und unter den Klamotten seinen Körper hinab. Sein gekrümmter Rücken schmerzt. Sein linker Arm, der halb unter seinem Oberkörper eingeklemmt ist, fängt an zu kribbeln.

Sie haben in San Ysidro kurz die Interstate 5 verlassen, damit Cosmo und Tia auf dem abgelegenen Gelände einer Industrieruine in den Kofferraum klettern konnten.

Jetzt sind sie seit zehn Minuten wieder unterwegs und sollten in Kürze den Grenzübergang erreicht haben.

Sie bewegt ein Bein und Cosmo zuckt zusammen, als sie ihr Knie in seinen Schritt rammt.

Sie spürt, was sie getroffen hat. „Oh, Entschuldigung."

Hoffentlich hat sie nicht gespürt, wie sein Körper auf ihre Berührung reagiert hat. „Nichts passiert."

Schweigen.

Eine Unebenheit im Asphalt lässt den Wagen schaukeln.

Irgendwo draußen auf dem Freeway hupt ein anderes Fahrzeug.

„Glauben Sie, dass wir das überleben?", fragt sie nach einer Weile.

„Wenn ich das nicht täte, könnte ich mir ja gleich selbst das Licht ausblasen. Außerdem würde ich meinen Sohn gerne aufwachsen sehen. Also müssen wir überleben."

„Tut mir leid, dass ich Sie da reingezogen habe."

„Sie haben mich nirgendwo reinzogen. Sie brauchten einen Detektiv, ich brauchte Geld. Ich lasse Sie übrigens nicht sterben, bevor Sie mir nicht die Schecks für meine Arbeit ausgeschrieben haben, ist das klar?"

„Danke, das ist beruhigend zu wissen."

Das Kribbeln in seinem Arm ist so stark geworden, dass er ihn kaum noch spürt. Als er ihn umständlich unter seinem Körper hervorzieht, berührt seine Hand ihre Brüste.

„Sorry, das war keine Absicht."

„Schon okay. Wobei, so wie Sie mich angestarrt haben, als ich in Andys Haus aus der Dusche kam, weiß ich nicht, ob ich Ihnen das glauben soll."

„Ich habe Sie nicht angestarrt."

„Und ob Sie das haben."

„Gut, dass Sie nicht eingebildet sind."

„Kein Problem, ich würde mich auch anstarren, wenn ich Sie wäre."

Obwohl er sie nicht sehen kann, weiß er, dass sie lächelt. „Flirten Sie etwa mit mir, Kalani?"

„Nein, wie gesagt, ich versuche nur, die Stimmung aufzulockern.“

„Ach, deswegen reiben Sie Ihr Knie in meinem Schritt.“

„Das war keine Absicht!“

„Schon okay, ich würde mein Knie auch in meinem Schritt reiben, wenn ich Sie wäre.“

Das lässt sie lachen.

Ein Ruck geht durch das Fahrzeug, als Rowdy etwas zu heftig auf die Bremse tritt. Die Fliehkraft drückt Tias Körper gegen den von Cosmo. Sein Herz fängt an zu trommeln. Zum ersten Mal seit Tagen nicht vor Angst.

Ihr warmer Atem auf seinem Gesicht.

Wer hat zuerst mit dem Küssen angefangen?

Er weiß es nicht.

Er weiß nur, wie gut ihre Lippen schmecken.

Ihre Zunge, die mit seiner spielt.

Seine Zunge, die mit ihrer spielt.

Ihre Fingerspitzen auf seinem Gesicht.

Ihr Knie in seinem Schritt.

Seine Hand auf ihren Brüsten.

Sie stöhnt.

Er auch.

Möglich, dass sie bald sterben, aber in diesem Moment, hier in Rowdys Kofferraum, leben sie.

Und wie sie leben.

Ihre Hand zerrt an seinem Gürtel.

Seine gleitet unter ihren Hoodie.

„Okay, Leute, wir sind gleich da.“

Rowdys Stimme. Dumpf, aber laut genug, um sie aus dem Moment zu reißen.

Sie verharren keuchend.

Cosmos Hand gleitet langsam wieder unter ihrem Hoodie hervor.

Ihre Finger lassen von seiner Hose ab.

Der Wagen rollt im Schritttempo weiter.

„Geht zügig voran“, ruft Rowdy.

Tia greift nach Cosmos Hand. Drückt sie.

Die Chancen, dass die Grenzbeamten Rowdy durchwinken, so wie sie es mit den meisten anderen Fahrzeugen tun, stehen gut.

Aber man kann immer Pech haben.

Der Wagen rollt Stück für Stück weiter auf den Grenzübergang zu.

Rowdy stellt das Radio an. Ein Sender aus Tijuana spielt „Regale de Reyes". Javier Solis singt leidenschaftlich vom nahenden Weihnachtsfest und dem Verlust seiner großen Liebe.

Der Musik zum Trotz, verstreicht die Zeit quälend langsam.

Cosmo würde Tia gerne wieder küssen, aber er traut sich nicht.

Vielleicht geht es ihr genauso. Vielleicht ist sie aber auch erleichtert, dass Rowdy sie im letzten Moment davor bewahrt hat, etwas zu tun, was sie hinterher bereut hätte.

Und dann, es sind schätzungsweise etwas über dreißig Minuten vergangen, erklingt wieder Rowdys Stimme: „Wir sind durch. Willkommen in Mexiko."

69

Die tief stehende Sonne lässt den Himmel hinter den Fenstern des kleinen Strandrestaurants in Rosarito glühen. Tia stochert in einem Salat herum. Vor Cosmo stehen Enchiladas mit Reis. Er hat bessere Enchiladas auf der anderen Seite der Grenze gegessen. Das hier ist Touristenfraß. Aber darauf kommt es nicht an. Sie müssen etwas essen, bevor sie ihr Vorhaben in die Tat umsetzen.

Rowdy hatte ihnen in Tijuana mit seiner Kreditkarte einen Wagen gemietet, einen mickrigen Ford Espire, der schon bessere Tage gesehen hat, aber dafür preiswert war.

Als sie sich von Rowdy verabschiedeten, hat er Cosmo einen kurzläufigen Colt Ruger Redhawk in die Hand gedrückt.

„Wie viele Knarren besitzt du?", fragte Cosmo. „Ich dachte, du warst Stuntman, nicht Waffenhändler."

„Die hab ich im Sommer einem Arschloch abgenommen, der damit die Bar überfallen wollte."

„Das hast du mir nie erzählt."

„Doch, hab ich. Aber du warst besoffen."

Rowdy wünschte ihnen viel Glück. Er fragte nicht, was sie vorhaben. Je weniger er wusste, desto besser. Er hatte schon genug damit riskiert, zwei Flüchtige über die Grenze zu schmuggeln. Und er wird es erneut riskieren, wenn er sie wieder zurückschmuggelt. Das zumindest ist der Plan. Sie werden Rowdy anrufen, sobald sie haben, was sie wollen.

Nämlich den Beweis, dass Jack Silverman Drogen für das Tijuana-Kartell in Studio-Trucks über die Grenze in die Staaten schmuggelt, und in Verlängerung den Beweis, dass deswegen Andy Light ins Gras hatte beißen müssen.

Dafür haben sie sich, ebenfalls mit Rowdys Geld, nach der vierzigminütigen Autofahrt von Tijuana nach Rosarito in einem kleinen Laden auf der Strandpromenade eine Videokamera gekauft. Dasselbe Modell, dass zu Bruch gegangen ist, als Cosmo Hardy Bollinger und seine Studentin beim Vögeln auf der Toilette im *Wild Horses* gefilmt und dann die Leiche von Andy Light gefunden hat.

In der Nacht, in der alles begann.

Cosmo kratzt die Guacamole-Reste mit einem Nacho von seinem Teller. Tia hat ihren Salat kaum angerührt.

„Du musst was essen."

„Ich bin zu aufgeregt."

„Wird nicht besser, wenn du unterzuckert bist."

Widerwillig sticht sie mit der Gabel in ein Stück gebratenes Hühnchen und schiebt es sich in den Mund.

Cosmo beobachtet sie. Er fühlt immer noch ihre Lippen auf seinen. Sie haben, nachdem Rowdy sie verlassen hat, nicht ein Wort darüber verloren, was im Kofferraum geschehen ist.

Sie hebt den Kopf. „Was?"

„Du glaubst also wirklich, wir kommen ungesehen aufs Studiogelände?"

„Solange uns keine Welle zum Kentern bringt."

Der Gedanke, in den Pazifik zu stürzen, erfüllt Cosmo mit Unbehagen. Er sieht sich selbst, wie er Richtung Meeresboden sinkt, das Boot an der Wasseroberfläche über ihm ein immer kleiner werdender Umriss.

Tia war bereits zweimal in den *EL Ocaso* Studios, um dort Reportagen für *Inside Hollywood* zu drehen. Sie kennt sich dort aus. Dass Studio umfasst 22000 Hektar, fast ein Kilometer davon direkt an den zwanzig Meter hohen Klippen, die den Pazifik überblicken. Es verfügt über drei Studiohallen und einen 34000 Quadratmeter großen, direkt an den Rand der Klippen gebauten Wassertank, in dem man täuschend echte Meeresszenen drehen kann. Wie in *Skull & Bones*, einem Piratenspektakel, mit dem Jack Silverman vor zwei Jahren bewiesen hat, dass man mit dem *Swashbuckler*-Genre auch in den Neunzigern noch einen Kassenhit landen kann.

Tia weiß auch, dass Paparazzi bereits mehrfach von der Meeresseite aus Fotos geschossen haben. Einer dieser Paparazzi, den sie in einer Bar kennenlernte, hat ihr letztes Jahr die Stelle gezeigt, wo er mit seinem Boot an den Klippen anlegt, sie hinaufklettert und dann von oben seine Bilder macht. Angeblich gibt es dort nicht einmal einen Zaun.

Genau dort wollen sie hin.

Das Schlauchboot, das sie bereits angemietet haben und in das sie steigen, nachdem sie das Restaurant verlassen haben und zur Anlegestelle gegangen sind, ist ein graues, drei Meter langes Zodiac mit Außenbordmotor. Cosmo ist beeindruckt, als er sieht, wie Tia mit geübten Handgriffen den Motor startet. Sie bemerkt seinen Blick. „Ich habe als Teenager in Kaua'i als Rettungsschwimmerin gearbeitet. Wir hatten dieselben Boote."

Cosmo versucht, sich sein Unwohlsein nicht anmerken zu lassen, als er, die Videokamera mit der Ruger Redhawk in einem wasserdichten Rucksack, in das schwankende kleine Gummiding steigt.

Aber die Wasserscheu steht ihm ins Gesicht geschrieben. „Hast du Angst vor Booten?", fragt Tia.

„Nicht direkt Angst ..."

„Wir fahren ja nicht weit raus–"

„Aber ich kann nicht schwimmen."

70

„Du bist doch aus Kalifornien, oder?"

„Aus Torrance. Zwei Blocks vom Meer entfernt aufgewachsen."

„Und trotzdem kannst du nicht schwimmen?"

„Warum muss man schwimmen können, nur weil man am Meer wohnt? Ich war als Kind eben ein Intellektueller."

Sie lacht.

„Ich mein's ernst. Ich war ein Bücherwurm. Ich hatte nichts für die aufgeblasenen Surferaffen übrig. Und du kannst jetzt aufhören, so dämlich zu grinsen."

Das Boot saust über einen Wellenkamm, der Rumpf schlägt hart auf die Wasseroberfläche, Gischt sprüht über den Bug und Cosmos Hände suchen krampfhaft Halt.

„Ich hoffe, du wirst wenigstens nicht auch noch seekrank."

Er zeigt ihr den Mittelfinger.

Der Himmel über dem Horizont schimmert golden, die Luft und die dünnen Wolken darüber sind fliederfarben. Nur noch wenige Minuten und es wird stockfinster hier draußen sein. Dann wird es für Tia schwierig, die Stelle zu finden, die ihr Ruben, der Paparazzo, letzten Sommer gezeigt hat.

Als hätte er dasselbe gedacht, sagt Cosmo, während er zu den schroffen Klippen hinüberschaut: „Wo genau sollen wir da eigentlich anlegen?“

„Es gibt eine schmale Bucht, nur wenige Meter breit, nach der müssen wir die Augen offenhalten.“

Wenn sie die Bucht nicht vor Einbruch der Dunkelheit finden, bleibt ihnen nichts anders übrig, als umzukehren. Aber das will sie nicht. Sie hat Angst. Angst, weil sie von Killern und der Polizei gejagt werden, natürlich, aber auch Angst, dass sie, wenn sie bis zum nächsten Tag warten müssen, um ins Studio einzudringen, den Mut verliert, das zu tun, was sie gerade tun. Je mehr Zeit sie hat, darüber nachzudenken, in was für einen Schlamassel sie sich geritten hat, desto größer werden die Zweifel, dass es ihr und Cosmo gelingt, sich daraus zu befreien.

Und noch etwas anderes geht ihr nicht aus dem Kopf.

Die Sache im Kofferraum. Die unerwartete Leidenschaft. Um ein Haar hätten sie ... Du meine Güte. Was war da bloß passiert–?

Dann entdeckt sie sie.

Die schmale Stelle, an der die Wellen sich nicht gischtsprühend an den Klippen brechen.

„Da vorn.“

Cosmos Blick folgt ihrem ausgestreckten Arm, während sie das Boot nach links steuert. Er wirkt erleichtert.

Ein paar Minuten später lenkt Tia das Zodiac in eine etwa vier Meter breite und etwa doppelt so lange Einbuchtung zwischen den Felsen. Sofort wird das Wasser ruhiger. Direkt vor ihnen ist die Stelle, an der sie anlegen können. Ein natürlicher Kai, nicht mehr als ein knapp zwei mal zwei Meter großer, flacher Felsen.

Tia schaltet den Außenbordmotor ab und lässt das Boot von den Wellen bis an den Rand des Felsens tragen. „Nimm das Seil und spring auf den Felsen.“

Für einen Moment sieht er so aus, als würde Cosmos glauben, dass sie einen Witz macht. Aber dann richtet er sich breitbeinig auf, bemüht, das Gleichgewicht zu halten, das er beinahe verliert, als das Zodiac gegen den Felsen prallt.

Tia streckt den rechten Arm nach einem Felsvorsprung aus, aber ihre Finger rutschen vom glitschigen Gestein ab.

Cosmo stößt einen Fluch aus und springt.

Landet auf allen vieren auf dem flachen Fels und das Seil in seiner Rechten reißt ihn beinahe wieder hinunter, als das Zodiac von der Strömung zurückgetragen wird. Aber er ist kräftig genug, das Boot und Tia zu halten, und dann gelingt es ihm, die Bootsleine um eine kantige Felsnase zu schlingen.

„Nicht schlecht für eine Landratte", sagt sie, als sie sich aus dem Schlauchboot auf den Felsen zieht.

Er blickt die an dieser Stelle etwa fünfzehn Meter hohe Klippe hinauf. „Und jetzt soll ich auch noch Bergsteiger spielen?"

Tia zeigt ihm im letzten Licht des Tages die kleinen Vorsprünge, an denen er sich hochziehen kann, so wie Ruben sie ihr gezeigt hat. Mutter Natur hat ihnen so etwas wie eine natürliche Treppe in das Gestein gehauen. Allerdings ist es eine verdammt schmale und verdammt steile Treppe.

Tias Arm- und Oberschenkelmuskeln schmerzen, als sie fünf Minuten später den Klippenrand erreichen. Sie ist froh, oben angekommen zu sein, aber Cosmo sieht aus, als würde er gerne noch einmal die Klippe hinaufklettern, wenn er dafür nicht mehr in ein Boot steigen muss.

Während es auf den letzten Metern an der Felswand so schlagartig dunkel geworden ist, als hätte jemand einen Lichtschalter umgelegt, und Tia Angst bekam, nicht mehr zu sehen, wohin sie ihre Füße setzt, präsentiert sich jetzt vor ihnen das Studiogelände im Licht einiger Scheinwerfer.

Sie kriechen zu der knapp anderthalb Meter hohen Mauer, die die Klippen von der betonierten, befahrbaren Fläche trennt, die den gigantischen Outdoor-Wassertank umgibt.

In der Mitte des Tanks ragt die originalgetreue Nachbildung eines hundertdreißig Meter langen amerikanischen Atom-U-Boots aus dem Wasser. Der Hauptspielort von *Dive Hard*, dem Film mit Chad St. Paul, dessen Dreharbeiten heute beendet worden sein sollen.

Am Tank selbst ist keine Menschenseele zu sehen, nur auf der gegenüberliegenden Seite, wo sich die Studiohallen befinden, kann man ein paar Crew-Mitglieder erkennen.

Neben einer der Hallen parken sechs große Trucks. Sind das die Trucks, in denen die Drogen transportiert werden? Vorausgesetzt, Cosmos These stimmt?

Wenn ja, wie können sie Beweisaufnahmen machen? Dazu müssten sie *sehen*, wie die Drogen in den Fahrzeugen versteckt werden. Aber wann geschieht das? Und geschieht es überhaupt heute? Vielleicht ist es ja schon längst passiert. Oder es passiert erst morgen.

All diese Fragen machen Tia bewusst, wie verzweifelt ihr Handeln ist und wie gering die Erfolgschancen stehen.

„Und jetzt?“

Cosmo erwidert nichts.

Sein lautes Schnaufen veranlasst sie, den Kopf zu wenden.

Obwohl es mit Einbruch der Dunkelheit kalt geworden ist, perlt Schweiß auf seiner Stirn. Sie sieht, dass seine Hände zittern. Und selbst im Dunkeln kann sie erkennen, wie ungesund bleich seine Gesichtsfarbe ist.

„Was ist los?“

71

Der rasende Herzschlag.

Die plötzlich einsetzenden Kopfschmerzen.

Das Schwitzen.

Das Zittern.

Die Übelkeit.

Ihm wird klar, was das ist.

Entzugserscheinungen.

Das letzte Bier liegt vierundzwanzig Stunden zurück. So lange hat er seit Monaten nicht auf Alkohol verzichtet, und jetzt rebelliert sein Körper. Zeigt ihm einen herzhaften Mittelfinger.

Großartiges Timing, Ancona.

Er hätte heute Nachmittag in Rowdy's Bar ein Bier trinken sollen. Oder vorhin im Strandrestaurant. Aber da wollte er sich vor Tia nicht die Blöße geben.

„Was ist los?", fragt Tia wieder. „Alles okay?"

„Ich brauche ein Bier."

Sie starrt ihn ungläubig an. „Das ist jetzt nicht dein Ernst."

„Geht gleich wieder."

Er spürt ihren besorgten Blick. Sie hat kapiert, was los ist. „Wir können das abblasen."

Er schüttelt den Kopf. „Nein. Können wir nicht."

Keine Ahnung, wie, aber ich muss mich einfach zusammenreißen.

Er saugt die kühle Meeresluft tief in seine Lungen.

Hinter ihnen brechen sich die Wellen an den Felsen. Irgendwo über dem Wasser dröhnen die Rotoren eines Hubschraubers.

Er atmet wieder aus.

Wischt sich den kalten Schweiß von der Stirn.

Einatmen. Ausatmen.

„Ancona–"

„Ich bin okay."

„Hast du die Trucks gesehen?"

„Ja." Cosmo weiß, dass Schmuggler doppelte Böden, versteckte Hohlräume, Ersatzreifen oder die Ladung selbst nutzen, um Drogen zu transportieren. Ob und was hier der Fall sein wird, müssen sie herausfinden.

Er zeigt auf den elektrischen Golfwagen mit Ladefläche, der nur wenige Meter entfernt hinter der Mauer steht und den die Studioarbeiter zum Transport von Menschen und Material benutzen. „Wir nehmen die Karre. Ich hoffe, damit fallen wir nicht auf."

Gerade als die beiden sich aufrichten, um über die Mauer zu steigen, wird der Rotorenlärm über ihnen schlagartig lauter. Und dann fegt der Hubschrauber, den Cosmo gerade noch in einiger Entfernung gehört hat, direkt über sie hinweg. Die Positionslichter der Maschine werfen für einen kurzen Moment ihr Licht auf sie, der Luftstoß zerrt an ihren Haaren und Kleidungstücken.

Würde Cosmos Herz nicht sowieso schon rasen, weil sein Organismus sich nach Alkohol verzerrt, wäre es spätestens jetzt der Fall. Sie kauern sich sofort wieder in den Schutz der Mauer.

Tias linke Hand hat sich vor Schreck in seinen Arm gekrallt. „Scheiße. Hat der uns gesehen?"

Cosmo erwidert nichts. Er späht über den Rand der Mauer.

Der Hubschrauber, ein siebensitziger MD 500, setzt am rechten Rand des Tanks zur Landung an. Als die Kufen aufgesetzt haben, erstirbt der Motor. Die Rotoren verlangsamen ihre Drehung und kommen zum Stillstand.

Drei Männer klettern ins Freie. Jack Silverman und seine beiden Sicherheitsleute, Mike Rolston und der Asiate namens Al. Keiner von ihnen blickt in Cosmos und Tias Richtung. Stattdessen warten sie auf einen Golfwagen, der von den Studiohallen auf sie zufährt.

„Silverman und seine Bodyguards. Sie haben uns nicht gesehen. Hat das Arschloch etwa einen eigenen Hubschrauber?"

„Er hat sogar einen Landeplatz auf seinem Grundstück." Tia hat ihren Kopf neben Cosmo in die Höhe geschoben.

Der Golfwagen stoppt vor Silverman und den beiden anderen. Zwei Männer steigen aus.

Die schlaksige, langhaarige Gestalt in Jeans, *Guns'n Roses* T-Shirt und Converse erkennt Cosmo sofort. „Das ist doch der Drehbuchautor ..."

„Ja. Das ist Shane."

„Den anderen habe ich auch schon mal gesehen."

„Chad St. Paul, er ist der Hauptdarsteller von *Dive Hard*."

Cosmo hat über den Ex-Soldaten und seine zweifelhaften Kriegsabenteuer gelesen und ihn nach Ende des Golfkrieges in diversen Talkshows gesehen, wo er sein umstrittenes Buch promotete.

St. Paul redet wild gestikulierend auf Silverman ein, während Shane Dekker hinter ihm genervt die Augen verdreht. Silverman hebt beschwichtigend die Hände und zeigt auf ein zweistöckiges Gebäude am südlichen Rand des Geländes, vor dem ein paar dekorative Palmen wachsen.

„Sieht aus, als herrscht schlechte Stimmung", sagt Cosmo.

„Kein Wunder. St. Pauls Ego ist größer als Godzilla."

Sie beobachten, wie die Männer gemeinsam auf das Gebäude mit den Palmen zugehen.

Der Hubschrauberpilot ist aus der Maschine gestiegen und hat sich eine Zigarette angezündet. Er schlendert zum Rand des Wassertanks und blickt dabei genau in ihre Richtung. Keine

Chance, den Golfwagen zu erreichen, ohne von ihm gesehen zu werden.

Cosmos Blick wandert nach rechts. Die Mauer, hinter der sie hocken, zieht sich über das Ende des Tanks hinaus bis zur Rasenfläche, auf der das Haus steht, in dem Silverman und die anderen inzwischen verschwunden sind.

Sie könnten auch nach links, aber der Weg ist länger und auf der Seite gibt es kaum Deckung.

Er erklärt Tia, was er vorhat.

Sie nickt grimmig. „Dreihundert Meter auf allen vieren. Das wird ein Spaß."

72

Sie hört den Hubschrauberpiloten laut gähnen, als sie hinter ihm an der Mauer entlang kriechen.

Tia hält den Atem an.

Wie weit ist der Mann entfernt? Fünfzig, hundert Meter?

Cosmo vor ihr kriecht stetig weiter.

Tias Knie brennen bei jeder Bewegung auf dem rauen Fels, genauso wie ihre Handflächen.

Endlich erreichen sie das Ende der Mauer. Sie müssen jetzt ein ganzes Stück hinter dem Hubschrauber und dem Piloten sein. Das Ufer und die Klippen senken sich an dieser Stelle. Ein betonierter Weg führt hinab zu zwei kleineren Lagerhallen. Hinter dem Weg steigt das Gelände wieder an, oben leuchten die Lichter des Produktionsgebäudes.

Vor ihr schielt Cosmo um die Mauer herum. Dann sieht er über die Schulter zurück zu Tia. „Alles okay, hier kann er uns nicht sehen."

Sie überqueren den betonierten Weg und steigen die sanft ansteigende Anhöhe hinauf. Der Pilot bleibt hinter seinem Helikopter verborgen. Oben weicht der trockene, felsige Boden einer gut bewässerten Rasenfläche.

Das Produktionsgebäude ist nur noch knapp zwanzig Meter

entfernt. Tia war vor zwei Jahren das letzte Mal hier, als sie Chad St. Paul während der Innenaufnahmen für die Verfilmung seiner Kriegserlebnisse in *Desert Blast* interviewt hat.

Der Rasen liegt im Dunkeln. Sie halten sich außerhalb des Lichtscheins, der aus den Fenstern fällt. Hinter dem Haus sind mehrere mannshohe Yuccapalmen gepflanzt, die nicht nur eine großflächige Terrasse begrenzen, sondern Tia und Cosmo auch genug Deckung bieten, als sie sich dort geduckt entlang bewegen.

Die Glastüren des Konferenzraumes im Erdgeschoss stehen offen. Drinnen sitzen Silverman und Shane an einem langen Tisch, während Chad St. Pauls durchtrainierte Gestalt vor ihnen auf und abläuft. Von Rolston und Al ist nichts zu sehen. Die Stimmen der Männer dringen zu ihnen herüber.

„Jack, das ist die Chance, einem ansonsten banalen Actionfilm eine politische und humanistische Botschaft zu geben."

„Meine Filme haben keine humanistische Botschaft und erst recht keine politische. Und ich werde keinen zusätzlichen Drehtag aufmachen, nur um einen Zweieinhalb-Seiten-Monolog zu drehen, der sowieso auf dem Boden des Schneideraums landet. Das kann du vergessen."

St. Paul verschränkt die Arme vor der Brust. „Dann mache ich keine Promotion für den Film."

Zwischen den Yuccapalmen erscheint eine Lücke. Nicht groß, vielleicht drei Meter, aber groß genug, dass man von drinnen sehen könnte, wenn Cosmo und Tia vorbeihuschen. Cosmo bleibt stehen.

„Dazu bist du vertraglich verpflichtet, Chad."

„Kein Problem, ich kann mir gute Anwälte leisten."

„Mit dem Geld, das du verdienst, weil *ich* dich zum Star gemacht habe, du undankbarer Hurensohn. Kein Schwein wollte deine Lügengeschichte verfilmen. Alles, was du hast und was du bist, hast du mir zu verdanken."

Cosmo eilt durch die Lücke zwischen den Palmen. Zügig, aber nicht zu schnell und ohne hektische Bewegungen, die jemand aus den Augenwinkeln wahrnehmen könnte.

Zu Tias Erleichterung bleibt er unbemerkt.

Aber jetzt hat St. Paul sich den Glastüren zugewandt und starrt in die Dunkelheit hinaus. Genau in Richtung der Yuccapalmen.

„Red ruhig weiter in dem Ton mit mir, dann gehe ich für meinen nächsten Film zu Bruckheimer und Simpson", sagt er, ohne über die Schulter zu Silverman zu blicken.

Der schnauft verächtlich. „Ich wünsch dir viel Spaß bei dem Lackaffen und seinem koksenden Arschloch von Partner."

Shane, der die Auseinandersetzung bislang schweigend verfolgt hat, räuspert sich. „Ich finde Chads Monolog ja nicht uninteressant. Sicher, viel zu lang, aber ich könnte drübergehen und ihn etwas zusammenstreichen. Auf eine akzeptable Länge kürzen, meine ich."

Natürlich ist dieser Vorschlag von vornherein geplant gewesen, sonst wäre Shane nicht hier. Aber Silverman wollte sich wohl auf keinen Kompromiss einlassen, ohne seinem arroganten Star vorher klargemacht zu haben, wo er steht.

St. Paul weiß, dass das alles ist, was er kriegen kann, also nickt er. Er dreht sich wieder zu Silverman und Shane um. „Damit könnte ich leben."

„Meinetwegen", sagt der Produzent. „Ich sage Lynch, er soll morgen etwas Zeit zwischen die Pick-up-Shots im U-Boot quetschen."

„Ich freue mich, dass wir das klären konnten", sagt St. Paul. „Ich werde das meinem Agenten mitteilen."

„Du kannst oben telefonieren", sagt Silverman.

„Sehen wir uns gleich auf der Wrap-Party?", fragt St. Paul, als wäre nichts geschehen.

„Natürlich, Chad."

Als der Schauspieler den Raum verlassen hat, stößt Silverman ein frustriertes Grunzen aus. „Ich hätte den verdammten Film mit Wesley Snipes machen sollen."

Shane steht auf. „Ich gehe rüber ins andere Büro und nehme mir seinen Text vor."

„Eine halbe Seite, nicht mehr, kapiert?“

Shane nickt. Als die Tür hinter ihm ins Schloss fällt, erhebt sich Silverman aus seinem Stuhl und geht zu einem Kühlschrank an der Wand des Konferenzraums. Als sein Kopf in dessen Inneren verschwindet, nutzt Tia ihre Chance und lässt die Lücke zwischen den Palmen hinter sich.

Ihr Blick trifft sich mit Cosmos. Er sieht noch immer bleich aus, ein dünner Schweißfilm glänzt auf seinem Gesicht.

„Geht's?“, fragt sie.

Bevor er antworten kann, krümmt er sich mit einem Stöhnen zusammen. Sie greift reflexartig nach seiner Schulter.

Er bleibt vornübergebeugt stehen, atmet ein paarmal tief durch, dann bleckt er die Zähne zu einem gezwungenen Lächeln. „Bestens. Mir geht's bestens.“

Selbstmord, denkt sie. Was wir hier tun, ist Selbstmord.

73

Die Magenkrämpfe haben nachgelassen, trotzdem hat Cosmo alle paar Minuten das Gefühl, gleich kotzen zu müssen. Sein Herzschlag rast wie die Achterbahnen in Six Flags.

Sie haben die Studiohallen erreicht, ohne Arbeiter oder Crew-Mitglieder zu sehen, und Deckung hinter ein paar Kranfahrzeugen gesucht. Von hier können sie das Studiotor sehen. Es steht offen, aber zwei rotweiße Schranken versperren die Zufahrt. In einem flachen Häuschen neben dem Tor brennt Licht. Wahrscheinlich hockt dort der Sicherheitsdienst. Hier wird sicherlich jemand seine Runden drehen, und davor müssen sie auf der Hut sein.

„Scheint, als wären bereits alle auf der Abschlussparty", sagt Tia. „Silverman schmeißt die meist in dem Hotel in Rosarito, in dem er die Schauspieler einquartiert."

Cosmo nickt. „Also hat man Ruhe, wenn man Trucks mit Drogen beladen will."

Am Tor tritt ein bierbäuchiger, uniformierter Mann aus dem Häuschen. Er gähnt und streckt die Arme in den Nachthimmel. Das dumpfe Brummen von Motoren, dann verwandeln Scheinwerfer den Mann in eine Silhouette.

Die Schranken heben sich und er tritt zur Seite.

Ein SUV rollt an ihm vorbei aufs Gelände. Der Mann hebt die Hand zum Gruß. Ein zweiter SUV folgt. Ein dritter. Alle dunkel, alle mit getönten Scheiben.

Cosmo und Tia machen sich hinter den Kranfahrzeugen so klein, wie es geht. Die SUVs kommen in ihre Richtung, die Lichter der Scheinwerfer bohren sich wie Laserstrahlen durch jede Lücke, dann ist es wieder dunkel, als die Fahrzeuge nach rechts abbiegen und zwischen den beiden Studiohallen entlang rollen.

Cosmo sieht Bremslichter leuchten. Die SUVs stoppen am Ende der Reihe aus sechs geparkten Trucks.

„Oh, mein Gott." Obwohl sie flüstert, überschlägt sich Tias Stimme. „Das sind sie, Cosmo. Das sind sie!"

Cosmo kann es selbst kaum glauben, aber jetzt öffnen sich die Türen der SUVs. Mehrere Männer steigen aus und treten ins Licht der Fahrzeugscheinwerfer. Trotz der Entfernung erkennt Cosmo den einen gleich wieder.

Er stand gestern Morgen vor seiner Wohnungstür.

Mit einer Machete in der Hand.

Ein paar der Männer gehen zu den Lastwagen. Sie öffnen die Türen der Sattelauflieger und klettern hinein. Andere holen ziegelsteingroße Päckchen aus den SUVs.

„Die Kamera", stößt Tia hervor.

Shit. In der Aufregung hätten sie beinahe das Wichtigste vergessen. Das, was sie sehen, zu filmen. Damit sie einen Beweis haben, den sie der Polizei vorlegen können.

Cosmo nimmt den wasserdichten Rucksack vom Rücken und holt die Videokamera heraus. Schaltet sie an und klappt den Monitor aus. Richtet das Objektiv auf die SUVs. Das grobkörnige Bild des Monitors zeigt allerdings nicht viel mehr als verschwommene Schatten. Das hatte er bereits befürchtet.

„Wir müssen näher an."

74

Sie haben die LKWs bereits Anfang des Jahres präpariert. Die ersten beiden Transporte liefen so problemlos, wie sie es sich erhofft hatten. Die Fahrer sind gute Leute, die auch gelassen bleiben, falls es wider Erwarten zu einer Kontrolle kommt.

Die Verstecke im Hohlraum an der Rückwand der Sattelauflieger sind gut. Von draußen können die Drogenhunde den Stoff nicht erschnüffeln und von drinnen müsste man erst die gesamte Ladung ausräumen. Selbst wenn, stünden die Chancen gut, dass die Grenzbeamten den Mechanismus nicht finden, der einen Teil der Rückwand wie das Falltor einer Ritterburg nach oben zieht.

Natürlich picken sich die Grenzer immer wieder Trucks heraus, die ihnen verdächtig erscheinen, oder auch einfach auf gut Glück, aber die Fahrzeuge der großen amerikanischen Filmstudios werden von ihnen in der Regel nicht allzu genau unter die Lupe genommen.

Darauf hatten sie spekuliert. Es war die Idee der beiden Gringos gewesen. Sie hatten Rivera erst darauf gebracht.

Rivera hat über Firmen, die niemand mit ihm in Verbindung bringt, in das *El Ocaso* Studio investiert. Jack Silverman weiß das natürlich, er hätte das Studio ohne Riveras Geld und Einfluss niemals so schnell und problemlos eröffnen können. Aber sollte das jemals öffentlich werden, kann er alles bestreiten, denn nichts davon steht irgendwo auf Papier. Die wichtigsten Entscheidungsträger der Stadtverwaltung von Rosarito stecken in Riveras Tasche. Ebenso die Polizei. So wie überall im Land. Die Kartelle sind mächtig und sie werden immer mächtiger.

Nichts kann uns aufhalten, denkt Rivera zufrieden, als er zusieht, wie seine Männer die Ware in die beiden Lastwagen tragen. Die *Americanos* lieben ihre Drogen und die mexikanischen Kartelle sorgen dafür, dass sie sie bekommen. *Wir geben ihnen nur, was sie wollen.*

Denn Nachfrage bestimmt das Angebot. In diesem Fall: erstklassiges Heroin aus Anbaugebieten in Chihuahua.

Das Geschäft lief schon immer gut, aber dank des Freihandelsabkommens wird es in den kommenden Jahren noch sehr viel besser laufen.

Um ein Haar hätte Andy Lights Gier ihre neue Transportroute auffliegen lassen. Seine Forderungen waren unverschämt gewesen. Sie standen in keinem Verhältnis zu seiner Leistung. Er wollte das nicht einsehen und hatte gedroht, sie auffliegen zu lassen. Selbst wenn Andy nicht bei der DEA angerufen hätte, war sein Todesurteil in dem Moment unterschrieben, in dem er seinen Partnern mit Verrat drohte. Sein Pech, dass Kove, der Mann von der DEA, den er kontaktiert hatte, bereits auf Riveras Gehaltsliste stand. Die amerikanischen Behörden sind nicht so leicht zu unterwandern wie die mexikanischen, aber Mike Rolston hat versichert, dass sein ehemaliger Partner empfänglich wäre, und so ist es dann auch gewesen.

Guillermo erscheint an Riveras Seite. Die Trauer um den Tod seines Neffen steht ihm ins Gesicht geschrieben. Rivera fühlt mit seinem alten Weggefährten, auch wenn er Xavier für keinen großen Verlust hält. Der Junge war einer dieser Hitzköpfe, den über kurz oder lang eine andere Kugel erwischt hätte, vielleicht sogar eine von seinen eigenen Leuten. Denn Hitzköpfe sind Schwachköpfe und Schwachköpfe neigen zu Dummheiten.

Rivera weiß aus zuverlässiger Quelle, dass Xavier Kontakt zu den Rivalen vom Sinola Kartell geknüpft hat. Vielleicht ist Guillermo durch Xaviers Tod in den Staaten ein viel größerer Schmerz erspart geblieben. Nämlich der Schmerz, seinen Neffen zum Verräter werden zu sehen.

Trotzdem sagt er jetzt: „Wir werden die beiden für Xaviers Tod bezahlen lassen, Guillermo. Früher oder später kriegen wir sie."

Nicht zuletzt dank Kove, der den Privatdetektiv und die Journalistin aufspürte, nachdem Trejo zu Riveras Ärger zwar für viel Aufsehen, aber nicht für den Tod der beiden Schnüffler sorgte. Und obwohl sie ihm auch durch die Lappen gegangen sind, war es ein cleverer Schachzug von dem Bullen, Cosmo Ancona und Tia Kalani zu Flüchtigen zu machen.

Guillermo nickt. „Das werden wir, *patron*."

Trejo, der das Verladen der Drogen überwacht, blickt in ihre Richtung und hebt eine Hand.

Rivera dreht sich um.

Rolston und der Asiate kommen zu Fuß zwischen den Hallen auf sie zu.

„Wie weit seid ihr?", fragt Rolston, ohne sich mit Begrüßungsfloskeln aufzuhalten.

„Was tun Sie hier?", antwortet Rivera mit einer Gegenfrage.

„Chad St. Paul und Jack sind noch hier–"

„Die sollten doch alle bei der Abschlussparty sein."

„St. Paul macht wieder Ärger. Jack musste Shane herbringen, um die Sache zu regeln."

Rivera schüttelt den Kopf. „Verdammte Filmstars."

„Kein Problem. Wir sind gleich fertig", sagt Trejo, der mitgehört hat.

Rivera nickt zufrieden. Keines der Crewmitglieder, die morgen früh die beiden Trucks mit Kostümen und Requisiten beladen werden, die in den Fundus des großen Studios in den Staaten zurückgehen, ahnen, dass darin Heroin im Millionenwert versteckt ist. Nur die beiden Fahrer, freie Mitarbeiter von hier aus Rosarito, die auf der Gehaltsliste des Kartells stehen, sind eingeweiht. Genauso übrigens wie die Sicherheitsleute der *El Ocaso* Studios.

„Gibt es Neuigkeiten wegen des Schnüfflers und der Journalistin?“, fragt Rivera.

Rolston schüttelt den Kopf. „Nein. Aber Kove hat dafür gesorgt, dass er als Erster informiert wird, sollte die Polizei sie erwischen.“

„Sie müssen sterben.“

„Das werden sie. Keine Sorge.“

„Ich höre schon eine ganze Weile, dass ich mir keine Sorgen um die beiden machen muss, aber das ist bislang immer noch nicht der Fall.“

„Immerhin hat Kove mehr erreicht als Ihre Leute.“

Der Blick aus Trejos schwarzen Augen durchbohrt Rolston förmlich. Trejo hasst den Gringo. Rolston sollte ihm besser nicht allein begegnen.

„Und was immer sie wissen, reicht nicht–“

Rolston kann den Satz nicht mehr beenden, denn plötzlich wankt eine Gestalt aus der Reihe der geparkten Trucks und schlägt der Länge nach zu Boden.

Einer der Sicherheitsleute des Studios, die von Rivera bezahlt werden. Er wälzt sich benommen am Boden.

Einen Moment lang sind alle wie erstarrt, bevor sie das Geräusch schneller Schritte hören.

Jemand rennt davon.

Und dann, für einen kurzen Moment nur, sieht Rivera sie in einer Lücke zwischen den geparkten LKWs.

Tia Kalani kennt er aus dem Fernsehen. Den Privatdetektiv hat er noch nie gesehen, aber er weiß natürlich trotzdem, dass er es ist. Der Schnüffler hält etwas in der Hand. Eine Videokamera.

Sie sind hier.

Und sie haben das Verladen der Drogen gefilmt.

75

„Wohin?"

„Zurück zum Boot!"

Cosmo und Tia rennen um ihr Leben.

Zehn Minuten vorher haben sie die Studiohallen umrundet und sich zwischen zwei geparkten Trucks vorgearbeitet. Die Anspannung hat Cosmo beinahe seine Kopfschmerzen und die Übelkeit vergessen lassen.

Sie kamen dicht genug heran, um alles zu filmen. Und dank der Scheinwerfer der SUVs war es sogar hell genug, dass man die Gesichter der Männer erkennen konnte.

Da war Rivera. *El Guapo*.

Der langhaarige Muskelberg mit der Machete, der Cosmo einen frühmorgendlichen Besuch abgestattet hat.

Und ein älterer Mexikaner mit Cowboyhut, den Cosmo als einen der beiden Männer wiedererkannte, die Dale Mancini in Malibu getötet hatten und beinahe auch ihn und Tia.

Dann waren Rolston und Al gekommen.

Was Silverman und Rivera nun indirekt auch auf dem Video zusammenbrachte.

Cosmo und Tia hatten einen Blick getauscht. Zum ersten Mal

gab es wieder so etwas wie Hoffnung. Die Frage war nur, an wen sie sich mit dem Video wenden würden, solange fraglich blieb, wem sie bei der Polizei vertrauen konnten. Sie wussten nicht, wie weit der Arm von DEA-Agent Kove reichte.

Manchmal muss man eben auch ein bisschen Glück haben, dachte Cosmo. Und hörte gleich darauf Schritte, die ihn und Tia herumfahren ließen.

Ein Mann in der braunen Uniform der Sicherheitsleute, die sie am Studioeingang gesehen haben.

Er war genauso überrascht wie sie.

Dann fuhr seine rechte Hand zur Waffe an seinem Gürtel und die Linke an das Funkgerät, das an der Brusttasche seines Hemdes klemmte.

Cosmo ließ die Videokamera fallen und warf sich dem Mann entgegen. Er schlug mit der rechten Faust zu, doch sie ging ins Leere. Der Kerl hatte gute Reflexe. Und eine harte Linke, die Cosmos Kinn zum Glück nur streifte, ihn aber ins Taumeln brachte.

Die Pistole glitt aus dem Holster.

Dann traf den Sicherheitsmann die Videokamera, die Tia geworfen hatte, am Kopf. Die Pistole entglitt seinen Fingern.

Blut quoll aus einer Platzwunde auf der Stirn über das Gesicht des Mannes und in seine Augen. Er taumelte nach vorn und Cosmo versuchte, ihn zu fassen zu kriegen. Aber die Uniform entglitt seinen Fingern und der benommene Mann stolperte an Tia vorbei, zwischen den LKWs hervor, und brach dann zusammen.

Vor den Augen von Rivera und den anderen.

Cosmo griff fluchend nach der Kamera. „Weg!"

Jetzt sprinten sie direkt auf den Wassertank zu. Cosmo schiebt die Videokamera im Laufen zurück in den wasserdichten Rucksack und schwingt ihn sich auf den Rücken.

Hinter ihnen aufgeregte Stimmen.

Cosmo will nach links, doch von dort kommt ein Golfwagen

den südlichen Rand des Tanks heruntergefahren. Drinnen die braunen Uniformen zweier Security-Leute. Zweifellos stecken die Männer alle in der Tasche des Kartells.

Tia hat sie auch gesehen und schlägt bereits einen Haken nach rechts. Sie ist schnell und weit besser in Form als Cosmo, der schnauft, als wäre er einen Marathon gelaufen.

Tia stößt einen Fluch aus und stoppt so abrupt, dass Cosmo auf sie aufläuft und sie beinahe beide zu Fall bringt.

„Was?“

Sie braucht ihm die Frage nicht zu beantworten, denn jetzt bemerkt Cosmo Rolston, Al und den muskulösen Kartell-Killer, die von rechts auf sie zustürmen.

Sie haben sie in die Zange genommen.

Obwohl sie die Pistolen bereits in den Händen halten, schießen ihre Verfolger nicht. Sie wollen vermeiden, dass andere, wie zum Beispiel Chad St. Paul und Shane Dekker, die sich ja noch auf dem Studiogelände befinden, auf sie aufmerksam werden.

Tia deutet zum Wassertank. „Da lang.“

Sie meint den schwimmenden Steg aus kleinen Pontons, der von der Ostseite bis in die Mitte des Tanks und zur U-Boot-Attrappe reicht.

Aber da sitzen wir in der Falle, denkt Cosmo, trotzdem folgt er ihr. Sie haben keine andere Wahl. Der etwa vier Meter breite, schwimmende Steg ist stabil, die einzelnen Teile fest miteinander verbunden, damit Crew und Kameraausrüstung bis zum U-Boot transportiert werden können.

Cosmo ist schweißüberströmt, seine Lunge brennt wie Feuer, als sie die U-Boot-Attrappe erreichen. Zwei Leitern führen vom Steg hinauf auf die massive Röhre des U-Boots.

Cosmo nimmt den Rucksack vom Rücken und drückt ihn Tia in die Hand. „Los. Hau ab.“

Sie schüttelt den Kopf. „Nein, wir schwimmen–“

„Ich kann nicht schwimmen!“

„Ich ziehe dich–"

„Dann erwischen sie uns. Hau ab, verdammt noch mal!"

Sie hören die hämmernden Schritte ihrer Verfolger hinter sich auf dem Steg.

Tia zögert. Sie wissen beide, was es bedeutet, wenn er zurückbleibt. Er will nicht sterben, er will sich nicht opfern, aber es ist nun einmal, wie es ist.

Er stößt sie zur Leiter. „Mach schon!"

„Ich–"

Er lässt sie nicht ausreden. Stattdessen fährt er zu Rolston, Al und den Mexikanern herum, die unaufhaltsam auf sie zukommen.

Sie wollen nicht schießen, um keine Aufmerksamkeit zu erregen.

Er will das Gegenteil.

Er hat die Ruger Redhawk und–

Er hört Tia hinter sich die Leiter zum U-Boot hinaufklettern, während ihm einfällt, dass die Waffe in dem Rucksack ist, den er Tia gerade gegeben hat.

Ancona, du abgefuckter Hurensohn.

Mit einem Schrei der Verzweiflung stürzt er den Verfolgern entgegen. Die haben gesehen, dass Tia auf das U-Boot geflüchtet ist, und der hünenhafte Mexikaner hat mit den anderen Männern bereits wieder kehrtgemacht.

Nur Rolston und Al bleiben auf dem Steg.

Cosmo wirft sich auf den kleinen Asiaten, den er aufgrund der schmalen Statur für den leichteren Gegner hält.

Dessen linkes Bein schießt vor.

Lang und hart und hoch.

Die Sohle seines Schnürstiefels trifft Cosmo unterm Kinn und beförderte ihn rücklings auf den harten Gummiboden des Stegs. Was für ein gottverdammtes Klischee dieser Scheißkerl ist. Natürlich kann er Karate oder was immer das war, was Cosmo gerade auf die Bretter geschickt hat.

Die Gesichter von Rolston und Al erscheinen in seinem verschwommenen Sichtfeld.

Er will sich aufrichten, aber sein Körper gehorcht nicht.

Sein letzter Gedanke, bevor Rolston sich über ihn beugt und ihm die Faust ins Gesicht rammt, gilt Tia.

Komm schon, Kalani. Du musst es schaffen.

76

Die Arme vor sich ausgestreckt, durchbricht Tia die Wasseroberfläche.

Sie hat den Kopfsprung vom U-Boot so lang und flach wie möglich gemacht, und jetzt schwimmt sie mit kräftigen Zügen einen knappen Meter unter der Oberfläche.

Ihre Jeans und der Hoodie saugen sich mit dem kalten Wasser voll. Das macht es ihr nicht gerade leichter, aber Tia ist eine erstklassige Schwimmerin. Ein Kind der Pazifikinseln. Ihr Vater hat sie bereits im Alter von drei Jahren raus aufs Wasser und auf sein Surfbrett genommen. Sie konnte schwimmen, bevor sie ganze Sätze sprechen konnte.

Das Wasser ist ihr Element.

Als Teenager konnte Tia länger und weiter schwimmen als alle ihre Freunde. Dasselbe gilt fürs Tauchen. Und durchs regelmäßige Surfen ist sie in Übung geblieben.

Sie weiß, dass der Westrand des Tanks dort, wo er an den Klippen endet, weiter weg ist als der Nordrand. Und sie weiß auch, dass die Männer davon ausgehen, dass sie zum Westrand schwimmt. Schließlich ist sie in diese Richtung vom U-Boot gehechtet.

Stattdessen hat Tia direkt nach dem Eintauchen einen harten

Haken nach rechts geschlagen und bewegt sich jetzt Richtung Nordrand.

Als sie das Gefühl hat, ihre Lungen werden jeden Moment bersten, taucht sie auf. Ein paar tiefe Atemzüge, kurze Orientierung, dann zurück unter die Wasseroberfläche, ohne sich darum zu kümmern, ob sie irgendjemand gesehen hat. Die Richtung jetzt noch zu ändern, wäre ohnehin sinnlos.

Als sie das zweite Mal auftaucht, hat sie die halbe Strecke hinter sich gebracht. Sie widersteht dem Drang, zum Steg zu sehen, um sich zu vergewissern, was mit Cosmo geschehen ist. Taucht wieder ab. Schwimmt weiter.

Ein drittes Mal auftauchen, kurz nach Luft schnappen, erneut abtauchen und weiterschwimmen.

Der Boden des Tanks unter ihr wird flacher. Sie hat es fast geschafft. Taucht zum letzten Mal auf. Wenige Meter vor ihr der Rand des Tanks. Niemand zu sehen. Nur ein kleiner Kran auf einem Podest. Sie watet das letzte Stück und zieht sich nach oben. Bleibt auf allen vieren keuchend hocken. Ihr Herz rast, unter ihr breitet sich eine Pfütze aus.

Laute Stimmen.

Die Mexikaner laufen wie erwartet auf der anderen Seite des Tanks Richtung Klippen. Der Golfwagen mit den beiden Sicherheitsleuten biegt bereits um die südliche Ecke. So, wie es aussieht, hat sie bislang niemand entdeckt.

Tia kriecht in die Deckung des Krans. Auf dem Steg sieht sie Rolston und Al, Silvermans Leute, die Cosmos leblosen Körper unter den Armen gepackt haben und wegschleifen.

Haben sie ihn getötet?

Tia schüttelt den Kopf. Darüber kann sie jetzt nicht nachdenken. Sie muss hier weg. Das Schlauchboot kann sie vergessen. Da kommt sie nicht hin. Vor ihr diverse Schuppen, Garagen und kleinere Hallen, hinter denen sich die Nordgrenze des Studiogeländes befinden muss.

Sie atmet ein letztes Mal durch, dann hastet sie geduckt los.

Erst, als sie zwischen den Schuppen verschwindet, fühlt sie sich sicherer.

Ein paar Minuten später erreicht sie einen Zaun. Vier Meter hoch. Maschendraht. Sie zerrt die Sneakers von den Füßen und beginnt zu klettern. Krallt Finger und Zehen in die Lücken zwischen den Drähten und kämpft sich nach oben. Zum Glück gibt es keinen Stacheldraht. Jeden Augenblick rechnet sie mit dem Geschrei ihrer Verfolger, die sie entdeckt haben.

Oben angekommen wirft sie ihr rechtes Bein über den Zaun. Ihre Finger und Zehen tun furchtbar weh, der Draht schnürt die Durchblutung ab.

Sie lässt einfach los.

Landet hart.

Etwas Kantiges bohrt sich in ihre Fußsohle und entlockt ihr einen leisen Schmerzensschrei. Das Gelände rund um das Studio ist sandig-steiniger Untergrund mit karger Vegetation.

Tia stolpert einige Meter in die Dunkelheit, bis sie das Gefühl hat, außer Sichtweite zu sein, dann schwenkt sie nach rechts. Dort verläuft der Highway 1 zwischen Cabo San Lucas im Süden und Tijuana im Norden. Die Scheinwerfer der Autos flackern in der Dunkelheit.

Fünfzehn Minuten später kommt sie am Highway an. Sie hat angefangen zu frieren. Ihre Füße schmerzen, sie spürt, dass sie an einigen Stellen bluten, die Socken sind schmutzig und aufgerissen. Wenigstens ist sie in der Dunkelheit nicht auf eine Schlange oder einen Skorpion getreten.

Sie klettert über die Leitplanke, dann überquert sie den nächtlich leeren Highway, um auf die nach Norden führende Spur zu gelangen. Sie kann das Risiko eingehen und per Anhalter fahren oder die ganze Strecke bis nach Rosarito, wo der Mietwagen steht, zu Fuß laufen. Aber das würde viel zu lang dauern. In der Stadt will sie Rowdy anrufen, damit er sie in Tijuana abholt.

Sie denkt an Cosmo. Haben sie ihn bereits getötet? Oder lebt er noch? Der Gedanke lässt sie beinahe durchdrehen. Sie fühlt sich hilflos. Allein.

Weil du hilflos und allein bist.

Sollte sie nicht besser direkt zur mexikanischen Polizei gehen? Aber was werden die unternehmen? Werden sie überhaupt etwas unternehmen? Es ist bekannt, wie tief die Behörden in Mexiko mit den Kartellen verstrickt sind. Kann sie überhaupt irgendjemandem hier vertrauen?

Nein, sie muss mit den Videoaufnahmen zurück über die Grenze. Zu einem Anwalt, der das Video der Polizei zukommen lassen kann, ohne das sie sich stellen muss.

Die Angst um Cosmo kehrt zurück. Die Schuldgefühle, dass sie seinem Sohn vielleicht den Vater genommen hat. So, wie sie Adam das Leben genommen hat, als er an ihrer Stelle im explodierenden Porsche zerfetzt wurde.

Ihr Freund ist gestorben, weil böse Menschen böse Dinge tun. Schuld ist etwas anderes. Das waren Cosmos Worte.

Aber sie kann den Gedanken nicht abschütteln.

Es ist meine Schuld. Weil ich Karriere machen wollte.

Sie spürt die Tränen erst, als sie bereits heiß über ihr Gesicht rinnen. Sie bleibt stehen, weil sie ihr die Sicht nehmen.

Scheinwerfer erfassen sie von hinten und werfen ihren Schatten lang und grotesk vor ihr auf den Straßenrand. Ein Motor wird gedrosselt.

Angst legt sich wie eine eisige Kralle um ihren Körper und presst ihn zusammen.

Ein Auto hält neben ihr.

Eine überraschte Stimme: „Tia?!“

Sie dreht den Kopf.

Shane Dekker steht neben der offenen Fahrertür seines Nissans und starrt sie ungläubig an.

77

„Sie kann doch nicht verschwunden sein." Dem Akzent nach einer der Mexikaner. Wahrscheinlich Rivera.

„Wir haben das ganze Gelände abgesucht." Ebenfalls ein Mexikaner, der Englisch spricht.

„Sucht weiter. Vielleicht hat sie sich irgendwo versteckt."

„Oder sie hat es nach draußen geschafft." Rolstons Stimme.

„Die Jungs fahren den Highway ab." Wieder einer der Mexikaner; der kehligen Stimme nach zu urteilen, tippt Cosmo auf den Muskelberg mit der Machete.

Kein Wort von dem Schlauchboot. Das ist gut. Wenn sie es nicht entdeckt haben, ist Tia vielleicht damit die Flucht gelungen.

Cosmo ist schon seit ein paar Minuten wieder bei Bewusstsein, aber das müssen die Typen ja nicht wissen. Sein Schädel dröhnt, eine Mischung aus Entzugserscheinungen und dem Karatetritt. Sein Kinn fühlt sich an, als wäre es geschwollen. Dazu die verdammte Übelkeit.

Er sitzt am Boden, mit dem Rücken an etwas gelehnt, was sich anfühlt wie eine Blechwand. Dem Schall ihrer Stimmen nach zu urteilen, befinden sie sich in einer der Studiohallen. Oder einem der Lagerhäuser. Cosmo wagt es nicht zu blinzeln, aus

Angst, sie könnten bemerken, dass er bereits wieder zu sich gekommen ist.

Jemand tritt ihm so hart in die Rippen, dass er die Augen aufreißt und einen Schmerzensschrei ausstößt.

„Ich weiß, dass du wach bist." Rolstons Hände krallen sich in Cosmos Jacke, zerren ihn hoch und pressen ihn gegen die Wand. Wie er es sich gedacht hat. Sie befinden sich in einer Lagerhalle. Um sie herum sind Scheinwerfer in diversen Größen aufgereiht, Lichtreflektoren so groß wie Segel, Regale voller Kabel und Kisten mit anderem Equipment.

Rolston ohrfeigt ihn. „Hey. Guck mich an."

Cosmo sieht ihm in die Augen.

Und spuckt ihm ins Gesicht.

Rolstons Faust bohrt sich in seine Magengrube und Cosmo kotzt ihm auf die Schuhe.

Rolston flucht.

Rivera verzieht das Gesicht. „Das ist ja ekelhaft."

Cosmo spürt Rolstons Faust und den beringten Finger, der die Haut über seinem Wangenknochen aufreißt. Warmes Blut fließt über sein Gesicht. Der Gestank seiner eigenen Kotze steigt ihm in die Nase.

Rolston steht über ihm und reibt sich die Hand, mit der er ihn geschlagen hat. „Was war in dem Rucksack, den Sie Kalani gegeben haben?"

Er hat es also gesehen.

Cosmo lächelt ihn durch die Schmerzen hindurch an. „Der Beweis, was ihr hier veranstaltet."

„Haben Sie Fotos gemacht?"

„Besser. Ein kleines Video. Auf dem man all eure hässlichen Visagen gut erkennen kann. Ihr seid am Arsch. Kalani ist damit längst auf dem Rückweg."

Die Männer wechseln Blicke. Cosmo gefällt, was er sieht. Sie haben Angst, dass sie auffliegen. Vor allem Rolston und Al. Die Mexikaner wahrscheinlich nur wegen des Verlusts einer lukrativen Drogenlieferung und nicht aus Sorge, ins Gefängnis zu wandern.

Ein plötzlicher Krampf fährt durchs Cosmos Magengrube. Er krümmt sich zusammen. Schweiß tritt auf seine Stirn, sein ganzer Körper wird von einem Zittern erfasst, ohne dass er etwas dagegen tun kann.

Rivera runzelt die Stirn.

Rolston kapiert. „Du meine Güte, Ancona. Sind das Entzugserscheinungen?" Er sieht zu Rivera. „Der Schnüffler hat ein Alkoholproblem. Er war Bulle wie ich. Vielleicht haben Sie von ihm gehört. Er hat einen schwarzen Jungen erschossen und versucht, es wie Notwehr aussehen zu lassen. Hat Schlagzeilen gemacht. Wissen Sie, Ancona. Ich habe vollstes Verständnis für das, was Sie getan haben. Ehrlich. Ich hätte meine Karriere auch nicht für so einen kleinen Punk aus Inglewood riskiert, der über kurz oder lang sowieso irgendeiner Gang beigetreten wäre. Sie waren allerdings so dumm, sich erwischen zu lassen. Wahrscheinlich tun wir Ihnen jetzt einen Gefallen, wenn wir Sie umlegen. Und bestimmt auch Ihrer Familie. Ich weiß, wovon ich rede. Mein Vater war auch ein Säufer, und der beste Tag in meinem Leben war der, als er sein Auto in einen Brückenpfeiler gerammt hat. Ich habe gelächelt, als sie das, was von ihm übrig geblieben ist, in die Erde gelassen haben."

Obwohl Rolstons Stimme wie durch eine Wand zu ihm dringt, ist jedes seiner Worte wie ein weiterer Hieb in Cosmos Gesicht und seine Magengrube.

So ist das mit der Wahrheit. Sie tut weh. Wie oft hat er genau das, was Rolston gerade sagt, in den vergangenen Monaten selbst immer wieder gedacht. Meistens, wenn er sturzbetrunken in sein Bett gekippt ist.

Dass es seiner Familie (welcher Familie?), vor allem aber Remy, besser gehen würde, wenn er tot wäre.

Was für ein erbärmlicher, selbstmitleidiger Hurensohn ich doch bin.

Rolston wendet sich an den älteren Mexikaner, der einen

Cowboyhut auf dem ergrauten Haupt trägt. „Ich nehme an, Sie wollen das übernehmen, Guillermo."

Der Mexikaner namens Guillermo nickt. Er schlägt die dünne Lederjacke zurück und zieht eine Automatik mit Perlmuttgriff aus dem Holster an seinem Gürtel.

Es tut mir leid, Remy, denkt Cosmo und schließt die Augen.

Dann krallen sich Finger unter seine Achseln und zerren ihn auf die Beine. Er bleibt schwankend stehen. Der muskulöse Mann in der schwarzen Weste und mit der Machete am Gürtel stößt ihn vorwärts. „Beweg dich."

Cosmo versteht. Sie wollen ihn nicht auf dem Studiogelände töten. Ein weiterer Stoß. „Na los."

Cosmo setzt sich auf Beinen wie aus Gummi in Bewegung.

„Gute Reise, Ancona", hört er Rolston hinter sich sagen.

Als sie ins Freie kommen, saugt er die salzige Brise, die vom Meer über das Studio weht, tief in seine Lungen. Hinter den Kopfschmerzen lichtet sich der Nebel um seinen Verstand.

Ich will nicht sterben.

Zumindest nicht wehrlos und bei einer Hinrichtung.

78

Die kleine Lagerhalle, aus der sie kommen, steht am Ostrand des großen Wassertanks. Sie führen den Gringo zu den SUVs, die noch hinter den Studiohallen bei den LKWs geparkt sind.

Der Detektiv ist ein zitterndes, kraftloses Wrack. Sie werden ihn raus zur Müllkippe von Rosarito fahren. Er ist nicht der Erste, den sie dort entsorgen und wird ganz bestimmt auch nicht der Letzte sein.

Sein Tod wird Guillermos Schwester Genugtuung verschaffen. Für ein paar Tage wenigstens. Bis sie die Erkenntnis trifft, dass ihr geliebter Sohn trotzdem nicht zurückkehren wird. Xaviers Tod ist ein Loch, das sich nie wieder füllen lassen wird. Seine Mutter wird jeden Tag an sein Grab pilgern und am *Tag der Toten* Kerzen für ihn entzünden. Sie wird ihn betrauern und beweinen, für den Rest ihres Lebens.

Rache ist ein Pfad ins Nirgendwo. Guillermo ist das klar und trotzdem kann er es nicht erwarten, dem Gringo seine 45er auf die Stirn zu pressen und den Abzug zu drücken.

Er weiß, wie sehr es Trejo in den Fingern juckt, den Schnüffler selbst zu töten. Trejo hat die Schmach seines Versagens in Los Angeles noch nicht überwunden. Nichts würde ihn mehr erfüllen, als den Gringo seiner geliebten *Santa Muerte* zu opfern.

Aber das wird nicht geschehen. Eher wird Guillermo Trejo eine Kugel verpassen, als das zuzulassen.

Sie passieren eine der Studiohallen und haben den halben Weg zum SUV hinter sich gebracht, als der Gringo abrupt stehenbleibt.

Er beugt sich mit einem Stöhnen vor, die Hände auf den Bauch gepresst. Dann fängt er an zu würgen und der saure Gestank der Magenflüssigkeit steigt Guillermo in die Nase, als sie über die Lippen des Gringos auf den Boden tropft.

„Wenn er ins Auto kotzt, hacke ich ihm alle Körperteile einzeln ab“, sagt Trejo.

Guillermo krallt seine Rechte in die Schulter ihres Opfers und zieht ihn nach oben. „Komm schon, wei–“

Der Schmerz explodiert in seinem Gesicht wie ein Feuerwerkskörper. Guillermo taumelt zur Seite, die Waffe entgleitet seinen Fingern.

Durch die schwarze Flecken, die plötzlich vor seinen Augen tanzen, sieht er, wie der Gringo nach der Pistole greift. Er spürt das Blut aus einer Nase sprudeln und über sein Gesicht laufen.

Puta de madre. Er hat uns ausgetrickst. Mir seinen Ellenbogen ins Gesicht gerammt. Die Nase gebrochen. *Puta de madre.*

Guillermo hört Trejos wütenden Schrei.

Sieht, wie er die Machete vom Gürtel reißt.

Jetzt bekommt Santa Muerte doch noch ihr Opfer. Trejos Machete wird dem Gringo den Schädel spalten. Man braucht Kraft, um das tun, und diese Kraft steckt in Trejos muskulösen Armen. Guillermo hat gesehen, wie er einem Mann mit einem einzigen Hieb den Kopf von den Schultern geschlagen hat.

Der rechte Arm des Gringos fliegt nach oben.

In seiner Hand Guillermos 45er.

Aber Trejo ist schneller.

Die Machete surrt durch die Luft.

Guillermo lächelt. Am Ende spielt es keine Rolle, wer den

Gringo tötet. Nicht für Xavier, nicht für seine Mutter und auch nicht für Guillermo.

Das Einzige, was zählt, ist, *dass* er stirbt.

Hasta la vista–

Der Gringo duckt sich.

Ein dumpfer Schlag lässt Guillermo wanken.

Ein verblüffter Ausdruck erscheint auf Trejos Gesicht.

Guillermos Waffe kracht, Trejo stolpert nach hinten.

Der Gringo fährt herum.

Sein Blick kreuzt sich mit dem von Guillermo.

Wieso starrt er mich so an?

Guillermo will zu dem Klappmesser an seiner Hüfte greifen.

Aber sein Arm gehorcht nicht.

Und der Gringo dreht sich einfach um.

Rennt davon.

Guillermo versteht nicht.

Sieht einen Arm am Boden.

Und die immer größer werdende Blutlache.

Sein Gehirn setzt die Informationen zusammen.

Er hebt den Stumpf und blickt fasziniert auf das Blut, das daraus hervorsprudelt wie Wasser aus einem Hydranten.

Guillermos Beine geben nach.

Dann liegt er auf dem Rücken.

Er kann die Sterne sehen.

Er fühlt sich müde.

Unendlich müde.

79

Sein Körper gibt, was er kann.

Das ist nicht viel.

Er fühlt sich, als würde er durch einen Sumpf waten.

Zum Studioeingang kann er nicht, dort sitzen die Sicherheitsleute. Die werden den Schuss gehört haben, mit dem er den Macheten-Mann von den Füßen geholt hat. Er weiß nicht, ob er den Kerl getötet hat, aber er weiß, dass der Mann namens Guillermo ganz bestimmt keine Gefahr mehr bedeutet. Cosmo glaubt, dass die Machete, die Guillermo den Arm vom Körper trennte, ihm noch ein paar Haare abrasiert hat, so dicht war die Klinge über seinen Schädel hinweg gezischt.

Er läuft jetzt Richtung Meer.

Wenn du Arschloch wenigstens schwimmen könntest.

Aber wahrscheinlich wäre ein Sprung von den Klippen selbst dann Selbstmord. Er hat die schroffen Felsen im Wasser bei ihrer Ankunft mit dem Schlauchboot gesehen, und wenn die ihn nicht erledigen, würde ihn die starke Brandung mit Sicherheit an die Klippen klatschen wie eine Fliege.

Es muss einen anderen Weg finden, um vom Studiogelände zu kommen.

Dann sieht er den Schauspieler.

Chad St. Paul.

Auf dem kleinen Parkplatz etwa hundert Meter zu Cosmos Linken. Dort stehen mehrere Pick-ups. Und ein Sportwagen, auf den St. Paul zugeht.

Er hat den Schlüssel bereits in der Fahrertür, als Cosmo wild gestikulierend auf ihn zurennt. „Hey! Warten Sie!“

Der Schauspieler hebt den Kopf.

Sieht einen blutbesudelten Typen mit einer Knarre aus der Dunkelheit auf sich zustürmen. Und tut das, was wahrscheinlich die meisten an seiner Stelle tun würden. Er reißt hektisch die Autotür auf und rutscht hinters Steuer. Knallt die Tür zu und verriegelt sie von innen.

Er startet den Motor, als Cosmo keuchend das Fahrzeug erreicht und eine Hand auf die Motorhaube knallt. „Warten Sie! Bitte!“

Auf St. Pauls Gesicht hinter der Windschutzscheibe steht blanke Panik. Bisschen überraschend für einen Typen, der laut seinem Buch so stahlharte Nerven im Golfkrieg bewiesen hat, als er hinter den feindlichen Linien Saddam Husseins Elite-Soldaten austrickste.

„Ich brauche Hilfe. Sie müssen mir helfen–“

Der Motor röhrt, als St. Paul das Gaspedal durchdrückt. Der Sportwagen schießt mit einem Ruck nach vorn. Cosmo kann sich nur im letzten Moment mit einem Sprung zur Seite retten.

Am Boden liegend, sieht er das Fahrzeug Richtung Ausgang schlingern.

Da macht er sich vom Acker, der Kriegsheld.

Aufgeregte Stimmen nähern sich. Eine davon klingt nach Rolston.

Cosmo richtet sich schnaufend auf und stolpert weiter.

Vor ihm erhebt sich das Produktionsgebäude, an dem er vorhin mit Tia vorbeigelaufen ist, aus der Dunkelheit.

80

Im Konferenzraum hinter den Yuccapalmen brennt zwar Licht, aber er ist jetzt leer.

Zu Cosmos Linken schimmert etwas in der Dunkelheit. Ein Zaun. Maschendraht. Vier Meter. Wenn er es darüber schafft …

Das schweißgetränkte T-Shirt unter der Jeansjacke klebt an seinem Körper, sein Herz rast. Seine Beine fühlen sich an wie mit Blei ausgegossen. Die Finger, die die Pistole halten, zittern immer noch.

Er ist am Ende. Ein Beinamputierter hätte größere Chancen, über den Zaun zu klettern. Das ist so sicher wie der Kassenerfolg eines Schwarzenegger-Films.

Aus den Augenwinkeln nimmt er eine Bewegung wahr.

Die Tür des Konferenzraumes wird geöffnet.

Silverman tritt ein, in der Hand ein Blatt Papier, das er im Gehen liest.

Da ist er.

Der Hurensohn, der hinter allem steckt.

Cosmo denkt nicht. Er handelt.

Silverman hört seine Schritte. Die Augen des Produzenten

weiten sich, als Cosmo durch die offenen Glastüren in den Raum stolpert.

Seine Linke krallt sich in Silvermans buntes Hemd und die Rechte rammt ihm den Griff der Automatik auf die Stirn. Silverman heult vor Schmerz. Cosmo schleudert ihn in den großen Stuhl am Kopfende des Konferenztisches.

Silverman starrt mit weit aufgerissenen Augen die Waffe an, die Cosmo auf sein Gesicht richtet. „*Sie*?!“

„Eine Bewegung und ich schieße Ihnen ein zweites Arschloch!“

Für einen kurzen Moment verlässt der Schreck Silvermans Gesicht. „Das ergibt doch überhaupt keinen Sinn–“

„Maul halten!“

Cosmo reißt die Tür des Kühlschranks neben dem Tisch auf. Seine Finger schließen sich um eine Flasche Bier. Er dreht den Verschluss ab, ohne die Waffe abzulegen, und setzt die Flasche an die Lippen. Das eiskalte Bier rinnt seine Kehle hinab. Der Alkohol schießt in seine Blutbahnen. Silverman beobachtet mit offenem Mund, wie Cosmo den Rest der Flasche in einem Zug leert und sie achtlos zur Seite wirft.

„Was zur Hölle tun Sie hier?!“

„Als ob Sie das nicht wüssten, Sie Dreckskerl. Aufstehen.“

Silverman drückt sich aus dem Stuhl hoch.

„Sie bringen mich jetzt zu Ihrem Hubschrauber. Und dann fliegen wir nach Los Angeles.“

„Sie haben einen Polizisten ermordet–“

Cosmo ohrfeigt ihn so hart, dass Silverman wieder in seinem Stuhl landet. Cosmo presst ihm die Pistolenmündung auf die Stirn. „Ihr Hurensohn vom DEA–“

Irgendetwas in Silvermans Blick lässt ihn innehalten.

Er nimmt die Waffe von seinem Kopf.

Das kann nicht sein ...

„Sie schmuggeln Drogen für das Tijuana-Kartell in die Staaten ...“

„Und Sie haben den Verstand verloren! Was geht hier vor? Wo ist Tia Kalani? Geht es immer noch um Andy?"

„Verdammt noch mal, jetzt haben wir ein Problem", sagt Rolston hinter Cosmos Rücken.

Cosmo schwenkt die Waffe zur Terrasse.

Rolston steht breitbeinig da, seine Pistole in beiden Händen. Neben ihm Rivera und der Mexikaner mit der Machete. Der hält die blutverschmierte Klinge in der Linken, sein rechter Arm hängt schlaff herab. Blut läuft von seiner Schulter über die tätowierten Muskeln. Seine Augen funkeln hasserfüllt.

„Rolston ...?" Silverman schluckt. „Was ist hier los!?"

Rolston seufzt. „Sorry, Jack. Das war wirklich so nicht geplant."

Als Cosmo die Tür hört, ist es bereits zu spät.

Er dreht sich um und blickt in die schwarze Mündung von Als Pistole, nur wenige Zentimeter vor seinem Gesicht.

Cosmo schnauft frustriert, dann legt er die 45er langsam auf dem Konferenztisch ab. „Kann ich wenigstens noch ein Bier haben?"

81

Zum zweiten Mal an diesem Tag liegt sie im Kofferraum eines Autos. Der von Shane riecht nicht viel besser als Rowdys. Aber wie soll ein Kofferraum auch sonst riechen? Es gibt eine Decke, die sie um ihren frierenden Körper gewickelt hat.

Sie versucht, nicht an Cosmo zu denken, weil ihre Hilflosigkeit sie wahnsinnig macht.

Aber da sind seine Lippen auf ihrem Mund, seine Hände auf ihrem Körper, der kurze Moment der explodierenden Leidenschaft auf dem Weg zur Grenze, der ihn wohl genauso unvorbereitet getroffen hatte wie sie.

Wenn er tot ist, dann ...

Hör auf, Tia!

Nach einem Anruf von Silverman, der ihm wutschnaubend von Chad St. Pauls Starallüren berichtete, ist Shane mit dem Auto nach Mexiko aufgebrochen. St. Paul hatte einen zweiseitigen Monolog für seine Figur in *Dive Hard* geschrieben, einen Navy Seal, der an Bord eines russischen U-Boots gegen einen desertierten Marineoffizier kämpft, der von Perestroika nichts wissen will und sich in den Kopf gesetzt hat, Amerika zu attackieren. *Stirb Langsam* trifft *Jagd auf Roter Oktober* war der Pitch des Original-Autors gewesen, bevor Silverman ihn gefeuert hatte und das Buch von Shane überarbeiten ließ. Jetzt bestand Chad St. Paul darauf, dass seine Figur, nachdem sie die Bad Guys massakriert hat, vor russischen und amerikanischen Seeleuten eine Rede über die Sinnlosigkeit des Krieges und Völkerverständigung hält.

Es hätte für Shane Platz in Silvermans Hubschrauber gegeben, aber der junge Autor hat Angst vorm Fliegen. Flugzeuge besteigt er nur vollgepumpt mit Beruhigungsmitteln, und Hubschrauber kommen schon gar nicht in Frage. Für Tia hat sich das als Glücksfall herausgestellt.

Shane bekam den Mund gar nicht mehr zu, als sie versuchte, ihm zu erklären, warum er sie bis auf die Haut durchnässt und mit blutigen Füßen auf einem Highway in Mexiko angetroffen hat. Sie gab ihm so kurz und trotzdem so verständlich wie möglich einen Abriss der Ereignisse, seit Dale Mancini sie im Studio angerufen hat und behauptete, Andy Light sei nicht an einer Überdosis gestorben. Shane hörte ihr zu und als sie fertig war, schüttelte er den Kopf.

Natürlich. Das würde sie auch, wenn ihr jemand dasselbe erzählt hätte.

„Ich weiß, wie verrückt das klingt–"

„Es hört sich an wie eins meiner Drehbücher. Ich meine, ja, Jack ist ein Arschloch, aber ... Drogenschmuggel?"

Sie hielt den wasserdichten Rucksack mit der Videokamera hoch. „Ich habe hier den Beweis. Und ich muss die Aufnahmen so schnell wie möglich zu einem Anwalt bringen."

„Was ist mit dem Privatdetektiv?"

Die Frage trieb ihr die Tränen in die Augen und das war Antwort genug.

„Bitte, Shane. Ich muss über die Grenze. Helfen Sie mir. Danach verschwinde ich. Ich werde niemandem sagen, wie ich rübergekommen bin. Und ich schwöre Ihnen, dass weder Ancona noch ich den Polizisten ermordet haben. Detective Rodriguez war Anconas Freund."

Er kämpfte eine Weile mit sich und nickte schließlich. „Aber wenn sie uns an der Grenze erwischen, dann weiß ich nichts davon, dass Sie in meinem Kofferraum sind."

Sie nickte. „Ich werde sagen, dass ich mich in den *El Ocaso* Studios hineingeschmuggelt habe."

Fünfzehn Minuten von der Grenze entfernt, kletterte Tia in einer dunklen Seitenstraße in Shanes Kofferraum. Er drückte ihr eine Wasserflasche in die Hand.

„Danke, Shane."

Er nickte und sie sah ihm an, wie mulmig ihm zumute war.

Jetzt können sie nicht mehr weit vom Grenzübergang entfernt sein. Sie merkt, wie Shane das Tempo drosselt. Der Wagen schlingert. Es fühlt sich an, als würde er abbiegen.

Was tut er?

Das Fahrzeug hält abrupt an. Eine Tür wird geöffnet. Schritte, dann erklingt Shanes Stimme. „Ich gehe nur schnell pinkeln, sonst mache ich mir bei der Grenzkontrolle vor Aufregung in die Hose."

Bevor sie etwas erwidern kann, entfernen sich seine Schritte. Hat er es sich anders überlegt? Ruft er jetzt die Polizei? Tia unterdrückt die aufsteigende Panik. Sie kann den Kofferraum nicht von innen öffnen. Sie ist ihm hilflos ausgeliefert.

Die Zeit verstreicht quälend langsam, aber wahrscheinlich sind nur ein paar Minuten vergangen, als sie ein Klopfen zusammenzucken lässt. „Es geht weiter."

So schnell, wie die Anspannung sie verlässt, kehrt sie zurück, als Shane erneut auf die Bremsen tritt.

Der Grenzübergang.

Sie hört die Stimmen der Grenzbeamten. Englisch. Spanisch. Gelächter. Musik.

Sie beißt sich auf Lippen.

Obwohl ihr immer noch kalt ist, fängt sie an zu schwitzen.

Der Wagen stoppt.

Jemand tritt ans Fahrzeug.

Shane und ein Grenzbeamter reden miteinander.

Ihr Herz hämmert so hart und laut, dass Tia nicht versteht, was die beiden sagen.

Die Zeit bleibt stehen.

Und dann –

– beschleunigt Shane wieder.

Geschafft.

82

Cosmo sitzt zwischen Rolston und Al. Silverman ist zwischen Rivera und dem großen Mexikaner, den sie Trejo nennen, eingequetscht.

Unter ihnen erstreckt sich das Lichtermeer von Los Angeles wie ein Haufen funkelnder Diamanten bis zum Pazifik.

Der Pilot schwenkt den Hubschrauber nach rechts. Cosmo weiß, wohin es geht. Silvermans Villa im Benedikt Canyon.

Cosmo hatte gerade seine Waffe im Konferenzraum abgelegt und die Arme gehoben, als das Telefon in der Mitte des Tisches klingelte. Rolston nahm den Hörer ab. Er hörte einen Moment zu, dann breitete sich ein Lächeln auf seinem Gesicht aus und er warf Cosmo einen triumphierenden Blick zu. Rolston lauschte noch kurz der Stimme des Anrufers, dann nickte er. „Perfekt durchdacht. Als wäre es ein Drehbuch." Er legte auf.

„Was ist?", fragte Rivera ungeduldig.

„Wir drehen das große Finale." Rolston zeigte auf Cosmo und Jack Silverman. „Und die beiden spielen die Hauptrollen. Allerdings nicht allein."

„Verdammt noch mal, Mike, was soll denn–?" Silvermans Satz erstickte in der Ohrfeige, die Rolston ihm verpasste. „Sie reden erst wieder, wenn Sie gefragt werden, Jack."

Silverman, der junge Frauen mit dem Gesicht in Toiletten drückte, um sie anzupinkeln, sah aus, als würde er jeden Moment in Tränen ausbrechen. Cosmos Mitleid hielt sich in Grenzen.

„Bei der Wahl Ihrer Sicherheitsleute wäre ich in Zukunft etwas vorsichtiger." Cosmo fing sich für diesen Kommentar eine schmerzhafte Rückhand von Al, die ihn nach hinten taumeln ließ.

„Das Gleiche gilt für Sie, Ancona", sagte Rolston.

Cosmo funkelte Al an. „Das war jetzt das dritte Mal, seit wir uns kennen, dass du mich geschlagen hast. Beim vierten Mal gibt's ein Echo, das verspreche ich dir."

Al holte wieder aus, aber Rolston stoppte ihn. „Lass gut sein. Er kriegt sein Fett später."

Rolston und Rivera verließen das Zimmer, und als sie nach ein paar Minuten zurückkehrten, machten sie sich alle gemeinsam auf den Weg zum Hubschrauber. Der Pilot, der sich gerade wieder eine Zigarette ansteckte, hatte beim Anblick der Waffen innegehalten. „Mister Silverman–?!"

„Alles okay, Bill. Wir fliegen zurück nach Los Angeles", sagte Rolston.

Bills Augen fielen auf das getrocknete Blut in Cosmos Gesicht und den hünenhaften Mexikaner mit der Machete. „Darf ich wissen, was hier los ist?"

Rolston schob dem Piloten seine Pistole unters Kinn. „Nein, Bill. Keine Fragen. Tu einfach, wofür du bezahlt wirst."

Jetzt verliert der Hubschrauber langsam an Höhe. Sie nähern sich Benedikt Canyon. Cosmo geht der mysteriöse Aufruf im Konferenzraum nicht aus dem Kopf. Mit wem hat Rolston gesprochen? Was meint er mit dem großen Finale? Dass sie ihn und Silverman töten werden, ist ihm natürlich klar, aber das allein ist es nicht.

Das triumphierende Grinsen in Rolstons Gesicht, als er telefonierte.

Cosmo überkommt eine böse Ahnung.

83

In den Channel 7 Nachrichten bringen sie wieder den Bericht über Cosmo und Tia Kalani, die im Zusammenhang mit dem Tod eines Polizisten gesucht werden. Immer noch keine Details. Nur der Name des toten Polizisten wird jetzt genannt.

Marco Rodriguez.

Julianne starrt auf den Bildschirm.

Rodriguez war einer von Cosmos besten Freunden. Sie mochte ihn sehr. Er war einer der wenigen, die nach dem Tod von William Bowers nicht so taten, als hätten sie Cosmo nie gekannt.

Und sie glaubt nicht eine Sekunde, dass Cosmo etwas mit seinem Tod zu tun hat. Ja, Cosmo hat seit der schicksalhaften Nacht eine Menge Scheiße gebaut, aber an seinem moralischen Kompass hat Julianne niemals gezweifelt. Und das tut sie auch jetzt nicht.

Sie wollte nicht, dass Remy erfährt, dass sein Vater von der Polizei gesucht wird, und sie hatte gehofft, es so lange vor ihm verbergen zu können, bis sich die Angelegenheit klärt.

Aber als sie vorhin losgegangen war, um Pizza von ihrem Lieblingsladen am Ende der Straße zu holen, während Remy zum gefühlt hundertsten Mal *Die Goonies* auf Video schaute, hat ihre Nachbarin Priscilla an der Tür geklingelt. Remy weiß zwar, dass er Fremden nicht die Tür öffnen darf und er hält sich eigentlich auch daran, aber er hat Priscilla durch den Spion gesehen und gedacht, dass sie sich mal wieder Milch oder Eier leihen wollte, wie sie das so oft tat. Also hat er ihr aufgemacht. Und Priscilla, dieses gottverdammte Miststück, sagte ihm – einem neunjährigen Kind – dass sein Vater von der Polizei gesucht wird, und dass er und Julianne besser in ein Hotel ziehen sollten, bis „dieser Irre hinter Schloss und Riegeln sitzt".

Als Julianne mit der Pizza zurückkehrte, erwartete Remy sie mit Tränen in den Augen und wollte wissen, wieso die Polizei seinen Vater für einen Mörder hält.

Julianne wäre am liebsten sofort rüber zu Priscilla gestürmt, um ihr die Faust ins Gesicht zu rammen. Stattdessen musste sie ihrem Sohn versichern, dass es sich nur um einen Irrtum handelt, der morgen früh, wenn er aufwacht, längst wieder geklärt sein würde.

Sie sah Remy an, dass er ihr nicht glaubte, aber er nickte trotzdem und bemühte sich sogar zu lächeln.

Wieso hatte sie die gottverdammte Pizza nicht einfach bestellt?

Jetzt liegt Remy im Bett. Nachdem er eingeschlafen war, rief Julianne bei der Polizei an und versuchte Informationen zu bekommen. Sie sprach eine halbe Stunde lang erfolglos mit diversen Beamten, von denen jeder sie an einen anderen verwies. Niemand konnte, wollte oder durfte ihr Auskunft erteilen. Sie überlegte, es bei Jen Austin, Cosmos alter Partnerin, zu versuchen, aber verzichtete schließlich darauf. Jen hat Cosmo nie verziehen, dass er versuchte, seine Schuld am Tod von William Bowers zu vertuschen. Das kann ihr niemand verübeln, am allerwenigstens Cosmo selbst, der genau das zu Julianne sagte.

Sie trinkt vom Bier, das sie aus dem Kühlschrank genommen hat, nachdem Remy eingeschlafen ist. Sie fühlt sich leer, ausgebrannt, erschöpft, aber sie weiß, dass sie in ihrem Bett keinen Schlaf finden wird. Sie hat sich gerade entschlossen, sich zu

Remy zu legen, als es an der Tür klingelt. Remy wird das nicht wecken, der Junge hat einen beneidenswert tiefen Schlaf.

Priscilla, denkt Julianne, und Hitze steigt ihr ins Gesicht. Sie richtet sich mit geballten Fäusten auf. Natürlich wird sie ihre Nachbarin nicht schlagen, aber sie wird der blöden Kuh die Meinung geigen und dabei ganz bestimmt nicht auf ihr Vokabular achten.

Doch als sie durch den Türspion blickt, sieht sie einen fremden Mann. Grauer Anzug, breite Nase, Mitte vierzig.

In ihrer Zeit mit Cosmo hat sie genug Polizisten gesehen, um einen zu erkennen, wenn er vor ihr steht, auch ohne Uniform. Juliannes Herzschlag beschleunigt sich, als sie die Tür öffnet.

Der Mann lächelt. „Julianne Wheeler?“

„Ja. Geht es um meinen Ex-Mann?“

Er nickt und hält einen Dienstausweis hoch. „Mein Name ist Special Agent Kove. Darf ich reinkommen?“

84

Der Hubschrauber setzt auf. Bill, der Pilot, dreht sich zu Rolston um. Sie tragen Kopfhörer und verständigen sich über das Kommunikationssystem. Cosmo hört ihre Stimmen über den Rotorenlärm hinweg trotzdem.

„Ich fliege gleich weiter–"

Rolston schüttelt den Kopf. „Sorry, Bill. Den Motor aus, bitte."

Bill schluckt. Er betätigt ein paar Schalter. Der Rotorenlärm erstirbt, die Blätter verlangsamen ihre Umdrehungen und erschlaffen.

Rolston nimmt den Kopfhörer ab. „Sie steigen mit uns aus, Bill." Der Pilot erwidert nichts. Was soll er auch sagen?

Al öffnet die Tür und klettert ins Freie. Cosmo folgt ihm, dann Rolston.

Trejo zerrt Silverman am Kragen seines Hemdes aus der Maschine. Der Produzent ist weiß wie eine Wand. Er hat kein Wort mehr gesagt, seit Rolston ihn drüben in Mexiko geohrfeigt hat.

Der Landeplatz liegt hinter einem Hügel, ein Stück unterhalb von Silvermans Villa. Sie folgen einem gepflasterten Pfad bis nach oben. Rechts erkennt Cosmo das Gästehaus, in dem er Silverman die Nase gebrochen hat. Unten funkeln das blaue

Wasser des Swimmingpools und die Lichter des Weihnachtsbaumes in seiner Mitte.

Wenige Minuten später betreten sie das Haus. Sie kommen in das riesige Wohnzimmer, in dem auf Silvermans Weihnachtsfeier das DJ-Pult aufgebaut war.

Rolston lächelt Cosmo und Silverman an. „Machen Sie es sich gemütlich."

Der Produzent lässt sich kraftlos auf ein Ledersofa sacken. Cosmo rührt sich nicht.

„Sie können jetzt gehen, Bill."

Der Pilot runzelt erleichtert, aber auch irritiert die Stirn. Cosmo hat eine Vorstellung davon, was dem Mann durch den Kopf geht. Er hat auch eine Vorstellung davon, was passiert, sobald er sich umdreht.

„Hören Sie, Rolston–"

„Maul halten, Ancona. Na los, Bill, verschwinden Sie endlich."

Der Pilot dreht sich ruckartig um und will zurück zur Terrassentür. Er kommt zwei Schritte weit, bevor Rolston ihm in den Hinterkopf schießt. Bill fällt aufs Gesicht und unter seinem Schädel breitet sich eine große dunkle Blutlache aus, die sich ihren Weg über den weißen Boden sucht.

Cosmo ballt die Hände zu Fäusten, die Nägel seiner Finger graben sich in seine Handballen.

Rolston sieht zu Cosmo. „Sein Tod geht auf Ihre Rechnung, Ancona."

Cosmo erwidert nichts. Der Geruch von Bills Blut steigt ihm in die Nase.

Silverman fängt an zu zittern und unverständlich vor sich hinzubrabbeln. Ein dunkler Fleck erscheint im Schritt seiner beigen Hose und wird langsam größer.

Trejo hat es auch gesehen. Er lacht grimmig. „Der Gringo hat sich eingepisst."

Rivera schüttelt seufzend den Kopf. „Du meine Güte, Jack. Haben Sie denn keine Würde?"

Dann erklingen Schritte. Cosmo sieht zur Tür.

Julianne wird in den Raum gestoßen. Sie trägt eine Jogginghose, Turnschuhe und das ausgewaschene *Museum-of-Modern-Art*-T-Shirt, das sie so gerne anzieht, wenn sie zu Bett geht.

Eisige Kälte breitet sich in Cosmos Körper aus.

„Cosmo ..." Angst und Verwirrung schwingen in Juliannes heiserer Stimme mit.

Remy, denkt Cosmo in einem Anflug von Panik.

„Wo ist Remy?"

„Zu Hause. Er schläft ..."

Wenigstens den Jungen lassen sie am Leben.

Denn eins ist klar. Julianne ist hier, weil sie sterben soll. Genau wie Cosmo und Silverman.

Der Gedanke an seinen Sohn, der morgen früh allein in seinem Bett aufwachen wird, um anschließend zu erfahren, dass seine Eltern tot sind, zerreißt ihm das Herz.

Hinter Julianne ist Kove, der DEA-Agent, hereingekommen. Der Hurensohn, der Rodriguez kaltblütig ermordet hat. Er sieht zu Rolston. „Wo ist der Junge, Mike?"

„Müsste jeden Moment hier sein."

Ohne sich um die Männer zu scheren, geht Julianne zu Cosmo. Ihre Hand krallt sich in seinen Arm. Sie stellt keine Fragen. Sie ist nicht blöd. Sie weiß, warum sie hier ist und was geschehen wird. Sie hat die Leiche des Piloten entdeckt und ihre Unterlippe beginnt zu zittern.

Cosmo drückt ihre Schulter. Er bemerkt Trejos Augen, die über Juliannes schmalen Körper streichen. Der Mexikaner bleckt die Zähne zu einem Lächeln. „Santa Muerte mag eine dürre *Puta* mit weißer Haut."

Julianne weicht seinem lüsternen Blick aus.

Cosmo stellt sich vor, wie er auf Trejo losgeht.

Und wie der ihm mit der Machete den Kopf von den Schultern trennt. Einmal konnte er der Klinge ausweichen. Ein zweites Mal sicher nicht. Außerdem hat er diesmal auch keine Waffe.

„Vergiss es, Trejo", sagt Rolston und schickt Rivera einen

warnenden Blick. Der sagt etwas auf Mexikanisch zu Trejo. Der Hüne schnauft verächtlich.

Cosmo vernimmt das leise Geräusch eines Motors. Kurz darauf hört man die Eingangstür und dann wieder Schritte.

„Shane–!“

„Bitte gehen Sie weiter, ich möchte Ihnen nicht wehtun.“

Cosmos Herz macht einen Sprung.

Tia ...

85

Als Shane zehn Minuten hinter der Grenze immer noch keine Anstalten machte, anzuhalten, hatte Tia ihre Faust gegen die Seite des Kofferraums gehämmert, die an die Rücksitze grenzt.

„Shane, bitte halten Sie an, ich möchte nach vorne."

Er hielt nicht an.

Er erwiderte nichts.

Stattdessen erklang laute Musik. Er hatte das Radio aufgedreht. TLC rappten ihre Version des Weihnachtsklassikers „Sleigh Ride".

Er hat mir von Anfang nicht geglaubt, dachte sie. Und jetzt liefert er mich der Polizei aus.

Oder …

Ihr war nicht länger kalt.

Eine plötzliche Hitze erfasste sie. Ein flaues Gefühl im Magen. Rauschen in den Ohren.

Shane? Shane Dekker? Sollte er …?

Wäre das so abwegig?

Er war genauso in Mexiko gewesen wie Jack Silverman und Andrew Light. Und er war auf einem der Fotos, die Cosmo in Andys Trailer gefunden hatte.

Oh mein Gott. Er gehört dazu. Er ist einer von ihnen. Und ich habe mich ihm ausgeliefert.

Erfüllt von Angst, Panik und Verzweiflung verharrte sie im Kofferraum. Wo brachte er sie hin? Die Zeit verrann quälend langsam. Eine Waffe, dachte sie, ich brauche eine Waffe.

Ihre Finger tasteten in der Dunkelheit herum. Schließlich fanden sie eine Eisenstange. Ihre Hand schloss sich um den Wagenheber.

Sie spürte, dass der Wagen jetzt eine Steigung hinauffuhr.

Enge Kurven.

Plötzlich wusste sie, wohin es ging. Benedikt Canyon. Zu Silvermans Haus. Der wahrscheinlich bereits auf sie wartete, weil er mit dem Hubschrauber aus Mexiko zurückgekehrt war.

Als der Wagen endlich anhielt, machte sie sich bereit. Jeder Muskel ihres Körpers spannte sich an.

Sie würde Shane den Wagenheber durchs Gesicht ziehen, sobald er den Kofferraum öffnete.

Dann erklang seine Stimme. „Tia. Ich habe eine Pistole. Ich schätze, Sie haben den Wagenheber gefunden. Das war dumm von mir. An den habe ich nicht gedacht. Aber wie gesagt, ich bin bewaffnet. Und ich kann damit umgehen. Ein guter Autor recherchiert. Ich schreibe Actionfilme und war oft auf dem Schießplatz. Die Trainer haben mir Talent bescheinigt. Und bitte glauben Sie nicht, dass ich Skrupel habe."

Sie presste die Zähne aufeinander. Tränen der Wut stiegen ihr in die Augen. Gottverdammt. Ihre Finger gaben den Wagenheber frei.

„Haben Sie mich verstanden, Tia?"

„Ja …"

Die Kofferraumklappe schwang nach oben. Shane lächelte auf sie herab. In seiner Hand die Pistole, von der er gesprochen hat. „Bitte steigen Sie aus."

Shane führte sie mit vorgehaltener Waffe die Treppe zur Eingangstür der Villa hinauf. Sie war nicht abgeschlossen. Sie durchquerten den Vorraum mit der Statue des nackten, griechischen Kriegers.

Fragen Sie sich nicht, warum die Griechen ihren Statuen immer so kleine Schniedel gebildhauert haben?

Jetzt betritt sie vor Shane das große Wohnzimmer.

Sie bleibt abrupt stehen.

Da ist Cosmo.

Er lebt.

Die Erleichterung währt nur kurz. Ihr Blick gleitet über die anderen Anwesenden. Rivera und der große Mexikaner, dessen rechter Arm bandagiert ist. Mike Rolston, Al und Kove, der DEA-Agent.

Aber was tut Julianne Wheeler hier …?

Und warum sitzt Jack Silverman wie ein Häufchen Elend allein auf der Couch? Der feuchte Fleck zwischen seinen Beinen …

Sie entdeckt den Mann am Boden, der Kopf in einer Blutlache. Sie braucht einen Moment, bevor sie ihn erkennt. Es ist der Hubschrauberpilot.

Shane Dekker schiebt sich mit einem Lächeln die langen Haare aus dem Gesicht. „Schön, dass wir endlich alle beisammen haben. Hallo, Mister Rivera."

Rivera nickt. „Wie ich höre, haben Sie einen Plan. Ich bin hier, weil ich mich vergewissern möchte, dass wir die Angelegenheit ein für alle Mal zu Ende bringen."

Cosmo starrt den jungen Autor fassungslos an.

Ja, denkt Tia, ich wollte es auch nicht glauben.

„Das ist verständlich, nach allem, was passiert ist, Señor Rivera. Was Sie übrigens einen Plan nennen, nenne ich eine Szene." Shanes nächste Worte sind direkt an Cosmo gerichtet. „Der blutige und traurige Höhepunkt der tragischen Geschichte von Cosmo Ancona. Der Polizist, der einen unbewaffneten schwarzen Jungen erschießt. Er könnte zu seinem tragischen Fehler stehen, aber was tut er? Er schiebt der Leiche des Kindes eine Waffe unter, um seinen tödlichen Schuss gerechtfertigt aussehen zu lassen. Er glaubt, er kommt damit davon. Aber er rechnet nicht damit, dass ihn ausgerechnet sein ehemaliger Partner anschwärzt. Er wird gefeuert. Sein Leben gerät aus den Fugen. Seine Ehe ist vorbei. Er fängt an zu trinken. Er wird ein verbitterter Säufer, der sich mehr schlecht als recht als Privatdetektiv über Wasser hält. Dann wird er von Tia Kalani angeheuert, weil sie dem Hirngespinst verfallen ist, der junge Filmstar Andrew Light könnte ermordet worden sein. Im Zuge ihrer gemeinsamen Ermittlungen erfährt Ancona, dass seine geschiedene Frau, die er immer noch über alles liebt, mit dem Filmproduzenten Jack Silverman ins Bett steigt. Auf der Weihnachtsparty von Silverman, die er mit Tia Kalani besucht, geht Ancona auf den Produzenten los und bricht ihm das Nasenbein. Aber er kann nicht vergessen, was er gesehen hat." Shane macht eine kurze Pause. „Tut mir leid, Ms. Wheeler, ich weiß, dass Sie nichts mit Jack hatten, aber ich muss den Plot leider den Gegebenheiten anpassen. Also. Cosmo Ancona sieht seine geliebte Frau, die für diesen schmierigen Dreckskerl von Produzenten die Beine spreizt, weil sie hofft, so die Hauptrolle in seinem nächsten Film zu ergattern. Das ist zu viel für die labile Seele unseres gescheiterten Polizisten. Es zerreißt ihn. Die Vorstellung, seine Frau und in Folge auch seinen Sohn, an Jack Silverman zu verlieren, bringt ihn um den Verstand. Der Mann, der im Gegensatz zu ihm alles hat. Ancona sieht nur einen Ausweg. Den Tod. Für sich. Für seine Frau. Für Jack Silverman. An diesem schönen Dezemberabend fährt er zu Silvermans Villa. Verschafft sich Zutritt. Findet seine Frau und Silverman im Schlafzimmer. Und erschießt sie beide." Shane deutet auf die Leiche des Piloten. „Wahrscheinlich war Bill, Jacks Pilot, nur zufällig im Haus. Vielleicht hat er die Schüsse gehört. Jedenfalls ist er dem durchgedrehten Ancona in die Arme gelaufen. Bill wollte fliehen und musste sterben. Und dann, am Ende der tragischen Ereignisse, richtet Cosmo Ancona die Waffe gegen sich selbst." Shane hält die Pistole an seine Schläfe und tut, als würde er den Abzug betätigen. „Bäng!" Er lässt seinen Kopf zur Seite zucken. „Ende. Abspann. Ein trauriger Song. Sicher kein Kassenschlager, aber es kann ja nicht jeder Film ein Happy End haben."

Tia schüttelt den Kopf. „Sie sind verrückt, Shane."

„Meinen Sie? Ich finde, es ist eine ziemlich glaubwürdige Story, für die Kürze der Zeit, in der ich sie zusammenstricken musste."

„Ja, aber die ändert nichts an den Mordanschlägen, die ihr vorher vergeigt habt", sagt Cosmo.

Shane zuckt mit den Schultern. „Schadenbegrenzung ist nie perfekt."

Er geht vor Silverman in die Hocke. „Hey, Jack. Tut mir leid, dass das so enden muss." Er zeigt mit dem Finger auf Tia und Cosmo. „Aber das haben Sie den beiden zu verdanken."

Tränen fließen Silvermans Wangen hinab. „Shane ..."

Der Autor tätschelt Silvermans Wange. „Nicht betteln, Jack. Das ist erbärmlich."

Trejo lacht. „Erbärmlicher, als sich in die Hose zu pissen?"

Rivera klatscht in die Hände. „Genug geredet. Bringen wir es hinter uns. Ich kehre erst nach Mexiko zurück, wenn die beiden tot sind. Wo ist das Video, das sie gemacht haben?"

„Die Kamera ist in meinem Wagen. Wir lassen sie nachher verschwinden. Na los, dann alle ab ins Schlafzimmer."

Silverman flüstert, dass er nicht sterben will. Rolston geht zu ihm, greift nach seinem Arm und zieht ihn überraschend sanft auf die Beine. „Kommen Sie, Jack. Es geht schnell und schmerzlos, das verspreche ich Ihnen."

Silverman starrt ihn an. „Ich bezahle Sie, damit Sie mich schützen, Mike ..."

„Und Sie bezahlen mich gut. Aber die Geschäfte, die wir mit Mister Rivera machen, sind einfach gewinnbringender, stimmt's nicht, Al?"

Der Asiate nickt achselzuckend.

Auf dem Weg zur Tür trifft sich Tias Blick mit Cosmos. Sie würde gerne nach seiner Hand greifen, aber Julianne, die die ganze Situation erstaunlich gefasst hinnimmt, hält sich bereits an seinem Arm fest.

Cosmo sieht zu ihr. „Hey, Kalani. Alles okay?“

„Natürlich. Mir könnte es nicht besser gehen.“

Er schenkt ihr ein schiefes Lächeln. „Kein Grund, schnippisch zu werden. Das war bloß eine rhetorische Frage.“

Und obwohl sie gleich sterben wird, lächelt Tia zurück.

86

Silvermans Schlafzimmer im ersten Stock ist groß.

Natürlich ist es groß.

Alles in dem beschissenen Haus ist groß.

Ein Bett, auf dem man Fußball spielen könnte. An der Decke darüber eine Spiegelfläche, was nach dem, was Cosmo inzwischen über Silverman weiß, nicht überraschend kommt. An der Wand moderne Kunst. Cosmo könnte schwören, in dem Meer aus scheinbar sinnlos auf eine Leinwand geklatschten Farben einen riesigen Phallus zu erkennen. An einer Wand gerahmte Fotos, die Silverman mit bekannten Filmstars zeigen. Ausnahmslos weiblichen.

Weiße Vorhänge flattern im Nachtwind, der aus dem Canyon durch eine halb offene Balkontür hereinweht. Ein begehbarer Kleiderschrank, der fast so groß ist wie Cosmos gesamtes Apartment.

Shane sagt zu Rolston, Silverman solle sich umziehen. Rolston scheint genau zu wissen, was Shane meint, denn er lotst den Produzenten zur Badezimmertür.

Juliannes Fingernägel krallen sich noch fester in Cosmos Arm. Er dreht den Kopf zu Tia. Shane hat nicht erklärt, welche Rolle er für sie in diesem Finale vorgesehen hat.

So oder so bleibt ihnen nicht mehr viel Zeit.

Nur, was kann er tun? Al hält ihn mit seiner Waffe im Visier. Kove sieht tatsächlich ein wenig so aus, als fühle er sich bei der ganzen Angelegenheit nicht ganz wohl. Er blickt auf die Uhr wie jemand, der los will oder gerne woanders wäre. Seine Pistole steckt im Clipholster an seiner Hüfte.

Auch Rivera hält keine Waffe in der Hand und Cosmo kann nicht erkennen, ob er eine hat.

Dann ist da noch Trejo mit seiner Machete. Er hat unten etwas von Santa Muerte gefaselt. Cosmo kennt den „heiligen Tod", den man in Mittel- und Lateinamerika verehrt. Trejo ist ein Irrer, was ihn wahrscheinlich zu einem der Gefährlichsten hier im Zimmer macht.

Cosmo kann es drehen und wenden, wie er will: Es gibt keine Chance hier lebend herauszukommen.

Er kann nur eins machen. Versuchen, Zeit zu gewinnen. Wofür?, fragt eine verzweifelte Stimme in seinem Hinterkopf. Um das Unvermeidliche noch ein paar Minuten hinauszuzögern?

„Wessen Idee war es?", fragt er plötzlich. „Wer hatte die Idee, Drogen mit den Trucks der Filmproduktion zu schmuggeln? Etwa Andy Light?"

Shane lächelt. „Ah, verstehe. Die gute alte Wir-bringen-den-Bösewicht-dazu-am-Ende-seine-Absichten-für-den-Zuschauer-zu-erklären-Nummer. Etwas abgegriffen, aber ich gebe zu, ich habe sie auch schon benutzt."

„Das können Sie uns ruhig gönnen, Shane. Immerhin haben Kalani und ich tatsächlich herausgefunden, dass Andys Überdosis kein tragischer Unfall, sondern Mord war. Und auch, wer seine Mörder sind."

„Damit hatte tatsächlich keiner von uns gerechnet. Stimmt's nicht, Rivera? Wir haben die beiden unterschätzt."

Rivera erwidert nichts. Er ist vor die Fotos von Silverman und den Schauspielerinnen getreten.

„Jacks Trophäen-Wand", sagt Shane schmunzelnd. „Jede einzelne von denen hat er dazu gekriegt, ihn mit Körperlotion einzucremen, wenn Sie verstehen, was ich meine. Simple Masche. Eine Einladung zum Casting unter vier Augen, und plötzlich steht Jack vor ihnen im offenen Bademantel, einem steifen Pimmel und einer Flasche Körperlotion in der Hand."

Cosmo sieht zu Julianne. Der Abend von Silvermans Party. Das Gästehaus. Die Erkenntnis kurz vor dem eigenen Tod, was für ein gigantisches Arschloch er gewesen ist.

„Zurück zu Ihrer Frage, Ancona. Jack konnte die *El Ocaso* Studios nur mit Hilfe von Rivera bauen. Aber mit den Drogen hatte er nichts zu tun. Die Idee wurde im Suff geboren. Riveras Frau wollte ein Autogramm von Andy. Ein Abend im besten Fischrestaurant Tijuanas, in dem Sie leider nie mehr essen werden. Was haben wir gebechert! Jack war schon zurück ins Hotel, als Andy und ich die glorreiche Idee hatten. Ich glaube, es war eigentlich nur unter Alkoholeinfluss dahergeredet, aber Rivera hat angebissen–"

Der Kartell-Boss fährt genervt herum. „Shane, warum halten Sie nicht einfach die Klappe."

„Kommen Sie, Rivera. Der Schnüffler hat recht. Er und Tia haben sich die Informationen verdient." Er lächelt. „Mit dem Blut ihrer Freunde." Er sieht Tia in die Augen und sagt: *„Kaboom."*

„Sie sind ein dreckiger Hurensohn, Shane."

Sein Lächeln erstirbt. Er macht einen schnellen Schritt auf sie zu und packt ihr Kinn mit Daumen und Zeigefinger. „Ja, und ich werde dir noch zeigen, *was* für ein Hurensohn."

„Warum wollte Andy euch bei der DEA verpfeifen?", fragt Cosmo hastig.

„Weil er ein gieriger Scheißkerl war", sagt Rivera.

Shane lässt von Tia ab und lächelt wieder. „Er wollte einen größeren Anteil. Obwohl er de facto nichts leisten musste. Und als er nicht bekommen hat, was er wollte ... Er kannte keine Details. Deswegen wusste er auch nicht, dass Rolstons alter Partner Kove Leiter der Los Angeles Division der DEA ist und längst mit im Boot war. Kove sorgt dafür, dass die Trucks unbehelligt über die Grenze kommen, indem er an diesen Tagen *Tipps* an den Zoll weiterleitet."

Bauernopfer, denkt Cosmo. Sie lenken von ihren Transporten ab, indem sie den Grenzbeamten ein paar Krümel hinwerfen, die die als Erfolg feiern können, während die richtigen Lieferungen unter ihrer Nase unbehelligt vorbeiziehen.

Rolston war also selbst bei der DEA. Cosmo fragt sich, wie er und Al Teil des Planes wurden, aber das spielt keine Rolle mehr. Denn jetzt hat Shane zwar minutenlang geredet, aber Cosmo ist dennoch keinen Schritt weiter als zuvor.

Er und Julianne und Tia werden jeden Moment ermordet. Cosmo hat weder eine Idee noch eine Waffe, und selbst wenn er eine hätte, wie soll er es mit Kove, Rolston, Al, Rivera, Trejo und Shane aufnehmen?

Das Einzige, was sie noch retten kann, ist ein Weihnachtswunder.

Die Badezimmertür wird wieder geöffnet. Silverman trägt einen offenen Bademantel, unter dem er nackt ist. In einer zitternden Hand hält er eine Flasche Körperlotion.

„Okay, Kove. Sie wissen, was zu tun ist", sagt Shane.

Der DEA-Agent nickt grimmig.

„Sie müssen das nicht mitansehen, Tia", sagt Shane. „Wir fahren zu Ihnen. Ich habe nämlich auch eine Idee für Ihren Abgang. Ich dachte an einen Surfunfall."

Ihre Ohrfeige kommt so schnell und so überraschend und vor allem so hart, dass es Shane beinahe von den Füßen holt. „Bastard!"

Das ist die Chance, auf die Cosmo gewartet hat. Nicht unbedingt das erhoffte Weihnachtswunder, aber man muss nehmen, was man kriegen kann.

Er wirbelt herum.

Rolston hat nur darauf gewartet. Hämmert Cosmo die Pistole seitlich gegen den Schädel. Schmerz schießt durch sein Ohr und er taumelt. Rolston drückt ihm die Waffe gegen die Stirn. „Ganz locker, Ancona. Sie sterben schon noch früh genug."

Tia hat versucht, sich auf Shane zu werfen, aber Al packt von hinten ihre Arme und presst sie an ihren Körper. Sie windet sich mit einem wütenden Schrei in seinem Griff und spuckt in Shanes Richtung.

Der reibt seine Wange, auf der Tias Handabdruck leuchtet wie ein Warnschild bei Bauarbeiten. Für einen Augenblick sieht es aus, als würde er sich für die Ohrfeige revanchieren, aber dann nickt er nur. „Ich schätze, das habe ich verdient."

Rolston nimmt die Waffe von Cosmos Stirn. Er reicht sie Kove, denn die Pistole, mit der er den Hubschrauberpiloten erschossen hat, wird die *Mordwaffe* bei Cosmos Amoklauf.

„Vergesst nicht, dem Detektiv noch ein bisschen Alkohol einzuflößen", sagt Shane. „Er sollte ordentlich Promille im Blut haben, wenn sie seine Leiche obduzieren."

Kove nickt.

Damit Cosmo auf keine dummen Gedanken kommt, legt Trejo von hinten die Klinge der Machete an seinen Hals. Nur eine kleine Bewegung von Trejo und Cosmos Blut wird aus seiner zerschnittenen Kehle sprudeln wie ein Fluss über den Rand eines Wasserfalls.

Shane und Rolston gehen mit Tia zur Tür.

„Cosmo–"

Ihre Blicke treffen sich.

„Wir sehen uns später, Kalani."

Shane lacht. „Die Hoffnung stirbt zuletzt. Aber sie stirbt."

87

Als die Schritte der drei im Flur und auf der Treppe leiser werden, blickt Rivera ungeduldig auf seine Uhr. „Okay, dann los. Meine Frau ist hochschwanger und ich möchte bei ihr sein, wenn sie unser Kind bekommt."

„Ich dachte schon, das kleine Arschloch hört nie auf zu quatschen." Kove deutet mit der Pistole auf Julianne. „Ziehen Sie sich aus."

Julianne rührt sich nicht. Sie hat sich tapfer gehalten, aber jetzt fängt sie an zu weinen. „Bitte nicht ..."

Kove verdreht die Augen. „Entweder tun Sie's oder Trejo muss Ihnen behilflich sein."

Der große Mexikaner grinst dreckig.

Leise schluchzend zieht Julianne ihr T-Shirt über den Kopf. Trejo leckt sich beim Anblick ihrer kleinen Brüste und dem flachen Bauch über die Lippen.

Cosmo spürt die scharfe Klinge der Machete an seinem Kehlkopf. Er könnte den Plan der Dreckskerle, hier seinen Amoklauf zu inszenieren, nur vereiteln, indem er Trejo dazu bringt, ihm die Kehle durchzuschneiden. Verzweifelt genug wäre er. Aber noch ist sein Überlebensinstinkt größer.

Kove sieht zu Silverman, der sich auf dem Bett so klein

gemacht hat, als wolle er versuchen, auf diese Weise von hier zu verschwinden.

„Hey, Silverman, entspannen Sie sich. Niemand hat die Absicht, Sie umzulegen."

Der Produzent stirbt mit der Hoffnung im Blick, die Koves Lüge in ihm auslöst. Der Schuss kracht und Silvermans Körper kippt rücklings auf die Matratze.

Julianne, die inzwischen auch ihre Jogginghose abgestreift hat, zuckt zusammen.

Silverman ist noch nicht tot. Sein Bein zuckt. Blut pulsiert aus dem Einschussloch in seiner Brust, fließt über seinen Oberkörper und auf die teuren Laken.

Kove tritt ans Bett. „Morde aus Eifersucht sind ja bekanntlich besonders grausam." Er schießt dem Produzenten aus nächster Nähe ins Gesicht. Jetzt zuckt das Bein nicht mehr.

Rivera hat den Blick abgewandt.

Kove schnauft. „Was ist los, Rivera? Ich dachte, ihr Kartell-Typen seid so abgebrüht."

Rivera erwidert nichts.

Kove deutet auf eine Anrichte mit ein paar ausgewählten Spirituosen. „Geben Sie dem Detektiv eine davon."

Cosmo spürt, wie Trejos Klinge von seinem Hals verschwindet, als Rivera ihm eine Flasche Wodka bringt.

„Trinken Sie", sagt Kove. „Aber ordentlich."

Cosmo kann es nicht fassen.

Hier ist es, sein Weihnachtswunder.

Sie geben ihm Alkohol, was in seiner momentanen körperlichen Verfassung so ist, als würden sie ihn zwingen, einen Kräfte verleihenden Zaubertrank zu schlucken.

Außerdem geben sie ihm eine Waffe.

Denn nichts anderes ist die Flasche, um die sich jetzt seine Finger schließen.

88

Der Wodka brennt sich seinen Weg durch Cosmos Kehle. Die Wärme des Hochprozentigen breitet sich in ihm aus.

Die ersten beiden großen Schlucke sind echt, dann täuscht er das Trinken nur noch vor.

Kove beobachtet ihn. „Runter mit dem Zeug, Ancona." Die Waffe des DEA-Agenten baumelt gelassen nach unten.

Jetzt oder nie.

Cosmo reißt den Arm mit aller Kraft nach rechts.

Die Hand mit der Flasche trifft Trejos Gesicht.

Das Glas splittert.

Cosmo spürt, wie scharfe Kanten seine Handfläche zerschneiden. Aber hoffentlich auch Trejos hässliche Visage.

Der Mexikaner heult wie ein wildes Tier.

Die Machete landet klappernd am Boden.

Cosmo stürmt nach vorn.

Direkt auf Kove zu.

Der reißt die Pistole hoch.

Cosmo prallt gegen ihn und sie stürzen zu Boden.

Ein Schuss löst sich.

Cosmos blutige Faust schmettert in Koves Gesicht. Einmal, zweimal, dreimal.

Cosmos Finger schließen sich um die Waffe, die Kove verloren hat.

Er springt auf.

Sieht Trejo mit der erhobenen Machete in der Hand. Das Gesicht des Mexikaners ist blutüberströmt. Ein Stück Glas der Wodkaflasche ragt aus seinem linken Auge.

Cosmo feuert viermal hintereinander.

Trejo stoppt, als wäre er vor eine Wand gelaufen. Er sackt auf die Knie und der fünfte Schuss trifft ihn genau zwischen die Augen.

Hinter Trejo sieht Cosmo Rivera aus der Schlafzimmertür flüchten. Ist ihm nur recht.

Trejo kippt vornüber.

Aufs Gesicht.

Die Scherbe in seinem Auge bohrt sich wahrscheinlich bis ins Gehirn, aber das spürt der Kerl wohl nicht mehr. Er hat Santa Muerte sein letztes Opfer gebracht.

„Cosmo!"

Juliannes Schrei lässt ihn herumfahren.

Kove ist auf den Knien.

Eine Hand auf der Dienstwaffe im Clipholster an seiner Hüfte.

Sie sehen sich in die Augen.

„Schönen Gruß von Rodriguez", sagt Cosmo und drückt ab.

89

Cosmo drückt Juliannes zitternden Körper einen Moment an sich, dann schiebt er sie sanft von sich. „Ich muss zu Kalani."

Sie nickt.

Während Julianne zurück in T-Shirt und Jogginghose schlüpft, reißt Cosmo einen Streifen vom Bettlaken und wickelt ihn um seine zerschnittene Rechte. Der Stoff saugt sich mit Blut voll. Seine Handfläche brennt wie Feuer.

Julianne hat eine Pistole aus dem Hosenbund des toten Trejo gezogen. Cosmo nimmt Koves Autoschlüssel an sich. Und die Dienstwaffe. Eine Beretta wie seine eigene. Ein volles Magazin mit sechzehn Schuss.

Sie eilen zügig, aber wachsam nach unten und zur Haustür. Vielleicht ist Rivera abgehauen, vielleicht lauert er aber auch irgendwo im Haus auf sie.

Koves Mustang GT steht vor der Tür.

Unter dem großen Carport gegenüber parken mehrere Fahrzeuge, darunter ein roter Ferrari, so wie ihn Tom Selleck in *Magnum* fährt. Mit dem wäre Cosmo wahrscheinlich schneller als mit dem Mustang. Aber erstens hat er keine Zeit, nach dem

Schlüssel zu suchen, und zweitens würde er mit diesem Monstrum wahrscheinlich sowieso in der ersten Kurve einen Unfall bauen.

Er öffnet die Fahrertür des Mustangs.

„Willst du nicht lieber die Polizei verständigen?"

Cosmo zeigt zum Haus. „Bis die hier sind und ich das erklärt habe, ist Kalani tot."

Er weiß, dass Julianne ihn nicht gehen lassen will. Sie haben das hier wider Erwarten überlebt und jetzt riskiert er erneut seinen Hals.

Der Motor des Ferraris erwacht zum Leben.

Röhrt wie ein wildes Tier, das angreift.

Scheinwerfer, die wie Augen leuchten, blenden Cosmo und Julianne.

Der Ferrari schießt aus dem Carport.

Rivera.

Er hat die Wagenschlüssel gesucht und gefunden.

Damals, als sie sich kennenlernten, während Julianne mit Cosmo Streife fuhr, hatte sie ihn auch auf den Schießstand begleitet. Volle Hingabe für eine kleine Rolle in einem kleinen Film, die nicht mal verlangte, dass sie vor der Kamera mit einer Waffe umgehen konnte. Sie tat es trotzdem. Und sie war gut.

Jetzt ruckt Trejos Pistole nach oben. Julianne hält sie mit beiden Händen, die gespreizten Beine in den Boden gestemmt, so wie Cosmo es ihr beigebracht hat.

Sie entleert das halbe Magazin in wenigen Sekunden. Die Windschutzscheibe des Ferraris splittert.

Der Wagen schlingert, Cosmo erkennt für einen Sekundenbruchteil Riveras Gesicht hinter dem Steuer mit dem Einschussloch in der Stirn, dann rutschen die toten Hände des Kartell-Bosses vom Lenkrad und sein Fuß vom Gaspedal. Der Ferrari rammt die Motorhaube von Koves Wagen und schleudert ihn zur Seite, dann rast er die Stufen bis zur Tür von Silvermans Villa hinauf.

Holz birst, Glas splittert, als die Motorhaube die Haustür

zerschmettert und drinnen gegen die Statue des nackten griechischen Kriegers kracht.

Ein kurzer Moment der Stille.

Als Cosmo den Mund öffnet, um etwas zu sagen, kommt Julianne ihm zuvor: „Worauf wartest du? Fahr los!“

90

Palmen und teure Villen hinter hohen Hecken sausen an ihm vorbei, als Cosmo die letzten Meter des Benedikt Canyon Drive hinabjagt und sich dem Sunset Boulevard nähert.

Linker Kotflügel und Scheinwerfer des Mustangs sind vom Zusammenstoß mit dem Ferrari demoliert, die Motorhaube ist wellenförmig verzogen wie eine Straße nach einem Erdbeben. Aber der Motor ist angesprungen und auch die Steuerung scheint nicht beeinträchtigt. Dafür leuchten diverse Warnlichter auf dem Armaturenbrett.

Er kann nur hoffen, dass die Karre unterwegs nicht den Geist aufgibt.

Tagsüber würden Shane und Rolston auf dem Weg nach Venice wahrscheinlich den Umweg über Sunset nehmen, um den dichten Verkehr und die Staus auf der Interstate zu vermeiden, aber jetzt, nach Mitternacht, ist das nicht nötig. Cosmo spekuliert, dass sie den Santa Monica Boulevard runter bis zum Meer gewählt haben oder kurz hinter Sepulveda auf die 405 fahren.

Er überquert den Sunset und fährt viel zu schnell den North Rodeo Drive hinab, mitten durchs vornehme Beverly Hills.

Er erreicht unbehelligt den Santa Monica Boulevard und biegt dort mit quietschenden Reifen nach Westen ab.

Es ist spät, aber das hier ist Los Angeles und der Verkehr ruht nie. Cosmo überholt alle, die sich an die Geschwindigkeitsbegrenzung halten. Er weiß nicht, was er tut, falls seine alten Kollegen versuchen, ihn aufzuhalten.

Sollte Shane bei dem bleiben, was er in Silvermans Haus gesagt hat, hat Tia noch eine Gnadenfrist, bis sie Venice Beach erreichen. Entweder muss Cosmo vor ihnen dort sein, was bei dem Vorsprung, den sie haben, schwierig werden dürfte, oder aber es gelingt ihm, sie einzuholen. Das setzt natürlich voraus, dass sie den Weg nehmen, von dem er glaubt, dass sie ihn nehmen. Und dass er sie auf der Straße erkennt, denn er weiß nicht, was für einen Wagen sie fahren.

Vor ihm leuchten Bremslichter. Ein Mann in Warnweste und Schutzhelm steht auf der Straße, in der Hand ein großes Stoppschild. Hinter ihm sind die Spuren nach Westen gesperrt und Bagger verrichten ihre nächtliche Arbeit im grellen Schein von Flutlichtern. Der Verkehr aus Santa Monica hat gerade Durchfahrt auf den gegenüberliegenden Spuren.

Möglicherweise mussten Shane und Rolston hier warten. Das könnte ihren Vorsprung verringert haben. Diese Chance will Cosmo nicht verspielen, indem er ebenfalls wartet. Kurz bevor er den letzten Wagen in der Warteschlange erreicht, biegt er kurzentschlossen nach rechts in eine Seitenstraße ab, in der Absicht, die Sperrung zu umgehen.

Er fährt zwischen mehrstöckigen Wohnhäusern und Geschäften durch bis zur nächsten Kreuzung, dann wieder hart nach links.

Plötzlich geht ein Ruck durch den Mustang. Im ersten Moment glaubt er, er sei über etwas drübergefahren, dann ruckelt der Wagen erneut. Der Motor fängt an zu husten wie ein Kettenraucher nach dem Aufstehen. Die Warnlampen auf dem Armaturenbrett flackern wie ein Geldautomat in Vegas.

Nein! Nicht jetzt!

Obwohl Cosmo Gas gibt, wird das Fahrzeug immer langsamer. Unter der Motorhaube verwandelt der Husten sich in eine Art Jaulen.

Dann erstirbt der Motor.

91

Manny Cortes sieht zu, wie das Mädchen an der Crackpfeife zieht. Ihre Augen weiten sich. Sie stöhnt und lässt sich mit glasigem Blick zurück auf die Kissen sacken.

Manny hat sie gerade gevögelt. Sie glaubt, er wäre in sie verliebt. Noch hat sie keinen blassen Schimmer, was auf sie zukommt. Noch weiß sie nicht, dass sie bald im Crackhaus von Mannys Gang die Beine für das gute Zeug spreizen muss, nachdem ihr Körper sich verzehrt. Sie wird alles tun, was Manny von ihr verlangt.

Er hat sie auf der Straße aufgelesen. Sie kommt aus Oregon. Ist vor ein paar Wochen von zu Hause abgehauen und nach Süden gedriftet.

Das kleine Apartment hinter dem Santa Monica Boulevard, in dem sie haust, hat Manny extra für Mädchen wie sie angemietet. Den Vermieter interessiert nicht, was hier passiert, genauso wenig, wie ihn der Zustand des Apartments interessiert, solange die Miete pünktlich gezahlt wird.

Manny steht auf und zieht seine Hose an.

Das Mädchen hält die Pfeife hoch. „Willst du nicht auch?“

„Ich muss arbeiten.“

„Wann kommst du wieder vorbei?"

„Bald."

Er legt ihr noch ein paar Kristalle auf den kleinen Nachttisch, auf dem auch ein pinkfarbener Stoffesel steht, das Einzige, was sie außer ein paar Klamotten von zu Hause mitgenommen hat. Immer, wenn Manny den verdammten Esel sieht, bekommt er Gewissensbisse. Aber nur kurz.

Sie streckt eine Hand aus und zieht ihn zu sich herab, um ihn zu küssen. „Ich mag dich, Manny."

„Ich dich auch", lügt er.

Juan und Pinõ warten in der Gasse neben dem Haus. Sie haben ein paar fettige Burger in sich reingestopft und trinken Bier aus braunen Papiertüten.

Manny kommt die Außentreppe des Apartments herab. „Habt ihr mir was übrig gelassen?"

Pinõ wischt sich schuldbewusst Ketchupreste vom Mund. „Du hast nicht gesagt, dass du einen Burger willst."

„Auch keine Pommes?"

Juan zuckt mit den Schultern. „Sorry, *hermano*."

„Ihr Penner. Vögeln macht hungrig."

„Wenn du willst, übernehme ich das das nächste Mal für dich", sagt Juan.

„Sie steht nicht auf Fettsäcke."

„Bald kann sie sich das nicht mehr aussuchen."

„Ja. Aber noch ist sie nicht so weit. Na los, bewegt euch, ich brauche was zu essen."

Pinõ lässt die Tüte mit dem Burgerpapier einfach fallen und sie schlendern zur Straße. Mannys Chevy Impala Coupé parkt auf der anderen Seite.

Manny hört ein Auto, dessen Motor plötzlich gluckernde Geräusche macht und dann erstirbt.

Er blickt nach rechts.

Ein Mustang mit demolierter Front ist hundert Meter entfernt zum Stehen gekommen. Manny kann sehen, wie der

Fahrer frustriert die Hände aufs Lenkrad hämmert. Er versucht, den Motor erfolglos wieder zu starten. Dann steigt er aus.

Manny bleibt stehen.

Das ist ...

Der Privatdetektiv.

Cosmo Ancona.

Das Arschloch, das ihm alle Vorderzähne ausgeschlagen hat, als er die kleine Bitch aus Guatemala aus ihrem Crackhaus holte. Keiner der anderen Jungs wollte den Hund dafür bezahlen lassen. Wen kratzt eine *Puta,* meinten sie, wir finden immer Nachschub.

Aber keiner der anderen hat wochenlang aus der Schnabeltasse trinken und sich bei einem Quacksalber für viel Kohle die Kauleiste renovieren lassen müssen. Manny fand, dass er das Recht hatte, nachtragend zu sein.

Zusammen mit Juan und Pinõ hat er den Detektiv ausfindig gemacht. Schnell war klar, dass der Typ ein versoffener Penner ist. Deswegen kam Manny auf die, wie er fand, glorreiche Idee, ihn abzufüllen und auf den Freeway zu stoßen, statt ihn einfach abzuknallen. Das hat leider nicht geklappt. Der zweite Versuch unten in Santa Monica ging auch in die Hose. Dieser Penner hat einfach mehr Glück als Verstand.

Aber jetzt hat dieses Glück ein Ende gefunden.

Manny greift nach dem Kreuz, das an einer silbernen Kette um seinen Nacken baumelt, und küsst es.

Gracias dios.

Juan und Pinõ haben den Detektiv auch bemerkt.

„Ist das nicht–?“

„Ja“, sagt Manny grimmig.

Und dann greifen alle drei zu ihren Waffen, die unter den weiten T-Shirts im Bund ihrer Hosen stecken.

92

„Fuck!“ Cosmo hämmert die Fäuste aufs Lenkrad. „Fuck!“ Er dreht den Schlüssel in der Zündung. Der Motor röchelt wie ein Sterbender in der Wüste.

Cosmo stößt die Fahrertür auf und rennt los.

Er braucht ein Auto und wahrscheinlich wird er es so machen müssen wie in den Filmen. Eine Karre mit den Armen wedelnd anhalten und den Fahrer hinter dem Lenkrad hervorzerren.

Einziges Problem: Die Straße ist leer.

Eine leere Straße in Los Angeles. Soviel Pech muss man erst einmal haben.

Dann bemerkt er die drei Männer, die aus einer Gasse zwischen zwei Häusern auf der linken Straßenseite treten.

Bandanas, beige Shorts, weite, übergroße T-Shirts, schwarze Sneakers und bis zu den Knien hochgezogene weiße Socken.

Sie haben ihn ebenfalls entdeckt und bleiben stehen.

Mitten auf der Straße.

Was soll das–?

Dann erkennt er sie.

Manny Cortes und seine Jungs.

Obwohl er als Nachfahre italienischer Immigranten katholisch erzogen worden ist, hat Cosmo nie an Gott geglaubt.

Trotzdem wirft er jetzt einen Blick in den verregneten Nachthimmel und sagt: „Du willst mich wohl verarschen."

Sie versperren ihm den Weg.

Er sieht den Triumph und den Rachedurst in ihren Gesichtern. „Lasst die Scheiße, ich habe wirklich keine Zeit für euch."

Nicht, dass Cosmo glaubt, seine Worte würden irgendetwas bewirken, aber man kann es ja mal versuchen.

Hätte er sich schenken können.

Die Hände der jungen Männer greifen nach den Pistolen, die sie unter ihren zeltartigen T-Shirts verborgen haben.

Cosmo zieht die Beretta im Laufen.

Feuert, ohne stehenzubleiben.

Als er sie erreicht, winden sich alle drei stöhnend am Boden. Blut sickert auf den Asphalt. Manny umklammert mit beiden Händen seinen linken Oberschenkel.

Cosmos Blick fällt auf den grünen Chevy Impala. Dieselbe Karre, mit der sie ihn vor ein paar Tagen verfolgt haben.

„Deine Autoschlüssel, Manny."

Im ersten Moment sieht es so aus, als wolle Manny ihm irgendeine trotzige Beleidigung entgegenschleudern. Die Worte bleiben ihm im Hals stecken, als er in Cosmos Gesicht blickt. Was immer er da sieht, scheint ihn mehr zu erschrecken als die Mündung der Waffe vor seiner Nase. Er fingert die Wagenschlüssel aus seiner Hose.

Cosmo rupft sie ihm aus der Hand. „Das war das dritte Mal, Manny. Jetzt sind wir quitt. Ein für alle Mal."

Manny nickt mit schmerzverzerrtem Gesicht. „*Puto,* ich will dich nie wiedersehen."

„An mir soll's nicht liegen", sagt Cosmo und rennt zu Mannys Chevy Impala.

93

Draußen zieht der Santa Monica Boulevard an ihnen vorbei. Weihnachtslichter funkeln in den Fenstern der Geschäfte. Ein betrunkener Santa Claus, der wohl den Weg zu seinem Schlitten sucht, wankt den Bürgersteig entlang.

Al fährt, Shane sitzt auf dem Beifahrersitz. Tia und Rolston sind hinten, seine Hand mit der Pistole im Schoß, Finger am Abzug.

Shane hatte, nachdem sie von Silvermans Haus losgefahren waren, die Videokamera aus dem wasserdichten Rucksack geholt und sich die Aufnahmen, die Cosmo und Tia damit in den *El Ocaso* Studios gemacht hatten, angesehen. „Respekt, Tia, Sie waren wirklich nah dran."

Sie erwiderte nichts.

Seitdem hat keiner von ihnen ein Wort gesagt.

Jetzt bricht Shane wieder das Schweigen. Sein Blick sucht den von Rolston im Rückspiegel.

„Ich habe nachgedacht, Mike. Ich denke, wir ertränken sie in ihrer Badewanne. Dann stecken wir sie in einen Neoprenanzug, befestigen das Surfboard an ihrem Knöchel und schieben sie raus aufs Meer. Was hältst du davon?"

„Ich weiß nicht. Sie hat Nachbarn. Wir könnten gesehen werden."

„Dann schmeißen wir sie irgendwo anders ins Wasser", sagt Shane und wirkt genervt, weil Rolston seinem Plan nicht vorbehaltlos applaudiert. „Aber wir brauchen einen ihrer eigenen Surfanzüge und eines ihrer Bretter."

Es erscheint Tia beinahe surreal, wie Shane über ihren bevorstehenden Tod redet. Besser ausgedrückt, über den eiskalten Mord, den er plant. Ist das der sympathische junge Filmstudent, der zu Hollywoods heißestem Drehbuchautor wurde, und dem sein schneller Erfolg trotzdem nicht zu Kopf gestiegen ist?

Ja, ist es.

Aber hinter dieser Fassade ist Shanes wahres Ich zum Vorschein gekommen, so grässlich wie die von Hans-Rudi Giger entworfene Kreatur in *Alien* und *Aliens*.

Shane ist ein Psychopath. Ein gefühlskalter Irrer, der Morde nicht nur in seinen Drehbüchern plant, sondern auch in der Realität. Ganz ohne Gewissensbisse.

Vielleicht spürt er ihren Blick, vielleicht ahnt er, was in ihrem Kopf vor sich geht, auf jeden Fall dreht Shane sich plötzlich zu ihr um. Ja, kein Zweifel, was da in seinen Augen funkelt, ist nichts anderes als blanker Wahnsinn.

„Woran denken Sie gerade, Tia? An Ancona? Sie hoffen, dass er Sie im letzten Moment rettet, stimmt's? Ja, der klassische letzte Akt im Actionfilm. Eine dem Helden wichtige Person in der Gewalt der bad guys. Alles scheint verloren, aussichtslos. Aber der durch die Mangel gedrehte Held nimmt seine letzten Kräfte zusammen, er gibt nicht auf und allen widrigen Umständen zum Trotz wird er siegen–"

Shane bricht ab und macht ein albernes Geräusch, das wohl klingen soll wie eine Hupe. Er schüttelt lachend den Kopf.

„Nicht in diesem Film, Tia. Man würde es nicht glauben, bei den Drehbüchern, die ich geschrieben habe, aber ich bin ein Fan der Siebziger. Depressive Filme mit depressiven Enden. Dennis Hopper und Peter Fonda, die sinnlos von ihren Bikes geballert werden. Kennen Sie *Wicker Man* mit Christopher Lee? Wenn nicht, müssen Sie das nachholen. Ach, nein, können Sie ja nicht mehr. Jedenfalls wird der Hauptdarsteller am Ende von den Dorfbewohnern bei lebendigem Leibe verbrannt. Ein Schlag in die Magengrube der Zuschauer. Einfach großartig. Ich stehe auf so etwas, wirklich. Heutzutage kann man keinem Produzenten mit solchen Storys kommen. Wussten Sie, dass Mel Gibson in *Lethal Weapon 2* eigentlich sterben sollte? Natürlich haben die feigen Schweine nicht den Mumm gehabt. Nein, in Hollywood muss am Ende immer die Hoffnung stehen. Tja, aber das sind Filme. Im wahren Leben sieht es anders aus. Menschen sterben, es gibt weder Erlösung noch Hoffnung und kein Held fährt im dritten Akt den Karren aus der Scheiße–"

Der brutale Stoß, der den Wagen und seine Insassen durchschüttelt, hätte Tias Gesicht mit Shanes zusammenprallen lassen, wenn sie nicht angeschnallt gewesen wäre.

Al umklammert fluchend das Lenkrad, um nicht die Kontrolle über das Fahrzeug zu verlieren.

Rolston dreht sich um und blickt fassungslos durch die Heckscheibe. „Der verdammte Schnüffler!" Er löst hektisch seinen Sicherheitsgurt.

Tia sieht nach hinten.

Er ist es wirklich.

Sie sieht Cosmos blutverschmiertes Gesicht hinter der Windschutzscheibe eines grünen Chevy Impalas, dessen zerbeulte Front bereits wieder auf sie zuschießt.

Tia lächelt, als sie sich in Erwartung des nächsten Aufpralls mit beiden Händen am Vordersitz abstützt. Sie lächelt noch breiter, weil sie dabei in Shanes ungläubiges Gesicht blickt.

94

Jennifer Austin wartet hinterm Steuer des Streifenwagens. Preston steht in der Schlange vor dem kleinen Imbiss, wo er ihnen Tacos holen will. Sie weiß, dass das fettige Zeug so spät am Abend eigentlich nichts für sie ist, aber gottverdammt, die Dinger schmecken einfach so verteufelt gut.

Ihr Blick fällt auf den zerbeulten Zeitungsautomat auf dem Bürgersteig. Trotz des Risses und den Kaugummiresten auf der Plastikscheibe kann sie die Überschrift gut lesen. *Polizist ermordet. Ex-Cop und Fernsehmoderatorin unter Mordverdacht.*

Cosmo Ancona.

Sie hat diesen Typen mal geliebt. Nicht wie ihren Mann Denzel, aber wie einen Freund. Wie einen Bruder. Wie den Partner, dem sie auf Streife ihr Leben anvertraute.

Umso schlimmer war, was er getan hat. Jen weiß selbst, wie kurz die Zeit manchmal ist – Sekundenbruchteile – in denen ein Cop entscheiden muss, ob er zur Waffe greift. Ob er abdrückt oder eben nicht. Ihr Job ist gefährlich und sie haben das Recht, ihr Leben zu verteidigen, wenn es auf dem Spiel steht. Jen würde niemals behaupten, dass ihr nicht derselbe Fehler unterlaufen könnte wie Cosmo, als er in jener Nacht auf William Bowers schoss. Es war ein Unfall. Ein tragischer Unfall, aber ein Unfall.

Bis zu dem Moment, in dem Cosmo sich entschied, die zweite Waffe, die er bei sich trug, neben der Leiche des Jungen zu platzieren. In diesem Moment hatte er sich entschieden, das zu sein, was er nie sein wollte, und für das ihn Jen nie gehalten hätte. Ein Feigling. Viel schlimmer noch: ein Rassist. Weil er darauf spekulierte, dass niemand einen schwarzen Teenager aus Inglewood mit Waffe hinterfragen würde.

Es brach ihr das Herz.

In dieser Nacht verloren zwei Menschen ihr Leben. William Bowers, aber auch Cosmo Ancona. Er zerstörte sein Leben wissentlich, und Jen konnte dafür weder Verständnis aufbringen, noch konnte sie es ihm verzeihen. Auch nicht, dass er ihr danach ins Gesicht log. Obwohl sie jeden Kontakt zu Cosmo abgebrochen hat, bekam sie natürlich die Abwärtsspirale mit, in der sich sein Leben seitdem befand.

Als sie ihn vor ein paar Tagen auf dem Freeway anhielt, war es wie eine alte Wunde gewesen, die wieder aufbrach. Am liebsten hätte sie ihm mit dem Schlagstock die Scheiße aus dem Leib geprügelt.

Und jetzt das. Cosmo und die Moderatorin dieser Fernsehshow, die wegen Mordes an Detective Marco Rodriguez gesucht werden.

Jen hat Rodriguez gekannt. Sie weiß, dass er und Cosmo seit ihrer gemeinsamen Zeit auf der Academy Freunde gewesen sind. Sie hat nicht mehr Informationen als die, die in der Zeitung stehen und was sie in den Nachrichten bringen. Also mehr oder weniger gar nichts.

Nur eins ist klar.

Sie glaubt es nicht.

Cosmo hat William Bowers getötet. Das war ein Unfall. Aber er ist kein Mörder. Das hat sie heute Nachmittag auch zu Denzel gesagt, bevor sie zum Dienst aufbrach. Ihr Mann hatte mit den Schultern gezuckt. „Das sagen die Menschen auch über ihren Nachbarn, bevor herauskommt, dass er ein Serienmörder ist."

Sie hatte den Kopf geschüttelt. „Nein, Denzel. Du weißt, was ich von Cosmo halte." Sie zeigte zum Fernseher, auf dem die Nachrichten liefen. „Aber die Sache da, die stinkt."

Preston steht inzwischen am Schalter und gibt ihre Bestellung auf. Jen verdrängt die Gedanken an Cosmo und freut sich auf ihren Spicy Chicken Taco, als das Funkgerät knistert und eine Meldung eingeht. Eine Schießerei auf der Massachusetts Avenue, gleich hinter dem Santa Monica Boulevard. Drei Verletzte.

Das ist nicht weit von hier.

Der Dispatcher gibt die Zeugenaussage einer Anwohnerin durch. Sie sagt, der Schütze ähnelt dem Mann, dessen Gesicht sie heute im Fernsehen gesehen hat. *Der Mann, der den Polizisten ermordet haben soll.*

Jen macht alles gleichzeitig.

Sie startet den Motor, lässt das Fenster herunter und schreit ihren Partner an: „Lass die scheiß Tacos und beweg deinen Arsch ins Auto!"

95

Er hatte den Chevy zurück auf den Santa Monica Boulevard gesteuert und die umfahrene Baustelle blieb im Rückspiegel zurück.

Cosmo wusste, dass seine Zeit noch knapper geworden war. Nicht nur die Minuten, die der Zusammenbruch des Mustangs und die Auseinandersetzung mit Mannys Gangbangern ihn gekostet haben, sondern auch die Tatsache, dass die Schießerei die Polizei auf den Plan rief und in Kürze alle Streifen nach einem grünen Chevy Impala Ausschau halten würden.

Eigentlich hatte er vorgehabt, hinter dem Sepulveda Boulevard auf die 405 zu fahren, um so schnell wie möglich nach Venice Beach zu gelangen.

Dann bemerkte er den Nissan vor sich.

Und obwohl er sie nur von hinten sah, erkannte er Tia sofort. Der Mann neben ihr war Rolston.

Er konnte nicht fassen, dass er sie tatsächlich eingeholt hatte. Sein Puls beschleunigte sich.

Der Nissan schnurrte eher gemächlich die Straße entlang. Natürlich. Im Gegensatz zu Cosmo hatten sie kein Interesse daran, aufzufallen.

Das würde sich jetzt ändern.

Er drückte das Gaspedal durch und der starke Motor des Chevys röhrte wie ein angriffslustiges Biest.

Das Heck von Shanes Wagen kam immer näher.

Sie hatten keine Ahnung, dass er hinter ihnen war und als er sie rammte, stieß er einen lauten Angriffsschrei aus.

Motherfuckers!

Leider verliert der Fahrer – sieht aus, als wär es Al – jetzt nicht die Kontrolle über den Wagen.

Cosmo hat Tias Gesicht hinter der Heckscheibe gesehen. Er kann nur hoffen, dass diese Kamikaze-Aktion kein Fehler ist. Aber er wollte den Überraschungsmoment nutzen und jetzt gibt es kein Zurück mehr.

Rolstons Oberkörper schiebt sich durch das heruntergelassene Fenster der Hintertür. In seiner Hand eine Pistole.

Cosmos Fuß drückt das Gaspedal wieder durch. Er hält das Lenkrad fest umklammert und – *Wham!*

Der Aufprall rüttelt ihn durch.

Ein Spinnennetz-Muster erscheint in der Windschutzscheibe des Chevys. In der Mitte ein kreisrundes Loch, dort, wo Rolstons Kugel das Glas durchschlagen hat.

Das Heck des Nissans schlingert hin und her, während Al versucht, das Fahrzeug daran zu hindern, komplett auszubrechen.

Weiter vorn, auf der rechten Seite des Boulevards, erscheint das alte *John Ford Theater,* ein Backsteinbau aus den Vierzigern und ein beliebtes Premierenkino. Auch heute muss ein Film dort seine Premiere gehabt haben, denn eine der drei Spuren davor ist gesperrt. Eine lange Reihe von Limousinen am Straßenrand wartet darauf, Premierengäste aufzunehmen, die bereits in kleinen Gruppen das Kino verlassen. Einige posen für die Presse, die sich hinter den Absperrungen drängt, andere geben Interviews.

Der Nissan schlingert immer noch von einer Seite zur anderen. Der zweite Aufprall des Chevys war heftiger als der erste. Al hat mächtig Probleme, den Wagen in der Spur zu halten.

Eine bessere Chance wird Cosmo nicht mehr bekommen.

Vollgas.

Aufprall.

Funken stieben.

Blech knirscht.

Die Vorderräder von Shanes Wagen schlagen ruckartig nach links ein und es erscheint Cosmo wie Zeitlupe, als er sieht, wie das zertrümmerte Heck vom Boden abhebt.

Dann überschlägt sich der Wagen.

Landet krachend auf dem Dach und schlittert funkensprühend über den Asphalt.

Hoffentlich war Kalani angeschnallt.

Vollbremsung. Cosmo stößt die Tür auf, springt ins Freie, Waffe in der Hand.

Der Nissan ist direkt vor dem John Ford Theater zum Stehen gekommen. Rauch quillt unter der Motorhaube hervor. Verbogenes Metall ächzt wie ein alter Mann am Krückstock.

Premierengäste, Journalisten und Schaulustige starren ungläubig auf die Straße.

Rolston kriecht als Erster aus dem Wrack, hält seine Waffe noch in der Hand.

„Fallen lassen, Rolston!", ruft Cosmo.

Rolston denkt nicht daran. Drückt sich aus den Knien nach oben und streckt den Arm mit der Pistole aus.

Cosmo feuert.

Vor dem Kino fangen die Menschen an zu schreien. Manche ducken sich, manche werfen sich zu Boden, andere stehen gelähmt da wie Wild im Scheinwerferlicht.

Rolston taumelt, Blut sickert aus dem Einschussloch in seiner Brust und über das Sportsakko, das er trägt. Dann kippt er nach hinten. Landet direkt vor Al, der sich hinter dem Lenkrad hervor ins Freie gekämpft hat. Blut läuft aus einer Platzwunde über Als Gesicht.

Cosmo drückt wieder ab.

Klick.

Sechzehn Schuss im Magazin einer Beretta und Kove hatte nur eine einzige Patrone in der Waffe? Es ist, als würde das korrupte Schwein Cosmo noch aus dem Jenseits auslachen.

Al bückt sich nach der Pistole, die Rolston fallengelassen hat. Die Lippen unter seinem Fu-Manchu-Bart verziehen sich zu einem grimmigen Lächeln, als er die Knarre auf Cosmo richtet.

Cosmo stürmt auf ihn zu.

Die Entfernung ist zu groß.

Er wird es nicht schaffen.

Der Schuss kracht.

Cosmo fühlt keinen Schmerz.

Al krümmt sich zusammen und sackt auf die Knie. Kippt nach vorn und bleibt vornübergebeugt auf dem Asphalt hocken.

Was–?

Tia rutscht auf den Knien ins Freie, in der rechten Hand eine Pistole, mit der sie Al erwischt hat. Es ist die Ruger Redhawk aus dem Rucksack mit der Videokamera. Die Kamera hält sie in der Linken.

Als Cosmo vor Tia in die Knie geht, schreit sie ihn an: „Hast du vollkommen den Verstand verloren! Ich hätte drauf gehen können!"

Er kann nicht anders, er muss lachen. „Gern geschehen, Kalani."

Sie fällt in sein Lachen ein, lässt die Ruger fallen und fängt gleichzeitig vor Erleichterung an zu weinen. Krallt ihre Finger in seine Schultern und klammert sich an ihm fest.

„Wo ist Shane?"

Sie deutet ins Fahrzeug. Cosmo schielt hinein. Der junge Autor hängt kopfüber in seinem Sitz. Haare und Arme baumeln nach unten. Er rührt sich nicht.

Eine Sirene heult. Die Lichter eines Streifenwagens flackern auf dem Boulevard und kommen auf sie zu.

„Leg die Waffe weg und heb die Hände", sagt Cosmo. „Nicht, dass uns zum Schluss noch die Cops abknallen." Er hilft Tia auf die Beine und sie wenden sich dem Polizeiwagen zu, der mit quietschenden Reifen zum Stehen gekommen ist. Die Beamten springen mit gezogenen Dienstwaffen aus den Türen.

Cosmo ringt sich ein schiefes Grinsen ab, als er sie erkennt. „Hey, Jen."

Sie lässt ihre Pistole sinken, aber Preston behält Cosmo und Tia im Visier.

„Was zum Teufel ist das für eine Scheiße?", fragt Jen und gestikuliert in Richtung des Wracks und der Körper von Rolston und Al, deren Blut sich auf dem Asphalt ausbreitet.

„In einem Satz schwer zu erklären, Jen", sagt Cosmo.

Ein paar der Journalisten, die eigentlich über die Filmpremiere berichten wollten, haben sich mit ihren Kameras auf die Straße gewagt.

Jen wedelt sie mit den Armen weg. „Zurückbleiben! Bleiben Sie zurück!"

„Was ist mit Julianne?", fragt Tia.

„Sie lebt. Die anderen Arschlöcher nicht."

Ein lautes Raunen geht durch die Menge der Schaulustigen.

Die Ursache dafür ist Shane, der am Wrack des Wagens lehnt und den ausstreckten Arm auf der Unterseite abstützt. In seiner Hand eine Pistole.

Cosmo reißt Tia mit sich zu Boden.

Er könnte schwören, dass er den Lufthauch der Kugel noch spürt, die über sie hinwegrast.

Jen wirbelt herum, aber sie kommt nicht mehr dazu, abzudrücken.

Cosmo weiß nicht, was es ist, das den Nissan entzündet. Er hört nur das Geräusch einer Verpuffung, dann schlagen die Flammen meterhoch aus dem Autowrack.

Shane verwandelt sich von einem Moment zum Nächsten in eine menschliche Fackel.

Sein grässliches Geschrei geht durch Mark und Bein. Die Menschen vor dem Kino weichen panisch zurück, als der brennende Shane auf sie zutaumelt.

Nach ein paar Schritten sackt sein Körper in die Knie.

Während die meisten schockiert ihre Blicke abwenden, sehen Cosmo und Tia zu, wie Shanes Körper von den Flammen verschlungen wird.

Eine grauenhafte Art zu sterben, aber Cosmo verspürt kein Mitleid. Alles, was er spürt, sind seine Schmerzen. Und Genugtuung. Scheiß auf den Typen.

Dann fängt er leise an zu singen: „There's no business like show business ..."

Er spürt die Blicke. Wahrscheinlich glauben sie, er hätte den Verstand verloren. Vielleicht hat er das ja auch. Aber nach allem, was passiert ist, ist das okay, findet er.

Tia wohl auch, denn sie sieht ihn an, lacht und fällt in seinen Gesang ein.

Ihre Stimmen werden lauter. Vermischen sich mit den Sirenen der Polizei und der Rettungswagen, die aus beiden Richtungen vor dem Kino eintreffen. „There's no people like show people, they smile when they are low ..."

96

Cosmo steigt aus dem Toyota Pick-up und schließt ab.

Sein Herz wummert, seine Handflächen sind feucht. Er ist aufgeregt.

Bevor er hergekommen ist, hat er am Tresen von Rowdy's Bar gesessen.

„Ich bin froh, dass du das tust", sagte Rowdy, als er eine Tasse Kaffee vor Cosmo abstellte. „Ich hätte Verständnis, wenn du in Zukunft nicht mehr herkommst."

Cosmo hatte den Kopf geschüttelt. „Selbst wenn ich den Alkohol irgendwann nicht mehr vermissen sollte, du würdest mir auf jeden Fall fehlen."

Rowdy legte eine Hand seine Brust. „Ah. Jetzt bin ich fast ein bisschen gerührt."

„Bist du ja auch", rief Roberto vom anderen Ende des Tresens. Rosita und ihre Freundin, die an einem der Tische knutschten, hielten inne und nickten grinsend. Jeder hier wusste, dass Rowdy bei einem Disneyfilm Rotz und Wasser heulte.

Sie haben einander alle frohe Weihnachten gewünscht, als Cosmo ging.

Jetzt zögert er noch einen Moment vor der Tür der kleinen

Sporthalle mit dem Tupac-Graffiti an der Wand, in der einmal in der Woche das Treffen der Anonymen Alkoholiker stattfindet.

Na, komm schon. Du schaffst das.

Es gibt einen wackeligen Tisch mit Kaffee und Donuts und einem kleinen Plastikweihnachtsbaum mit bunten Lichtern, ähnlich wie in Rowdy's Bar. Ein Dutzend Stühle. Einer ist noch frei. Sechs Männer und fünf Frauen mustern Cosmo, als er Platz nimmt. Einige lächeln aufmunternd, die anderen nicken ihm nur zu.

Keith, ein muskulöser Schwarzer mit einer lustigen Lücke zwischen den Schneidezähnen, begrüßt sie. „Bevor wir loslegen, möchte ich jemand Neuen in unserer Mitte begrüßen." Er sieht zu Cosmo. „Willst du dich vorstellen?"

Cosmo atmet einmal tief durch.

Blickt in die versammelten Gesichter.

Wenn ihn jemand versteht, dann diese Fremden hier.

Und es zu sagen, ist so viel einfacher, als er dachte:

„Hi. Mein Name ist Cosmo. Und ich bin Alkoholiker."

97

Heiligabend.

Blauer Himmel ohne Wolken.

Einundzwanzig Grad.

Ein perfektes kalifornisches Weihnachten.

Letzte Nacht ist die im Wetterbericht angekündigte Regenfront über die Stadt gezogen und hat den Smog für kurze Zeit vom Himmel gewaschen. Die Luft ist glasklar und wer jetzt oben am Griffith Observatorium steht, hat eine unglaubliche Sicht über Los Angeles, fast bis runter zum Pazifik.

Eine angenehme Brise weht über den Inglewood Park Friedhof. Die Blätter der Wacholderbäume tanzen in den Sonnenstrahlen.

Als Cosmo die Anhöhe überquert, bleibt er abrupt stehen.

Malika Bowers sitzt vor dem Grab ihres Sohnes im Gras. Aus einem kleinen Ghettoblaster singt Sam Cooke.

Cosmo sieht, dass sich Malikas Lippen bewegen. Vielleicht singt sie mit, vielleicht spricht sie aber auch mit ihrem Sohn. So oder so ein intimer Moment zwischen einer Mutter und ihrem Kind.

Er hat kein Recht, hier zu sein, das wird ihm jetzt klar. Das

Grab gehört Malika Bowers und ihrer Trauer. Seine Schuldgefühle haben hier nichts verloren.

Frohe Weihnachten, William.

Cosmo steht noch für einen kurzen Moment da, dann wendet er sich ab und geht zurück zum Parkplatz.

Bevor er hergekommen ist, war er bei Julianne und Remy. Der Junge liebte sein Geschenk. Aber noch mehr liebte er es, dass Cosmo zum Essen bleiben durfte. Julianne, die die Erste ist, die zugibt, dass sie eine lausige Köchin ist, hatte Truthahnbraten mit gebratenem Gemüse und Kartoffelpüree in einem Restaurant bestellt. Das erste wirklich ausgelassene Familienessen seit dem Tag, an dem William Bowers gestorben ist. Sie trugen sogar alle drei alberne Weihnachtsmützen auf dem Kopf.

Danach hat Cosmo die beiden zum Flughafen gebracht. Sie verbringen die Weihnachtstage bei Juliannes Eltern in New Mexico.

Als er seine Familie vor dem Sicherheitscheck verabschiedete, fragte Julianne ihn, wie es Tia geht.

„Gut", lautete seine einsilbige Antwort.

„Siehst du sie zu Weihnachten?"

„Was? Nein. Ich meine ..."

Er wusste nicht, was er meinte.

Julianne lächelte. „Vielleicht würde sie sich freuen, dich zu sehen."

„Jules, ich weiß nicht, was du glaubst, aber–"

Sie küsste ihn auf die Wange. „Frohe Weihnachten, Cosmo."

Dann eilten sie und Remy zum Sicherheitscheck, um ihren Flieger nicht zu verpassen.

Mrs. Macchio hat Cosmo und Danny, den sie mit Hingabe umsorgt, seit er aus dem Krankenhaus entlassen wurde, für Heiligabend zum Weihnachtsessen eingeladen. Cosmo hat abgesagt und sein Treffen mit Julianne und Remy vorgeschoben, obwohl das bereits heute Mittag stattfand. Er wollte nicht das dritte Rad am Wagen sein, denn er glaubt, dass Mrs. Macchio mehr als nur nachbarschaftliche Gefühle für Danny hegt.

Jetzt parkt er den Toyota Hilux dreihundert Meter unterhalb von Tias Haus. Er ist aufgeregter als an dem Tag, als er das erste Mal zum AA-Meeting gegangen ist. Ihm ist nicht bewusst, dass er immer noch die Weihnachtsmütze auf dem Kopf trägt. Er hätte gerne eine Zigarette, aber er hat das Rauchen aufgegeben, auch wenn ihm Keith, sein Sponsor, gesagt hat, dass beides gleichzeitig nicht unbedingt eine gute Idee ist.

Er steigt aus und geht die Straße hinauf.

In den Gärten und Fenstern der Häuser funkelt die weihnachtliche Beleuchtung. Aus einem offenen Fenster erklingt die Stimme von Frank Sinatra, der *„I'll be home for Christmas"* singt.

Als er Tias Haus erreicht, bleibt er stehen.

Nur wenige Meter bis zur Tür.

Drinnen brennt Licht. Sie hat ihm erzählt, dass ihre Eltern sie über Weihnachten besuchen.

Es war eine Schnapsidee, herzukommen.

Nein, du bist einfach nur feige.

Bin ich nicht. Ich fahre jetzt nach Hause, hole mir unterwegs etwas zu essen, haue mich dann auf die Couch und werde mir auf Turner Classics irgendeinen alten Schinken ansehen.

Er macht kehrt und geht zurück zu seinem Wagen.

98

Heute Morgen war sie mit der *Dawn Patrol* surfen. Draußen auf dem Meer hat sie für kurze Zeit die Ereignisse der vergangenen Tage vergessen. Auch Adams Tod, zu dessen Beisetzung sie nicht eingeladen war, weil seine Familie ihr die Schuld an dem gibt, was geschehen ist. Das schmerzt, aber sie kann die Gefühle der Angehörigen natürlich nachvollziehen.

Mittags hat sie ihre Eltern vom LAX abgeholt und zusammen mit ihrer Mutter den Baum geschmückt, den sie auf dem Rückweg nach Venice Beach gemeinsam gekauft haben.

Cosmo hat sie zuletzt bei einem der zahlreichen Verhöre gesehen, die sie seit ein paar Tagen bei der Polizei und der DEA haben. Das nächste steht nach den Weihnachtsfeiertagen an. Zahlreiche Ermittlungen sind eingeleitet worden, unter anderem im Todesfall von Andrew Light, der neu untersucht wird. Offiziell ist natürlich noch nichts, aber die Presse zieht bereits ihre eigenen Schlüsse: *Ein toter Filmstar, ein toter Hollywoodproduzent und wie das mit den Drogengeschäften des Tijuana-Kartells zusammenhängt* war gestern Morgen der Aufmacher der LA Times. Der Artikel war eine für die Kürze der Zeit erstaunlich akkurate Aufarbeitung der Ereignisse seit dem Mord an Andy Light, auch wenn dem Journalisten, der ihn geschrieben hatte, trotz hervorragender Recherche noch einige Details fehlten. Das wird sich in den nächsten Wochen und Monaten sicherlich ändern.

Tias Telefon hat in den letzten Tagen nicht still gestanden, aber Cosmo und sie hatten den Ermittlern versprochen, nicht mit der Presse zu reden, bevor nicht alles endgültig aufgeklärt ist.

Mit Cosmo und ihr ist es ein bisschen so wie mit Teenagern, die sich in einem Feriencamp kennen- und lieben gelernt haben und danach in ihren Alltag zurückgekehrt sind. Das gemeinsam Erlebte wird sie für immer verbinden, aber jeder lebt wieder sein eigenes Leben. Wenn Tia und Cosmo sich bei den Verhören und den Gesprächen mit ihrem gemeinsamen Anwalt begegnen, geht es immer nur um die Sache. Beide vermeiden, über Dinge zu sprechen, die darüber hinausgehen.

Wie zum Beispiel das, was im Kofferraum von Rowdys Wagen auf dem Weg nach Mexiko geschah. Wie hat es Keanu Reeves diesen Sommer in *Speed* ausgedrückt? *Ich habe gehört, dass Beziehungen, die auf extremen Erfahrungen beruhen, nicht von Dauer sind.* Vielleicht hat der Autor des Films ja recht.

Das Konzept für ihre eigene Sendung liegt noch immer in Tias Schublade. Ihr ursprünglicher Antrieb, dem anonymen Anruf von Dale Mancini nachzugehen, war gewesen, Spencer Tripman loszuwerden. Aber nach allem, was geschehen ist, könnte sie sich selbst nicht mehr im Spiegel ansehen, wenn sie versuchen würde, ihre Karriere auf dem Rücken von so vielen Toten weiterzubringen. Vielleicht ist sie auch einfach nicht abgebrüht genug für dieses Geschäft.

„Das Essen ist gleich fertig", ruft ihre Mutter, die Laulau gekocht hat, ein traditionelles hawaiianisches Weihnachtsgericht aus in Taro-Blättern gewickeltem Schweinefleisch, das im Ofen gegart wird.

„Ich komme." Tia, die auf der Veranda dem Klang des Windspiels zugehört hat, drückt sich aus dem Korbstuhl hoch.

Sie geht in die Küche. „Wo ist Dad?"

„Da steht ein Typ vor deiner Tür", sagt ihr Vater, dessen

bullige Statur mit einem Karton Kona Big Wave Ale in der Küchentür erscheint. „Ich hab ihn durchs Fenster im Garagentor gesehen."

„Was für ein Typ?"

„Keine Ahnung. Er hatte eine alberne Weihnachtsmütze auf dem Kopf und sah so aus, als wollte er klingeln, bevor es er sich anders überlegt hat."

99

„Hey. Wo läufst du hin?“

Cosmo bleibt stehen.

Er hört nackte Füße auf dem Bordstein hinter sich.

Als er sich umdreht, steht sie vor ihm.

„Verdingst du dich jetzt auch noch als Weihnachtsmann?“, fragt sie mit einem Lächeln.

Sie ist ungeschminkt, barfuß, trägt Jeans und T-Shirt, die dunklen Haare sind zu einem Pferdeschwanz gebunden. Er kann sich plötzlich vorstellen, wie sie als Teenager auf Kaui'i ausgesehen hat.

„Habe ich nicht nötig“, sagt er. „Seit dem Times-Artikel gestern hatte ich ein halbes Dutzend Anrufe auf dem Anrufbeantworter von Leuten, die meine Dienste in Anspruch nehmen wollen.“

„Verstehe. Du bist jetzt also ein richtiger Meisterdetektiv.“

„Schon interessant, wie schnell die Leute vergessen, dass man ein Kindermörder ist.“

Sie lächelt traurig.

„Es ist okay“, sagt er. „Ich muss damit leben. Und das werde ich.“

Der warme Blick ihrer dunklen Augen ist wie Balsam für seine Seele.

„Was tust du hier?“, fragt sie. „Hast du dich verfahren?“

„Nein. Ich bin genau da, wo ich sein wollte. Aber ich hatte Schiss.“

„Vor mir?“

Er zuckt mit den Schultern. „*Mele Kalikimaka,* Kalani.“

Sie lächelt. „*Mahalo,* Ancona. Dir auch frohe Weihnachten.“

Dann stellt sie sich auf die Zehenspitzen und küsst ihn sanft auf die Lippen.

Es fühlt sich gut an, so verdammt gut.

Genauso gut wie ihre Hand, die nach seiner greift und ihn mit nach Hause nimmt.

TIA & COSMO

kehren zurück
in

HOLLYWOOD KILLS
Brennender Ruhm

Danke an

Dominik Starck, Filmemacher, Podcaster, Autor und Erfinder des #FrankenheimerFriday, der mir durch unsere Twitter-Gespräche nicht nur den Impuls gab **HOLLYWOOD KILLS: Tödlicher Ruhm** zu schreiben, sondern der sich auch die Mühe gemacht hat, das Manuskript auf Herz und Nieren zu prüfen.
Dominik Hug vom Actionkult Podcast
G.S. Foster & André Milewski
Sascha Beck
Den CDTT: Martin, Mark (Special Thanks fürs Testlesen) und Lars
Mama & Papa
Und last but not least: Amira, Naira & Nael

Eine Bitte: Positive Rezensionen helfen uns Autor:innen unsere Bücher an die Leser*innen zu bringen. Wem **HOLLYWOOD KILLS: Tödlicher Ruhm** also gefallen hat, über ein paar Sterne und/oder freundliche Worte würde ich mich freuen.

BÜCHER VON STEFAN BARTH

Die Rondo-Western

Sechs Kugeln für den Bastard

Leise rieselt der Tod (Christmas Special)

Aasgeier sind sie alle

Leck das Blut von meinen Stiefeln, Gringo

Rondo Sammelband Vol. 1

Blutgericht am Tag der Toten (Special)

Kälter als der Tod

Sag Amen und tritt ab

Jeder Hieb voll Hass

Lauf um dein Leben, Amerikanez (Special)

Rondo Sammelband Vol. 2

Hölle auf Rädern

Es war einmal in Deutschland

Dead Mountain

Drecksnest

Einen Kopf kürzer

Außerdem Geschichten in

Erntenacht: Dunkle Folklore (Anthologie)

Nachtmeer: Dunkle Folklore (Anthologie)

New Dodge (Anthologie)

Glutnacht: Dunkle Folklore (Anthologie)

ÜBER DEN AUTOR

Stefan Barth wurde im schönen Hagen am Rande des Ruhrgebiets geboren, lebte in Los Angeles und hat seine Zelte jetzt in Berlin aufgeschlagen. Er schreibt Drehbücher für Serien & Filme und seit 2015 auch Romane.

Die Verfilmung seines Weltkriegs-Romans **Es war einmal in Deutschland**, zu der er auch das Drehbuch geschrieben hat, läuft als **Blood & Gold** auf Netflix.

Besucht seine Website:
stefan-barth.works

facebook.com/StefanBarthAutor
x.com/braetzman
instagram.com/stefan_barth_autor
tiktok.com/@stefanbarthautor

Printed in Poland
by Amazon Fulfillment
Poland Sp. z o.o., Wrocław

47955641R00231